SD에듀

독학사 2단계

─ 국어국문학과 ─

국문학개론

SD에듀
(주)시대고시기획

머리말

학위를 얻는 데 시간과 장소는 더 이상 제약이 되지 않습니다. 대입 전형을 거치지 않아도 '학점은행제'를 통해 학사학위를 취득할 수 있기 때문입니다. 그중 독학학위제도는 고등학교 졸업자이거나 이와 동등 이상의 학력을 가지고 있는 사람들에게 효율적인 학점 인정 및 학사학위 취득의 기회를 줍니다.

학습을 통한 개인의 자아실현 도구이자 자신의 실력을 인정받을 수 있는 스펙으로서의 독학사는 짧은 기간 안에 학사학위를 취득할 수 있는 가장 빠른 지름길로 많은 수험생들의 선택을 받고 있습니다.

독학학위취득시험은 1단계 교양과정 인정시험, 2단계 전공기초과정 인정시험, 3단계 전공심화과정 인정시험, 4단계 학위취득 종합시험의 1~4단계 시험으로 이루어집니다. 4단계까지의 과정을 통과한 자에 한해 학사학위 취득이 가능하고, 이는 대학에서 취득한 학위와 동등한 지위를 갖습니다.

이 책은 독학사 시험에 응시하는 수험생들이 단기간에 효과적인 학습을 할 수 있도록 다음과 같이 구성하였습니다.

01 단원 개요
핵심이론을 학습하기에 앞서 각 단원에서 파악해야 할 중점과 학습목표를 정리하여 수록하였습니다.

02 핵심이론
다년간 출제된 독학학위제 평가영역을 철저히 분석하여 시험에 꼭 출제되는 내용을 '핵심이론'으로 선별하여 수록하였으며, 중요도 체크 및 이론 안의 '더 알아두기'를 통해 심화 학습과 학습 내용 정리를 효율적으로 할 수 있게 하였습니다.

03 실전예상문제
해당 출제영역에 맞는 핵심포인트를 분석하여 구성한 '실전예상문제'를 수록하였습니다.

04 최종모의고사
최신출제유형을 반영한 '최종모의고사(2회분)'를 통해 자신의 실력을 점검해볼 수 있으며, 실제 시험에 임하듯이 시간을 재고 풀어본다면 시험장에서의 실수를 줄일 수 있을 것입니다.

국문학개론은 개화기 이전에 나타났던 국문학의 다양한 문학 장르를 두루 살펴보는 과목입니다. 장르별 특징뿐만 아니라 각 장르에 해당하는 작품들에 대해서도 살펴보아야 하며, 시대 상황과 관련하여 각 장르가 생성될 수밖에 없었던 필연적인 이유들에 대한 이해도 필요하기 때문에 전체적인 면모를 파악하는 게 쉽지 않을 수 있습니다. 그러나 공을 들여 공부한다면 국문학 전체에 대한 통찰력을 얻을 수 있을 뿐만 아니라 한국인의 기본적인 정서를 이해할 수 있게 되고, 각각의 작품들을 통해 내면의 풍족함까지 얻을 수 있는 과목입니다. 전체적인 흐름을 먼저 파악하고 대표적인 작품들을 구체적으로 살펴봄으로써 국문학 전체에 대한 안목을 키우게 되기 바랍니다.

편저자 드림

BDES
독학학위제 소개

독학학위제란?

「독학에 의한 학위취득에 관한 법률」에 의거하여 국가에서 시행하는 시험에 합격한 사람에게 학사학위를 수여하는 제도

- ✓ 고등학교 졸업 이상의 학력을 가진 사람이면 누구나 응시 가능
- ✓ 대학교를 다니지 않아도 스스로 공부해서 학위취득 가능
- ✓ 일과 학습의 병행이 가능하여 시간과 비용 최소화
- ✓ 언제, 어디서나 학습이 가능한 평생학습시대의 자아실현을 위한 제도
- ✓ 학위취득시험은 4개의 과정(교양, 전공기초, 전공심화, 학위취득 종합시험)으로 이루어져 있으며 각 과정별 시험을 모두 거쳐 학위취득 종합시험에 합격하면 학사학위 취득

독학학위제 전공 분야 (11개 전공)

국어
국문학

영어
영문학

심리학

경영학

법학

행정학

컴퓨터
공학

가정학

유아
교육학

정보
통신학

간호학

※ 유아교육학 및 정보통신학 전공: 3, 4과정만 개설
※ 간호학 전공: 4과정만 개설
※ 중어중문학, 수학, 농학 전공: 폐지 전공으로 기존에 해당 전공 학적 보유자에 한하여 응시 가능

※ SD에듀는 현재 4개 학과(심리학과, 경영학과, 컴퓨터공학과, 간호학과) 개설 완료
※ 2개 학과(국어국문학과, 영어영문학과) 개설 진행 중

독학학위제 시험안내

과정별 응시자격

단계	과정	응시자격	과정(과목) 시험 면제 요건
1	교양	고등학교 졸업 이상 학력 소지자	• 대학(교)에서 각 학년 수료 및 일정 학점 취득 • 학점은행제 일정 학점 인정 • 국가기술자격법에 따른 자격 취득 • 교육부령에 따른 각종 시험 합격 • 면제지정기관 이수 등
2	전공기초		
3	전공심화		

4	학위취득	• 1~3과정 합격 및 면제
		• 대학에서 동일 전공으로 3년 이상 수료
		  (3년제의 경우 졸업) 또는 105학점 이상 취득
		• 학점은행제 동일 전공 105학점 이상 인정
		  (전공 28학점 포함) ➜ 22.1.1. 시행
		• 외국에서 15년 이상의 학교교육과정 수료
			없음(반드시 응시)

응시 방법 및 응시료

• 접수 방법: 온라인으로만 가능
• 제출 서류: 응시자격 증빙 서류 등 자세한 내용은 홈페이지 참조
• 응시료: 20,400원

독학학위제 시험 범위

• 시험과목별 평가 영역 범위에서 대학 전공자에게 요구되는 수준으로 출제
• 시험 범위 및 예시문항은 독학학위제 홈페이지(bdes.nile.or.kr) ➜ 학습정보 ➜ 과목별 평가영역에서 확인

문항 수 및 배점

과정	일반 과목			예외 과목		
	객관식	주관식	합계	객관식	주관식	합계
교양, 전공기초 (1~2과정)	40문항×2.5점 =100점	–	40문항 100점	25문항×4점 =100점	–	25문항 100점
전공심화, 학위취득 (3~4과정)	24문항×2.5점 =60점	4문항×10점 =40점	28문항 100점	15문항×4점 =60점	5문항×8점 =40점	20문항 100점

※ 2017년도부터 교양과정 인정시험 및 전공기초과정 인정시험은 객관식 문항으로만 출제

합격 기준

■ 1~3과정(교양, 전공기초, 전공심화) 시험

단계	과정	합격 기준	유의 사항
1	교양	매 과목 60점 이상 득점을 합격으로 하고, 과목 합격 인정(합격 여부만 결정)	5과목 합격
2	전공기초		6과목 이상 합격
3	전공심화		

■ 4과정(학위취득) 시험: 총점 합격제 또는 과목별 합격제 선택

구분	합격 기준	유의 사항
총점 합격제	• 총점(600점)의 60% 이상 득점(360점) • 과목 낙제 없음	• 6과목 모두 신규 응시 • 기존 합격 과목 불인정
과목별 합격제	• 매 과목 100점 만점으로 하여 전 과목(교양 2, 전공 4) 60점 이상 득점	• 기존 합격 과목 재응시 불가 • 1과목이라도 60점 미만 득점하면 불합격

시험 일정

■ 국어국문학과 2단계 시험 과목 및 시험 시간표

구분(교시별)	시간	시험 과목명
1교시	09:00~10:40(100분)	국어학개론, 국어문법론
2교시	11:10~12:50(100분)	국문학개론, 국어사
중식 12:50~13:40(50분)		
3교시	14:00~15:40(100분)	고전소설론, 한국현대시론
4교시	16:10~17:50(100분)	한국현대소설론, 한국현대희곡론

※ 시험 일정 및 세부사항은 반드시 독학학위제 홈페이지(bdes.nile.or.kr)를 통해 확인하시기 바랍니다.

※ SD에듀에서 개설되었거나 개설 예정인 과목은 빨간색으로 표시했습니다.

독학학위제 과정

1단계
교양과정
01

대학의 교양과정을 이수한
사람이 일반적으로 갖추어야 할
학력 수준 평가

02
2단계
전공기초

각 전공영역의 학문을 연구하기
위하여 각 학문 계열에서 공통적으로
필요한 지식과 기술 평가

3단계
전공심화
03

각 전공영역에서의 보다
심화된 전문 지식과 기술 평가

04
4단계
학위취득

학위를 취득한 사람이
일반적으로 갖추어야 할 소양 및
전문 지식과 기술을 종합적으로 평가

GUIDE

독학학위제 출제방향

국가평생교육진흥원에서 고시한 과목별 평가영역에 준거하여 출제하되, 특정한 영역이나 분야가 지나치게 중시되거나 경시되지 않도록 한다.

교양과정 인정시험 및 전공기초과정 인정시험의 시험방법은 객관식(4지택1형)으로 한다.

단편적 지식의 암기로 풀 수 있는 문항의 출제는 지양하고, 이해력 · 적용력 · 분석력 등 폭넓고 고차원적인 능력을 측정하는 문항을 위주로 한다.

독학자들의 취업 비율이 높은 점을 감안하여, 과목의 특성상 가능한 경우에는 학문적이고 이론적인 문항 뿐만 아니라 실무적인 문항도 출제한다.

교양과정 인정시험(1과정)은 대학 교양교재에서 공통적으로 다루고 있는 기본적이고 핵심적인 내용을 출제 하되, 교양과정 범위를 넘는 전문적이거나 지엽적인 내용의 출제는 지양한다.

이설(異說)이 많은 내용의 출제는 지양하고 보편적이고 정설화된 내용에 근거하여 출제하며, 그럴 수 없는 경우에는 해당 학자의 성명이나 학파를 명시한다.

전공기초과정 인정시험(2과정)은 각 전공영역의 학문을 연구하기 위하여 각 학문 계열에서 공통적으로 필요한 지식과 기술을 평가한다.

전공심화과정 인정시험(3과정)은 각 전공영역에 관하여 보다 심화된 전문적인 지식과 기술을 평가한다.

학위취득 종합시험(4과정)은 시험의 최종 과정으로서 학위를 취득한 자가 일반적으로 갖추어야 할 소양 및 전문지식과 기술을 종합적으로 평가한다.

전공심화과정 인정시험 및 학위취득 종합시험의 시험방법은 객관식(4지택1형)과 주관식(80자 내외의 서술형)으로 하되, 과목의 특성에 따라 다소 융통성 있게 출제한다.

독학학위제 단계별 학습법

1단계 평가영역에 기반을 둔 이론 공부!

독학학위제에서 발표한 평가영역에 기반을 두어 효율적으로 이론 공부를 해야 합니다. 각 장별로 정리된 '핵심이론'을 통해 핵심적인 개념을 파악합니다. 모든 내용을 다 암기하는 것이 아니라, 포괄적으로 이해한 후 핵심내용을 파악하여 이 부분을 확실히 알고 넘어가야 합니다.

2단계 시험 경향 및 문제 유형 파악!

독학사 시험 문제는 지금까지 출제된 유형에서 크게 벗어나지 않는 범위에서 비슷한 유형으로 줄곧 출제되고 있습니다. 본서에 수록된 이론을 충실히 학습한 후 문제의 유형과 출제의도를 파악하는 데 집중하도록 합니다. 교재에 수록된 문제는 시험 유형의 가장 핵심적인 부분이 반영된 문항들이므로 실제 시험에서 어떠한 유형이 출제되는지에 대한 감을 잡을 수 있을 것입니다.

3단계 '실전예상문제'를 통한 효과적인 대비!

독학사 시험 문제는 비슷한 유형들이 반복되어 출제되므로 다양한 문제를 풀어 보는 것이 필수적입니다. 각 단원의 끝에 수록된 '실전예상문제'를 통해 단원별 내용을 제대로 학습했는지 꼼꼼하게 확인하고, 실력점검을 합니다. 이때 부족한 부분은 따로 체크해 두고 복습할 때 중점적으로 공부하는 것도 좋은 학습 전략입니다.

4단계 복습을 통한 학습 마무리!

이론 공부를 하면서, 혹은 문제를 풀어 보면서 헷갈리고 이해하기 어려운 부분은 따로 체크해 두는 것이 좋습니다. 중요 개념은 반복학습을 통해 놓치지 않고 확실하게 익히고 넘어가야 합니다. 마무리 단계에서는 '최종모의고사'를 통해 실전연습을 할 수 있도록 합니다.

COMMENT

합격수기

" 저는 학사편입 제도를 이용하기 위해 2~4단계를 순차로 응시했고 한 번에 합격했습니다.
아슬아슬한 점수라서 부끄럽지만 독학사는 자료가 부족해서 부족하나마 후기를 쓰는 것이 도움이 될까 하여
제 합격전략을 정리하여 알려 드립니다.

#1. 교재와 전공서적을 가까이에!

학사학위취득은 본래 4년을 기본으로 합니다. 독학사는 이를 1년으로 단축하는 것을 목표로 하는 시험이라 실
제 시험도 변별력을 높이는 몇 문제를 제외한다면 기본이 되는 중요한 이론 위주로 출제됩니다. SD에듀의 독
학사 시리즈 역시 이에 맞추어 중요한 내용이 일목요연하게 압축·정리되어 있습니다. 빠르게 훑어보기 좋지만
내가 목표로 한 전공에 대해 자세히 알고 싶다면 전공서적과 함께 공부하는 것이 좋습니다. 교재와 전공서적을
함께 보면서 교재에 전공서적 내용을 정리하여 단권화하면 시험이 임박했을 때 교재 한 권으로도 자신 있게 시
험을 치를 수 있습니다.

#2. 시간확인은 필수!

쉬운 문제는 금방 넘어가지만 지문이 길거나 어렵고 헷갈리는 문제도 있고, OMR 카드에 마킹까지 해야 하니
실제로 주어진 시간은 더 짧습니다. 1번에 어려운 문제가 있다고 해서 시간을 많이 허비하면 쉽게 풀 수 있는
마지막 문제들을 놓칠 수 있습니다. 문제 푸는 속도도 느려지니 집중력도 떨어집니다. 그래서 어차피 배점은 같
으니 아는 문제를 최대한 많이 맞히는 것을 목표로 했습니다.
① 어려운 문제는 빠르게 넘기면서 문제를 끝까지 다 풀고 ② 확실한 답부터 우선 마킹한 후 ③ 다시 시험지로
돌아가 건너뛴 문제들을 다시 풀었습니다. 확실히 시간을 재고 문제를 많이 풀어봐야 실전에 도움이 되는 것 같
습니다.

#3. 문제풀이의 반복!

여느 시험과 마찬가지로 문제는 많이 풀어볼수록 좋습니다. 이론을 공부한 후 실전예상문제를 풀다보니 부족한
부분이 어딘지 확인할 수 있었고, 공부한 이론이 시험에 어떤 식으로 출제될지 예상할 수 있었습니다. 그렇게
부족한 부분을 보충해가며 문제유형을 파악하면 이론을 복습할 때도 어떤 부분을 중점적으로 암기해야 할지 알
수 있습니다. 이론 공부가 어느 정도 마무리되었을 때 시계를 준비하고 최종모의고사를 풀었습니다. 실제 시험
시간을 생각하면서 예행연습을 하니 시험 당일에는 덜 긴장할 수 있었습니다.

학위취득을 위해 오늘도 열심히 학습하시는 동지 여러분에게도 합격의 영광이 있으시길 기원하면서 이만 줄입니다. "

이 책의 구성과 특징

01

단원 개요

핵심이론을 학습하기에 앞서 각 단원에서
파악해야 할 중점과 학습목표를
수록하였습니다.

단원 개요

이 단원은 국문학을 공부할 때 기본 전제가 되는 내용들을 담고 있다. 1장에서는 국문학이 무엇을 연구대상으로 하는지 밝힘으로써 공부의 범위를 한정한다. 2장에서는 국문학의 갈래를 통해 연구대상의 실상을 개략적으로 이해하고 이와 관련된 논의를 살펴본다. 3장에서는 국문학 연구의 기본적인 관점들을 소개하여 작품 해석의 방향성을 확인하게 하였다. 마지막으로 4장에서는 그간의 연구사를 밝힘으로써 연구의 큰 흐름을 파악할 수 있게 하였다.

출제 경향 및 수험 대책

이 단원의 내용은 국문학과 관련된 가장 기본적인 바탕을 확인하는 것이어서 최소 한 두 문제가 출제될 가능성이 높은 부분이다. 서정 갈래에 해당되지 않는 장르를 묻거나, 연구사가들의 업적을 묻는 문제 등이 출제될 수 있다. 가볍게 넘기지 말고 꼼꼼히 기억해 두는 것이 필요하다.

02

핵심이론

독학사 시험의 출제 경향에 맞춰 시행처의
평가영역을 바탕으로 과년도 출제문제와
이론을 빅데이터 방식에 맞게 선별하여
가장 최신의 이론과 문제를 시험에
출제되는 영역 위주로 정리하였습니다.

제1편 국문학 입문

제 1 장 한국문학의 개념과 범위

국문학의 개념과 관련하여 '국문학'이라 하는 것이 옳은지 '한국문학'이라 하는 것이 옳은지에 대해 생각해 볼 필요가 있다. 먼저 국문학(國文學)의 한자를 풀어보면 '나라의 문학'이란 뜻이다. 이때 나라는 '우리나라'를 의미한다. 그러므로 국문학은 '우리나라 사람이 우리말로 이루어 낸 언어예술'을 가리키는 말이라 할 수 있다. 그러나 '우리나라'가 '한국'을 지칭한다는 점을 더 분명히 하기 위해 '한국문학'이라고 해야 한다는 의견도 있다. 국문학을 영어로 번역한다면 'Korean literature'라고 하게 되므로 외국문학과 구분지을 필요가 있을 때에는 국문학보다는 한국문학이라는 용어의 사용이 더 적절하다고도 할 수 있다. 한편, 현실적으로 국문학이라 할 때는 19세기까지의 고전문학을 가리키는 것으로 사용되기도 한다. 따라서 국문학에 대해 설명하는 책에서 주로 고전문학을 다루게 되는 것이다. 또한 관습적으로 '국문학'이라는 개념이 한국문학을 연구하는 학문을 가리키는 용어로 사용되기도 한다. 대학의 학과 명칭으로 사용되는 '국문학과'라는 개념이 바로 그러한 사용의 예라 할 수 있다. 이처럼 국문학 혹은 한국문학이라는 개념은 상황에 따라 다양한 의미를 담고 있다.

그런데 국문학의 개념을 '우리나라 사람이 우리말로 이루어 낸 언어예술'을 가리키는 것으로 한정한다 해도 국문학의 대상이 되는 작품들의 범위를 한정한다는 것은 쉬운 일이 아니다. 먼저 '우리나라 사람'의 범위를 어디까지로 볼 것인가 하는 문제가 있다. 일단 한반도를 중심으로 생활해 온 사람들을 우리나라 사람으로 볼 수도 있지만, 여기에 더해 우리나라 사람이 외국에 나가 살면서 이룩한 문학 역시 우리나라 사람이 이룩한 문학으로 보는 것이 타당하다.

또한 한반도에 우리 민족이 자리를 잡고 살아온 것은 구석기 시대부터라고 하지만, 문학 활동의 기록은 대체로 기원전후의 시기부터 남아있으므로 그 무렵부터 19세기까지의 문학을 국문학, 특히 고전문학에 포함시킬 수 있다. 20세기부터는 확연히 구분되는 형태의 문학작품이 만들어졌기 때문이다.

다음으로 '우리말로 이루어 냈다고 할 때의 '우리말'의 범위에 대해서도 생각해 볼 필요가 있다. 글로 쓴 작품을 문학의 범위에 포함시키는 것은 당연하게 여겨지지만 과연 말로 표현된 못도 포함시킬 수 있을 것인가에 대한 문제가 남아 있다. 말로 된 문학작품은 입에서 입으로 전승되는 것이라는 의미의 '구비문학'이

03

제1편 국문학 입문

제 1 편 실전예상문제

01 다음 중 한국문학의 갈래에 대한 설명이 틀린 것은?

① 3분법에 따르면 서정, 서사, 극으로 구분할 수 있다.
② '가사'는 갈래 구분이 애매한 장르 중 하나이다.
③ 한국문학의 갈래는 완전하게 구분되어 체계적으로 정리되었다.
④ 조동일의 4분법에 따르면 한국문학은 서정, 서사, 교술, 희곡으로 나뉜다.

해설 & 정답 checkpoint

01 한국문학의 갈래 구분은 완결되었기보다 여전히 해결되지 않은 문제를 안고 있으며 유동적이라고 할 수 있다.

실전예상문제

독학사 시험의 경향에 맞춰 전 영역의 문제를 새롭게 구성하고 지극히 지엽적인 문제나 쉬운 문제를 배제하여 학습자가 해당 교과정에서 필수로 알아야 할 내용을 문제로 정리하였습니다. 풍부한 해설을 추가하여 이해를 쉽게 하고 문제를 통해 이론의 학습내용을 반추하여 실제시험에 대비할 수 있도록 구성하였습니다.

최종모의고사

'핵심이론'을 공부하고, '실전예상문제'를 풀어보았다면 이제 남은 것은 실전 감각 기르기와 최종 점검입니다. '최종모의고사 (총 2회분)'를 실제 시험처럼 시간을 두고 풀어보고, 정답과 해설을 통해 복습한다면 좋은 결과가 있을 것입니다.

04

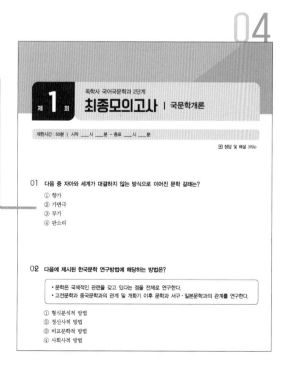

제 1 회 최종모의고사 | 국문학개론

독학사 국어국문학과 2단계

제한시간: 50분 | 시작 ___시 ___분 ~ 종료 ___시 ___분

정답 및 해설 369p

01 다음 중 자아와 세계가 대결하지 않는 방식으로 이어진 문학 갈래는?

① 향가
② 가면극
③ 무가
④ 판소리

02 다음에 제시된 한국문학 연구방법에 해당하는 방법은?

• 문학은 국제적인 관련을 갖고 있다는 점을 전제로 연구한다.
• 고전문학과 중국문학과의 관계 및 개화기 이후 문학과 서구·일본문학과의 관계를 연구한다.

① 형식분석적 방법
② 정신사적 방법
③ 비교문학적 방법
④ 사회사적 방법

CONTENTS

목차

제 **1** 편

국문학 입문

단원 개요

이 단원은 국문학을 공부할 때 기본 전제가 되는 내용들을 담고 있다. 1장에서는 국문학이 무엇을 연구대상으로 하는지 밝힘으로써 공부의 범위를 한정한다. 2장에서는 국문학의 갈래를 통해 연구대상의 실상을 개략적으로 이해하고 이와 관련된 논의를 살펴본다. 3장에서는 국문학 연구의 기본적인 관점들을 소개하여 작품 해석의 방향성을 확인하게 하였다. 마지막으로 4장에서는 그간의 연구사를 밝힘으로써 연구의 큰 흐름을 파악할 수 있게 하였다.

출제 경향 및 수험 대책

이 단원의 내용은 국문학과 관련된 가장 기본적인 바탕을 확인하는 것이어서 최소 한 두 문제가 출제될 가능성이 높은 부분이다. 서정 갈래에 해당하지 않는 장르를 묻거나, 연구사가들의 업적을 묻는 문제 등이 출제될 수 있다. 가볍게 넘기지 말고 꼼꼼히 기억해 두는 것이 필요하다.

한국문학의 개념과 범위

제 1 장

국문학의 개념과 관련하여 '국문학'이라 하는 것이 옳은지 '한국문학'이라 하는 것이 옳은지에 대해 생각해 볼 필요가 있다. 먼저 국문학(國文學)의 한자를 풀어보면 '나라의 문학'이란 뜻이다. 이때 나라는 '우리나라'를 의미한다. 그러므로 국문학은 '우리나라 사람이 우리말로 이루어 낸 언어예술'을 가리키는 말이라 할 수 있다. 그러나 '우리나라'가 '한국'을 지칭한다는 점을 더 분명히 하기 위해 '한국문학'이라고 해야 한다는 의견도 있다. 국문학을 영어로 번역한다면 'Korean literature'라고 하게 되므로 외국문학과 구분지을 필요가 있을 때에는 국문학보다는 한국문학이라는 용어의 사용이 더 적절하다고도 할 수 있다. 한편, 현실적으로 국문학이라 할 때는 19세기까지의 고전문학을 가리키는 것으로 사용되기도 한다. 따라서 국문학에 대해 설명하는 책에서 주로 고전문학을 다루게 되는 것이다. 또한 관습적으로 '국문학'이라는 개념이 한국문학을 연구하는 학문을 가리키는 용어로 사용되기도 한다. 대학의 학과 명칭으로 사용되는 '국문학과'라는 개념이 바로 그러한 사용의 예라 할 수 있다. 이처럼 국문학 혹은 한국문학이라는 개념은 상황에 따라 다양한 의미를 담고 있다.

그런데 국문학의 개념을 '우리나라 사람이 우리말로 이루어 낸 언어예술'을 가리키는 것으로 한정한다 해도 국문학의 대상이 되는 작품들의 범위를 한정한다는 것은 쉬운 일이 아니다. 먼저 '우리나라 사람'의 범위를 어디까지로 볼 것인가 하는 문제가 있다. 일단 한반도를 중심으로 생활해 온 사람들을 우리나라 사람으로 볼 수도 있지만, 여기에 더해 우리나라 사람이 외국에 나가 살면서 이룩한 문학 역시 우리나라 사람이 이룩한 문학으로 보는 것이 타당하다.

또한 한반도에 우리 민족이 자리를 잡고 살아온 것은 구석기 시대부터라고 하지만, 문학 활동의 기록은 대체로 기원전후의 시기부터 남아있으므로 그 무렵부터 19세기까지의 문학을 국문학, 특히 고전문학에 포함시킬 수 있다. 20세기부터는 확연히 구분되는 형태의 문학작품들이 만들어졌기 때문이다.

다음으로 '우리말로 이루어 내'었다고 할 때의 '우리말'의 범위에 대해서도 생각해 볼 필요가 있다. 글로 쓴 작품을 문학의 범위에 포함시키는 것은 당연하게 여겨지지만 과연 말로 표현된 것도 포함시킬 수 있을 것인가에 대한 문제가 남아 있다. 말로 된 문학작품은 입에서 입으로 전승되는 것이라는 의미의 '구비문학'이 될 수는 있어도 국문학이라 할 수는 없기 때문이다. 그러나 말이냐 글이냐 하는 것이 문학의 본질이라고 할 수는 없기 때문에 설화, 판소리, 민요와 같은 장르 역시 국문학의 범위에 포함하는 것이 더 적절하다. 또한 우리나라는 세종대왕이 한글을 만들고 나서도 한참 동안 한자를 이용해 글을 적었다. 그 이전에는 향찰이나 차자 등과 같은 방식을 사용했다. 이러한 방식은 한자를 주체적으로 수용하여 사용한 것일 뿐만 아니라, 한자로 표기하더라도 생각만큼은 우리 민족의 것이라는 점에서 역시 국문학의 범위에 포함시킬 수 있다. 이와 더불어 우리 민족이 한자가 아닌 다른 언어로 지은 작품 역시 국문학의 범위에 포함시킬 수 있다.

마지막으로 '언어예술', 즉 문학이라 할 때 현대로 오면서 문학의 폭이 좁아졌다는 것을 감안한다면 서(書)나 론(論)과 같은 실용적인 글들도 국문학의 범위에 포함시키는 것이 바람직하다.

제 2 장 한국문학의 갈래

갈래란 장르라고도 하는데, 작품들을 공통성에 따라 가르고 묶은 것을 말한다. 향가, 시조, 고전소설 등이 갈래를 의미하는데, 이러한 갈래의 구분은 간단하고 명료하게 이루어지는 것은 아니다. 예를 들어 '가사' 작품의 경우 서정과 서사의 특징을 모두 갖고 있어서 둘 중 어느 갈래로 묶을 것인지 모호하다. 그럼에도 불구하고 갈래를 구분함으로써 각각의 작품을 보다 구체적, 총체적, 체계적으로 이해할 수 있기 때문에 갈래를 구분하고자 하는 여러 시도들이 있었다.

첫 번째 시도로서 이병기는 시가(詩歌)와 산문(散文)의 두 갈래로 나누었다. 시가에는 잡가, 향가, 시조, 별곡, 악장, 가사, 극가 등이 속하고, 산문에는 설화, 소설, 일기, 내간, 기행, 잡문이 해당한다. 장덕순은 서양에서 흔히 하는 3분법을 빌려와 서정, 서사, 극의 세 갈래로 구분하였다. 그런데 이 구분법에 따르면 가사를 어디에 귀속할 것인지가 마땅치 않았다. 그 대안으로 시가, 소설, 희곡, 가사의 넷으로 나누고자 하는 시도도 있었지만 이 또한 마땅치 않았다.

조동일은 자아와 세계가 연관된 양상에 따라 한국문학작품들을 네 갈래로 나누었는데 그 구체적 양상은 다음과 같다.

갈래류	자아와 세계의 연관 양상	갈래종
서정(抒情)	세계의 자아화	서정민요, 고대가요, 향가, 고려속요, 시조, 잡가, 신체시, 현대시
교술(教述)	자아의 세계화	교술민요, 경기체가, 악장, 가사, 창가, 몽유록, 수필, 서간문, 일기, 기행문, 비평문
서사(敍事)	자아와 세계의 대결 (작품 외적 자아의 개입 있음)	서사민요, 서사무가, 판소리, 신화, 전설, 민담, 소설
희곡(戲曲)	자아와 세계의 대결 (작품 외적 자아의 개입 없음)	가면극, 인형극, 창극, 신파극, 현대극

조동일의 갈래 구분은 '교술'이라는 갈래를 두어 그동안 구분이 모호했던 작품들을 모두 포함시켰다는 점과 서양의 3분법을 포함함으로써 보편성 있는 기준이 된다는 점에서 가장 많은 이점을 갖고 있다.

그러나 서정적 요소, 서사적 요소가 풍부하게 담겨 있는 가사 작품을 교술로 구분하는 것이 적절한가, 경기체가는 하나의 갈래라기보다 과도기적 단계로 봐야 하는 것 아닌가 등의 논의가 여전히 남아있다. 이처럼 한국문학의 갈래 구분은 완결된 것이 아니라 여전히 상대적이고 유동적이다.

제 3 장 한국문학의 연구방법과 범주

한국문학의 연구방법, 혹은 방법론이란 국문학을 학문적으로 연구하기 위해 사용하는 일정한 원리를 말한다. 연구방법에 따라 문학작품을 어떻게 보고 이해하고 평가하여 우리의 삶에 의미 있는 것으로 받아들일 것인가 하는 점이 달라진다. 방법론을 찾으려는 시도는 다양하게 이루어졌는데, 중요한 것들을 꼽아 본다면 다음과 같다.

1 연구방법 중요 ★★

(1) 문헌학적 방법

① **근거**

문학은 문자로 쓰이고 문헌으로 존재하므로 문헌적 상태를 검토하는 것이 필수적으로 요구된다.

② **활동 및 과제**

문헌자료의 수집, 소개, 분류, 정리, 작가와 작품제작 경위 및 작품의 주석에 관한 고증, 원전 비판(원본과 이본의 차이 규명, 원본 확정 등)이 필요하다.

③ **의의**

고전문학 중 소설, 가사, 시조 등에서는 문헌학적 혼란이 심하므로 원전 비판이 중요한 의의를 가진다.

④ **한계**

문학 자체를 연구한다고 하기 어렵다.

(2) 정신사적 방법

① **근거**

문학은 시대정신 또는 민족정신의 표현이므로 문학에 반영된 정신은 역사적으로 연구되어야 한다.

② **적용 분야**

문학사 서술에 적용된다.

③ **의의**

일제치하에 민족정신 확립에 도움이 되었다.

④ **성과**

조윤제의 『한국문학사』는 민족사관에 입각해 민족의 역사와 국문학이 유기적으로 관련되어 있다고 보고 민족의식의 성장, 변천과 더불어 문학사를 서술했다.

⑤ **한계**

일제강점기 이후로는 지속적인 발전을 이루지 못했다.

(3) 사회사적 방법

① 근거

문학은 사회적 산물이자 사회의 반영이며, 사회에 대해 일정한 기능을 한다.

② 적용 분야

문학사 서술, 문학사회학에 적용된다.

③ 의의

조선 후기처럼 사회 구조에 큰 변화가 있고 그에 상응해 문학에도 전환이 일어난 경우 해당 시기를 이해하는 데 유용하다.

④ 한계

문학이 아니라 역사학이나 사회학적 연구에 그칠 가능성이 있다.

(4) 민속학적 방법

① 근거

문학은 민속을 모체로 하여 출발했고 민속과 깊은 관련을 가지고 자라났다.

② 적용 분야

고대문학이나 설화 · 민요 · 가면극 등의 평민문학 연구에 적용되었다.

③ 의의

한국문학의 세계문학적인 보편성을 입증하는 한편 한국문학의 독자성 및 특성을 규명하였다.

④ 성과

민속이 문학의 원형 또는 근원으로서 어떤 작용을 했는지를 구체적으로 분석했다.

(5) 심리학적 방법

① 근거

문학은 인간이 지닌 심층심리의 표출이다.

② 적용 분야

기존 이론에 적합한 몇몇 작품에 적용되었다.

③ 한계

국문학 연구에 적용하는 것은 아직 시도적인 단계이므로 심리학이 아닌 국문학 연구에 보다 깊이 있게 적용할 방법을 모색해야 한다.

(6) 형식분석적 방법

① 근거

문학은 언어예술이다.

② 적용 분야

시의 이미지, 소설의 구성 등에 적용되었다.

③ 의의

인상 비평의 영역이었던 심미적 이해를 학문적 영역으로 전환시켰다.

④ **성과**

　형식 및 언어 표현을 면밀히 분석함으로써 다른 학문에 의존하지 않고 작품 자체를 연구했다.

⑤ **한계**

　작품의 내용과 역사적·사회적 성격은 무시되었다.

(7) 비교문학적 방법

① **근거**

　문학은 국제적인 관련을 가지므로 이를 도외시할 수 없다.

② **적용 분야**

　고전문학과 중국문학과의 관계, 개화기 이후의 문학과 서구 및 일본문학과의 관계에 적용되었다.

③ **한계**

　국문학과 외국문학 사이에 존재하는 공통성을 반드시 모방의 증거라고 할 수 없다.

2 연구 범주

(1) 현대문학 연구

　현대문학이란 일반적으로 **개화기 이후의 국문학**을 가리킨다. 현대문학 연구는 다시 시론, 소설론, 비평론으로 나뉜다. 시기별로는 개화기 문학, 일제강점기 문학, 해방 이후 문학, 1970 ~ 80년대 문학, 1990년대 이후 문학으로 나누어 연구하는 것이 일반적이다.

(2) 고전문학 연구

　고전문학이란 개화기 이전의 문학으로, 크게 고전시가와 고전산문으로 나뉜다. 보다 구체적으로는 한시(漢詩), 고대가요, 설화, 중세산문, 고소설, 판소리, 구비문학 등의 분야로 나뉜다.

　고전문학의 연구는 산재해 있는 국문학의 문헌들을 찾아내고 새로운 작품들을 찾아내어 서지적인 해석을 가하는 일부터 시작된다. 이러한 작업을 통해 이본 정리, 원본의 책정, 도서의 해제, 연구사 정리 등이 가능하다.

　한편 근대 이전까지의 한자는 오늘날 우리가 알고 있는 것과 다른 의미로 사용되거나, 오늘날 사용하지 않는 서체를 사용한 경우가 많기 때문에 고전문학 연구를 위해서는 한자 및 중세언어에 대한 이해가 필수적이다. 또한 구비문학이나 한글 표기 문헌을 연구하는 학자는 단순히 중세국어에 대한 지식의 차원을 넘어 지역별로 다르게 사용되었던 구어(口語)에 대한 언어감각을 익혀야 한다.

제 **4** 장 한국문학 연구사

한국문학 연구사는 한국문학사를 대상으로 한 것, 문학 갈래별 특징을 대상으로 한 것, 개별 작품을 특징으로 한 것, 연구방법론을 특징으로 한 것으로 구분할 수 있다. 이러한 연구들은 시기에 따라 다른 특징을 보인다.

1 제1기(국학운동기)

(1) 특징

민족문화운동의 일환으로 국문학을 연구했다.

(2) 주요 연구자 및 저서

① 안확, 『조선문학사』(1922, 최초의 국문학사)
② 최남선, 『시조유취』(1928) 편간
③ 신채호, 문일평 등의 논설과 권상로의 문학사 서술

(3) 한계

문학 전공 학자가 나타나지 않아 지속적 연구가 어려웠고, 문학유산의 전모 파악이 안 되었으며, 연구방법론에 대한 연구도 이루어지지 않았다.

2 제2기(문학연구 기초 작업기)

(1) 특징

1926년 경성제국대학에 조선어문학과가 설치되면서 전문화된 국학자들이 등장했다. 이들은 문학사적 관점에서 국문학의 맥락을 파악하는 것을 우선적인 과제로 삼았다.

(2) 주요 연구자 및 저서

① 김태준, 『조선한문학사』(1931), 『조선소설사』(1933)
② 김재철, 『조선연극사』(1933)
③ 조윤제, 『조선시가사강』(1937), 『국문학사』(1949), 『국문학개설』(1955)
④ 우리어문학회, 『국문학개론』(1949)

(3) 한계

체계화의 원리에 대한 논의가 부족하고, 고전문학만 학문적인 연구의 대상으로 삼아 현대문학은 비평에 그쳤다.

3 제3기(분야별 작업기)

(1) 특징 중요 ★

제2기를 주도한 학자들의 제자들에 의해 분야별 자료작업과 연구축적이 이루어졌다. 한문학과 함께 현대문학도 연구분야로 등장했으나 고전문학을 주로 다뤘으며, 실증주의적 방법에 의거한 연구를 했다.

(2) 주요 연구자 및 저서

① 심재완, 『역대시조전서』(1972)
② 김기동, 『한국고전소설연구』(1981)
③ 김동욱, 『춘향전연구』(1965)
④ 이가원, 『연암소설연구』(1965)
⑤ 서수생, 『고려조한문학연구』(1971)
⑥ 장덕순, 『한국설화문학연구』(1970)
⑦ 이두현, 『한국가면극』(1969)
⑧ 전광용, 송민호, 정한모 등에 의한 현대문학 연구

(3) 한계

객관적 사실 추구에 치중해 문학작품이 지닌 예술적 가치를 밝히는 것이 부족했다. 또한, 한문학, 구비문학, 현대문학 같은 분야에 대한 연구가 균형 있게 이루어지지 못했다.

4 제4기(방법론 전환기)

(1) 특징

서양의 문학연구 방법을 적극적으로 받아들여 현대문학을 연구하고 고전문학에까지 확대 적용하고자 했다.

(2) 주요 연구자 및 저서

① 김열규, 『한국민속과 문학연구』(1971)
② 신동욱, 김용직, 김윤식 등의 현대문학 연구

③ 이재선, 『한국개화기소설연구』(1972)

④ 김윤식, 『한국근대문예비평사연구』(1973)

⑤ 김학동, 『한국문학의 비교문학적 연구』(1972)

⑥ 활패강, 『한국서사문학연구』(1972)

⑦ 박철희, 『한국시사연구』(1980)』

⑧ 이상택, 『한국고전소설의 탐구』(1981)

(3) 한계

고전문학과 현대문학을 일관된 원리에 따라 파악하려 노력했으나 성과가 부족했고, 국문학 자체의 이론과 방법을 찾는 데 이르지는 못했다.

5 제5기(민족문학론 정립기)

국문학을 자체적인 원리에 따라 체계화하려는 시기로, 근대문학으로서의 성장을 중시하며 서양문학과의 관계보다는 제3세계 문학으로서의 의의를 파악하는 데 힘쓰고자 했다. 전파 매체의 발전이라는 시대적 변화의 요청에 부흥하여 국문학 연구도 변모해 나갈 것이다.

실전예상문제

01 다음 중 한국문학의 갈래에 대한 설명이 틀린 것은?

① 3분법에 따르면 서정, 서사, 극으로 구분할 수 있다.
② '가사'는 갈래 구분이 애매한 장르 중 하나이다.
③ 한국문학의 갈래는 완전하게 구분되어 체계적으로 정리되었다.
④ 조동일의 4분법에 따르면 한국문학은 서정, 서사, 교술, 희곡으로 나뉜다.

01 한국문학의 갈래 구분은 완결되었다기보다 여전히 해결되지 않은 문제를 안고 있으며 유동적이라고 할 수 있다.

02 다음 중 갈래를 구분 짓는 차원이 <u>다른</u> 하나는 무엇인가?

① 소설
② 교술
③ 시조
④ 수필

02 갈래구분은 크게 묶은 갈래에 해당하는 '유(類)개념'과 그 유개념의 하위 항목에 해당하는 작은 갈래, 즉 '종(種)개념'이 있다. 교술은 한국문학을 서정, 교술, 서사, 희곡으로 묶는 4갈래의 유개념에 해당한다. 반면 보기에 제시된 소설, 시조, 수필은 각각 순서대로 서사, 서정, 교술이라는 유개념의 하위항목이 되는 종개념이다.

정답 01 ③   02 ②

03 조동일의 4분법을 작품 외적 세계의 개입 여부로 나누면 다음과 같다. [문제 하단의 표 참조]

03 다음 중 작품 외적 세계의 개입이 <u>없는</u> 갈래를 모두 고른 것은?

> ㉠ 가면극
> ㉡ 신화
> ㉢ 일기
> ㉣ 현대시

① ㉠, ㉡　　　　　　② ㉠, ㉣
③ ㉡, ㉢　　　　　　④ ㉡, ㉣

»»🔎

작품 외적 세계의 개입이 있음	자아의 세계화	교술
	자아와 세계의 대결	서사
작품 외적 세계의 개입이 없음	세계의 자아화	서정
	자아와 세계의 대결	희곡

04 현대에는 실용적인 글들을 문학의 갈래에서 배제하는 경향이 있어서 수필 정도가 교술에 해당한다. 하지만 교술이란 장르는 한문학의 사(辭), 부(賦), 문(文) 뿐만 아니라 가사나 경기체가 같은 것을 모두 포함하는 장르로, 어디에도 포함시키기 어려운 것들을 모두 포함하는 장르로서의 역할을 담당한다.

04 조동일의 4분법에 따르면 '가사'는 어느 갈래에 속하는가?

① 서정
② 교술
③ 서사
④ 희곡

05 자아의 세계화가 이루어진 장르는 '교술'이다. 교술에는 악장뿐만 아니라 교술민요, 경기체가, 가사, 창가, 몽유록, 수필, 서간문, 일기, 기행문, 비평문이 해당한다. 제시된 보기 중 판소리는 서사, 현대극은 희곡, 향가는 서정 갈래에 속한다.

05 다음 중 자아의 세계화가 이루어진 갈래는 무엇인가?

① 판소리
② 악장
③ 현대극
④ 향가

정답 (03 ② 04 ② 05 ②)

06 조윤제가 쓴 『한국문학사』의 토대가 되는 문학연구 방법론은?

① 비교문학적 방법
② 정신사적 방법
③ 형식분석적 방법
④ 문헌학적 방법

06 조윤제의 『한국문학사』는 한국의 민족성이라 할 수 있는 은근과 끈기를 바탕으로 한국문학작품들을 살펴보았다.

07 '문학은 언어로 이루어진 예술'이라는 전제 하에 문학의 내재적 요소들을 분석하여 그 의미와 가치를 밝히는 데 초점을 두는 문학연구 방법론은?

① 심리학적 방법
② 정신사적 방법
③ 형식분석적 방법
④ 민속학적 방법

07 형식분석적 방법은 형식 및 언어 표현을 면밀히 분석함으로써 다른 학문에 의존하지 않고 작품 자체를 연구해야 한다는 방법론이다.

08 판소리 사설에 나타난 표현들을 통해 판소리가 당시 사람들의 삶과 어떤 관계가 있었는지를 밝히는 연구를 할 때 적용하면 좋은 방법론은?

① 형식분석적 방법
② 문헌학적 방법
③ 심리학적 방법
④ 민속학적 방법

08 민속학적 방법은 문학이란 민속을 모체로 하여 출발했고, 민속과 깊은 관련을 가지고 자라났다는 전제 하에 민속과 문학의 관계를 분석한다.

정답 06② 07③ 08④

09 한국문학 연구사 5기 : 국학운동기
→ 문학연구 기초 작업기 → 분야별
작업기 → 방법론 전환기 → 민족문
학론 정립기

09 한국문학 연구사를 크게 5기로 나눴을 때 가장 마지막 시기에
해당하는 것은?

① 국학운동기
② 문학연구 기초 작업기
③ 민족문학론 정립기
④ 방법론 전환기

10 최초의 국문학사 책은 1922년 발표
된 안확의 『조선문학사』이다.

10 다음 중 한국 최초의 국문학사를 쓴 사람은 누구인가?

① 안확
② 최남선
③ 조동일
④ 조윤제

11 제4기인 방법론 전환기의 특징이다.

한국문학 연구사
• 제1기 : 1922년 안확의 『조선문학
사』로부터 출발
• 제2기 : 1926년 경성제국대학에 법
문학부와 조선어문학과가 설치되
어 여기서 공부한 학자들이 1930
~ 1940년대에 연구를 이끎
• 제3기 : 광복 이후로, 제2기를 주도
한 학자들의 제자들이 주도함
• 제4기 : 1970년대 이후로, 서양문
학의 이론과 방법에 관심을 갖고
연구한 사람들이 한국문학에 적용
하고자 시도함
• 제5기 : 최근

11 한국문학을 연구하는 데 서양의 문학연구 방법을 적극적으로
받아들이기 시작한 시기는 대략 언제부터인가?

① 일제강점기 무렵
② 전쟁 직후
③ 1970년대 무렵
④ 20세기 이후

정답 09 ③ 10 ① 11 ③

12 다음 중 한국문학 연구사에 관한 설명으로 옳은 것은?

① 최남선은 조선시대 가사 작품에 대한 연구를 함으로써 문학연구를 본격적으로 시작했다.

② 한국문학 연구가 시작되었을 당시에는 학자들이 한자의 어려움으로 인해 현대문학을 먼저 연구하기 시작했다.

③ 실증주의적인 연구방법을 적용하기 시작한 것은 가장 마지막 단계에 이르러서이다.

④ 국문학 연구는 민족주의적인 관점에서 먼저 출발하였다.

12 국문학 연구는 근대로 들어서는 시기에 우리나라가 일제강점이라는 민족적 위기를 맞으면서, 민족의 자존감 확립을 위한 수단으로 문학을 연구할 필요가 있었기 때문에 민족주의적 관점에서 먼저 출발하였다.

13 다음 중 민속학적 연구의 대상이 될 수 있는 것은?

① 향가
② 민담
③ 현대시조
④ 가사

13 민속학적 연구방법은 기록문학이 아니라 구비문학을 대상으로 한다. 신화, 전설, 민담 등은 구비문학에 속하고, 향가, 현대시조, 가사는 기록문학에 속한다.

14 다음 중 비교문학적 연구방법이 필요한 까닭은 무엇인가?

① 문학은 언어로 된 예술이기 때문이다.
② 문학은 시대정신, 민족정신의 표현이기 때문이다.
③ 문학은 사회의 반영이기 때문이다.
④ 문학은 세계 다른 나라 문학과 관련되기 때문이다.

14 비교문학적 연구는 서로 다른 나라 문학작품들 사이의 영향관계를 파악하거나 문학의 보편적인 특질을 토대로 각 나라 문학을 살펴보는 방식이다. 이러한 연구 방법은 문학이 한 나라 고유의 특질만을 갖는다는 것이 아니라 서로 연관되는 점이 있다는 것을 전제로 한다.

정답 12 ④   13 ②   14 ④

15 최남선은 시조야말로 한국인의 정신
적 전통의 실재라 보고 시조부흥운동
을 주창했다. 1928년에 출판한 『시조
유취』는 그때까지 발견된 거의 대부
분의 시조라 할 수 있는 1405수를 수
록한 책으로, 이러한 그의 생각을 잘
반영한 업적이라 할 수 있다.

15 민족의식 고취를 위한 목적으로 문학을 연구하던 한국문학 연구
초창기의 결과물은?

① 김윤식, 『한국근대문예비평사연구』
② 김동욱, 『춘향전연구』
③ 최남선, 『시조유취』
④ 이두현, 『한국가면극』

16 구비문학은 입에서 입으로 전승된다.
나중에 문자로 정착되는 경우가 있지
만 본질은 구비 전승이므로 그에 따
른 여러 가지 특징을 갖게 된다. 악장
은 궁중에서 여러 행사 때 쓰이는 노
래의 노랫말로 기록문학에 속한다.

16 다음 중 구비문학에 속하지 <u>않는</u> 것은 무엇인가?

① 설화
② 판소리
③ 민요
④ 악장

17 국문학은 크게 구비문학과 기록문학
으로 나눌 수 있다. 구비문학에는 설
화, 민요, 무가 등이 포함되고 기록문
학에는 한문·향찰·한글로 쓰인 문
학작품들이 해당된다.

17 다음 중 기록문학이 <u>아닌</u> 것은 무엇인가?

① 설화문학
② 한문문학
③ 향찰문학
④ 한글문학

정답 15 ③ 16 ④ 17 ①

18 국문학을 크게 서정, 서사, 극의 세 갈래로 나눌 때 서정갈래에 해당하지 <u>않는</u> 것은?

① 민요
② 잡가
③ 가사
④ 판소리

18 장덕순은 국문학을 서양의 3분법에 따라 서정, 서사, 극갈래로 나누었다. 서정갈래에는 민요, 고대시가, 향가, 고려가요, 시조, 악장, 가사, 한시, 잡가 등이 해당되고, 서사갈래에는 서사무가, 판소리, 신화, 전설, 민담, 소설 등이 해당된다. 마지막으로 극갈래에는 가면극, 인형극, 창극, 신파극, 현대극 등이 해당된다.

19 다음 중 국문학의 갈래를 시가와 산문의 두 갈래로 구분한 사람은?

① 조동일
② 장덕순
③ 이병기
④ 조윤제

19 이병기는 국문학의 갈래를 크게 시가와 산문, 두 가지로 나누었다. 시가에는 잡가, 향가, 시조, 별곡, 악장, 가사, 극가 등이 속하고, 산문에는 설화, 소설, 일기, 내간, 기행, 잡문이 속한다.

20 조동일의 갈래 구분에 따르면 판소리는 어느 갈래인가?

① 서정
② 교술
③ 서사
④ 희곡

20 조동일의 갈래 구분에 따르면 서사갈래에는 서사민요, 서사무가, 판소리, 신화, 전설, 민담, 소설이 해당한다.

정답 (18 ④　19 ③　20 ③)

여기서 멈출 거예요? 고지가 바로 눈앞에 있어요.
마지막 한 걸음까지 SD에듀가 함께할게요!

제 **2** 편

상고시대의 시가

단원 개요

이 단원은 우리 민족 문학의 생성기 모습을 보여주는 자료들을 다룬다. 비록 자료가 충분하지 않고 심지어 작품 자체가 남아있지 않은 경우도 있으나 한역의 형태로 남아있는 몇몇 작품들을 통해 신라가 강력한 국가로 성장하기 이전 우리 민족의 예술 활동 면모를 짐작해 볼 수 있다.

출제 경향 및 수험 대책

「구지가」, 「공무도하가」, 「황조가」 등 구체적인 작품의 내용과 형식에 관한 문제가 출제될 수 있다. 각 작품의 내용과 형식상의 특징을 배경설화와 함께 알아두는 것이 필요하다.

제1장 집단가요(集團歌謠)

고대시가는 상고시가, 상고가요, 상대시가, 상고가요라고도 불리는데 대체로 우리 시가의 **발생 단계에서부터 향가의 생성 이전까지에** 이르는 초창기 시가를 총칭하는 개념이다. 이 시대와 관련된 문학사적 자료는 거의 남아있지 않아서 고대시가 발생의 초창기 모습을 그리는 것은 쉬운 일이 아니다. 이 시대는 문자가 없는 시대였기 때문에 남겨서 전할 수 있는 자료 자체가 없었을 가능성도 있다. 그나마 중국 역사책인『삼국지』「위지」의 '동이전'에 나오는 영고, 무천 등의 제천의식에 관한 기록이 있어서 이를 근거하여 설명하는 것이 일반적이다. 부족국가에서 고대국가로 넘어가는 시점에서 제천의식은 하늘의 뜻을 받드는 중요한 행사였다. 이 기록에는 구체적인 작품이나 예술 활동에 관한 기록은 남아있지 않지만, 우리 민족은 농경생활 및 종교의식과 관련하여 집단적으로 모여 음주가무를 즐겼다는 기록은 남아 있다. 그러한 상황에서 문학, 음악, 무용이 미분화된 **원시 종합 예술** 상태로 고대시가가 형성되었을 것이라고 추측된다.

1 관련문헌

(1) **국외 자료** :『삼국지』중「위지」'동이전' 부분

(2) **국내 자료** :『삼국사기』,『삼국유사』,『해동역사』,『고려사』의「악지」편,『악학궤범』등

2 이 시기 작품들의 특징 중요 ★★★

이 시기의 몇몇 작품들은 한역되어 전해지는데, 그 작품들을 통해 짐작한 고대 집단가요의 특징은 다음과 같다.

(1) 초기에는 집단적이고 의식적인 노래였으나 후기로 올수록 개인적인 서정에 바탕을 둔 노래들이 창작되었다.

(2) 배경설화와 함께 전한다.

(3) 구전되다가 후대에 한역되었다.

(4) 우리 시가 초기의 기본적인 형식과 정서를 보여준다.

3 작품 예시

(1) **설화와 함께 한역된 작품들** : 「구지가」, 「공무도하가」, 「황조가」, 「해가」

(2) **설화와 함께 국문으로 기록된 작품** : 「정읍사」

(3) **가사 없이 관련 유래만 남은 작품들**

　① **고구려** : 「내원성」, 「연양」, 「명주」

　② **백제** : 「무등산」, 「선운산」, 「방등산」, 「지리산」

　③ **신라** : 「동경」, 「목주」, 「여나산」, 「장한성」, 「이견대」, 「도솔가」, 「물계자가」, 「회소곡」, 「우식곡」
　　　(향찰 표기 여부 불분명)

제2장 한역가요(漢譯歌謠)

상고시대에 집단적 노래의 형태로 불리던 가요들은 전부 한역(漢譯)되어 전해지기 때문에 한역가요라고 불린다. 이 가요들은『삼국사기』,『삼국유사』, 혹은『해동역사』등에 배경설화와 함께 실려 있는데,「구지가」,「황조가」,「공후인」,「해가」가 있다.

1 「구지가」

먼저 주목할 작품은「구지가(龜旨歌)」이다.「구지가」는『삼국유사』의「가락국기 수로왕 탄강기」에 실린 노래이다. 즉 가야의 시조인 김수로왕의 탄생배경과 관련된 노래인 것이다. 이 기록대로라면「구지가」는 기원후 42년 경 제작된 작품이다.「구지가」를 비롯하여 현재 전해지는 한역가요들이 모두 기원전후 1세기 무렵형성되었다는 것을 알 수 있을 뿐, 정확한 생성 연도를 알 수 없고, 이 작품들 모두 한국시가가 최초로 생성된 시기의 작품은 아니라는 점이 공통적이다. 하지만「구지가」는 다른 작품에 비해 생성기 시가의 특징을잘 드러낸다는 점에서 특히 먼저 주목할 만하다.「구지가」의 내용은 다음과 같다.

원문	현대어 풀이
龜何龜何(귀하귀하) 首其現也(수기현야) 若不現也(약불현야) 燔灼而喫也(번작이끽야)	거북아 거북아 머리를 내어라. 내놓지 않으면 구워서 먹으리.

이 노래에 대한 해석은 '거북'을 무엇으로 보는가에 따라 달라진다. 하나는 거북을 실제 거북이라 생각하고, 토테미즘에 근거해 사람들이 신령스런 장수의 동물인 거북에게 우두머리를 내려달라고 비는 노래라고 보는관점이 있다. 또한 거북을 뜻하는 '龜'가 '신'을 뜻하는 우리말 '검'을 나타내기 위해 빌려 온 한자라고 보는입장이 있다. 이 입장에 따르면 거북은 '신'이 된다. 신에게 우두머리를 내려달라고 비는 노래라는 입장이다. 노래의 뒷부분은 신에게 협박을 할 정도로 강렬한 기원의 마음을 갖고 있음을 의미하기도 하고, 제물을 불태워 제사 지내는 희생제의를 뜻한다고 보기도 한다.

한편 구조적인 면에서「구지가」에 나타나는 '호명 – 명령 – 가정 – 위협'의 구조는 우리나라의 다른 시대작품뿐만 아니라 중국, 인도네시아, 남미 등 다른 나라 작품에도 나타나는 형태이다. 이러한「구지가」계노래들에 나타나는 공통점을 뽑아보면 다음과 같다.

> • 집단적 제의에서 여럿이 함께 부르는 주술적 노래이다.
> • 기우 혹은 풍요를 바라는 내용이다.
> • 신 자체가 아니라 신의 매개자에게 위협한다.

이러한 점으로 보아「구지가」는 **청동기 문화를 배경**으로 본격적인 농경이 이루어지고, 혈연집단보다 큰 규모의 공동체가 형성되는 상황에서 직접적인 위협을 할 수 없을 정도로 초월적인 힘을 지닌 신에 대한 관념이 형성된 시기의 작품이라는 것을 알 수 있다. 이러한 특성은『삼국지』「위지」'동이전'에 나오는 제천의식의 전통과 일치한다. 따라서「구지가」는 우리 시가 생성기의 초기 모습을 보여주는 작품이라 할 수 있다.

2 「공무도하가」

「공무도하가(公無渡河歌)」는 후한 말 채옹이 엮은『금조』와 진(晉)나라 때 최표가 엮은『고금주』에「공후인」이라는 악곡으로 채록되어 내려오는 고대가요이다. 한국 문헌에서는 17세기 차천로의『오산설림초고』에 처음 나타나며, 18세기 이후 한치윤의『해동역사』등에도 수록되어 있다. 이 노래에 대한 가장 오래된 기록이 중국의 자료이기에 중국 노래라는 설도 있었으나, 한치윤은『해동역사』에서 이 작품의 배경을 **고조선**으로 언급하고 있다. 고조선 시대에 민간에서 불리던 노래가 고조선 멸망 후 한사군의 성립과 더불어 중국으로 전해진 것으로 추측된다.「공무도하가」의 내용은 다음과 같다.

원문	현대어 풀이
公無渡河(공무도하) 公竟渡河(공경도하) 墮河而死(타하이사) 當奈公何(당내공하)	그대여, 물을 건너지 마오. 그대 결국 물을 건너셨도다. 물에 빠져 돌아가시니. 가신 임을 어이할꼬.

이 노래에는 두 가지 죽음의 형태가 나타난다. 먼저 임(백수광부)은 삶과 죽음을 경계 짓지 않는 신화적 인간의 모습이 나타난다. 이러한 임의 존재는 무당이라 볼 수도 있는데 그의 죽음은 죽음을 죽음으로 인식하지 않는 제의적-초월적 죽음이다. 반면 남편의 죽음에 뒤따라 목숨을 던지는 아내는 삶과 죽음을 뚜렷이 경계 짓는 현실적 인간의 모습이다. 이러한 아내의 죽음은 죽음이 세계의 종말이 되는 경험적 죽음이다. 「공무도하가」는 죽음을 받아들이는 형태가 제의적인 것에서 현실적인 것으로 변화해 가는 모습을 보여줌으로써 철기시대의 도래로 인한 세계관의 변화를 보여주는 작품이라 할 수 있다. 이처럼「공무도하가」는 사회가 변화하는 상황에 대한 노래라는 점에서 완전한 의미의 개인적 서정시라 보기 어렵다는 견해도 있다. 그러나「공무도하가」와 같은 과정을 거쳐「구지가」계와 같은 집단적 제의의 노래에서 개인적인 서정시로의 변화가 이루어진 것은 분명하다.

3 「황조가」

「황조가(黃鳥歌)」는 『삼국사기』 「고구려 본기 유리왕」조에 실려 있는 고대가요이다. 고구려의 2대 왕인 유리왕이 지은 것이라 전한다. 「황조가」의 내용은 다음과 같다.

원문	현대어 풀이
翩翩黃鳥(편편황조) 雌雄相依(자웅상의) 念我之獨(염아지독) 誰其與歸(수기여귀)	펄펄 나는 저 꾀꼬리 암수 서로 정답구나. 외로울사 이내 몸은 뉘와 함께 돌아갈꼬.

「구지가」나 「공무도하가」와 달리 실연의 아픔이라는 개인적인 느낌을 담고 있다는 점에서 확실하게 구별되는 작품이다. 그런데 「황조가」의 배경설화 속에 등장하는 '치희'와 '화희'가 단지 임금의 총애를 바라는 두 여인이 아니라 한인으로 대표되는 외래세력(치희)과 골천인으로 대표되는 토착세력(화희)이며, 이들 간의 정치적 다툼 사이에서 좌절감을 느낀 유리왕의 심정을 바탕으로 한 노래라는 견해도 있다. 또한 벼(禾, 화희)로 상징되는 농경사회와 꿩(稚, 치희)으로 상징되는 수렵사회의 대립구도로 보는 견해도 있다. 그러나 어느 쪽으로 해석하든 「황조가」는 개인적 서정시라는 점은 변함없다.

4 「해가」

「해가」는 『삼국유사』 기이편 「수로부인」조에 실려 있는 작자 미상의 가요이다. 내용은 다음과 같다.

원문	현대어 풀이
龜乎龜乎出水路(구호구호출수로) 掠人婦女罪何極(약인부녀죄하극) 汝若悖逆不出獻(여약패역불출헌) 入網捕掠燔之喫(입망포략번지끽)	거북아 거북아 수로를 내놓아라. 다른 이의 부녀를 빼앗은 죄가 얼마나 되는가. 네가 만약 거역하여 바치지 않으면 그물로 (너를) 잡아 구워먹고 말리라.

이 노래는 내용과 주제가 「구지가」와 매우 비슷하다. 다만 「구지가」가 4언인 반면 「해가」는 7언으로 되어 있다는 점에서 「해가」가 좀 더 구체적이다. 그래서 「구지가」의 풍자적 개작으로 보기도 한다. 또한 익사한 사람을 위한 초혼굿에서 불린 노래라는 견해, 제사를 지낼 때 부른 주술가요라 보는 견해 등이 있다.

> **❗ 더 알아두기 Q**
>
> • 「구지가」의 배경설화
> 후한의 세조 광무제 건무 18년 임인 3월, 액을 덜기 위해 목욕하고 술을 마시던 계욕일에 그들이 사는 북쪽 구지봉에서 누군가를 부르는 이상한 소리가 들려왔다. 이삼백 명의 사람들이 모여들었는데, 사람 소리는 있는 것 같으나 모습은 보이지 않고 말소리가 들렸다.
> "여기에 사람이 있느냐?"

이에 구간 등이 대답했다.

"우리들이 있습니다."

"내가 있는 데가 어디냐?"

"구지입니다."

"하늘이 내게 명하여 이곳에 나라를 세우고 임금이 되라 하시므로 여기에 왔으니, 너희는 이 봉우리의 흙을 파서 모으면서 노래를 불러라. '거북아, 거북아. 머리를 내 놓아라. 내놓지 않으면 구워서 먹으리라(龜何龜何 首其現也 若不現也 燔灼而喫也).'하면서 춤을 추면 이것이 대왕을 맞이하면서 기뻐 날뛰는 것이리라."

구간 등이 그 말대로 즐거이 노래하며 춤추다가 얼마 후 우러러보니 하늘에서 자주색 줄이 늘어져 땅에까지 닿았다. 줄 끝을 찾아보니 붉은 보자기에 금합을 싼 것이 있었다. 합을 열어보니 알 여섯 개가 있는데 태양처럼 황금빛으로 빛났다. 여러 사람들이 모두 놀라 기뻐하며 백 번 절하고 다시 싸서 아도간의 집으로 돌아갔다. 책상 위에 모셔 두고 흩어졌다가 12일쯤 지나 그 다음날 아침에 사람들이 다시 모여 합을 열어보니 알 여섯 개가 모두 남자로 변하였는데, 성스러운 용모를 가졌다. 이어 의자에 앉히고 공손히 하례하였다.

- 「공무도하가」의 배경설화

곽리자고가 새벽에 일어나 배를 저어 갔다. 그때 흰 머리를 풀어헤친 어떤 미친 사람(白首狂夫)이 술병을 들고 어지럽게 물을 건너가고, 그 아내가 쫓아가며 말렸다. 그러나 그 남자는 아내의 말을 듣지 않고 결국 물에 빠져 죽었다. 이에 그 아내는 공후를 타며 「공무도하(公無渡河)」라는 노래를 지어 불렀는데, 소리가 매우 구슬펐다. 노래가 끝나자 그녀도 스스로 몸을 던져 물에 빠져 죽었다. 곽리자고가 돌아와 아내 여옥에게 그가 본 광경과 노래를 이야기해 주었다. 여옥은 슬퍼하며 공후를 안고 그 소리를 본받아 타니 듣는 자들은 모두 슬퍼했다. 여옥은 그 노래를 이웃 여자 여용에게 전해 주었는데, 이를 일컬어 「공후인」이라 한다.

- 「황조가」의 배경설화

유리왕 3년 7월에 골천에 머무는 별궁을 지었다. 10월에는 왕비 송씨가 죽었다. 왕은 다시 두 여자를 후실로 얻었는데 한 사람은 화희라는 골천 사람의 딸이고, 또 한 사람은 치희라는 한나라 사람의 딸이었다. 두 여자가 사랑 다툼으로 서로 화목하지 못하므로 왕은 양곡(涼谷)에 동궁과 서궁을 짓고 따로 머물게 했다. 그 후 왕이 기산에 사냥을 가서 7일 동안 돌아오지 않는데 두 여자가 크게 싸웠다. 화희가 치희에게 "너는 한나라 집안의 종으로 첩이 된 사람인데 왜 이리 무례한가?"하면서 꾸짖었다. 치희는 부끄럽고 분하여 집으로 돌아가 버렸다. 왕은 이 말을 듣고 말을 채찍질하며 쫓아갔으나, 치희는 성을 내며 돌아오지 않았다. 왕이 어느 날 나무 밑에서 쉬며 꾀꼬리들이 날아 모여듦을 보고 느끼는 바가 있어 노래하였다.

- 「해가」의 배경설화

신라 성덕왕 때 순정공의 부인 수로는 미모가 뛰어나 깊은 산이나 큰 연못을 지날 때에는 자주 신물(神物)에게 잡혀가고는 했다. 순정공이 강릉태수로 부임하여 가던 중 한 노인으로부터 낭떠러지에서 꺾어 온 꽃을 받았고, 동해안에서는 갑자기 해룡이 나타나 수로부인을 납치해갔다. 이때 어떤 노인이 "백성을 모아 노래를 지어 부르며 막대기로 언덕을 치면 부인을 찾을 수 있으리라."고 했다. 순정공이 「해가」를 지어 부르며 백성들이 언덕을 치게 하니 과연 용은 수로부인을 돌려주었다.

실전예상문제

해설 & 정답 checkpoint

01 다음 중 상고시대의 한역가요를 수록하고 있는 책이 <u>아닌</u> 것은 무엇인가?

① 『삼국사기』
② 『해동역사』
③ 『고려사』
④ 『삼국유사』

01 상고시대의 한역가요들은 『삼국사기』, 『삼국유사』, 『해동역사』 등에 배경설화와 함께 실려 있다. 『고려사』에는 고대가요 관련 기록이 남아있을 뿐이다.

02 다음 중 상고시대 시가의 특징으로 볼 수 <u>없는</u> 것은 무엇인가?

① 원시 종합 예술의 형태를 나타낸다.
② 향찰로 표기되었다.
③ 집단이 모여 음주가무를 즐기는 가운데 이루어졌다.
④ 배경설화와 함께 전한다.

02 현전하는 상고시대의 시가들은 모두 한역되어 전한다. 향찰로 표기된 것은 향가이다.

03 다음 중 상고시대 시가는 무엇인가?

① 「헌화가」
② 「공후인」
③ 「원왕가」
④ 「서동요」

03 현전하는 상고시대 시가에는 「구지가」, 「황조가」, 「공후인」, 「해가」가 있다.

정답 01 ③ 02 ② 03 ②

04 구지가계 노래들에는 '호명 - 명령 - 가정 - 위협'이라는 공통적인 구조가 나타나기는 하지만 형식이 엄격하게 지켜진 것은 아니다.

04 다음 중 「구지가」계 노래들의 공통적 특징에 해당하지 <u>않는</u> 것은 무엇인가?

① 여럿이 함께 불렀다.
② 풍요를 바라는 마음이 담겼다.
③ 신에 대한 두려움이 나타난다.
④ 엄격한 형식을 갖추었다.

05 「구지가」는 『삼국유사』 「가락국기 수로왕 탄강기」에 실린 노래이다. 즉 가야의 시조인 김수로왕의 탄생배경과 관련된 노래이다.

05 다음 중 「구지가」와 관련 있는 나라는 어디인가?

① 가락국
② 고조선
③ 고구려
④ 부여

06 '若不現也(약불현야)'는 「구지가」의 세 번째 구절이다. 「황조가」의 내용은 '翩翩黃鳥(편편황조) 雌雄相依(자웅상의) 念我之獨(염아지독) 誰其與歸(수기여귀)'이다.

06 다음 중 「황조가」와 관련 <u>없는</u> 구절은 무엇인가?

① 翩翩黃鳥(편편황조)
② 誰其與歸(수기여귀)
③ 念我之獨(염아지독)
④ 若不現也(약불현야)

정답 04 ④ 05 ① 06 ④

07 다음 중 「공무도하가」에 대한 설명으로 옳은 것은 무엇인가?

① 백수광부가 물에 빠져 죽는 슬픈 장면을 본 곽리자고가 노래로 지었다.

② 고구려 시대에 민간에서 불리던 노래가 중국으로 전해져 중국 역사책에 실리게 되었다.

③ 「공후인」이라고도 불린다.

④ 이 노래에 대한 가장 오래된 기록은 고조선의 기록이다.

07 해당 작품의 작가는 백수광부의 부인이며 고구려가 아니라 고조선 시대의 노래이다. 또한 이 노래에 대한 가장 오래된 기록은 중국 후한 말 채옹이 엮은 『금조』와 진(晉)나라 때 최표가 엮은 『고금주』에 있다.

08 상고시대 시가 중에서 개인의 서정을 담은 최초의 노래는 무엇인가?

① 「공무도하가」

② 「구지가」

③ 「황조가」

④ 「공후인」

08 「구지가」는 집단 제의 때 불린 것이며, 「공무도하가」 역시 집단적 요소가 어느 정도 남아있다. 그러나 「황조가」는 유리왕이 이별의 슬픔을 노래한 것으로 확실하게 개인의 서정을 노래했다고 할 수 있다.

09 「황조가」와 관련된 인물이 <u>아닌</u> 것은 누구인가?

① 유리왕

② 여옥

③ 화희

④ 치희

09 여옥은 「공무도하가」 관련 설화에 나오는 곽리자고의 부인이다.

정답 (07 ③ 08 ③ 09 ②)

10 '호명 – 명령 – 가정 – 위협'은 구지가계 노래의 공통적인 구조이다.

10 「**구지가**」**의 구조를 다음과 같이 나타낼 때 괄호 안에 들어갈 말로 옳은 것은?**

> 호명 – 명령 – (   ) – 위협

① 제안
② 재촉
③ 가정
④ 설득

11 「황조가」의 시적화자는 꾀꼬리는 자신과 달리 암수가 서로 정답게 노닌다고 하였다. 이는 동병상련의 감정이 아니라 자신과 대비되는 꾀꼬리의 모습을 보고 자신의 외로운 처지를 더 강하게 인식한 것이라 할 수 있다.

11 **다음 중** 「**황조가**」**에 대한 설명으로 옳지 않은 것은?**

① 현전하는 가장 오래된 개인 서정시이다.
② 시적화자는 자연물을 보며 동병상련의 감정을 느끼고 있다.
③ 임과 이별한 슬픔을 직접적으로 드러내고 있다.
④ 내면의 심리는 외부 대상 묘사보다 나중에 제시했다.

12 「공무도하가」에는 원망의 정서가 아니라, 체념의 정서가 드러난다.

12 **다음 중** 「**공무도하가**」**에 대한 설명으로 옳지 않은 것은?**

① 임을 잃은 슬픔을 표현하였다.
② 집단가요에서 개인적 서정시로 넘어가는 과도기적 성격을 지닌다.
③ 자신을 두고 떠나간 임에 대한 원망의 정서가 나타난다.
④ 화자의 감정이 화려한 수식 없이 직접적으로 표현되어 있다.

13 다음 중 「황조가」의 저자는 누구인가?

① 유리왕
② 주몽
③ 백수광부
④ 백수광부의 처

13 「황조가」의 저자는 고구려의 2대 왕인 유리왕이 지은 것이라 전해진다.

14 다음 중 고대가요와 그 가요가 실린 책의 이름이 <u>잘못</u> 연결된 것은?

① 「구지가」 – 『삼국유사』
② 「공무도하가」 – 『금조』
③ 「황조가」 – 『삼국사기』
④ 「구지가」 – 『삼국사기』

14 「구지가」는 『삼국유사』 중 「가락국기 수로왕 탄강기」에 실린 노래이다.

15 「구지가」의 배경이 되는 문화는 무엇인가?

① 구석기 문화
② 신석기 문화
③ 청동기 문화
④ 철기 문화

15 「구지가」는 혈연집단보다 큰 규모의 공동체가 형성되는 상황에서 초월적인 힘을 지닌 신에 대한 관념이 형성되어 있는 시기의 작품이라 할 수 있다. 이러한 시기에 해당하는 것은 청동기이다.

정답   13 ①   14 ④   15 ③

16 「헌화가」는 신라 성덕왕 때 어느 노옹이 수로부인에게 꽃을 꺾어 바치며 지었다고 전해지는 4구체 향가이다.

16 다음 중 고대 한역가요에 해당하지 <u>않는</u> 작품은 무엇인가?

① 「구지가」
② 「공무도하가」
③ 「황조가」
④ 「헌화가」

17 유리왕은 주몽의 아들로, 천신으로부터 시작되는 신화와 직결되는 인물이다. 신화시대는 공통의 가치를 설정하여 추구하는 동질적인 세계로, '개인'의 개념이 희박하다. 개인의 서정을 노래할 수 있는 것은 세계와 자아가 분리된 상태로 어느 정도 합리적으로 세계를 인식할 수 있는 단계에 이르렀다는 것을 의미한다. 그러므로 유리왕이 「황조가」를 지었다는 것은 시대가 신화의 시대를 벗어나 중세로 넘어가고 있음을 뜻한다.

17 고구려 유리왕이 지은 「황조가」가 개인의 서정을 노래했다는 것이 의미하는 바에 대해 적절하게 설명한 것은?

① 개인의 서정을 노래했다는 것은 왕이 시 짓기에 빠져 있을 정도로 시 짓기가 당시의 유행이었다는 것을 의미한다.
② 개인의 서정을 노래했다는 것은 당시 사회가 신화의 세계에서 중세로 넘어가고 있음을 의미한다.
③ 개인의 서정을 노래했다는 것은 당시 사회가 개인의 다양한 감정표현을 폭넓게 수용하는 열린 사회였음을 의미한다.
④ 개인의 서정을 노래했다는 것은 당시 유리왕이 정치보다 연인과의 사랑에 더 빠져 있었다는 것을 의미한다.

18 「공무도하가」는 중국 책 『금조』와 『고금주』에 「공후인」이라는 제목으로 실려 있으며, 한국 책에는 『오산설림초고』, 『해동역사』에 수록되어 있다.

18 다음 중 「공무도하가」와 관련 <u>없는</u> 것은?

① 「공후인」
② 『해동역사』
③ 고조선
④ 『삼국유사』

정답 16 ④ 17 ② 18 ④

19 「공무도하가」의 마지막 구절인 '當柰公何(당내공하)'에 나타난 화자의 심정에 해당하지 <u>않는</u> 것은 무엇인가?

① 원망
② 체념
③ 탄식
④ 슬픔

19 當柰公何(당내공하) : '가신 임을 어이할꼬'라는 뜻으로, 이 구절에 원망의 마음이 담겨 있다고 보기는 어렵다.

20 다음 중 고대가요에 대한 설명으로 적절한 것은 무엇인가?

① 『삼국유사』에 실린 시가 전부
② 고려시대 이전 시가
③ 신라가요 이전 시가
④ 한글 창제 이전 시가

20 고대가요는 한역되어 전하는 신라가요 이전의 시가를 말한다.

정답   19 ①   20 ③

여기서 멈출 거예요? 고지가 바로 눈앞에 있어요.
마지막 한 걸음까지 SD에듀가 함께할게요!

제 **3** 편

삼국시대의 문학

단원 개요

삼국시대를 거쳐 통일신라시대에 이르며 사람들은 서서히 집단적인 제의에서 부르는 주술적 노래에서 벗어나 개인의 서정을 노래하기 시작한다. 이때에는 중국과 서역 등을 통해 다양한 악기가 유입되고 거문고가 만들어지면서 더욱 노래가 발전하기 좋은 상황이 된다. 그러나 아쉽게도 이 시기의 작품들은 가락은 물론이고 노래가사도 향가 25수를 제외하면 백제의 「정읍사」만이 남아있을 뿐이다. 다행히 배경설화나 작품 관련 설명이 문헌에 남아 있어 작품의 내용을 짐작해 볼 수 있다. 현존하는 향가 25수를 통해서는 개인적 서정시가 자리 잡는 모습과, 향찰이라는 독창적인 방법으로 우리말을 표기함으로써 독자적인 우리 문학이 발전해 가는 모습을 엿볼 수 있다.

출제 경향 및 수험 대책

이 단원에서 다루는 내용들 중에서 특히 향가는 우리의 독자적인 문학 형식을 형성해 나가는 과정의 처음이라 할 수 있기 때문에 형식과 내용 등에 주목해서 살펴볼 필요가 있다. 향가 이외에 작품이 현전하는 경우는 물론이고, 배경설화만 전하는 작품들의 경우에도 특징을 놓치지 않고 학습해 두는 것이 필요하다.

고구려의 노래

제 **1** 장

고구려 초기의 노래는 제천의식에서 사용되었을 것이라 짐작되며, 유리왕의 「황조가」 같은 것이 남아있을 뿐이다. 그러다가 5세기 이후 고구려의 노래는 변화를 맞으며 발전하게 된다. 4세기 무렵 왕산악에 의해 만들어진 거문고가 노래의 반주로 사용되었고, 중국의 음악들을 수용했을 뿐만 아니라 중국을 거쳐 비파, 피리, 횡적 같은 서역 악기를 수입하게 되었기 때문이다.

고구려의 노래는 「내원성」, 「연양」, 「명주」의 유래가 『고려사』 권71 「악지」에 남아 있을 뿐, 노랫말이 전하지는 않는다.

1 「내원성」

작자 미상의 작품으로, 내원성은 고구려의 정주(지금의 평안북도 양주 부근)에 있는 물 가운데 땅에 있었다. 내원성(來遠城)이라는 이름은 멀리서 온 사람들이 머무르는 성이라는 뜻으로, 오랑캐가 귀순해 오면 이 성에 머물게 한 데서 유래한다. 오랑캐들이 귀순해 오면 살게 할 성을 따로 둘 정도로 고구려라는 나라의 힘이 강했다는 것을 짐작해 볼 수 있는 노래이다.

2 「연양」

작자 미상의 작품으로, 고구려의 연양지역(지금의 평안북도 영변)에서 남의 집 일을 하며 살던 사람이 자신의 신세를 나무에 비유해서 지은 것이라고 한다. 나무가 불 피우는 데 요긴하게 쓰이다가 없어지듯이 자기도 죽기를 무릅쓰고 일하겠다는 내용이다.

3 「명주」

김무월랑이 지은 작품으로, 명주의 연못 서출지에 있는 '월화정(月花亭)'에 얽힌 전설에 관련된 설화가 남아 있다. 설화의 내용은 무월랑이 박연화와 사랑에 빠졌지만 입신양명을 위해 떠났다가 잉어가 전해 준 박연화의 편지를 보고 돌아와 결혼한다는 것이다. 『고려사』에는 무월랑이 '드디어 이 노래를 불렀다'는 기록이 남아있어서 작자를 알 수 있다. 무월랑은 실존인물이라 한다.

한편 '명주(지금의 강릉)'라는 지명은 신라시대 때 부른 지명이라는 점, 설화에 나오는 과거제도가 고구려에는 없었지만 신라에는 독서삼품과가 있었다는 점을 근거로 신라 혹은 고려의 노래라는 견해도 있다. 또한 이 설화의 내용을 고려할 때 보은설화에 해당하며, 「춘향전」의 근원설화라고 보기도 한다.

제 2 장 백제의 노래

백제의 노래는 고구려 노래와 마찬가지로 『고려사』 「악지」에 5편(「무등산」, 「선운산」, 「방등산」, 「지리산」, 「정읍」)이 전하며, 모두 산이나 고장 이름을 제목으로 삼고 있어서 향토적 정서를 중시했다는 점에서도 고구려 노래와 같다. 이 중 「정읍」만 가사가 남아있고 나머지는 작품 관련 설명만 대략적으로 남아있다. 한편 「무등산」만 남자가 쓴 것이고 나머지는 모두 여자들이 지었다.

1 「무등산」

전라도 광주에 있는 무등산에 성을 쌓자 백성들이 성 덕분에 편안하게 살 수 있게 되어 즐거운 마음에 불렀다고 한다.

2 「선운산」

부역을 간 남편이 기한이 지나도 돌아오지 않자 그의 아내가 고창 선운산에 올라 남편을 생각하며 불렀다고 한다.

3 「방등산」

방등산은 장성에 있는 산인데, 신라 말년에 도적이 크게 일어나 산에 근거를 두고 양가 여자들을 많이 잡아갔다고 한다. 이 때 장일현에 살던 한 여인이 도둑에게 잡혀갔는데 남편이 구출하러 곧 오지 않는 것을 풍자한 노래라고 한다.

4 「지리산」

구례의 한 여인이 자신을 첩으로 삼으려는 백제왕의 명령에 대해 이 노래를 지어 부르며 죽기를 맹세하고 따르지 않았다고 한다. 이 노래는 백제왕의 폭정을 규탄하는 노래인 동시에 여인의 정절의식을 부각하여 백성을 교화하려는 노래이기도 하다. 또한 『삼국사기』에 나오는 '도미의 처' 이야기와 비슷해서 같은 사건에 대해 두 이야기가 전해지는 것이라는 견해가 있다.

5 「정읍」 중요 ★★★

정읍은 전주의 속현이었는데, 이 고을 저 고을로 돌아다니며 행상을 하는 남편이 오랫동안 돌아오지 않자 그의 아내가 남편의 무사귀환을 바라며 부른 노래라 한다. 이 노래는 『고려사』에는 「정읍」이라 되어 있고 배경설화만 전하나, 조선시대 때 지어진 『악학궤범』에는 「정읍사」로 가사가 실려 있다. 고려를 거쳐 조선시대까지 궁중악으로 불렸기에 국문으로 기록될 수 있었던 것이다.

「정읍사」의 가사는 다음과 같다.

원문	현대어 풀이
돌하 노피곰 도드샤	달님이시여 높이 높이 돋으시어
어긔야 머리곰 비취오시라	아, 멀리 멀리 비추어 주십시오.
어긔야 어강됴리	(후렴구)
아으 다롱디리	(후렴구)
져재 녀러신고요	(임은) 시장에 가 계시옵니까
어긔야 즌 ᄃᆡᄅᆞᆯ 드ᄃᆡ욜셰라	아, 진 곳을 디딜까 두렵습니다.
어긔야 어강됴리	(후렴구)
어느이다 노코시라	어느 곳에나 놓으십시오.
어긔야 내 가논 ᄃᆡ 졈그롤셰라	아, 내가(내 임이) 가는 곳에 날이 저물까 두렵습니다.
어긔야 어강됴리	(후렴구)
아으 다롱디리	(후렴구)

본문을 보면 후렴구가 있고, 3음보이며, 분연체라는 고려가요의 특징을 지니고 있다는 점 때문에 고려가요로 보는 시각도 있다. 또한 후렴구를 제외했을 때 3연 6구의 형식인데, 이것은 3장 6구의 시조와 비슷하다. 따라서 이 작품을 시조 형식의 원형을 보여주는 작품으로 보기도 한다.

제3장 신라의 노래

신라의 노래는 '향가'로 대표되지만, 가사가 남아있지 않아서 향찰로 표기되었는지 여부를 알 수 없는 노래들이 있다.

1 『고려사』「악지」에 창작 배경만 전하는 노래

(1) 「동경(東京)」

동경은 계림부를 말하는데, 태평성대를 찬미하는 노래라고 한다.

(2) 「목주(木州)」

목주에 사는 한 효녀가 효를 다하고자 하나 아버지가 계모에게 빠져 자기의 효도를 알아주지 않자 이 노래를 불렀다고 한다.

(3) 「여나산(余那山)」

여나산은 경주 계림에 있는 산이다. 여나산에서 공부한 사위가 과거에 급제하여 과거를 관장하는 벼슬을 하게 되자 처갓집에서 기뻐하며 이 노래를 불렀다고 한다. 이후 과시의 시관이 된 사람들이 잔치를 차리고 먼저 이 노래를 불렀다고 한다.

(4) 「장한성(壯漢成)」

장한성은 한강 가에 있던 성이다. 이를 고구려에 빼앗겼다가 되찾게 되자 백성들이 기뻐하며 지어 부른 노래라고 한다.

(5) 「이견대(利見臺)」

신라왕이 오랜만에 아들을 만나게 되자 이견대를 쌓고 기쁨을 표현한 노래라고 한다.

2 『삼국사기』 혹은 『삼국유사』에 배경설화만 전하는 노래

(1) 「도솔가(兜率家)」

신라 3대 유리왕 때 지어진 노래로, 신라 35대 경덕왕 때 월명사가 지은 향가 「도솔가」와 제목이 같으므로 구분될 필요가 있다.

이 노래는 신라의 3대 유리왕이 건국 초기에 국가체제를 정비하는 과정에서 제작된 것으로, 일반적으로 국가적 차원에서 나라의 태평과 백성들의 평안을 기원하기 위한 의례에서 불린 것으로 본다. 또한 왕실 음악으로서의 가악을 제도화하는 과정에서 제작된 노래다.

그런데 처음 지었다는 말로 보아「도솔가」가 한 개인의 창작 가요가 아니라 나라를 편안하게 하자는 주술 또는 기원을 담은 노래들을 뜻하는 보통명사라고 보기도 한다. 이 점은 경덕왕 때 지어진「도솔가」와는 다른 점이다. 그러나 '차사와 사뇌의 격이 있다'는「도솔가」의 설명을 토대로 봤을 때,「도솔가」는 10구체 향가인 사뇌가에 속하므로 별도의 장르로 보기 어렵다는 견해도 있다.

(2) 「물계자가(勿稽子歌)」

신라 10대 내해왕 때 물계자가 주변국과의 전쟁에서 큰 공을 세웠으나 군사를 이끌던 왕손과 사이가 좋지 않아 공을 인정받지 못하자 이를 원망하여 산에 들어가 거문고를 타며 대나무의 곧은 성품, 계곡의 물소리를 빗대어 부른 노래라고 한다.

(3) 「회소곡(會蘇曲)」

신라 3대 유리왕 때 나라에서 부녀들을 두 패로 갈라 길쌈대회를 열고 진 편이 이긴 편에 사례하게 했다고 한다. 이 때 진 편의 한 여자가 일어나 슬퍼하며 '회소 회소'라 탄식했다. 이후 그 소리를 토대로 노래를 지어「회소곡」이라 했다고 한다.

(4) 「우식곡(憂息曲)」(= 우식악)

신라 19대 눌지왕이 다른 나라에 인질로 보낸 아우들이 박제상의 노력으로 다시 돌아오게 되자 주연을 베풀고 스스로 춤을 추며 지어 부른 노래라고 한다.

❗ 더 알아두기 Q

「도솔가」 관련 구절

출처	구분	해석
『삼국유사』	원문	改定六部號 仍賜六姓 始作兜率歌 有嗟辭 詞腦格 (개정육부호 잉사육성 시작도솔가 유차사 사뇌격)
	현대어 풀이	육부의 이름을 개정하고 또 육성을 사(賜)하고 처음으로 도솔가를 지었는데 차사와 사뇌의 격이 있었다.
『삼국사기』	원문	是年 民俗歡康 始製兜率歌 此歌樂之始也 (시년 민속환강 시제도솔가 차가락지시야)
	현대어 풀이	이 해에 민속이 즐겁고 편안하여 처음으로 왕이 도솔가를 지으니, 이는 가락의 시초였다.

제 4 장 향가

1 향가의 뜻과 발생 및 표기

(1) 뜻 중요 ★★★

향가(鄕歌)는 광의로는 중국 시가에 대한 우리의 시가를 말하고, 협의로는 주로 신라시대부터 고려 전기까지 유행한 우리말 노래로, 향찰로 표기되어 전해진다.

(2) 발생 및 표기

향가 이전에는 우리의 노래가 구전되거나 한역되었다. 그러나 '향찰'이라는 표기법을 통해 우리 식으로 표기하려는 노력이 결실을 맺게 된다. 이런 표기법을 사용하게 된 것은 향가의 발생과 밀접한 관계가 있다. 향가와 관련된 문헌을 보면 향가는 주술적 기능을 갖고 있었다는 것을 알 수 있다. 『삼국유사』의 「월명사 도솔가」조를 보면 경덕왕 때 하늘에 해가 둘이 나타나는 변괴가 생기자 경덕왕이 마침 지나가던 월명사에게 노래를 지으라고 했는데 월명사가 향가를 지어 부르자 해가 사라졌다고 한다. 또한 '월명사는 일찍이 죽은 누이동생을 위해 재를 올렸는데 향가를 지어 제사지냈다'거나 '신라 사람들도 향가를 숭상한 자가 많았으니 (중략) 이따금 천지와 귀신을 감동시킨 것이 한두 번이 아니었다'라고 적혀 있다. 이처럼 향가는 주술적 기능을 갖고 있으므로 그것을 글로 기록할 때 우리말 발음을 정확하게 반영하는 게 필요했고, 그러한 상황에서 향찰이라는 방법을 고안해 내게 된 것이다.

또한 불교를 전파하는 데 우리말로 표현된 음악을 이용하는 게 좋다는 인식이 생겨남에 따라 향가가 발전하게 되었다고도 본다.

2 '향가'와 '사뇌가'의 관계

'향가'라는 명칭은 『균여전』, 『삼국사기』, 『삼국유사』에 나타나 있는데 '사뇌가(詞腦歌)'라고도 한다. 하지만 '사뇌가'와 '향가'의 관계에 대해서는 다음과 같은 여러 견해가 있다.

- '사뇌가'는 향가 중 10구체 향가에 대해 쓰는 말이라는 견해(조윤제)
- 문헌에는 '사내(思內)', '사뇌(詞腦)', '시뇌(時惱)' 등이 두루 혼용되는데, 이는 모두 같은 말이자 '스닉'의 차자표기로, '스닉'는 동방, 즉 신라를 뜻하는 말이며 이를 '향(鄕)'이라 번역한 것은 중국에 대한 사대주의 사상 때문이었다는 견해(양주동)
- '사뇌(詞腦)'는 '시나위'의 의음(擬音)으로서 외래 불교음악인 정악보다 격이 낮고, 토속적인 음악이라는 견해(이혜구)

이 외에도 여러 논란이 있으나 최근에는 '시닉'라고 보는 게 맞는 발음이라 여겨지고 있고, 대체로 10구체이되, 그 뜻이 높거나 정치한 격조를 지닌 노래만을 '시닉가'라고 본다는 데 뜻이 모아지고 있다.

3 향가의 형식 중요 ★★★

향가의 실제 모습을 볼 수 있는 것은 1075년에 혁련정이 지은 승려 균여의 전기문인 『균여전』(11수)과 1281년에 승려 일연이 지은 『삼국유사』(14수)를 통해서이다.

현존하는 25수의 향가를 토대로 정리해 보면 향가는 4구체, 8구체, 10구체로 나뉜다. 이 외에도 다양한 분절체가 있지만 그것은 기록을 할 때 잘못된 것으로 보는 등 향가의 형식에 대한 논의는 아직 완결되지 않았다.

(1) 4구체와 8구체

4구체 향가는 단순하고 소박한 민요형이라 할 수 있는데, 그 예로 「서동요」, 「풍요」, 「헌화가」, 「도솔가」 등이 전한다. 대부분 구전되던 민요나 동요가 향가로 정착된 것이라 여겨진다.

8구체 향가는 4구체를 중첩시킨 형태인데 「모죽지랑가」, 「처용가」 두 수 전해진다. 8구체 향가는 '기 – 승 – 전 – 결'의 형식을 갖는 등 4구체에 비해 형식이 보다 복잡해지고, 내용 전달에 유용한 형식을 갖추게 된다. 이는 4구체에서 10구체로 발전해 가는 과도기적 작품으로 보기도 한다.

(2) 10구체

10구체 향가는 8구체 향가의 끝에 2구를 더한 형태, 즉 4 + 4 + 2의 형태인데, 마지막 2구를 '결구' 또는 '낙구'라 한다. 이때 결구의 첫머리에는 반드시 감탄사가 온다. 10구체 향가는 가장 완성된 향가 형식이다. 「혜성가」, 「원왕생가」, 「원가」, 「제망매가」, 「안민가」, 「찬기파랑가」, 「맹아득안가」, 「우적가」 등의 8수와 균여의 「원왕가」(보현십종원가 또는 보현십원가) 11수를 더해 총 19수가 전한다.

4 향가의 작가와 내용 중요 ★★

「서동요」, 「풍요」, 「헌화가」, 「도솔가」, 「처용가」 등의 민요계 향가는 예전부터 많은 사람들에게 구전되던 것이었으나, 향가의 대부분은 승려가 지은 것이라서 불교적인 내용이 많다. 또한 화랑이나 여성이 지은 노래도 있다.

그러나 향가의 작가가 누구인가는 확실하지 않은 경우도 있다. 『삼국유사』에는 「서동요」의 서동이 백제 무왕이라고 적혀 있으나, 평민 출신의 서동이 공주와 결혼한다는 점이 상식적이지 않을 뿐만 아니라 당시 백제와 신라의 관계가 좋지 않았다는 점도 고려할 때 서동이라는 아명을 가진 실제 인물이 백제 무왕이라는 점을 사실로 받아들이기는 어렵다. 또한 충담사, 월명사, 처용 등의 실명이 나오지만 이러한 이름은 실제 이름이 아니라 향가의 내용이나 관련 설화를 토대로 지은 이름이라고 볼 수도 있다. 이 외에도 향찰 해독과 한문 읽기를 하는 과정에서 작가가 달라질 가능성이 있는 경우도 있다. 그러나 대체적으로 인정되는 내용을 토대로 했을 때 현재 전하는 향가 25수의 간략한 사항은 다음과 같다.

형식	작가	제목	내용
4구체	서동 (백제 무왕)	서동요	백제인인 서동이 신라의 선화공주와 결혼하기 위해 지어서 아이들에게 퍼트린 동요
	작자 미상 (사녀들)	풍요	영묘사의 불상을 만들 때 그 일을 하려고 모인 사람들이 이 노래를 부르며 일하라고 지은 노동요
	작자 미상 (노옹)	헌화가	순정공이라는 사람이 강릉 태수로 부임되어 부인 수로와 함께 가는 길에, 부인이 벼랑 위의 철쭉꽃을 보고 탐하자 이때 마침 암소를 끌고 지나가던 노옹이 꽃을 꺾어다 바치며 지어 부른 노래
	월명(승려)	도솔가	하늘에 두 개의 해가 나타나 열흘이 넘도록 사라지지 않자 왕명에 따라 월명사가 지어 불렀다는 노래
8구체	득오(화랑)	모죽지랑가	화랑 죽지랑의 고매한 인품을 사모하고, 인생의 무상함을 부른 노래
	처용 (신분 불분명)	처용가	아내를 범한 역신을 관용적인 태도로 물리쳤다는 노래
10구체	융천(승려)	혜성가	혜성이 나타나 심대성을 범하므로 노래를 지어 부르니 혜성이 사라지고 왜구도 물러갔다는 노래
	충담(승려)	찬기파랑가	화랑 기파랑의 높은 인품을 기리며 부른 노래
	충담(승려)	안민가	왕, 신하, 백성이 각자 자기의 본분을 다하면 백성을 편안히 다스릴 수 있다는 노래
	월명(승려)	제망매가	죽은 누이의 제사를 지내며 부른 노래
	영재(승려)	우적가	영재가 도둑떼를 만나 깨우치고 회계시켰다는 노래
	희명(여성)	도천수대비가 (맹아득안가, 천수관음가, 천수대비가)	눈먼 자식을 위해 천수대비 앞에 나가 부른 노래
	신충(문신)	원가	옛 약속을 지키지 않는 효성왕에 대한 원망의 마음을 담아 지어 잣나무에 붙인 노래
	광덕(승려)	원왕생가	광덕이 무량수전에 빌어 서방정토에 태어나기를 바라는 노래
	균여(승려)	보현십원가 11수	불교의 교리를 대중에게 퍼뜨리기 위해 지은 노래

5 향가의 의의

향가를 향유한 계층은 화랑이나 승려부터 하층민까지 다양하다. 그러면서 그 시대를 살아간 사람들의 감정과 바람을 담아내었다. 특히 이 시대는 불교의 대중화가 이루어지는 시대로, 당시 사람들은 향가를 통해 개인적인 바람을 담아내고 향가가 주술적인 힘을 발휘한다고 믿었다. 따라서 향가는 최초의 정형화된 개인 서정시라 할 수 있다.

또한 우리글이 없는 상태에서 향찰이라는 표기수단을 만들어내었다는 점에서 **민족적 주체성이 발현**되었음을 확인할 수 있다. 그 밖에도 10구체 향가의 형식은 이후 시조나 가사의 형식에 영향을 주기도 했다.

> ### 💡 더 알아두기 🔍
>
> **• 향찰 연구**
> 향찰(鄕札)은 한자의 음과 훈을 빌려 한국어를 표기하는 차자 표기의 하나이다. 향찰을 해독하는 문제는 여전히 진행 중이라고 할 수 있는데, 근현대에 와서 가장 이른 연구는 일본인인 오쿠라 신베이가 『향가 및 이두의 연구』(1929)에서 향가 25수 전체에 대해 해독을 하면서부터였다. 그는 향가에 딸린 설화를 토대로 뜻을 해석하려 했다. 이후 양주동에 의해 『조선고가연구』(1942)에서 좀 더 보완된 해석이 나왔다. 양주동은 차자 해독을 할 때 귀납적인 방법을 쓰는데 초점을 맞추었다. 김완진은 『향가 해독법 연구』(1980)에서 훈주음종의 원리에 따라 향찰을 해석하려 하였다.
>
> **• 삼대목(三代目)**
> 신라 진성여왕 때였던 888년에 왕명에 따라 승려 대구화상과 문신 위홍이 지었으나 현재는 전하지 않는다. '삼대'는 신라의 상대, 중대, 하대를 뜻하는 것으로 신라시대의 향가를 집대성한 것이며 '목'은 분류체계를 뜻하는 것으로 짐작된다. 『삼대목』은 문헌상에 기록된 최초의 가집(歌集)이라는 점에서 의의가 있다.
>
> **• 균여의 사뇌가, 「보현십원가」**
> 균여는 신라 말에 태어나 고려 초까지 살았던 사람으로, 승려가 된 후 화엄종을 통해 고려 전기의 사상적인 통일에 기여하였다. 그는 하층민들에게도 화엄 사상을 널리 퍼뜨리고자 하는 생각을 향가를 지음으로써 실현하려 했다. 『화엄경』 제40권에 「보현행원품」이라는 대목이 있다. 이것은 보현보살이 10가지 긴요한 행실을 소원으로 말한 것으로, 불교를 믿는 사람이라면 마땅히 수행할 사항이라는 것이다. 균여는 한문 경전을 읽기 어려운 사람이라도 그 뜻을 이해하고 마음에 새길 수 있도록 하는 사뇌가를 지었다. 이는 각 5줄씩 총 11편인데 이 중 10편은 「화엄경」을 풀이한 것이고, 마지막 한 편은 맺는 말을 하고 있다. 각 편의 제목은 있지만 11편을 총괄하는 제목을 따로 짓지 않아서 「보현시원가」, 「보현십종원왕가」, 「원왕가」라고도 한다.

실전예상문제

01 삼국시대에는 배경설화와 관련해 보았을 때 집단 제의에서 사용되는 노래들뿐만 아니라 개인의 서정을 담은 다양한 노래들이 창작된 것으로 보인다. 다만 설화 및 관련 설명만 있고, 남아있는 노래가 신라 향가에 치우쳐 있을 뿐이다.

01 다음 중 삼국시대 문학에 대한 설명으로 알맞지 **않은** 것은?

① 삼국시대 문학의 발전은 악기의 변화와도 관련이 있다.
② 삼국시대 노래 중 가장 많은 작품이 남아 있는 것은 신라의 노래이다.
③ 신라의 삼국통일과 같은 국가적 중대사와 더불어 이 시기의 주된 노래는 집단 제의에서 불리던 것들이 대부분이었다.
④ 이 시기의 문학작품들에 대한 내용은 주로 『고려사』 「악지」를 통해 살펴볼 수 있다.

02 『고려사』 권71 「악지」에 고구려의 노래 작품 세 개의 유래가 남아있는데, 그 작품의 제목은 「내원성」, 「연양」, 「명주」이다.

02 다음 중 고구려의 노래가 **아닌** 것은?

① 「내원성」
② 「연양」
③ 「명주」
④ 「정읍」

03 「명주」는 김무월랑이 지은 작품으로 강릉에 있는 월화정에 얽힌 전설 속에 등장하는 노래이다.

03 다음 설명에 해당하는 고구려 작품의 제목은 무엇인가?

- 작가가 누구인지 알 수 있다.
- 관련 전설이 전해진다.
- 작품이 쓰인 시기에 대한 논란이 있다.
- 내용으로 보아 「춘향전」의 근원설화로 여겨지기도 한다.

① 「명주」 ② 「연양」
③ 「내원성」 ④ 「동경」

정답 01 ③ 02 ④ 03 ①

04 다음 중 한 개인의 서정이 아니라 고구려의 기상을 나타내는 내용을 노래한 작품은 무엇인가?

① 「명주」
② 「연양」
③ 「내원성」
④ 「황조가」

04 다른 작품들은 남녀 간의 사랑이나 자신의 신세 한탄을 내용으로 하지만 「내원성」은 오랑캐의 침략에 맞서는 고구려인들의 모습을 노래하고 있다.

05 다음 중 고구려 노래들의 내용을 찾아 볼 수 있는 책은?

① 『삼국유사』
② 『고려사』
③ 『악학궤범』
④ 『삼국사기』

05 고구려의 노래들은 『고려사』 권71 「악지 삼국속악」조에 관련 설화가 실려 있어서 그 내용을 짐작해 볼 수 있다.

06 고구려 노래에 대한 설명으로 옳은 것은?

① 고구려 노래는 아쉽게도 후대로 이어지지 못하고 고구려 멸망과 함께 사라져 버렸다.
② 고구려 노래 중 가사가 남아있는 것은 하나도 없다.
③ 『고려사』를 보면 관련 설화뿐만 아니라 구체적인 작품 내용도 확인할 수 있다.
④ 고구려의 노래들은 대부분 제목이 특정 지명이다.

06 고구려 노래 중 「황조가」를 제외하면 가사가 남아있는 것은 없다. 『고려사』에서는 작품 관련 설명만 볼 수 있을 뿐이다. 그러나 고구려 노래는 신라가 통일한 이후에도 불리다가 조선 초에 간행된 『고려사』에 기록이 남게 된 것으로 추측된다. 또한 고구려 노래 중 「명주」는 조선시대의 『춘향전』으로까지 이어지기도 한다.

정답 04 ③ 05 ② 06 ④

07 남아있는 기록을 토대로 작자가 여성이라고 볼 수 있는 작품들은 백제의 노래에만 해당한다.

07 다음 중 백제와 고구려 노래의 공통점이 아닌 것은?

① 가사가 남아있는 노래가 있다.
②『고려사』에서 그 모습을 짐작해 볼 수 있다.
③ 제목은 구체적인 지명을 나타내는 경우가 많다.
④ 기록된 작품의 작자는 대부분 여자이다.

08 「여나산」은 신라의 노래이다.

08 다음 중 백제의 노래가 아닌 것은 무엇인가?

①「무등산」
②「선운산」
③「여나산」
④「방등산」

09 다른 작품들은 남편에 대한 그리움이나 애틋한 정서를 바탕으로 하지만 「방등산」은 자신을 구하러 오지 않는 남편에 대한 풍자의 정서가 담겼다.

09 다음 중 남편에 대한 태도가 다른 작품과 다른 것은?

①「선운산」
②「공무도하가」
③「정읍」
④「방등산」

정답 07④ 08③ 09④

10 다음 중 노랫말이 남아있는 백제의 노래는 무엇인가?

① 「정읍」
② 「선운산」
③ 「무등산」
④ 「방등산」

10 「정읍」도 다른 작품들과 마찬가지로 『고려사』에는 배경설화만 전하나, 『악학궤범』에 「정읍사」로 가사가 실려 있다.

11 「정읍사」와 관련된다고 보기 어려운 장르는 무엇인가?

① 시조
② 한시
③ 악장
④ 고려가요

11 「정읍사」는 고려가요 및 시조와 형식이 비슷하고, 조선시대 『악학궤범』에 실린 것으로 보아 궁중악인 악장으로 불렸을 가능성이 있다.

12 다음 중 향가에 대한 설명으로 알맞지 않은 것은?

① 향가가 주로 지어진 시기는 고려시대이다.
② 가장 발전된 형태의 향가는 10구체 향가이다.
③ 향가의 표기법인 향찰은 한자를 이용해 우리말을 표기하려는 시도가 반영된 것이다.
④ 현존하는 향가는 모두 25수이다.

12 향가는 신라시대부터 고려 전기까지 유행한 노래로, 주로 지어진 것은 신라시대라고 할 수 있다.

정답 10 ① 11 ② 12 ①

13 「동경」은 『고려사』 「악지」에 노래의
창작 배경이 전하기는 하지만 작자
가 누구인지 분명히 나타나 있지 않
다. 다른 것들은 순서대로 물계자, 눌
지왕, 월명사가 창작자이다.

13 다음 중 창작자가 누구인지 분명히 알 수 없는 노래는?

① 「동경」
② 「물계자가」
③ 「우식곡」
④ 「제망매가」

14 8구체 향가는 4구체에서 10구체로
넘어가는 과도기적 형태로 본다.
가장 완성된 향가의 형식은 10구체
이다.

14 다음 중 향가의 형식에 관한 설명으로 옳지 않은 것은?

① 4구체는 가장 단순하고 소박한 민요형이다.
② 8구체 향가에는 「모죽지랑가」, 「처용가」가 있다.
③ 10구체 향가가 보다 정제된 형태로 발전하여 8구체 형식이 완
성되었다.
④ 10구체 향가의 결구는 반드시 감탄사로 시작한다.

15 「서동요」, 「풍요」, 「헌화가」, 「도솔
가」 등은 4구체 향가이고, 「혜성가」
는 10구체 향가에 해당한다.

15 다음 중 형식이 다른 향가는 무엇인가?

① 「서동요」
② 「혜성가」
③ 「헌화가」
④ 「풍요」

16 향가와 관련된 문헌들의 관련 설화
를 보면 향가는 주술적 기능을 갖고
있었던 것으로 보인다.

16 다음 중 향가에 대한 설명으로 옳은 것은?

① 향가는 주술적 기능을 갖고 있었던 것으로 추측된다.
② 향가는 유교적 내용을 지닌 작품이 많다.
③ 향가는 구전되다가 훈민정음 창제 이후 우리 식으로 표기되
었다.
④ 향가의 '향'이라는 글자로 미루어보아, 향가는 주로 지방에서
불리던 노래였다.

정답 13 ① 14 ③ 15 ② 16 ①

해설 & 정답　checkpoint

17 다음 중 향가의 작자를 기준으로 보았을 때 이질적인 작품은?

① 「도솔가」
② 「혜성가」
③ 「원왕생가」
④ 「도천수대비가」

17 「도천수대비가」는 희명이라는 이름의 여성이고, 나머지 작품은 모두 승려의 작품이다.

18 다음 중 월명사가 죽은 누이의 죽음을 슬퍼하며 불렀다고 전해지는 작품은?

① 「찬기파랑가」
② 「원왕생가」
③ 「제망매가」
④ 「우적가」

18 「찬기파랑가」는 기파랑의 찬양한 노래이고, 「원왕생가」는 광덕사 본인이 서방정토에 태어나기를 바라는 노래이며, 「우적가」는 승려가 도둑 떼를 회계시켰다는 내용이 담긴 향가이다.

19 다음 중 향가가 발전하게 된 까닭에 해당하는 것은?

① 교종 위주의 불교가 성행했다.
② 화랑도의 사회적 지위가 하락했다.
③ 한문 사용이 점차 줄어들기 시작했다.
④ 속요와 경기체가라는 장르가 생겨났다.

19 교종과 같은 민중 중심의 불교가 성행하면서 불교 전파를 위해서는 우리말로 표현된 음악을 이용하는 것이 좋다는 점은 향찰로 표기된 향가가 발전하는 배경이 되었다. 그러나 선종이 발달하게 되면서 향가는 쇠퇴하게 된다.

정답 17④ 18③ 19①

20 향가의 작자는 승려가 대부분이지만 화랑이나 여성인 경우도 있다. 누가 지었는가에 따라 작품의 종교적인 성격도 달라지는데, 「보현십원가」는 승려 균여가 불교의 교리를 퍼뜨릴 목적으로 지은 향가이다. 「서동요」는 백제 무왕이 부른 것으로 전해지는데 선화공주의 행적을 담고 있을 뿐 불교적인 색채를 지닌 것은 아니다. 또한 「처용가」역시 '처용'이라는 신분 불명의 작자가 지은 작품으로 불교적인 것과는 거리가 멀다. 「모죽지랑가」는 화랑 죽지랑의 고매한 인품을 찬양한 노래이다.

20 다음 중 불교적인 색채가 강하게 나타난 향가 작품은 무엇인가?

① 「서동요」
② 「처용가」
③ 「보현십원가」
④ 「모죽지랑가」

21 이름이 분명하게 현전하는 향가의 작자는 서동, 월명, 득오, 처용, 융천, 충담, 영재, 희명, 신충, 광덕, 균여이다. 이 외에 이름을 알 수 없는 노옹과 사녀들도 있다. 원효의 어릴 적 아명이 서동이었고, 원효도 요석공주와 결혼하기 전에 노래를 지어 부르며 다녔다는 일화가 있기에 서동과 혼동될 수 있으나 원효와 서동은 다른 인물이다.

21 다음 중 향가의 작자가 아닌 사람은 누구인가?

① 득오
② 월명
③ 서동
④ 원효

22 「정석가」는 고려속요에 해당하고, 나머지는 모두 삼국시대에 불리던 노래다.

22 다음 중 주로 불리던 나라가 나머지와 다른 노래는 무엇인가?

① 「정읍」
② 「동경」
③ 「정석가」
④ 「물계자가」

정답 20 ③ 21 ④ 22 ③

23 다음 설명에 해당하는 노래에 관한 내용으로 옳지 **않은** 것은?

> • 넓은 의미에서 중국 시가에 대비해 우리의 시가를 가리키는 노래이다.
> • 신라시대부터 고려 전기까지 유행하였다.
> • 한자를 사용해 우리 말을 우리 식으로 표기하려는 노력이 반영된 표기를 사용했다.

① 대부분의 작가는 화랑과 승려였다.
② 『삼대목』에 실린 것을 통해 그 실체를 확인할 수 있다.
③ '사뇌가'라고도 불린다.
④ 불교의 대중화가 이루어지던 시대를 바탕으로 형성되었다.

24 다음 중 향가가 쇠퇴하게 된 원인으로 옳지 **않은** 것은?

① 한문이 공용 문자로 사용되었다.
② 화랑도의 사회적 지위가 하락했다.
③ 속요와 경기체가가 향가의 역할을 대신했다.
④ 교종 위주의 불교가 성행했다.

25 다음 중 천재지변과 관련된 일화와 함께 전해지는 작품은?

① 「도솔가」
② 「원가」
③ 「헌화가」
④ 「안민가」

26 「찬기파랑가」는 10구체 향가이다.

26 다음 중 「찬기파랑가」에 대한 설명으로 알맞지 <u>않은</u> 것은?

① 화랑이었다가 승려가 된 충담이 지었다.
② 화랑이었던 기파랑의 높은 인품을 기리며 부른 노래이다.
③ 8구체 향가이다.
④ 관련된 일화가 분명하게 전해지지 않는다.

27 『삼국유사』에 실린 일화에 따르면 영묘사의 불상을 만들 때 그 일을 도와주려고 모인 많은 사람들에게 이 노래를 지어주고 일을 하면서 부르도록 하였다고 한다. 「풍요」라는 명칭은 고유한 이름이 아니라 노래 성격상 민요라는 뜻이다. 「양지사석」, 「바람결노래」, 「오라가」, 「오라노래」 등으로 불리기도 한다.

27 다음 중 「풍요」에 대한 설명으로 적절하지 <u>않은</u> 것은?

① 4구체 향가이다.
② 농사를 지을 때 풍작을 기원하며 부른 것으로 추정된다.
③ 노동요적인 성격을 가진다.
④ 작자의 이름이 분명히 밝혀지지 않았다.

28 향가의 작가는 승려가 많기는 하지만 왕, 화랑, 여성, 하층민 등 다양한 계층에 퍼져있다. 따라서 불교문학으로서의 가치뿐만 아니라 당시 사람들의 개인적인 감정과 바람을 살펴보는 귀중한 자료가 된다.

28 다음 중 향가의 의의와 관련한 설명으로 옳지 <u>않은</u> 것은?

① 향찰이라는 표기를 통해 민족적 주체성이 발휘되었다.
② 최초의 정형화된 개인 서정시이다.
③ 시조나 가사 형식으로 발전하는 밑바탕이 되었다.
④ 작가가 승려라는 일부 계층에 한정되어 불교문학으로서의 가치만 높다.

정답 26 ③ 27 ② 28 ④

29 향가의 기능에 대한 설명으로 알맞지 <u>않은</u> 것은?

① 벽사진경의 기능
② 신을 움직이는 기능
③ 여러 사람을 선동하는 기능
④ 정보를 전달하는 기능

29 향가는 벽사진경, 선동, 기도의 기능 등이 있다.

30 다음 중 불교적 색채가 특히 강한 향가 작품은 무엇인가?

① 「제망매가」
② 「헌화가」
③ 「처용가」
④ 「찬기파랑가」

30 「제망매가」는 승려인 월명사가 누이 의 죽음을 슬퍼하며 지은 것으로 불 교적인 색채가 짙다.

정답 29 ④ 30 ①

여기서 멈출 거예요? 공지가 바로 눈앞에 있어요.
마지막 한 걸음까지 SD에듀가 함께할게요!

제 **4** 편

고려시대의 문학

단원 개요

우리 민족 고유의 정형시였던 향가가 점차 소멸되면서 고려시대에는 한문학이 전성기를 맞는다. 불교가 발달하고 과거제도가 시행된 것도 한문학 발달에 영향을 주었다. 또한 고려시대에는 문학이 계층에 따라 분화되는 양상을 보인다. 귀족문학에 해당하는 경기체가와 평민문학에 해당하는 고려속요(속요)가 그것이다. 이러한 양상은 고려 후기에 이르러 시조 형식으로 통합된다.

한편 현존하는 고려시가는 한시, 고려가요, 한역되어 소악부에 기록된 노래, 참요, 서사시로 나뉜다. 이 중 고려가요를 다시 속요와 경기체가로 구분한다.

출제 경향 및 수험 대책

이 단원에서는 경기체가와 고려속요의 차이점을 비롯하여 경기체가, 고려속요 각각의 장르적 특징 및 개별 작품에 대한 문제가 출제될 수 있다. 경기체가 중에서는 특히 「한림별곡」을 눈여겨 볼 필요가 있으며, 고려속요 중에서는 「동동」, 「처용가」, 「오관산」, 「묵책요」 등의 작품을 꼼꼼히 봐 둘 필요가 있다. 한편 고려시대의 서사시에 대해서도 빠짐없이 봐 두는 것이 필요하다.

자격증 · 공무원 · 금융/보험 · 면허증 · 언어/외국어 · 검정고시/독학사 · 기업체/취업

이 시대의 모든 합격! SD에듀에서 합격하세요!

www.youtube.com ➡ SD에듀 ➡ 구독

제 1 장 고려가요의 형성과 발생 시기

1 고려가요의 개념 중요 ★★★

고려가요(高麗歌謠)란 넓은 의미로는 고려시대에 창작된 시가를 모두 포함한다. 고려가사(高麗歌詞), 여요 (麗謠), 고려장가(高麗長歌), 고속가(古俗歌)라는 명칭은 모두 고려가요의 별칭이다. 좁은 의미로 봤을 때 고려가요는 '경기체가'와 같은 한문계 시가를 제외한 속요 작품들을 가리킨다.

2 형성과 발생

(1) 별곡체

고려 예종 11년(1116)에 송나라로부터 대성악이 들어옴에 따라 생성되었을 것으로 짐작된다. 처음에는 외래악을 그대로 모방하면서 그 가락에 알맞은 민요 사설을 찾아 붙였을 것이다. 만약 가락과 우리말 사설이 맞지 않으면 여러 가지 방법을 써서 조율하려 했을 것이다. 그리고 더 나아가 새로운 가락에 맞는 사설이 창작되어 정형률을 지닌 개인 창작가요로 토착화되었을 것이다.

그러나 모든 고려가요가 이러한 형성 과정을 거친 것은 아니다. 예를 들어 「동동」이라는 작품의 경우 '달거리 노래'라는 지방민요가 군악으로 수용된 후, 다시 궁중의 무악으로 재편성된 것으로 여겨진다.

(2) 속요

속요는 평민들 사이에 구전되어 오던 민요 사설을 고려 후기에 권문세족이 궁중악으로 수용하는 과정에서 생성되었다. 그리고 조선시대에 들어와서 우리글이 만들어진 후 궁중악을 수록한 문헌에 문자화되어 전해지게 되었다.

3 수록 문헌

주로 『악학궤범』, 『악장가사』, 『시용향악보』에 전하고, 이 밖에도 『고려사』의 「악지」, 『증보문헌비고』, 『익재난고』, 『동국통감』 등에 수록되어 있다.

제 2 장 경기체가와 속요

경기체가와 속요는 형태상 주로 3음절, 3음보이며 여러 연으로 구성되어 있으며(분연체) 대체로 전후 양절로 구분되어 여음이나 후렴구가 붙는다.

이러한 공통점 때문에 고려시대 시가인 경기체가와 속요 모두를 '별곡'이라 부르는 게 적합하다고 하는 견해도 있다. 고려 궁중 음악에서 별곡이라는 것은 정곡인 아악에 대비되는 속악에 해당한다. 신라 사람들이 자기네 노래라는 점을 내세우기 위해 '향가'라는 명칭을 썼듯, 고려 사람들은 중국의 음악에 대해 자기네 노래라는 점을 강조하기 위해 '별곡'이라 했다는 것이다. 그러나 '별곡'이란 말은 고려시대 시가뿐만 아니라 조선시대 가사에도 쓰이는 말이다.

1 경기체가(景幾體歌) 중요 ★

(1) 개념

고려 중기(고종)에 발생하여 조선 초기까지 계속된 시가 장르로, 주로 양반, 귀족들이 향락적인 생활양식을 노래했다.

(2) 명칭의 유래

'경기체가'라는 명칭은 '景幾何如'라는 후렴구에서 따온 말이다. 각 연이 전소절과 후소절로 나뉘고 각 소절의 끝에 후렴구가 있는데 그것이 바로 '景幾何如'이다. 우리말로 표기하면 '경(景) 긔 엇더ᄒ니잇고'이다. 보통 앞서 나열된 내용들을 압축하여 감탄함으로써 강조하는 역할을 한다. 별곡, 별곡체, 별곡체가, 경기하여가, 경기하여가체, 경기체별곡 등으로도 불린다.

(3) 특징

① 교술 장르에 속한다.
② 전반적으로 엄격한 정형시이다(7편은 정격, 나머지는 변격 내지 파격).
③ 몇 개의 장이 모여 한 작품을 이루는 연장체이다.
　　㉠ 한 장의 형식

전대절	제1행	3 - 3 - 4
	제2행	3 - 3 - 4
	제3행	4 - 4 - 4
	제4행	위 2(4) 景 긔 엇더ᄒ니잇고
후소절	제5행	(葉) 4 - 4 - 4 - 4
	제6행	위 2(4) 景 긔 엇더ᄒ니잇고

ⓛ 제5행의 4음보 가운데 뒷부분 2음보는 앞 2음보의 가사를 반복한다.

(4) 주요 작품

고려에서 조선에 이르기까지 창작되었으며, 현존하는 것은 고려시대 작품 3편, 조선시대 작품 22편이다. 주요 작품은 보면 다음과 같다.

작품명	작자	창작 시기	내용	의의
「한림별곡(翰林別曲)」	여러 유생	23대 고종	사대부의 자부심과 의욕을 노래함	최초의 경기체가
「관동별곡(關東別曲)」	안축	27대 충숙왕	강원도의 경치를 노래함	조선시대 정철의 「관동별곡」에 영향을 줌
「죽계별곡(竹溪別曲)」	안축	27대 충숙왕	죽계에서의 풍류를 노래함	경기체가 장르의 형성과정을 보여줌
「불우헌곡(不憂軒曲)」	정극인	1472년	성군의 만수무강 축원	「경기체가」가 악장이라는 국가적 소용이 아닌 개인적 소용으로 바뀌었음을 보여줌

(5) 작품 예시

원문	현대어 해석
元淳文 仁老詩 公老四六 (원슌문 인로시 공노사륙) 李正言 陳翰林 雙韻走筆 (니정언 딘한림 쌍운주필) 沖基對策 光鈞經義 良經詩賦 (튱긔딕칙 광균경의 량경시부) 위 試場ㅅ景 긔 엇더ᄒ니잇고 (위 시장ㅅ 경…) (葉) 琴學士의 玉笋文生 琴學士의 玉笋文生 (금학사의 옥순문생) 위 날조차 몃부니잇고 – 「한림별곡」 전 8장 중 1장	유원순의 문장, 이인로의 시, 이공로의 사륙병려문 이규보와 진화가 쌍운을 맞추어 거침없이 써 내려간 글 유충기의 대책문, 민광균의 경서 뜻풀이, 김양경의 시와 부 아, 과거 시험장의 모습이 어떠합니까. (정말 대단하지 않습니까.) 학사 금의가 배출한 죽순처럼 많은 제자 [반복] 아, 나까지 모두 몇 분입니까. (참으로 많습니다.)

「한림별곡」은 13세기 고려 고종 때 한림원의 여러 선비들이 지은 것으로, 학식과 재주를 과시하고 향락적인 풍류를 즐기는 내용이다. 그 중 위에 제시된 제 1장은 문인들의 명문장과 금의의 문하생에 대해 찬양하는 내용을 담고 있다. 1장 및 이후에 이어지는 내용을 보면 다음과 같다.

[1장] 문장가, 시인 등의 명문장 찬양
[2장] 지식수련과 독서에 대한 자긍심
[3장] 유행하는 서체와 필기구 등 명필 찬양
[4장] 상류 계층의 주흥 예찬
[5장] 화원의 경치 예찬

[6장] 흥겨운 주악의 흥취 예찬
[7장] 후원의 경치 감상
[8장] 그네뛰기의 흥겨운 광경과 풍류 생활 예찬

(6) 의의

운율적으로는 음악적 성격이 강하지만 내용의 문학성은 빈약하다. 한시도 우리나라 시도 아닌 중간적 성격을 띤 문학이지만 정제된 형식미를 갖추고 있어 조선시대까지 사대부 계층이 주로 창작하였다.

2 속요 중요★★★

(1) 개념

주로 평민들이 부르던 민요적 시가이다. 장가, 여요, 고려속요라고도 한다.

(2) 특징

① 구비 전승되다가 민요의 일부가 고려 말 궁중의 속악가사로 수용되어 조선시대에도 불리게 되었다.
② 궁중 음악으로 불리다가 훈민정음 창제 이후 성종 대에 이르러 문자로 정착되었는데 그 과정에서 궁중 음악에 맞게 내용의 첨가와 삭제가 이루어졌다.
③ 솔직하고 소박한 내용뿐만 아니라 남녀의 애정을 진솔하게 읊는 노래가 많아 조선시대에 '남녀상열 지사'라고 비판의 대상이 되었다.
④ 후렴구와 여음구(조흥구)가 있다.
⑤ 경기체가와 마찬가지로 주로 3음보, 분연체이다.
⑥ 대부분 작품의 작자, 창작 시기가 알려져 있지 않다.
⑦ 형식은 자유로운 편이나 10구체 향가와 비슷한 것들도 있어서 향가가 고려가요로 맥을 이어가게 되었다는 것을 짐작할 수 있다.
⑧ 경기체가와 달리 서정 장르에 속한다.

(3) 주요 작품

작품명	작자	창작 시기	내용
「도이장가(悼二將歌)」	예종	1120년 (예종 15)	고려 개국공신 김락, 신숭겸을 추모 (향가 형식)
「정과정곡(鄭瓜亭曲)」	정서	18대 의종	임금을 향한 변함없는 충정 (향가 형식)
「가시리」	미상	미상	이별의 정한
「서경별곡(西京別曲)」			이별의 정한
「청산별곡(靑山別曲)」			인생무상
「동동(動動)」			임에 대한 송축과 연모의 정 (월령체)
「만전춘(滿殿春)」			남녀 간 사랑을 노골적으로 표현
「사모곡(思母曲)」			부모의 사랑, 특히 어머니의 사랑
「쌍화점(雙花店)」			남녀 관계의 노골적 내용
「이상곡(履霜曲)」			사별한 남편에 대한 사랑과 정절
「정석가(鄭石歌)」			임에 대한 영원한 사랑, 태평성대
「처용가(處容歌)」			향가 「처용가」에 내용을 덧붙인 것

소악부(小樂府)의 노래

1 개념

우리나라의 가요를 한시 절구 형식에 맞게 번안한 것

2 특징 중요 ★

(1) 원래 '악부'는 중국 한나라 때 음악을 관정하던 부서의 이름인데 거기서 불리는 노래를 악부라 하고, 시간이 지남에 따라 음악에서 독립한 시가 역시 악부라 한다. 특별한 형식이 있는 것은 아니나 5언절구, 혹은 7언절구 형식을 지킨다.

(2) 소악부는 고려시대뿐만 아니라 조선시대에도 지어졌다.

3 기록 및 주요 작품

(1) 이제현의 『익재난고』 권4에 실린 11수

작품명	내용
「장암」	귀양에서 풀려난 신하를 참새에 빗대 벼슬살이의 위험함을 충고
「거사연」	까치와 거미에 빗대어 남편을 기다리는 마음을 노래
「제위보」	시냇가에서 만난 백마 탄 낭군을 잊지 못하는 여인의 노래 (한역시와 노래의 해설이 어긋남)
「사리화」	관리들의 학정을 참새가 곡식을 다 까먹는 것에 비유함
「소년행」	소년시절의 즐거움을 회상
「처용」	처용의 전설과 처용의 모습 묘사(신라, 고려의 「처용가」와 다름)
「오관산」(「목계가」)	오관산 아래 사는 문신이 어머니의 만수무강을 기원
「서경별곡」	「서경별곡」 2연의 한역
「정과정」	「정과정곡」의 앞 4행 한역
「수정사」	탐라의 도근천 앞 수정사 주지의 타락을 풍자
「북풍선자」(「북풍선」)	탐라의 실정과 풍속을 풍자

(2) 민사평의 『급암집』에 실린 6수

작품명	내용
「후전진작」	정다운 님 만나려거든 황용절문 앞으로 오라는 내용
「인세사」	인간 세상사의 황당함을 노래
「심야행」	세상살이를 깊은 밤길을 가는 것으로 비유
「삼장」	「쌍화점」 2장과 같은 내용으로 사찰의 타락을 풍자
「안동자청」	여성의 몸가짐의 어려움을 노래
「거미요」	거미에게 소원을 의탁하는 내용의 노래

(3) 『고려사』 권71 「악지」 속악조에 실린 노래

작품명	내용
「한송정」	한송정에서 오가는 갈매기
「사룡」	뱀이 용의 꼬리를 물고 태산을 지나갔다는 내용

4 소악부의 의의 중요 ★

말과 글이 달랐던 옛 시대의 노랫말을 그대로 전할 방법이 없자 한시로라도 번안함으로써 노랫말 그대로는 아니더라도 내용의 보존에 기여했다.

제4장 참요(讖謠)

1 개념

미래예언적이고 풍자적인 내용을 담고 민간에서 불리는 민요를 의미한다.

2 특징 종요 ★★

(1) 아이들이 주로 불러 '동요'라고도 한다.

(2) 전쟁이나 변란, 왕권 교체기 등 사회 혼란기에 주로 발생한다.

(3) 다신교적 토착신앙, 도참풍수사상, 도교 등의 바탕 위에 생성된다.

(4) 축약되고 은어적인 언어가 사용되었다.

(5) 후대에는 정치민요로 범주화되었다.

3 주요 작품과 그 의의

(1) 주요 작품

작품명	내용
「보현찰」	정중부의 무신란이 일어날 것을 예언한 노래
「호목」	백성들이 어려운 생활을 한탄하여 부른 노래
「만수산」	고려의 망함을 예언한 노래
「묵책」	문란한 국정을 풍자한 노래
「아야」	충혜왕의 죽음을 예언한 노래
「우대후」	공민왕의 잘못된 정치를 비판한 노래

「이원수」	이성계의 위화도 회군과 관련
「목자득국」	이성계의 '이'를 파자하여 '목'자를 만들고, 이씨가 나라를 얻게 된다고 한 고려말에 예언한 노래

(2) 의의 중요 ★

민중의 사회적 의사 전달이나 표현의 욕구를 해소시키는 매개체가 되었다.

제 5 장 서사시

1 개념

역사적 사실, 신화, 전설 등을 서사적 형태로 표현한 시를 의미한다.

2 주요 작품 중요 ★★★

(1) 『동명왕편』

작자	이규보
창작연대	고려 후기
형식	5언 장편 282구(약 1410자)
내용	• 서장 : 동명왕 탄생 이전의 계보 • 본장 : 출생에서 건국 • 종장 : 후계자인 유리왕의 경력과 작가의 느낌
특징	고려 사회의 문화적 자부심과 시대정신 표현
국문학적 의의	문자로 기록된 최초의 서사시이자 영사시(詠史詩)
수록문헌	이규보의 문집『동국이상국집』제3권

(2) 『제왕운기』

작자	이승휴
창작연대	고려 후기
형식	2권 1책
내용	• 상권 : 서(序) + 중국 역사의 요점을 7언고시 264구로 서술 • 하권 1부 : 서(序) + 단군조선부터 고려 통일까지를 7언고시 264구로 서술 • 하권 2부 : 고려 태조 설화부터 충렬왕 때까지를 5언고시 152구로 서술
특징	• 단군신화를 한국사체계 속에 편입시킴 • 발해를 최초로 우리 역사 속에 편입시킴
국문학적 의의	가사문학의 원초적 형태로 고대소설에도 영향을 미침

더 알아두기

영사시(詠史詩)

역사적 사실을 소재로 하여 읊은 시를 말하며, 영사(詠史) 또는 사시(史詩)라고도 한다. 역사상의 저명한 인물이나 중대한 사건을 소재로 작자의 감정과 뜻을 드러낸 것이다. 대체로 오언칠언의 한시 형식이다.

제 **4** 편

실전예상문제

01 경기체가는 고려가요의 한 갈래일 뿐 고려가요 전체를 가리키는 별칭으로 사용하지 않는다. 고려가요의 별칭으로는 고려가사, 여요, 고려장가, 고속가, 경기체가를 제외한 속요가 있다.

01 다음 중 고려가요의 또 다른 명칭이 <u>아닌</u> 것은 무엇인가?

① 고려가사
② 여요
③ 고려장가
④ 경기체가

02 「동동」의 경우 처음에는 지방민요였던 것이 군악, 그 다음에는 궁중의 무악으로 편입되었다고 여겨진다.

02 다음 중 고려가요의 발생에 관한 설명으로 <u>틀린</u> 것은?

① 고려속요와 별곡체가 형성된 과정은 차이가 있다.
② 「동동」의 경우 처음부터 궁중의 무악으로 사용하기 위해 제작되었다.
③ 속요의 경우 처음에는 구전되다가 나중에 한글로 정착되었다.
④ 별곡체의 경우 중국 송나라의 음악을 받아들이는 과정에서 형성되었다.

03 고려가요가 수록된 문헌에는 『악학궤범』, 『악장가사』, 『시용향악보』, 『고려사』「악지」, 『증보문헌비고』, 『익재난고』, 『동국통감』 등이 있다. 『해동가요』는 조선 후기에 만들어진 시조집이다.

03 다음 중 고려가요를 수록하고 있는 문헌이 <u>아닌</u> 것은 무엇인가?

① 『악학궤범』
② 『시용향악보』
③ 『해동가요』
④ 『동국통감』

정답 (01 ④ 02 ② 03 ③)

04 다음 중 경기체가와 속요의 공통점이라 할 수 <u>없는</u> 것은?

① 주로 3음보로 끊어 읽을 수 있다.

② 분연체 형식으로 되어 있다.

③ 여음이나 후렴구가 붙는다.

④ 조선시대에 '남녀상열지사'라 하여 금지되기도 했다.

05 다음 중 '경기체가'에 대한 설명으로 옳지 <u>않은</u> 것은 무엇인가?

① 고려시대에만 창작되었던 고려 특유의 시가 장르이다.

② 주된 창작층은 양반, 귀족들이다.

③ 별곡, 경기하여가, 경기체별곡 등으로도 불린다.

④ 교술 장르에 속한다.

06 다음 중 '경기체가'라는 명칭이 붙게 된 원인에 대한 설명으로 적절한 것은?

① 주로 경기도권에서 불리던 시가였기 때문에

② 후렴구에 '경기체가'라는 말이 반드시 들어가기 때문에

③ 후렴구에 '景幾何如'라는 말이 들어가기 때문에

④ 첫 구절이 '景幾何如'라는 말로 시작하기 때문에

checkpoint 해설 & 정답

07 경기체가는 교술 장르에 속한다.

07 다음 중 경기체가에 대한 설명으로 옳지 않은 것은?

① 시가 장르에 속한다.
② 형식이 비교적 엄격한 편이다.
③ 연장체 형식이다.
④ 제5행에서는 같은 구절이 반복된다.

08 「한림별곡」은 고려 23대 왕 고종 때 지어진 것으로 최초의 경기체가로 여겨진다.

08 경기체가에 대한 설명으로 옳은 것은 무엇인가?

① 현존하는 작품은 고려시대에 지어진 것이 대부분이다.
② 최초의 경기체가로 여겨지는 작품은 여러 유생들이 지은 「한림별곡」이다.
③ 안축의 「관동별곡」은 정철의 「관동별곡」으로부터 영향을 받았다.
④ 경기체가는 형식이 단순하여 조선시대에 들어 다양한 계층이 참여하는 문학으로 자리잡았다.

09 「한림별곡」은 고려 고종 때 한림원의 여러 유생들이 지은 작품이다. 한림원 유생들은 신진사대부이지 권문세족이 아니다.

09 「한림별곡」에 대한 설명으로 옳지 않은 것은?

① 최초의 경기체가 작품으로 여겨진다.
② 음악적 성격이 문학성보다 강하다.
③ 총 8장으로 이루어진 분연체이다.
④ 권문세족들의 자부심과 의욕을 노래하였다.

정답 07 ① 08 ② 09 ④

10 다음 중 속요가 발생하고 기록으로 남게 된 까닭으로 옳은 것은?

① 권문세족들이 높은 수준의 예술적 심미안을 가졌기 때문에

② 당시에 민간에서 당악이 유행했기 때문에

③ 궁중에서는 전문 악사들에 의한 노래만 불렸기 때문에

④ 궁중으로 올라온 지방의 유명한 창기나 무녀들이 있었기 때문에

10 고려 말 실권을 잡은 권문세족들은 정치보다는 노는 데 관심이 많았고 수준 높은 당악과 향악보다는 남녀 간의 사랑 노래 등 다소 저속한 내용이 많은 속요들을 향유하였다. 또한 잔치를 위해 지방에서 유명한 창기나 무녀들을 뽑아 궁중으로 데려왔는데 이 과정에서 지방의 민요들이 궁중의 음악으로 정착될 수 있었다.

11 다음 중 고려속요의 특징으로 옳지 <u>않은</u> 것은?

① 구비 전승되다가 한자로 정착되었으며 고려왕조의 멸망과 함께 소멸되었다.

② 일부 작품은 궁중 음악으로도 불리었다.

③ 조선시대에 남녀상열지사로 여겨지기도 했다.

④ 서정 장르에 해당한다.

11 고려속요는 고려시대에는 구비 전승되었으나 고려 말 궁중의 속악 가사로 수용되어 조선시대에까지 불리게 되었다.

12 다음 중 고려속요에 대해 옳게 설명한 것은?

① 비교적 엄격한 형식에 맞춰 창작되었다.

② 경기체가와 마찬가지로 교술 장르에 속한다.

③ 대부분 작품의 작자를 알 수 없다.

④ 8구체 향가가 고려가요로 이어진 것으로 추정된다.

12 고려속요는 민간에서 구비 전승되면서 형성되었다. 따라서 대부분 작품의 작자를 알 수 없으며 창작 시기 역시 알려지지 않은 것이 대부분이다.

정답 10 ④   11 ①   12 ③

checkpoint 해설 & 정답

13 고려가요 「처용가」는 신라 향가 「처용가」에 내용을 덧붙인 것이다. 향가 「처용가」에 비해 고려가요 「처용가」는 귀신을 쫓고자 하는 마음이 더 분명하게 드러난다.

13 다음 중 고려가요의 작품과 그에 대한 설명으로 옳지 않은 것은?

① 「서경별곡」 : 「가시리」와 달리 이별을 적극적으로 거부하는 여인의 모습이 나타난다.

② 「동동」 : 1장은 서장(序章)이며 2장부터 13장까지는 월령체로 되어 있다.

③ 「쌍화점」 : 남녀상열지사의 대표적인 작품이다.

④ 「처용가」 : 신라시대의 향가인 「처용가」와는 내용이 완전히 다른 것이다.

14 「도이장가」는 드물게 창작 시기와 작자가 분명한 고려가요 중 하나이다. 1120년 고려 예종 15년에 예종이 지은 작품으로, 예종이 팔관회 행사에 참여했을 때 개국공신 김락과 신숭겸의 모습을 허수아비 형상으로 만들어 놓은 것을 보고 개국공신인 그들의 공을 추도하여 지었다.

14 다음 고려가요 작품 중 작자가 누구인지 알 수 있는 것은?

① 「서경별곡」

② 「도이장가」

③ 「청산별곡」

④ 「정석가」

15 「정과정곡」은 10구체 향가 형식의 노래이다.

15 다음 중 「정과정곡」에 대한 설명으로 옳지 않은 것은?

① 작자는 고려 의종 대의 정서이다.

② 충신연주지사로 알려져 이후 「사미인곡」, 「속미인곡」 같은 연주지사의 원류가 되었다.

③ 8구체 향가 형식의 노래이다.

④ 「삼진작」이라고도 한다.

정답 13 ④ 14 ② 15 ③

16 다음 중 소악부의 의의에 대한 설명으로 옳은 것은?

① 중국의 수준 높은 음악을 경험하는 수단이 되었다.

② 정치인에 대한 민중들의 비판을 표출하는 통로가 되었다.

③ 우리나라 민중들의 생각을 우리 고유의 형식으로 표현하였다.

④ 말과 글이 달랐던 시대에 노랫말 그대로는 아니더라도 내용을 보존하는 데 기여했다.

16 소악부는 우리나라의 가요를 한시 절구체에 맞게 번안한 것이다. 형식은 우리나라 고유의 것이 아니지만 우리의 생각을 나타낼 수 있는 우리말에 맞는 마땅한 글자가 없던 시대에 중국의 글자와 중국 문학의 형식을 빌려서라도 생각과 감정을 표현하려 했다는 점에서 의의가 있다.

17 다음 중 소악부에 대한 설명으로 옳지 <u>않은</u> 것은?

① 한자로 쓰였다.

②『익재난고』,『급암집』,『고려사』에 대략 30여 편이 실려 있다.

③ 보통 5언율시, 7언율시의 형태이다.

④ 고려시대부터 조선시대까지 지어졌다.

17 소악부는 특별한 형식이 있는 것은 아니지만 대개 절구 형식으로 쓰였다.

18 다음 중 참요에 대한 설명으로 옳지 <u>않은</u> 것은?

① 미래 예언적이고 풍자적인 내용을 담아 신진사대부들이 창작하였다.

② 아이들이 주로 불러 '동요'라고도 한다.

③ 토착신앙, 풍수사상, 도교 등을 바탕으로 한 내용들이 많다.

④ 축약되고 은어적인 언어를 사용한다.

18 참요의 작자층은 민중이다.

19 다음 중 내용이 <u>다른</u> 참요 작품은 무엇인가?

①「보현찰」

②「호목」

③「만수산」

④「목자득국」

19 「호목」은 백성들의 한탄가이며 나머지는 예언적 내용을 담고 있다. 「보현찰」은 무신란을 예언했고, 「만수산」과 「목자득국」은 고려의 멸망을 예언했다.

정답   16 ④   17 ③   18 ①   19 ②

20 「동명왕편」은 서장, 본장, 종장으로 나뉘는데 서장에는 동명왕 탄생 이전의 계보를 담고 있고, 본장에서는 동명왕의 이야기를 하고 있으나 종장에서는 후계자인 유리왕에 대한 내용까지도 담겨 있다.

20 다음 중 「동명왕편」에 대한 설명으로 옳지 <u>않은</u> 것은?

① 고려 후기에 이규보가 지었다.
② 전형적인 영웅서사시의 줄거리이다.
③ 고려의 건국자인 동명왕, 즉 주몽의 이야기만을 담고 있다.
④ 문자로 기록된 최초의 서사시로 간주된다.

21 「제왕운기」는 상권과 하권으로 나뉘는데 상권에서는 중국 역사를 다루고 있으며 하권에서는 단군조선부터 충렬왕 때까지를 다루고 있다.

21 다음 중 「제왕운기」에 대한 설명으로 옳지 <u>않은</u> 것은?

① 고려 후기에 이승휴가 지었다.
② 7언 혹은 5언고시 형태로 서술하였다.
③ 가사문학의 원초적 형태를 보여준다.
④ 고려 태조부터 공민왕 때까지 서술하였다.

22 '영사' 또는 '사시'라고도 불리는 영사시에 대한 설명이다.

22 다음 설명에 해당하는 것은 무엇인가?

- 역사상의 저명한 인물이나 중대한 사건을 소재로 한 시이다.
- 대체로 5언이나 7언의 한시 형태를 띤다.
- 이규보의 「동명왕편」, 이승휴의 「제왕운기」, 유득공의 「이십일도회고시」 등이 있다.

① 영사시
② 참요
③ 가사
④ 소악부

정답 20 ③ 21 ④ 22 ①

23 다음 중 「동명왕편」에 담긴 이규보의 사상으로 옳지 <u>않은</u> 것은?

① 동명왕의 설화는 신성한 이야기이다.
② 무신란으로 귀족 문화가 붕괴되는 시대적 상황에서 민족 문화의 기반을 쌓아야 한다.
③ 우리나라 역사는 중국의 역사와 동등한 가치를 지닌다.
④ 유교적 형식을 엄격히 지킴으로써 나라의 기강을 세워야 한다.

23 이규보는 김부식이 『삼국사기』를 지으며 지나치게 유교적 형식주의에 근거하여 우리 역사의 시초를 누락한 것을 비판하였다.

24 다음 중 고려시대 서사시에 대한 설명으로 옳지 <u>않은</u> 것은?

① 「동명왕편」이 「제왕운기」에 비해 양적으로나 다루는 시기의 기간 면에서 월등히 길다.
② 이승휴의 「제왕운기」에는 최초로 발해가 우리 역사로 편입되어 다루어졌다.
③ 「동명왕편」은 당시의 중화중심의 역사의식에서 벗어나 쓰였다.
④ 「제왕운기」에서는 단군을 한국사 속으로 편입시키는 선구자적인 서술이 이루어졌다.

24 「동명왕편」이나 「제왕운기」는 모두 장편 서사시이지만 「동명왕편」이 오언 282구로 이루어진 반면 「제왕운기」는 상, 하권으로 이루어져 있으며 상권만 해도 7언 264구에 이르고 하권의 1부는 7언 264구, 2부는 5언 152구에 이른다. 양적으로 「제왕운기」가 압도적으로 길다. 또한 「동명왕편」은 고려 중심으로 서술된 반면 「제왕운기」는 단군부터 시작하여 고려 충렬왕 때까지를 다루고 있으니 다루는 기간 면에서도 월등히 길다.

25 다음 중 향가 형식이 남아있는 고려가요에 해당하는 것은?

① 「도이장가」
② 「가시리」
③ 「만전춘」
④ 「처용가」

25 「도이장가」는 향찰식 표기로 쓰였다는 점에서 고려 문학의 과도기적 작품이라 할 수 있다.

정답 23 ④ 24 ① 25 ①

26 「만전춘」은 5연으로 된 고려가요인데 2연과 5연이 시조의 형식과 비슷한 모습을 보여 시조 장르의 기원을 찾을 때 언급된다.

27 고려 말부터 시조가 창작되었으나 이때의 시조는 양반층이 창작한 평시조였다. 사설시조는 조선 후기에 서민층이 문학 창작에 대거 참여하기 시작하면서 창작되기 시작한 장르이다.

28 『익재난고』에는 소악부 11수가 실려 있으나 고려가요가 실리지는 않았다. 고려가요는 고려시대에는 민중들에 의해 구전되다가 조선시대에 들어서야 기록으로 남게 된다.

26 다음 중 시조의 형식과 가장 가까운 것은 무엇인가?

① 「정과정」
② 「동동」
③ 「만전춘」
④ 「청산별곡」

27 다음 중 고려시대에 창작된 문학 양식이 아닌 것은 무엇인가?

① 경기체가
② 평시조
③ 속요
④ 사설시조

28 다음 중 고려가요가 채록되어 있는 책이 아닌 것은?

① 『악학궤범』
② 『익재난고』
③ 『악장가사』
④ 『시용향악보』

정답 26 ③ 27 ④ 28 ②

29 다음 중 고려속요의 일반적인 특징으로 옳지 <u>않은</u> 것은?

① 후렴구가 있다.

② 불교적 색채가 짙다.

③ 현세적인 정서가 강하게 표출되었다.

④ 여러 개의 절로 나뉜다.

30 다음 중 내용의 성격이 <u>다른</u> 작품은 무엇인가?

① 「만전춘」

② 「쌍화점」

③ 「이상곡」

④ 「정과정」

29 고려속요는 민중들의 삶과 관련되어 솔직하고 소박한 내용을 담고 있다. 불교적 색채가 짙다는 것은 향가에 대한 설명으로 적절하다.

30 「만전춘」, 「쌍화점」, 「이상곡」은 모두 남녀 간의 사랑을 소재로 한 것인 반면 「정과정」은 임금을 향한 변함없는 충정을 노래한 작품이다.

정답 29 ② 30 ④

여기서 멈출 거예요? 고지가 바로 눈앞에 있어요.
마지막 한 걸음까지 SD에듀가 함께할게요!

제 **5** 편

시조

시조는 고려 후기부터 현대에 이르기까지 꾸준히 창작되고 있는 우리 민족의 고유한 정형시이다. 짧은 형태이지만 가장 많은 작품수를 보유한 양식이며, 특정 시기에 창작되고 만 게 아니라는 점에서 시조는 한국시가의 대표적인 형태라고 할 수 있다.

이 단원에서는 시조의 명칭과 기원, 형식, 주제에 대한 설명 후 시조의 구체적인 모습을 살펴 볼 수 있는 몇몇 주요 작품을 알아본다.

시조는 가사와 함께 조선시대 시가문학을 대표하는 장르이기 때문에 매우 비중 있게 다뤄지기 마련이다. 시조의 형식적 특징은 물론이고 대표적인 작품의 특징을 알아두는 것이 필요하다. 또한 사설시조의 성격 등에 대해 묻는 문제들이 출제될 수 있으므로 특히 자세하고 꼼꼼한 학습이 필요하다.

제 1 장 시조의 명칭과 기원

1 시조의 명칭

'시조'라는 명칭이 지금과 같은 의미를 지니게 된 것은 20세기에 들어서이다. 조선시대에는 '시조'가 음악 곡조를 가리키는 이름이었다. 조선시대에는 고려시대의 장가와 대립되는 것으로 보아 단가(短歌)라 부르기도 했고, 고악과 다른 새로운 노래라는 의미로 신조(新調), 신번(新飜), 신성(新聲)이라 부르기도 했다. 또한 당시에 유행하는 노래라는 의미로 시절가(時節歌), 시절가조(時節歌調)라 부르기도 했다. 이처럼 시조는 원래 문학의 양식을 가리키는 말은 아니었다. 그러다가 1920년대 후반 **최남선이 시조부흥운동**을 펼치면서 시조의 내용을 중심으로 분류하는 시도를 한다. 이로써 시조는 서서히 문학 갈래의 명칭으로 자리 잡기 시작했고, 이 시기 시조집을 발표한 이은상, 이병기 그리고 시조 연구에 힘쓴 조윤제, 김태준 등에 의해 시조는 문학 양식으로 확고히 정립되었다.

2 시조의 기원

시조의 기원에 대해서는 외래 기원설과 재래 기원설이 있다. 먼저 외래 기원설은 시조가 불가(佛歌)와 한시의 절구시에서 유래했다는 것인데 오늘날 학계에서는 인정되지 않는다.
재래 기원설은 시조의 원형을 우리의 전통시가에서 찾을 수 있다고 보는 것인데, 어떤 시가로부터 기원한 것인지에 대해서는 다음과 같은 4가지 입장이 있다.

(1) 무가 기원설

무가와 시조 모두 4음보, 3장으로 되어 있다.

(2) 향가 기원설

1 ~ 4구가 초장, 5 ~ 8구가 중장, 9 ~ 10구가 종장이 되었다. 또한 4구체에서 8구체로 발전하는 과정에서 「정읍사」처럼 6구체 노래가 나타났다.

(3) 민요 기원설

6구 3절의 민요와 시조의 형식이 비슷하다.

(4) 속요 기원설

고려가요 「만전춘」의 2연과 5연에서 광의의 시조형식이 보인다.

이 중 어느 이론이 맞든 시조는 우리 전통시가와 맥을 같이 하며 다양한 문학 양식으로부터 영향을 받아 14세기 경 고려 말기에 형성된 것으로 추정된다.

제 2 장 시조의 형식

시조는 정형시임에도 형식을 엄격하게 제한하는 것은 아니다. 즉 기본적인 형태는 있지만 다양한 변조 또한 존재한다. 예를 들어 시조(평시조)는 초장·중장·종장의 3장으로 구성되는데 초장의 경우 3, 4, 3, 4의 글자 수를 보이는 것도 있고 3, 4, 4, 4의 글자 수를 보이는 것도 있는 식이다. 그럼에도 불구하고 대체적으로 공통되는 형식을 정리해 보면 다음과 같다.

1 시조의 형식적 특징(자수율 중심) 종요 ★★★

(1) 초·중·종장이라 불리는 3행이 1연을 이룬다.

(2) 각 행은 3음보 혹은 4음보이며, 4음보는 두 개의 구로 나뉜다(3장 6구의 형식).

(3) 각 음보는 대체로 3자 혹은 4자를 기본으로 이루어져 있다.
   ① **초장** : 3 4 3/4 4
   ② **중장** : 3 4 3/4 4
   ③ **종장** : 3 5 4 3

(4) 종장의 첫 음보는 엄격하게 3자를 유지한다.

2 시조의 분류

(1) **길이에 따라**

   ① **평시조** 종요 ★★
      ㉠ 시조의 기본형이다(일반적으로 '시조'라 하면 평시조를 가리키는 경우가 많다).
      ㉡ 사설시조나 엇시조에 비해 길이가 가장 짧아 '단형시조'라고도 한다.
      ㉢ 종장에서 시상의 전환과 함께 주제를 드러낸다.
      ㉣ 절제미와 담백하고 우아한 품격이 드러난다.

② **엇시조**

    ㉠ 시조의 기본형에서 한 장 혹은 두 장이 길어진 시조인데, 대부분 중장이 길어졌다.

    ㉡ 평시조와 사설시조의 중간적 성격을 띤다.

    ㉢ 사설지름시조라고도 한다.

③ **사설시조** 중요 ★★★

    ㉠ 조선 후기 근대로의 이행기에 **평민의식의 성장**과 더불어 발전한 형식이다.

    ㉡ 평시조의 율격을 파괴하고, 중세적 이념에서 벗어나 풍자와 해학에 가치를 두는 서민의식이 반영되었다.

    ㉢ '장시조', 또는 '장형시조'라고도 한다.

    ㉣ 종장의 첫 3자를 지키는 등 시조의 기본 형식을 유지하지만 대체로 **중장이 매우 길다.**

    ㉤ 엇시조보다 더 파격적인 형태를 보여준다.

    ㉥ 서민과 몰락한 양반이 주된 향유층이다.

(2) 중첩 여부에 따라

① **단시조** : 1수만으로 이루어진 시조

② **연시조** : 하나의 제목 아래 평시조 여러 개가 모여 한 편을 이룬 것

제3장 시조의 주제

시조는 오랜 기간 다양한 부류의 사람들에 의해 창작되었기 때문에 주제의 범위가 넓다. 그러나 대략적으로 평시조는 산수자연과 사대부가 지향하는 성리학적 이념을 반영하는 것이 주를 이룬 반면 엇시조, 사설시조는 인정, 세태에 대한 노래가 주를 이룬다. 시조의 주제를 분류한 주된 연구서에는 다음과 같은 것들이 있다.

1 『청구영언』

(1) 1728년 시조작가 김천택이 편찬한 시조집이다.

(2) 현존하는 가장 오래된 시조집이다.

(3) 시조 580수를 내용별로 가장 세분화했다.

2 『시조유취』

(1) 1928년 최남선이 편찬한 시조집이다.

(2) 시조 1400여 수를 내용별로 세분화했다.

(3) 『청구영언』의 분류를 수정 발전시켰다.

3 『교본역대시조전서』

(1) 1972년 심재완이 편찬한 시조집이다.

(2) 시조 3,335수가 수록되어, 가장 많은 시조 보유량을 보여준다.

제 **4** 장

시조의 개관

1 고려 말의 주요 시조 작품들

(1) 우탁(1263 ~ 1342)의 탄로가(歎老歌) 2수 중요 ★★★

> 흔 손에 막디 잡고 쏘 흔 손에 가싀 쥐고
> 늙는 길 가싀로 막고 오는 白髮(백발) 막디로 치려터니
> 白髮(백발)이 제 몬져 알고 즈럼길노 오더라

갈래	평시조
내용	백발을 의인화하고, 세월을 '길'로 구체화하여 늙음은 인간이 어찌할 수 없는 한계임을 해학적으로 노래함
특징	우탁의 탄로가들은 현재 전하는 시조들 가운데 가장 오래된 것으로 여겨짐

> 춘산(春山)에 눈 노기는 바롬 건듯 불고 간 듸 업다
> 져근덧 비러다가 무리 우희 불니고져
> 귀밋틱 희무근 셔리를 녹여 볼가 ᄒ노라

갈래	평시조
내용	자신의 흰 머리를 다시 검게 하고 싶은 마음을 비유적으로 표현함

(2) 이조년(1269 ~ 1343)의 시조

> 梨花(이화)에 月白(월백)ᄒ고 銀漢(은한)이 三更(삼경)인 제
> 一枝春心(일지춘심)을 子規(자규)ㅣ야 아라마는
> 多情(다정)도 病(병)인 냥ᄒ여 좀 못드러 ᄒ노라

갈래	평시조
내용	배꽃이 활짝 핀 달밤에 들려오는 두견새 소리를 들으며 봄의 정취에 빠져 있음을 노래함
창작 배경	지은이가 충혜왕에게 충간하다가 벼슬에서 물러난 후 지은 것으로 보아, 단지 봄밤의 정서가 아니라 왕을 걱정하며 그리는 심정을 노래한 것으로 보기도 함

(3) 이존오(1341 ~ 1371)의 시조

구름이 無心(무심)탄 말이 아마도 虛浪(허랑)ᄒ다
中天(중천)에 떠 이셔 任意(임의) ᄃᆞ니며셔
구ᄐᆞ야 光明(광명)ᄒᆞᆫ 날빗츨 ᄯᅡ라가며 덥ᄂᆞ니

갈래	평시조
내용	고려 말 승려 신돈의 횡포를 풍자한 작품으로 구름은 신돈, 햇빛은 공민왕을 뜻함
창작 배경	이존오가 신돈의 잘못을 탄핵하다가 공민왕에 의해 좌천되었을 때 씀

(4) 이색(1328 ~ 1396)의 시조

白雪(백설)이 ᄌᆞ자진 골에 구룸이 머흐레라
반가온 梅花(매화)ᄂᆞᆫ 어늬 곳에 픠엿ᄂᆞᆫ고
夕陽(석양)에 호을노 셔셔 갈 곳 몰라 ᄒᆞ노라

갈래	평시조
내용	고려 말의 시대상황을 자연물(백설 = 고려의 신하, 구름 = 신흥세력)에 빗대어 기울어 가는 고려의 운명에 안타까워하는 심정을 노래함

(5) 정몽주(1337 ~ 1392)의 시조

이 몸이 죽고 죽어 일백 번(一百番) 고쳐 죽어
백골(白骨)이 진토(塵土)되어 넋이라도 있고 없고
임 향한 일편단심(一片丹心)이야 가실 줄이 있으랴

갈래	평시조
내용	고려 왕조에 대한 변함없는 충정과 절개를 노래함
창작 배경	• 이방원의 「하여가」에 대한 답가로 불림 • 「단심가」라고도 함

2 조선시대 주요 시조 작품들

(1) 조선 건국 초기의 시조

① 원천석(1330 ~ ?)의 시조

> 興亡(흥망)이 有數(유수)ᄒ니 滿月臺(만월대)도 秋草(추초)ㅣ로다
> 五百年(오백년) 王業(왕업)이 牧笛(목적)에 부쳐시니
> 夕陽(석양)에 지나는 客(객)이 눈물 계워 ᄒ더라

갈래	평시조
내용	고려 왕조를 회상하고 세월의 무상함을 노래함
창작 배경	고려의 유신이었던 작가가 옛 고려의 도읍지를 돌아보면서 지난 날을 회상하고 지음

② 정도전(1342 ~ 1398)의 시조

> 선인교(仙人橋) 나린 물이 자하동(紫霞洞)에 흘너 드러
> 반천 년 왕업이 물소리 ᄲᅳᆫ이로다
> 아희야 고국 흥망(古國興亡)을 물어 무슴ᄒ리오

갈래	평시조
내용	고려 왕업의 무상함을 노래함
창작 배경	조선이 세워진 직후 고려 왕조의 옛 자취를 돌이켜 생각하며 지음

(2) 조선 전기 시조

정치적으로 안정된 시대적 상황을 바탕으로 자연을 즐기고 여유로운 생활을 나타내는 시조들이 지어졌다.

① 맹사성의 시조

> 강호(江湖)에 봄이 드니 미친 흥(興)이 절로 난다.
> 탁료 계변(濁醪溪邊)에 금린어(錦鱗魚)ㅣ 안주로다.
> 이몸이 한가히옴도 역군은(亦君恩)이샷다. (제1장)

갈래	총 4수의 연시조
내용	자연의 변화와 더불어 자신의 삶도 변하는 것을 춘하추동에 맞추어 노래함
특징	• 최초의 연시조 • 정치와 생활이 안정된 조선 전기의 모습을 잘 보여주는 작품

② 황희의 시조

> 대쵸볼 불근 골에 밤은 어이 뜻드르며
> 벼 빈 그르헤 게는 어이 누리누고
> 술 닉쟈 체 쟝수 도라가니 아니 먹고 어이리

갈래	평시조
내용	가을 농촌의 여유로움과 풍요로움을 흥겹게 노래함
특징	맹사성의 시조와 마찬가지로 안정된 조선 전기의 모습을 잘 보여주는 작품

③ 김종서의 시조

> 삭풍(朔風)은 나무 끝에 불고 명월(明月)은 눈속에 찬데
> 만리변성(萬里邊城)에 일장검(一長劍) 짚고 서서
> 긴파람 큰 한소리에 거칠 것이 없에라

갈래	평시조
내용	직설적인 표현을 통해 무인(武人)의 기개를 한껏 드러낸 내용
특징	안으로는 질서가 잡히고 밖으로는 영토가 늘어나는 안정된 시대를 보여줌

④ 성삼문의 시조

> 이 몸이 주거 가서 무어시 될소 ᄒ니
> 蓬萊山(봉래산) 第一峰(제일봉)에 落落長松(낙락장송) 되야 이셔
> 白雪(백설)이 滿乾坤(만건곤)홀 제 獨也靑靑(독야청청)ᄒ리라

갈래	평시조
내용	죽어서도 높은 산의 소나무가 되어 흰 눈이 온 세상을 덮더라도 푸르겠다는 성삼문의 지조가 담긴 노래
특징	사육신의 한 사람이었던 성삼문의 충절을 느낄 수 있음

(3) 조선 중기 시조

이 시기에 사림들은 사화를 통해 정계에서 물러나야 했으나 지방의 아름다운 자연 속에서 학문에 정진하며 창작활동을 펼쳤다. 또한 이후 다시 정계로 진출하여 활동했는데 이 시기의 작품들은 지역에 따라 약간 다른 모습을 보인다.

영남가단의 작가들은 도학적 기풍을 지닌 작품을 보여주는 반면 호남가단은 풍류를 즐기는 내용의 작품을 많이 남겼다.

① 영남가단 이현보의 「농암가」

> 농암에 올라보니 노안(老眼)이 유명(猶明)이로다
> 인사(人事)ㅣ 변한들 산천이 딴 가샐가
> 암전(巖前) 모수모구(某水某丘)ㅣ 어제 본듯 하여라

갈래	평시조
내용	자기는 변했으나 변하지 않는 자연의 모습을 예찬함
특징	작자가 만년에 안동군에서 전원생활을 하면서 농암이라는 바위에 올라 읊은 것임

② 영남가단 이황의 「도산십이곡」 중요 ★★★

> 청산(靑山)은 엇뎨ᄒ야 만고(萬古)애 프르르며
> 유수(流水)는 엇뎨ᄒ야 주야(晝夜)애 긋디 아니ᄂ고
> 우리도 그치디 마라 만고상청(萬古常靑) 호리라 (제11곡)
>
> 우부(愚夫)도 알며ᄒ거니 긔아니 쉬운가
> 성인(聖人)도 몯다ᄒ시니 긔아니 어려운가
> 쉽거나 어렵거낫듕에 늙은 주를 몰래라 (제12곡)

갈래	총 12수의 연시조
내용	자연친화적 삶의 추구와 학문 수양에 대한 끝없는 의지를 노래함
특징	작가가 벼슬을 사직하고 고향으로 내려와 지내며 쓴 작품

③ 호남가단 송순의 「면앙정잡가」

> 十年(십년)을 經營(경영)ᄒ여 草廬三間(초려삼간) 지여내니
> 나 ᄒ간 돌 ᄒ간에 淸風(청풍) ᄒ간 맛져 두고
> 江山(강산)은 들일 듸 업스니 둘러 두고 보리라 (제2수)

갈래	전 2수의 연시조
내용	가난하지만 자연을 즐기는 삶
특징	• '면앙정'은 송순의 호 • 송순은 자연을 주제로 한 작품을 많이 써서 강호가도의 선구자로 불림 • 이 작품은 1수와 2수를 분리하여 평시조로 보기도 함

④ 호남가단 정철의 「훈민가」

> 오놀도 다 새거다 호믜 메고 가쟈스라
> 내 논 다 매여든 네 논 졈 매여 주마
> 올 길헤 뽕 따다가 누에 머겨 보쟈스라 (제13수)

갈래	총 16수의 연시조
내용	유교적 윤리의 실천을 권장하는 내용
특징	• 순우리말을 사용하여 백성들을 계몽하고 교화시키려는 목적이 극대화됨 • 정철이 강원도 관찰사로 있을 때 백성들을 가르치기 위해 지은 시

⑤ 윤선도의 「오우가」

> 내버디 몃치나 ᄒ니 수석(水石)과 송죽(松竹)이라
> 동산(東山)의 돌 오르니 긔 더옥 반갑고야
> 두어라 이 다숫 밧긔 또 더ᄒ야 머엇ᄒ리 (제1수)

갈래	총 6수의 연시조
내용	물, 바위, 소나무, 대나무, 달의 덕을 기리는 내용
특징	• 다섯 가지 자연물의 속성에서 인간적인 미덕을 유추하여 예찬함 • 시가 문학의 최고 경지를 보여주는 고산 윤선도의 작품 중에서도 「어부사시사」와 더불어 대표적인 작품

⑥ 황진이의 시조 중요 ★★

황진이는 조선의 기생으로, 기명은 명월(明月)이며 당대 유명한 문인들과 교류한 시인이다. 황진이의 생몰연대는 확실하지 않으나, 서경덕이나 소세양과의 일화가 있는 것으로 보아 그들과 같은 시기인 16세기에 활동한 것으로 볼 수 있다.

> 동지(冬至)ㅅ ᄃ 기나긴 밤을 한 허리를 버혀 내어
> 춘풍 니불아릐 서리서리 너헛다가
> 어론 님 오신 날 밤이여든 구뷔구뷔 펴리라.

갈래	평시조
내용	임에 대한 사랑과 그리움을 노래함
특징	• 추상적인 시간을 구체화하여 사물처럼 토막낸다고 하는 과감한 상상력을 보여줌 • 우리말의 묘미를 잘 살림

(4) 조선 후기 시조(조선)

① 송시열의 시조

> 靑山(청산)도 절로절로 綠水(녹수)도 절로절로
> 山(산)절로 水(수)절로 山水間(산수간)에 나도 절로
> 이 중에 절로 ㅈ란 몸이 늙기도 절로절로

갈래	평시조
내용	자연의 순리에 따르고자 하는 마음을 노래함
특징	'절로'라는 말을 반복하여 자연의 섭리에 순응하는 무위자연의 태도를 보여줌

② 박인로의 「오륜가」

> 동기로 세 몸 되어 한 몸 같이 지내다가
> 두 아우는 어디 가서 돌아올 줄 모르는고.
> 날마다 석양 문외에 한숨겨워 하노라. (제4수)

갈래	총 25수의 연시조
내용	오륜에 대한 가르침
특징	• 부자유친을 주제로 한 5수, 군신유의·부부유별·형제우애를 주제로 한 각 5수, 붕우유신을 주제로 한 2수에다 작품의 끝에 총론 3수를 덧붙여 마무리한 구성을 지님 • 고사(故事)와 한자숙어가 많이 쓰여 교술성이 강함 • 박인로 이외에도 '오륜가'는 주세붕, 송순 등 많은 사람들이 창작하였음

③ 작자 미상의 사설시조 중요 ★★★

> 바람도 쉬어 넘는 고개 구름이라도 쉬어 넘는 고개
> 산진(山陣)이 수진(水陳)이 해동청(海東靑) 보라매라도 다 쉬어 넘는 고봉장성령(高峯長城嶺) 고개
> 그 너머 임 왔다하면 나는 아니 한 번도 쉬어 넘어 가리라

갈래	사설시조
내용	아무리 높은 고개라도 님이 있다면 한 번도 쉬지 않고 넘어 가겠다는 연모의 마음
특징	일상의 언어로 사랑의 감정을 솔직하게 드러냄

> 窓(창) 내고쟈 窓(창)을 내고쟈 이내 가슴에 窓(창) 내고쟈
> 고모장지 셰살장지 들장지 열장지 암돌져귀 수돌져귀 비목걸새 크나큰 쟝도리로 쑹닥 바가 이내 가슴에 窓(창) 내고쟈
> 잇다감 하 답답홀 제면 여다져 볼가 ᄒ노라

갈래	사설시조
내용	답답한 마음을 풀기 위해 가슴에 창을 달아 풀고 싶다고 하소연하는 내용
특징	기발한 착상을 통해 말하고자 하는 바를 효과적으로 전달

> 두터비 ᄑ리를 물고 두험 우희 치ᄃ라 안자
> 것넌 산(山) ᄇ라보니 백송골(白松骨)이 셔잇거늘 가슴이 금즉ᄒ여 풀덕 쮜여 내닷다가 두험 아래 잣바지거고
> 모쳐라 놀낸 낼싀만졍 에헐질 번ᄒ괘라

갈래	사설시조
내용	의인화된 동물을 이용하여 인간사회의 권력관계를 풍자하는 내용
특징	가렴주구를 일삼는 관리들을 풍자함

더 알아두기

- **'시조'라는 명칭이 음악양식으로 사용된 기록**
  - 영조 때, 신광수의 문집 『석북집(石北集)』「관서악부(關西樂府)」15

원문	현대어 풀이
一般時調排長短 (일반시조배장단) 來自長安李世春 (내자장안이세춘)	① 일반적으로 시조의 장단을 배열한 것은 장안에서 온 이세춘이더라(이세춘이 시조를 불렀다). ② 일반적으로 시조는 장단을 베풀어 부르는 것인데, 장안에 사는 이세춘으로부터 나온 것이다(이세춘이 가곡창으로 불리던 것을 시조창으로 고안해 불렀다).

  - 정조 때, 이학규가 쓴 시 「감사(感事)」의 주석

원문	현대어 풀이
誰憐花月夜 時調正悽懷 (수련화월야 시조정처회) (註) 時調亦名時節歌 皆間俚語 曼聲歌之 (시조역명시절가 개간리어만성가지)	그 누가 꽃피는 달밤을 애달프다 하는고. 시조가 바로 슬픈 회포를 불러주네. [주석] 시조란 또한 시절가라고도 부르며 대개 항간의 우리말로 긴 소리로 이를 노래한다.

- **시조의 종장 첫 3자가 갖는 의미**
  - 김동준 : 조선시대의 여러 가지 정신적 특수 상황과 전통적 사상의 영향으로 형성된 그들의 복합적 의식 구조가 특성 있게 반영된 것
  - 조동일 : 10구체 향가의 9행 초구의 감탄사와 비슷한 역할 담당. 즉 이전까지 전개되어 온 시상을 비약시키는 기능을 담당함

제5편 실전예상문제

checkpoint 해설 & 정답

01 '장가'는 고려가요의 또 다른 명칭이다. 시조에 비해 고려가요가 상대적으로 한 연의 길이가 길기 때문에 장가(長歌)라고 불린다.

01 다음 중 '시조'의 또 다른 이름이 <u>아닌</u> 것은 무엇인가?

① 단가
② 시절가조
③ 신성
④ 장가

02 시조가 문학 갈래로 자리 잡은 것은 1920년대 후반 최남선이 시조부흥운동을 펼치면서부터였다.

02 시조가 음악 곡조가 아니라 문학의 한 갈래로 자리 잡게 된 것은 어느 시대부터인가?

① 시조가 형성되던 고려 말기
② 조선 중기
③ 일제강점기
④ 개화기

03 시조는 형식이 비교적 엄격하게 정해진 정형시이다.

03 다음 중 시조에 대한 설명으로 <u>틀린</u> 것은 무엇인가?

① 시조는 조선시대에 들어 주로 짓기 시작했다.
② 시조는 자유분방한 서민의식이 형식적으로 반영된 자유시이다.
③ 시조는 우리 시가 문학 갈래 중에서 가장 짧은 형태이다.
④ 시조는 양적인 면과 질적인 면에서 한국시가를 대표하는 장르이다.

정답 01 ④ 02 ③ 03 ②

04 다음 중 시조의 기원에 대한 설명으로 틀린 것은?

① 시조의 기원에 관해서는 외래 기원설이 유력하다.
② 시조 형식의 정립은 철종 대에 이루어졌다.
③ 시조의 발생 시기는 14세기 고려 말로 추정된다.
④ 무가, 고대민요, 향가, 고려속요는 시조와 맥을 같이 하는 문학 양식이다.

04 외래 기원설은 시조가 불가 혹은 절구시에서 유래했다는 것인데 오늘날에는 이보다는 재래 기원설이 보다 설득력 있는 것으로 여겨진다. 재래 기원설은 시조의 기원이 우리의 전통시가에 있다고 보는 입장이다. 한편 시조 형식은 철종 때 3장 창법으로 정립되어 성행하게 되었다.

05 다음 중 시조 형식에 대한 설명으로 옳은 것은 무엇인가?

① 초·중·종장이라는 3연이 한 편의 시조를 이룬다.
② 2음보의 율격을 지녀 한 편의 시조는 6구의 형식을 갖고 있다.
③ 종장의 첫 3자는 고정되었다.
④ 5글자를 기본으로 했다.

05 시조 형식은 부분적으로 변형되는 경우가 많으나 어떠한 경우라도 종장의 첫 3자는 엄격하게 지킨다.

06 다음 설명에 해당하는 시조의 종류는 무엇인가?

> • 시조의 가장 기본형이다.
> • 또 다른 명칭으로는 '단형시조'가 있다.
> • 종장에서 시상을 비약시키며 주제를 드러낸다.
> • 절제와 비약이 중화되어 나타나므로 우아한 품격을 지닌다.

① 연시조
② 사설시조
③ 엇시조
④ 평시조

06 시조의 가장 기본이 된다는 의미에서 '평'이라는 말을 붙였다. 엇시조나 사설시조는 평시조의 한 행 혹은 두 행을 변형시킨 형태이며, 연시조는 평시조 여러 개가 모여 한 편을 이룬 것으로 연시조에 대비되는 개념은 1수만으로 이루어진 단시조이다.

정답 04① 05③ 06④

07 시조의 작자층은 다양하다. 특히 후대로 갈수록 서민이 지은 사설시조가 유행하였다. 다만 내용적인 면에서는 사대부가 지향하는 성리학적 이념에 따르는 것이 주를 이루었다.

07 다음 중 시조에 대한 설명으로 틀린 것은 무엇인가?

① 시조는 사대부들의 전유물이었다.
② 평시조, 엇시조, 사설시조 중 작품 수가 가장 많은 것은 평시조이다.
③ 사설시조는 조선 후기에 평민의식의 성장과 더불어 발전하였다.
④ 가장 파격적인 형식을 보여주는 것은 사설시조이다.

08 엇시조와 사설시조는 평시조의 정형성에서 벗어났다는 점에서 같으나 사설시조가 엇시조에 비해 긴 편이고, 더 파격적인 형태를 보여준다는 점에서 구별된다.

08 다음 중 사설시조에 대한 설명으로 옳은 것은 무엇인가?

① 평시조와 엇시조의 중간적 성격을 지닌다.
② 서민과 몰락한 양반이 주된 향유층이다.
③ '사설지름시조'라고도 한다.
④ 대체로 평시조의 기본 형식에서 종장이 길어진 형태이다.

09 『청구영언』은 1728년에 시조 작가 김천택이 편찬한 시조집으로 시조 580수를 세분화해 정리했다.

09 다음 중 현존하는 가장 오래된 시조집은 무엇인가?

① 『청구영언』
② 『시조유취』
③ 『교본역대시조전서』
④ 『삼대목』

정답 07 ① 08 ② 09 ①

10 다음 중 '시조'라는 명칭을 확립하는 데 기여한 사람과 관련 있는 책의 제목은?

① 『청구영언』

② 『시조유취』

③ 『교본역대시조전서』

④ 『삼대목』

10 '시조'라는 명칭은 1920년대 최남선이 시조부흥운동을 하면서 문학 장르의 명칭으로 확립되었다. 한편 『시조유취』는 1928년 최남선이 시조 1400여 수를 세분화해 정리한 시조집이다.

11 다음 시조에 대한 설명으로 옳은 것은 무엇인가?

> 흔 손에 막딕 잡고 쏘 흔 손에 가식 쥐고
> 늙는 길 가식로 막고 오는 白髮(백발) 막딕로 치려터니
> 白髮(백발)이 제 몬져 알고 즈럼길노 오더라

① 조선 후기에 쓰인 작품이다.

② 가난한 살림을 한탄하는 내용이다.

③ 현전하는 시조들 중 가장 오래된 것으로 여겨지는 작품이다.

④ 이색의 작품이다.

11 제시된 시조는 고려 말 문신이었던 우탁의 「탄로가」이다. 인간의 늙음은 어찌할 수 없는 것이라는 점을 해학적으로 읊었다.

12 다음 시조에서 상징적인 의미가 부정적인 시어는?

> 白雪(백설)이 즈자진 골에 구룸이 머흐레라
> 반가온 梅花(매화)는 어닉 곳에 퓌엿는고
> 夕陽(석양)에 호을노 셔셔 갈 곳 몰라 ᄒ노라

① 백설

② 골

③ 매화

④ 구름

12 제시된 시는 고려 말 이색의 시조로 기울어 가는 고려의 운명을 안타까워하는 심정을 읊었다. '백설'은 고려의 신하, '매화'는 고려에 대한 충심을 상징하며 '구름'은 신흥세력을 상징하는 시어이다. 이색은 고려의 충신으로 조선 건국에 반대하는 입장이었으므로 고려를 무너뜨리고 새 나라를 건국하려고 하는 신흥세력에 대해 부정적인 입장이었다고 할 수 있다. '골'은 별다른 상징적 의미가 있는 시어라고 보기 어렵다.

정답 10 ② 11 ③ 12 ④

13 이방원의 「하여가」는 '이런들 어떠하며 저런들 어떠하리 / 만수산 칡넝쿨이 얽혀진들 그 어떠하리 / 우리도 이같이 얽혀 한평생을 누리니'라는 내용의 평시조로 정몽주의 진심을 떠보고 그를 회유하기 위해 읊은 시조이다. 정몽주는 이에 대해 고려에 대한 변함없는 충정과 절개의 중요성을 강조하는 「단심가」를 지어 답했다.

14 가단은 특정 지역을 중심으로 신분이 같은 일정한 구성원들이 서로 영향을 주고받으며 시가 활동을 한 집단이다. 영남가단에는 이황을 비롯하여 이현보, 조식, 김우굉, 강익, 채헌, 주세붕 등이 있고, 호남가단에는 송순, 정철, 김성원, 고경명, 임제 등이 속한다.

15 이 시조는 한자어는 거의 사용하지 않고 '서리서리', '구뷔구뷔'와 같은 음성 상징어를 사용함으로써 우리말의 묘미를 잘 살렸다는 평가를 받는다.

정답 13④ 14① 15②

13 다음 중 이방원의 「하여가」에 대한 설명으로 틀린 것은?

① 정몽주를 설득하려는 의도로 불리었다.
② 정몽주는 「단심가」를 지어 답했다.
③ 고려 말에 지어졌다.
④ 변함없는 충정과 절개의 중요성을 강조하는 내용이다.

14 다음 중 가단이 다른 사람은 누구인가?

① 이황
② 송순
③ 정철
④ 임제

15 다음 시조에 대한 설명으로 틀린 것은 무엇인가?

> 동지(冬至)ㅅ 둘 기나긴 밤을 한 허리를 버혀 내어
> 춘풍 니불아리 서리서리 너헛다가
> 어론 님 오신 날 밤이여든 구뷔구뷔 펴리라.

① 16세기 기생 황진이가 지은 시조이다.
② 임에 대한 사랑과 그리움을 추상적 한자어를 통해 우의적으로 표현했다.
③ 추상적인 시간을 사물로 구체화하여 표현했다는 점에서 과감한 상상력이 엿보인다.
④ 평시조이다.

16 다음 시조에 대한 설명으로 옳지 않은 것은?

> 두터비 ᄑ리를 물고 두험 우희 치ᄃ라 안자
> 것년 산(山) ᄇ라보니 백송골(白松骨)이 ᄯ러잇거놀
> 가슴이 금즉ᄒ여 풀덕 ᄲ여 내ᄃ다가 두험 아래 쟛바지거고
> 모쳐라 놀낸 낼싀만정 에헐질 번ᄒ괘라

① 작자 미상의 사설시조이다.
② 의인화된 동물들을 통해 인간사회를 풍자하고 있다.
③ 어떤 상황에서도 위엄을 잃지 않는 양반의 참된 자세를 본받고자 하는 평민들의 염원이 담겨 있다.
④ 조선 후기 평민의식의 성장과 더불어 창작되었다.

17 시조 종장의 첫 3글자에 대한 설명으로 틀린 것은?

① 10구체 향가의 9행 초구의 감탄사와 비슷한 역할을 담당한다.
② 사설시조에서는 지켜지지 않았다.
③ 초장과 중장에서 전개된 시상을 비약시키는 기능을 담당한다.
④ 첫 3자가 반드시 하나의 단어로 제시되는 것은 아니다.

18 다음 중 활동 시기가 다른 작자는 누구인가?

① 정철
② 이황
③ 송시열
④ 이색

해설 & 정답 checkpoint

16 이 작품은 양반이 자신보다 강한 자 앞에서는 꼼짝도 못하면서 자신보다 약한 자 앞에서는 허세를 부리고 가렴주구를 일삼는 모습을 풍자하는 작품이다.

17 종장의 첫 3글자는 평시조뿐만 아니라 엇시조나 사설시조에서도 엄격하게 지켜졌다.

18 이색은 고려 말의 시조 작자인 반면, 정철, 이황, 송시열은 모두 조선시대의 시조 작자들이다. 이 중에서도 정철과 이황은 조선 중기에 해당하는 반면 송시열은 조선 후기의 시조 시인이다.

정답 16 ③ 17 ② 18 ④

19 나머지 세 작품은 모두 연시조인 반면 「농암가」는 평시조이다. 평시조 여러 수를 하나의 제목 아래 모아 쓴 시를 연시조라 한다.

20 김수장은 조선 숙종, 영조 때의 시조 시인이다. 그는 『해동가요』라는 이름의 시조집을 편찬하였다. 『가곡원류』는 박효관과 안민영이 편찬한 것이다.

21 '가단'이라는 말은 원래 직업적인 전문 가객을 뜻한다. 그러나 영남가단, 호남가단이라고 했을 때의 가단은 직업적 가객이 아니라 정치와 밀접한 관련을 맺고 있는 문인들이었다.

19 다음 중 시조의 종류가 다른 하나는 무엇인가?

① 이황, 「도산십이곡」
② 정철, 「훈민가」
③ 윤선도, 「오우가」
④ 이현보, 「농암가」

20 다음 중 저자와 그가 엮은 시조집의 연결이 옳지 않은 것은?

① 김수장 – 『가곡원류』
② 김천택 – 『청구영언』
③ 이계랑 – 『매창집』
④ 이황 – 『퇴계집』

21 다음 중 영남가단에 대한 설명으로 옳지 않은 것은?

① 강호가도를 추구하였다.
② 도학적 기풍을 보여주는 작품들을 많이 창작하였다.
③ 대표적인 문인으로는 이현보, 주세붕, 이황 등이 있다.
④ 전문 가객 집단이었다.

정답 (19 ④ 20 ① 21 ④)

22 이황의 「도산십이곡」에 대한 설명으로 옳지 <u>않은</u> 것은?

① 총 12수로 이루어진 연시조이다.

② 전6곡, 후6곡으로 나눈 후 전자를 '언지(言志)', 후자를 '언학 (言學)'이라고 규정했다.

③ 예(禮)와 악(樂)으로 백성을 교화하고 이끌어 간다는 예악사 상을 바탕으로 한다.

④ 이황이 서울에 머물며 명종 밑에서 일하던 시기에 지은 작품 이다.

22 이 작품은 이황이 벼슬을 사직하고 고 향인 안동에 머물며 지은 작품이다.

23 다음 중 조선 전기의 시조가 <u>아닌</u> 것은 무엇인가?

① '강호(江湖)에 봄이 드니'

② '興亡(흥망)이 有數(유수)ㅎ니'

③ '이 몸이 주거 가서'

④ 'ᄒᆞᆫ 손에 막ᄃᆡ 잡고'

23 'ᄒᆞᆫ 손에 막ᄃᆡ 잡고'는 고려 말 문신 이자 학자였던 우탁의 시조이다.

24 다음 중 조선 후기 시조의 경향에 대한 설명으로 옳은 것은?

① 정계에서 물러난 양반들이 아름다운 자연 속에서 학문에 정진 하며 지은 작품들이 많다.

② 신분제가 흔들리며 평민들이 문화의 이용과 창조에 참여했다.

③ 안정된 사회적 배경을 바탕으로 여유로운 생활을 나타내는 작 품들이 지어졌다.

④ 지역적 차이가 생겨나기 시작했다.

24 16 ~ 17세기의 임진왜란과 병자호란 을 기점으로 조선 사회는 여러 변화 를 겪게 된다. 여러 사회적 모순이 드 러나면서 신분제가 흔들리게 되고, 상업자본의 발달로 평민들도 문화를 누릴 여유를 갖게 된 것이다. 이런 경 향은 문학에도 전해졌는데, 비판적 인 사대부들뿐만 아니라 평민들도 문학의 창작에 참여하게 되면서 시 조가 지닌 정형률을 깬 사설시조 작 품들이 창작되기도 하였다.

정답 22 ④ 23 ④ 24 ②

25 조선 후기 전문 가객으로는 김천택과 김수장이 유명하다. 김천택은 평민 출신 가객으로 우리 노래가 구전으로만 읊어지다가 없어짐을 한탄하여 고려 말부터 편찬 당시까지의 시조들 580수를 모아 1728년에 『청구영언』을 편찬했다. 이 책은 김수장의 『해동가요』, 박효관과 안민영의 『가곡원류』와 함께 3대 시조집으로 불린다.

26 기녀시조는 형식은 그대로인 채 내용만 변화한 것이다. 내용과 형식 모두에서 변화가 나타난 것은 조선 후기 사설시조에 대한 설명이다.

27 영남가단을 시작한 것으로 여겨지는 사람은 이현보이다. 영천 출신이며 호는 '농암'이다. 중종 때 문신이었던 그는 벼슬을 그만두고 고향으로 돌아와 시를 지으며 한가롭게 보냈다. 조선시대에 자연을 노래한 대표적인 문인으로 평가받고 있으며 문학사에서 강호시조의 작가로도 중요한 자리를 차지한다. 그의 작품집으로는 『농암집』이 있다.

정답 25 ③ 26 ③ 27 ①

---

25 다음 중 조선 후기에 활동했던 전문 가객과 그의 저서를 올바르게 연결한 것은 무엇인가?

① 김수장 – 『가곡원류』
② 김천택 – 『해동가요』
③ 김천택 – 『청구영언』
④ 김수장 – 『시조유취』

26 다음 중 기녀시조에 대한 설명으로 옳지 <u>않은</u> 것은 무엇인가?

① 기녀 시인으로는 황진이, 소춘풍, 홍장 등이 유명하다.
② 단아하고 우아한 양반적 표현이 나타남과 동시에 직설적이고 순수한 내용을 담고 있다.
③ 내용과 형식 모두에서 파격이 이루어졌다.
④ 세련된 표현기교와 순수국어의 구사에 뛰어났다.

27 다음 중 영남가단의 시작을 주도했다고 평가받는 사람은?

① 이현보
② 이이
③ 송순
④ 이황

28 다음 중 윤선도의 「오우가」에서 언급된 5개의 벗에 해당하지 <u>않는</u> 것은?

① 물
② 소나무
③ 달
④ 매화

28 윤선도가 지은 「오우가」에서는 물, 바위, 소나무, 대나무, 달의 덕을 기리며 이들을 벗으로 여기고 있다.

29 다음 중 사설시조의 성격에 대한 설명으로 옳지 <u>않은</u> 것은 무엇인가?

① 남녀 간의 애정을 주제로 한 것이 많다.
② 서민들의 생활을 소재로 삼아 소박하고 해학적으로 나타내었다.
③ 자연에서 즐기는 한가로운 생활을 노래한 작품이 많다.
④ 무능한 양반들에 대한 비판의 내용을 담았다.

29 자연에서 한가한 생활을 하며 자아와 자연의 조화를 노래한 시들은 강호한정가라 부르며 주로 조선의 사대부가 전원으로 물러나 창작한 것이다. 맹사성의 「강호사시가」와 같은 작품들이 여기에 해당한다.

30 다음 중 윤선도에 대한 설명으로 옳지 <u>않은</u> 것은?

① 자연을 노래한 시인으로 유명하다.
② 그가 지은 「오우가」에서는 물, 돌, 소나무, 대나무, 달을 벗으로 삼아 노래했다.
③ 그의 시조들은 정철의 가사 작품들과 더불어 조선 시가 문학의 쌍벽을 이룬다.
④ 대표적인 영남가단 시인이다.

30 윤선도는 해남 출신 시인이므로 영남가단이라 할 수 없다. 여러 지역에서 유배생활을 했으나 주된 거처는 해남과 보길도였다. 호남가단에는 송순, 김성원, 기대승, 고경명, 정철, 임제 등이 있다. 자연과 벗하는 풍류생활을 노래한다는 점에서 윤선도 역시 호남가단과 맥이 통하지만 가단 활동에 적극적으로 참여하지는 않은 듯하다.

정답 28 ④ 29 ③ 30 ④

여기서 멈출 거예요? 고지가 바로 눈앞에 있어요.
마지막 한 걸음까지 SD에듀가 함께할게요!

제 **6** 편

악 장

단원 개요

악장은 궁중의 여러 의식과 행사 및 연례(宴禮)에 쓰인 노래의 가사를 말하는데, 일반적으로 조선 초기의 송축가를 뜻한다. 다양한 형식의 악장들이 지어졌으나 초기에는 중국 고체시를 본받고 훈민정음이 창제되면서 현토체를 거쳐 어느 정도 정형성을 띤 형식으로 변화해 갔다. 따라서 악장을 통해 조선 초기 우리나라 시의 형태를 짐작해 보는 게 가능하다. 악장은 여러 작품이 있으나 그 중에서도 「용비어천가」는 악장의 결정판이라고 할 정도로 중요한 작품이라 할 수 있다.

출제 경향 및 수험 대책

악장의 특징을 잘 알아두는 것이 필요하며 악장의 제목과 내용을 관련 지어 기억해 두어야 한다. 또한 악장문학의 대표작이라 할 수 있는 「용비어천가」에 대해서는 특별히 자세한 학습이 요구된다.

제 1 장 악장의 정의와 특징

1 악장의 정의

악장이란 조선시대에 궁중에서 공식적인 행사 때 사용된 음악의 가사로, 원래 조선시대뿐만 아니라 어느 시대에나 존재하는 것이다. 하지만 조선시대에 들어 동양적 통치 관례에 따라 예악(禮樂)을 정비하면서 새로 지은 노래들을 구분할 필요가 대두됨에 따라 '악장'이라 하면 조선 초의 악장을 가리키는 것으로 의미를 좁혀 생각하기로 한 것이다.

2 악장의 특징 중요 ★★★

(1) 형식보다는 내용의 공통성이 강하다.
작품에 따라 속요·경기체가·시경(詩經)·초사체(楚辭體) 등 형식이 통일되지 못하고 다양한 형태를 보이며, 「용비어천가」나 「월인천강지곡」처럼 이전의 어느 장르와도 다른 독특한 형태를 지닌 것도 있다.

(2) 노래로 불리었다.

(3) 표기방식에 따라 한문악장, 국문악장, 현토악장(懸吐樂章)의 세 가지 유형이 있는데, 이 중 가장 많은 작품이 있는 것은 한문악장이다. 그 중에는 한시에 '위(偉)~'라는 말로 시작하는 후렴구를 붙인 작품들이 있다. 국문악장은 한문악장에 비해 작품 수가 훨씬 적지만 고려속요의 형식을 수용하면서 새로운 세계관을 드러내었다는 점에서 주목할 만하다. 한편 현토악장은 기존의 한시 작품에 우리말 토를 달아 지은 것이다.

(4) 대부분 연장형식과 분절형식으로 되어 있다.

(5) 교술적 어조를 지닌다.

(6) 신흥사대부 가운데 핵심 관료층이 주로 담당했다.

(7) 유교적 이상사회에 대한 찬양이 주된 내용이다.

(8) 문어체를 쓴다.

(9) 장중함과 외경스러움이 잘 드러나는 내용이 담겼다.

제 2 장 악장의 구체적인 작품

1 대표적인 작가와 작품

(1) 정도전 중요 ★★

① 「**무공곡(武功曲)**」 : 이성계의 무공을 찬양

② 「**문덕곡(文德曲)**」 : 임금의 치덕을 예찬

③ 「**납씨가(納氏歌)**」 : 대조가 원나라 진당 납합출의 침공을 물리친 공적을 예찬

④ 「**정동방곡(靖東方曲)**」 : 태조의 영웅적인 위화도 회군을 찬양

⑤ 「**신도가(新都歌)**」 : 개경에서 새 도읍을 한양으로 옮긴 사실을 찬양

(2) 하륜 중요 ★★

① 「**근천정(覲天庭)**」 : 태종이 명나라에 가서 황제의 오해를 풀어 온 것을 백성이 기뻐한다는 내용

② 「**수명명(受明命)**」 : 태종이 명나라로부터 왕의 인준을 받은 사실을 내용으로 함

(3) 윤회, 「봉황음(鳳凰吟)」 : 나라와 왕가에 대한 송축

(4) 작자 미상 또는 불확실

① 「**성덕가(聖德歌)**」 : 조선의 건국과 그것을 도운 중국 명나라의 공덕을 칭송

② 「**연형제곡(宴兄弟曲)**」 : 형제간의 우애를 읊는 한편, 조선왕조의 문화를 찬양

(5) 변계량, 「화산별곡(華山別曲)」 : 서울을 찬양

(6) 상진(혹은 작자 미상), 「감군은(感君恩)」 : 임금의 깊은 덕과 만수무강을 송축

(7) 세종(혹은 김수온), 「월인천강지곡(月印千江之曲)」 : 석가의 생애와 공덕을 찬양 중요 ★★

2 「용비어천가」

(1) 특징 중요 ★★★

① 훈민정음을 이용해 최초로 만든 노래로 조선 초 악장의 결정판이라 할 만하다.

② 창제된 훈민정음을 시험해 보고 훈민정음을 국가의 글자로서 권위를 부여하려는 의도에 따라 만들어졌다.

③ 조선 건국의 정당성과 조선의 무궁한 발전을 기원하는 송축가이다.

④ 전체가 125장으로 되어 있고, 각 장은 2절 4구의 대구 형식이다.

⑤ 1 · 2 · 3 · 4 · 125장 등 5장에는 곡을 지어서 「치화평」, 「취풍형」, 「봉래의」, 「여민락」 등의 악보를 만들고 조정의 연례악(宴體樂)으로 사용하였다.

⑥ 정인지를 비롯한 여러 학자들이 공동 제작했다.

(2) 원문 일부 보기

1장 원문	풀이
海東六龍 · 이 ᄂ ᄅ · 샤° :일 :마다天福 · 이시 · 니。 古聖 · 이°同符 · ᄒ시 · 니	우리나라의 여섯 성군이 나시어 하시는 일마다 하늘의 복을 받으시니 중국 옛 성왕들이 하신 일과 들어맞으시니

2장 원문	풀이
불 · 휘기 · 픈남 · ᄀ° ᄇᄅ · 매아 · 니 :뮐 · 씨。곳 :됴 · 코° 여 · 름 · 하ᄂ · 니 :ᄉ| · 미기 · 픈 · ᄆ · ᄅᆫ° · ᄀ ᄆ · 래아 · 니그츨 · 씨。 :내 · ᄒ|이 · 러° 바 · ᄅ · 래 · 가ᄂ · 니	뿌리가 깊은 나무는 바람에 흔들리지 아니하므로 꽃이 좋고 열매가 많이 열리니 샘이 깊은 물은 가뭄에 그치지 아니하므로, 내가 이루어져 바다에 가나니

실전예상문제

해설 & 정답　checkpoint

01 다음 중 악장에 대한 설명으로 적절한 것은?

① 악장은 고유의 형태를 지니고 있다.
② 악장은 조선 고유의 시가 형식이다.
③ 일반적으로 조선 전기에 궁중의 공식적인 행사에서 사용했던 음악의 가사를 말한다.
④ 악장은 모두 한글로만 지었다.

01 악장은 원래 고려와 조선의 궁중음악으로 불린 노래 가사를 모두 포괄하지만, 일반적으로 '악장'이라고 할 때는 조선시대 초기(15세기)에 지어진 시가에 붙이는 명칭이다. 그런데 악장으로 분류되는 작품들은 일관된 형식을 갖고 있지는 않아서 악장을 별개의 장르로 볼 것인가에 대한 논란이 있기도 하다. 한편 악장은 표기 방식에 따라 한문악장, 국문악장, 현토악장으로 나뉜다.

02 악장의 특징에 대한 설명으로 옳지 <u>않은</u> 것은?

① 악장은 창업주나 왕업을 찬양하고 기리는 내용이 대부분이다.
② 양적으로 가장 많은 것은 한문으로 쓰인 악장이다.
③ 현토악장은 한시가 국문시가로 변하는 과정을 보여준다는 점에서 의미가 있다.
④ 악장은 궁중에서 일하는 궁녀들에 의해 주로 창작되었다.

02 악장은 신흥사대부 가운데 핵심 관료층이 주로 담당했다. 이에 따라 내용도 유교적 이상사회에 대한 찬양이 주를 이룬다.

03 다음 악장에서 정도전의 작품이 <u>아닌</u> 것은?

① 「무공곡」
② 「문덕곡」
③ 「납씨가」
④ 「수명명」

03 「수명명」은 하륜의 작품이다. 정도전의 작품에는 이 외에도 「정동방곡」, 「신도가」가 있다.

정답 01 ③　02 ④　03 ④

04 「근천정」은 하륜의 작품이다. 「감군은」의 경우 조선 명종 때 상진이 지었다고 보기도 하지만 확실하지 않아서 작자 미상의 작품으로 보기도 한다.

05 「성덕가」는 조선의 건국과 그것을 도운 명나라의 공덕을 칭송하는 노래이고, 「수명명」은 하륜이 지은 것으로 태종이 명나라로부터 왕의 인준을 받은 것을 노래한 것이고, 「신도가」는 정도전의 작품으로 개경에서 한양으로 도읍을 옮긴 사실을 찬양하는 내용이다.

06 「용비어천가」는 창제된 훈민정음을 시험해 보고 국가의 글자로서의 권위를 부여하려는 의도로 만들어진 여러 학자들의 공동 작품이다.

04 다음 중 작자를 알 수 없거나 확실하지 않은 악장이 <u>아닌</u> 것은?

① 「성덕가」
② 「연형제곡」
③ 「근천정」
④ 「감군은」

05 다음 설명에 해당하는 악장의 제목은?

- 석가의 생애와 공덕을 찬양하기 위해 지은 노래이다.
- 세종 혹은 김수온이 지은 것이라고 알려져 있다.
- '부처가 나서 교화한 자취를 칭송한 노래'라는 뜻이다.
- 훈민정음으로 표기했다.

① 「성덕가」
② 「월인천강지곡」
③ 「수명명」
④ 「신도가」

06 다음 설명에 해당하는 작품은 무엇인가?

- 훈민정음을 이용해 최초로 만든 노래이다.
- 전체가 125장으로 되어 있고 각 장은 2절씩이다.

① 「석보상절」
② 「월인천강지곡」
③ 「용비어천가」
④ 「신도가」

정답 04 ③ 05 ② 06 ③

07 다음 중 작가와 작품의 연결이 <u>잘못된</u> 것은?

① 「신도가」 – 정도전
② 「근천정」 – 하륜
③ 「납씨가」 – 정도전
④ 「봉황음」 – 하륜

07 「봉황음」은 윤회의 작품이다.

08 다음 중 임금의 공덕과 태평한 시대를 노래한 악장으로 보기 <u>어려운</u> 것은?

① 「정동방곡」
② 「문덕곡」
③ 「감군은」
④ 「성덕가」

08 「정동방곡」은 태조의 위화도 회군을 찬양하는 내용이다.

09 다음 중 조선 초 악장 문학의 결정판이라 할 수 있는 작품으로 공동 제작되었으며, 「여민락」과 함께 궁중의 연향에 쓰인 것은?

① 「석보상절」
② 「용비어천가」
③ 「감군은」
④ 「화산별곡」

09 「용비어천가」는 정인지를 비롯한 여러 학자들에 의해 공동 제작되었으며, 「여민락」이라는 곡과 함께 연주되었다.

정답 (07 ④ 08 ① 09 ②)

10 「용비어천가」의 첫 장은 '海東六龍
·이ᄂᆞᆯ·샤 :일 :마다天福·이시
·니。'로 시작한다.

10 다음 중 「용비어천가」에 대한 설명으로 옳지 <u>않은</u> 것은?

① 송축가이다.

② 전체가 125장으로 되어 있고 각 장은 2절 4구의 대구 형식이다.

③ 훈민정음으로 만든 최초의 노래이다.

④ '불·휘기·픈남·ᄀᆞᆫ° ᄇᆞᄅ·매아·니 :뮐·씨。'로 시작한다.

11 「납씨가」는 나하추(납합출)를 물리
친 태조의 무공을 찬양한 것으로, 「청
산별곡」의 악보 가락에 얹어 불렀다
고 『시용향악보』에 나와 있다.

11 다음 중 태조가 동북면에 침입한 원나라의 잔당 나하추를 물리친 무공을 찬양하는 내용을 지닌 악장은?

① 「무공곡」

② 「납씨가」

③ 「정동방곡」

④ 「신도가」

12 「감군은」은 『악장가사』와 『고금가
곡』에 실려 전해지고 있다. '사해 바
다의 깊이는 닻줄로 잴 수 있겠지만
임금님의 은덕은 어떤 줄로 잴 수 있
겠습니까?'라는 말로 시작하며 총 4
절로 되어 있고 각 절은 5행으로 이
루어져있다.

12 다음 중 '바다 깊이는 닻줄로 잴 수 있지만 임금의 덕은 너무 깊어서 잴 수 없다'는 내용을 지닌 악장은?

① 「감군은」

② 「성덕가」

③ 「신도가」

④ 「화산별곡」

정답 (10 ④ 11 ② 12 ①)

13 「용비어천가」가 이루어진 뒤 관현에서 조음하여 악보를 만들어 연향을 할 때 사용하였는데 이와 관계가 <u>없는</u> 것은 무엇인가?

① 「치화평」
② 「취풍형」
③ 「여민락」
④ 「향발무」

14 조선시대 악장에 대한 설명으로 옳지 <u>않은</u> 것은?

① 악장은 하층민 사이에서 널리 불렸다.
② 악장 중에서 「용비어천가」는 최초로 훈민정음으로 지어졌다.
③ 악장은 '한문악장 – 현토악장 – 국문악장' 순으로 지어졌다.
④ 정도전이 지은 악장으로는 「무공곡」, 「납씨가」 등이 있다.

15 다음 중 「용비어천가」에 대한 설명으로 옳지 <u>않은</u> 것은?

① 이성계의 4대 선조들로부터 이야기가 시작되는데 이는 더 이상 영웅서사시가 통하지 않는 중세적 가치관을 반영한다.
② 이성계에게 하늘이 금척을 내렸다고 하여 여전히 영웅서사시적인 면이 남아있다.
③ 1장에서 용이 날아오르는 것은 이성계가 탄생했다는 의미이다.
④ 2장에서는 나라가 번창할 것이라는 것을 비유적 표현을 사용해 나타내었다.

13 세종은 태조의 창업을 기리며 「봉래의」라는 악무를 지었는데 이는 「전인자」, 「여민락」, 「치화평」, 「취풍형」, 「후인자」로 이루어져 있다. 이 중 「치화평」이나 「취풍형」은 국문과 한문으로 된 「용비어천가」를 노래하였고, 「여민락」은 한문가사의 「용비어천가」를 노래하였다.

14 악장은 궁중 의례악의 가사로 쓰였다. 조선의 공식 문자가 한문이었으므로 한문악장이 지어지다가 세종의 훈민정음 창제 이후 한문악장을 읽기 위해 토를 달아 읽던 것에서 발전하여 아예 처음부터 토를 이용한 현토악장이 지어진다. 이후에는 국문으로만 이루어진 악장을 짓게 된다.

15 용이 날아오르는 것은 왕조를 창업했다는 의미이다.

정답 13④ 14① 15③

여기서 멈출 거예요? 끝자가 바로 눈앞에 있어요.
마지막 한 걸음까지 SD에듀가 함께할게요!

제 **7** 편

가사

단원 개요

가사는 시조와 더불어 조선시대를 대표하는 시가 양식이다. 시조와 비슷한 시기에 형성되었으나 정형성을 지닌 시조와 달리 형식이 보다 유연하여 다양한 작자층의 참여가 가능했고, 그 내용도 보다 다채롭다. 이 단원에서는 그러한 가사와 관련된 내용들을 살펴봄으로써 가사문학 전반에 관한 이해를 돕도록 구성하였다. 시조가 현대시조로까지 이어지면서 여전히 창작되고 있는 데 반해 가사는 개화가사 단계에서 맥이 끊어지고 말았지만 우리말의 보고로서, 또한 다양한 내용을 통해 당시 사람들의 사상과 감정을 이해하는 데 매우 중요한 장르라 할 수 있다.

출제 경향 및 수험 대책

가사와 관련해서는 가사의 장르적 성격, 가사의 형식, 가사의 내용에 따른 분류와 주요 작품 관련 사항들이 출제될 수 있다. 특히 박인로의 작품들에 대해서는 꼼꼼히 확인해 두는 것이 좋다.

제 1 장 가사의 명칭과 개념

가사는 고려 말에 발생하고 조선시대를 관통하며 이어져 내려와 조선시대를 대표하는 시가 장르이다. 비교적 짧은 형태의 시조와 달리 긴 것이 특징이다.

가사의 명칭은 장가(長歌), 가사(歌詞), 가사(歌辭), ㄱㅅ, 가ㅅ, 가사 등 여러 가지가 있다. '장가'라는 명칭은 경기체가, 속요, 악장, 가사, 장시조 등 긴 노래 모두에 해당하는 것이어서 타당하지 않고, '가사(歌詞)'는 어떤 악곡에 얹어 부르는 노랫말을 일컫는 용어로 주로 쓰이기 때문에 일반적으로 시가문학 장르의 용어로는 '가사(歌辭)'를 사용한다.

제 2 장 가사의 장르

가사는 일정한 율격을 지니고 있어서 운문의 성격을 지니기도 하고, 내용면에서는 느낌이나 생각, 체험 등을 서술한다는 점에서 산문의 성격을 지니기도 한다. 그래서 가사의 장르를 무엇으로 볼 것인가와 관련하여 여러 논의가 있어왔다. 그 논의는 대략 5가지로 구분된다.

1 서정 장르인 시가로 보는 견해

(1) 이상보 : 가사는 시가인 이상 엄연히 시라고 함

(2) 정병욱 : 가사는 시조의 경우와 마찬가지로 가창되었으므로 시가문학에 속함

(3) 김기동 : 가사는 비연시로서의 정형시임

이 밖에도 많은 학자들이 가사를 시가로 보고 있다.

2 산문 장르인 수필로 보는 견해

(1) 고정옥 : 가사는 중세기의 산문문학임

(2) 이능우 : 가사는 시로 오해될 수 있으나 길이가 길기 때문에 수필임

(3) 주종연 : 가사문학은 유개념적으로는 서정적인 것과 서사적인 것으로 양분되고, 종개념적으로는 수필임

3 제4의 장르인 교술로 보는 견해 중요 ★★

조동일은 가사의 기원을 교술민요라 보고, 희곡, 서정, 서사 중 어느 것도 아니고 교술 장르류에 해당한다고 새로 설정하였다.

4 혼합 장르로 보는 견해

(1) 장덕순 : 주관적인 감정을 노래한 것은 시가로서의 가사이고 객관적, 서사적인 사물을 서술한 것은 수필로서의 가사임

(2) 김병국 : N. Frye의 장르체계와 P. Hernadi의 장르이론을 원용하여 가사를 주제적 양식의 본질, 극적 양식의 본질, 서사적 양식의 본질, 서정적 양식의 본질로 나눔

(3) 김흥규 : 여러 종류의 경험, 사고 및 표현욕구에 대하여 폭넓게 열려 있는 혼합갈래라고 함

5 독립적인 장르로 보는 견해

(1) 조윤제 : 가사를 시가, 소설, 희곡과 동등한 독립된 장르로 설정함

(2) 김동욱 : 가사라는 범주를 따로 두는 것이 낫다고 함

(3) 정재호 : 어떠한 장르에도 포함시킬 수 없는 가사들이 있으니 결국 가사는 가사일 수밖에 없다고 함

이처럼 가사의 장르에 대해서는 많은 논의가 있다. 다만 근래에 들어서는 가사문학을 서정 장르, 즉 시가로 보려는 경향이 강해지고 있다

제 **3** 장 가사의 기원

가사의 기원에 대해서는 다음과 같은 이론들이 존재한다.

1 경기체가 발생설

(1) 근거

① 고려가요, 특히 경기체가 소멸 시기와 가사의 발생 시기가 근접하다.
② 두 장르 모두 사물이나 생활을 나열, 서술한다.
③ 두 장르 모두 작자층이 사대부이다.

(2) 문제점

① 이들은 정극인의 「상춘곡」이 가사의 효시라고 보는데, 현재는 고려 말 나옹화상의 가사 작품을 효시라고 본다.
② 조선 초는 경기체가 발전기이므로 갑자기 경기체가가 소멸하고 우수한 형태의 가사가 생겼다고 보기 어렵다.
③ 경기체가는 3음보의 연장체인 반면 가사는 4음보 연속체이나.

2 시조에서의 발생설

(1) 근거

① 가사의 율격이 4음보격으로 시조의 율격과 같다.
② 마지막 행은 시조의 종장 형식과 같으니 시조의 초, 중장이 연속되어 가사가 형성되었다.

(2) 문제점

① 가사의 효시가 고려 말 나옹화상의 작품이라고 본다면 시조가 가사보다 먼저 형성되었다고 보기 힘들다.
② 시조의 늘인 형태로 엇시조와 사설시조가 따로 존재한다. 또한 엇시조와 사설시조는 가사보다 나중에 발생되었다.
③ 4음보 3행의 정형시인 시조가 형성되자마자 무제한 연속체인 가사로 변형된 원인이 불분명하다.

3 악장체에서의 발생설

(1) 근거

① 악장체의 분장형식이 파괴되면서 사설형식의 가사가 발생했다.

② 악장체, 가사 모두 향유층이 신흥사대부와 양반계층이다.

(2) 문제점

① 악장은 연장체인데 가사는 비연시이다.

② 이들이 주목하는 「용비어천가」, 「월인천강지곡」의 형태가 유행하지도 못한 상태에서 가사로 발전했다고 보기 어렵다.

③ 가사의 발생 시기가 고려 말일 수 있다.

4 한시 현토체에서의 발생설

(1) 근거

나옹화상이 지은 「서왕가」의 형태는 한문 어구에 우리말 토를 단 것에 불과하다.

(2) 문제점

① 7언한시에 토를 달면 4음보격이 이루어질 수 있으나 5언한시의 경우에는 거의 3음보가 되므로 4음보의 가사가 될 수 없다.

② 한시와 가사는 서술방식에 큰 차이가 있다.

5 교술민요에서의 발생설

(1) 근거

조동일은 모든 문학의 모체를 민요로 보았다. 서정민요에서 향가와 고려속요가, 서사민요와 설화에서 판소리와 소설이, 그리고 교술민요에서 가사가 나왔다.

(2) 문제점

① 조선 초 교술민요가 사대부들의 이념적 요청에 의해 기록문학으로 발전했다고 보기 어렵다.

② 가사의 효시를 「상춘곡」으로 보았을 때 가능한 이론이지만 가사의 효시를 고려 말 나옹화상의 작품으로 볼 수도 있다.

이 외에도 신라가요 발생설, 불교계 가요에서의 발생설 등 다양한 학설이 있다.

또한 발생 시기에 대해서도 신라 말엽 발생설, 고려 말엽 발생설, 조선 초기 발생설, 조선 중기 발생설 등이 있다.

이러한 연구들을 종합해 보면 가사는 **고려 무신란 이후** 강호에서 지내던 사대부들이 그들의 기호에 맞게 4음보격 리듬을 바탕으로 감정을 토로하던 것이 기원이 되었다고 본다. 그리고 그러한 원시적인 가사형태가 **승려들에게 수용**되어 고려 말엽 나옹화상의 불교 포교용 가사 「승원가」, 「서왕가」 같은 작품이 나오게 된 것이라 할 수 있다. 이처럼 승려계층에 의해 발생된 가사가 **몇몇 사대부 관료에 의해 수용**되고, 차츰 그들의 기호에 맞는 형식으로 자리 잡아 조선 초기에 **정극인의 「상춘곡」**과 같이 세련된 작품으로 나타났다고 할 수 있다.

제 4 장 가사의 형식과 내용

1 가사의 형식 중요 ★★★

(1) 대개 4음보가 한 행을 이루고, 이러한 행이 연속적으로 이어지는 구조이다.

(2) 대개 비연시(非聯詩)이다. 비연시란 연 구분을 하지 않고 1연으로만 이루어진 시를 말한다.

(3) 2음보씩 짝을 지어 의미가 구분되는 경우가 많다.

(4) 사대부가 쓴 가사는 3·4조가 많고, 서민가사와 내방가사는 4·4조가 많다. 사대부가사는 조선 전기에 주로 쓰였는데 이때는 한자 어구를 많이 썼기 때문에 글자 수가 적었고, 가창되는 경우가 많아서 굳이 안정된 음수율이 필요하지 않았다. 그러나 조선 후기 가사들인 서민가사와 내방가사는 한자어보다는 우리말을 많이 썼고, 가사를 읊는 경우가 많았기 때문에 안정적인 음수율이 필요했다.

(5) 사대부가사는 시조 종장과 같은 결구, 즉 마지막 행의 첫 음보가 3글자로 시작하는 게 많다. 이와 같은 결사 형식을 가진 가사를 **정격가사**, 그렇지 않은 것은 **변격가사**로 구분하기도 한다.

2 가사의 내용 중요 ★★★

가사는 긴 시간 다양한 작자층의 참여로 인해 다양한 세계관과 다층적인 삶의 모습이 담겨있으며 작품 수 또한 6천 여 편이 넘을 정도로 압도적으로 많다. 또한 한 작품 안에 다양한 주제를 담고 있는 것들이 많아서 가사의 내용을 분류하는 작업은 간단치 않다.

작자층을 중심으로 한 분류, 작품에 담겨진 사상과 형식을 중심으로 한 분류, 소재 중심으로 한 분류 등 분류 기준만도 여럿이고, 그에 따른 분류 항목도 적게는 5종에서부터 많게는 32종류(139개 항목)로 나눈 경우들이 있다. 그 중에서 작자층에 따른 내용별 유형을 살펴보면 다음과 같다.

(1) 사대부가사

① 강호생활

㉠ 주된 내용 및 주제 : 주로 조선 전기에 유교적 세계관이 자리 잡고 사회가 안정되었던 시기에 쓰였다. 사대부의 이념을 바탕으로 유유자적하며 자연을 관조하거나 자연과의 합일을 내세우며 **강호한정과 안빈낙도**를 주제로 하였다.

㉡ 주요 작품 : 정극인의 「상춘곡」, 송순의 「면앙정가」, 정철의 「성산별곡」, 허강의 「서호별곡」 등

② 연군과 유배

㉠ 주된 내용 및 주제 : 정치적 패배로 인해 유배를 가거나 고향에 머물며 쓴 작품들이다. 자신의 결백을 주장하고, 유배지에서 겪는 고난의 생활상을 기술하며, 임금을 사랑하는 임에 빗대어 임금에 대한 그리움과 사랑을 토로하는 **우국지정**을 주제로 했다.

㉡ 주요 작품 : 정철의 「사미인곡」, 「속미인곡」, 조위의 「만분가」, 이긍익의 「죽창곡」, 조우인의 「자도사」 등

③ 유교 이념과 교훈

㉠ 주된 내용 및 주제 : 봉건 사회의 질서가 흔들리던 조선 중기 이후에 지배질서의 유지나 이념 강화를 목적으로 많이 지어졌다. 유교적 실천 윤리를 규범적으로 제시하거나 경세적 교훈을 주제로 했다.

㉡ 주요 작품명 : 이이의 「낙지가」, 이원익의 「고공답주인가」, 작자 미상의 「오륜가」, 허전의 「고공가」 등

④ 기행(紀行)

㉠ 주된 내용 및 주제 : 명승지나 사행지(使行地)를 기행하고 여정을 중심으로 견문과 감회를 읊은 가사들로, 주로 관료들이 부임지에 이르는 과정을 기록하거나 부임지 주변의 명승지를 유람하면서 경관을 읊은 것들이다. 또한 중국이나 일본에 사행을 다녀와서 적은 것들도 있는데 이러한 작품들은 견문의 기록성이 높다.

㉡ 주요 작품 : 정철의 「관동별곡」, 백광홍의 「관서별곡」, 작자 미상의 「금강산유람록」, 김인겸의 「일동장유가」(일본), 유인목의 「북행가」(청나라), 홍순학의 「연행가」(북경) 등

⑤ 전란의 현실과 비분강개

㉠ 주된 내용 및 주제 : 전쟁의 피해와 처참한 모습에서 오는 비애와 의분 그리고 전후의 곤궁한 현실을 주제로 했다.

㉡ 주요 작품 : 양사준의 「남정가」, 박인로의 「태평사」, 「선상탄」, 「누항사」, 정훈의 「우활가」, 「탄궁가」 등

⑥ 영사(詠史)·풍속(風俗)·세덕(世德)

㉠ 주된 내용 및 주제 : 영사란 역사적인 사실이나 가문의 전통, 중국의 역사나 고사(故事)를 주제로 하여 쓴 작품들을 말한다. 또한 풍속과 세덕은 여러 가지 신변을 주제로 했다.

㉡ 주요 작품 : 신득청의 「역대전리가」, 박리화의 「만고가」, 윤우병의 「농부가」, 김충선의 「모하당술회가」, 정학유의 「농가월령가」 등

(2) 규방가사

부녀자들 사이에서 향유된 가사로 '내방가사(內房歌辭)'라고도 한다. 작자 미상이거나 작자의 성씨 정도만 알려졌다.

① 교훈가사

ㄱ) 계녀가류

ⓐ 주된 내용 및 주제 : 나이 찬 딸의 출가를 앞두고 여자의 규범이 될 만한 고사를 어머니가 자신의 시집살이 경험과 결부시켜 양가의 부녀다운 예절을 갖추도록 일깨운다.

ⓑ 주요 작품 : 이씨 부인의 「복선화음가」, 김씨 부인의 「김씨계녀사」 외에도 「계녀가」라는 이름으로 여러 지역에서 700여 편의 작품이 전한다.

ㄴ) 도덕가류

ⓐ 주된 내용 및 주제 : 일반 부녀자들이 지켜야 할 도리를 서술했다.

ⓑ 주요 작품 : 「도덕가」, 「오륜가」, 「나부가」 등

② 생활 체험가사

ㄱ) 탄식류

ⓐ 주된 내용 및 주제 : 시집살이의 어려움을 토로하거나 인생의 무상감을 읊은 것과 남편과의 사별, 노처녀의 한을 주제로 한 것들이 있다.

ⓑ 주요 작품 : 「사친가」, 「여자자탄가」, 「한별곡」, 「원별가」, 「노처녀가」 등

ㄴ) 송축류

ⓐ 주된 내용 및 주제 : 자녀의 장래를 축복하거나 부모님의 회갑이나 회혼을 맞아 장수를 축원하는 내용이다.

ⓑ 주요 작품 : 「귀녀가」, 「재롱가」, 「수연가」, 「헌수가」, 「회혼참경가」 등

ㄷ) 풍류류

ⓐ 주된 내용 및 주제 : 여행의 즐거움을 주제로 한다.

ⓑ 주요 작품 : 「화전가」, 「관동팔경유람기」, 「경주관람기」, 「부여노정기」 등

(3) 서민가사

서민에 의해 지어졌거나 서민의식이 투영된 가사를 말하는데, 대부분 작자 미상의 작품이 많다. 여기서 서민은 향촌의 몰락 사족층까지도 포괄하는 개념으로 보는 것이 적절하다. 서민가사는 대개 **조선 후기 신분제가 심하게 동요되던 시기에 나온 작품들**로 보이는데, 이 시기는 양반계급의 숫자가 증가한 반면, 실질적인 권리는 상대적으로 약해져 양반층 내부에서도 체제 비판이나 현실 비판의 목소리가 커지고 있음을 반영한 것이다.

① 현실 비판

ㄱ) 주된 내용 및 주제 : 봉건 지배 질서에 순응하지 않고 현실적 모순을 폭로하고 비판하는 내용을 담고 있다.

ㄴ) 주요 작품 : 「갑민가」, 「거창가」, 「민원가」, 「합강정가」 등

② 개방적 세계관

ㄱ 주된 내용 및 주제 : 기존 관념에 대한 도전과 인간 본능의 표출

ㄴ 주요 작품 : 「청춘과부곡」, 「규수상사곡」, 「성사회답곡」, 「양신회답가」 등

이 외에도 작자층을 기준으로 한 분류는 아니나, 다음과 같이 종교가사, 개화가사를 별도의 유형으로 볼 수 있다.

(4) 종교가사

종교의 교리를 세상에 널리 펴는 것을 주제로 한 가사로 경전 교리를 가사체로 서술한 것, 신앙정신에 입각하여 창작한 것, 전도를 목적으로 지은 것 등이 모두 포함된다. 종교가사에는 불교가사, 천주교가사, 동학가사, 유교가사 등이 있는데, 근대로 넘어가는 시기에는 종래의 유교 관념과 대립하여 가사를 매체로 이념 논쟁이 벌어졌다.

① 불교가사 대표작

나옹화상의 「서왕가」, 「승원가」, 휴정의 「회심곡」, 침굉의 「귀산곡」, 「태평곡」 등이 있다.

② 천주교가사 대표작

정약전 외 2인의 「십계명가」, 이벽의 「천주공경가」, 최양업의 「사향가」, 「삼세대의」 등이 있다.

③ 동학가사(또는 천도교가사) 대표작

최제우의 「용담유사」 등이 있으며, 동학가사는 민중의 힘을 결집시킨 구국과 개혁의 사회적 이념이 자생적 근대 지향을 보인다는 점에서 그 의의가 크다.

④ 유교가사 대표작

이태일의 「오도가」 등이 있다.

(5) 개화가사

개화기에 창작된 가사로 한국 시가 사상 최초로 형성된 근대적 양식이라 할 수 있다. 그러나 어투가 지나치게 직설적이고, 작자가 비전문가이며 이름이 전하지 않는 경우가 많다는 점에서 과도기적 성격을 지닌다. 또한 대개 발표매체가 일간지였기 때문에 시사성을 띠는 작품이 많다. 개화가사는 1890년대 중반 경 창가가 나타나자 결국 맥이 끊어지게 되었다.

① 계몽적 개화사상

ㄱ 주된 내용 및 주제 : 서구와 일본을 문명개화의 모범으로 삼고 위로부터의 개혁을 주장했다.

ㄴ 주요 작품 : 「애국가」, 「동심가」, 「성몽가」 등이 있다.

② 신문화 수용 비판

ㄱ 주된 내용 및 주제 : 제국주의에 반대하며 밑으로부터의 개혁을 주장했다.

ㄴ 주요 작품 : 「문일지십」, 「일망타진」, 「육축쟁공」 등

제 **7** 편 실전예상문제

해설 & 정답 checkpoint

01 다음 중 가사에 대한 설명으로 옳지 <u>않은</u> 것은?

① 가사는 고려 말에 발생하여 조선시대까지 이어져 왔다.
② 가사는 장가라고 부르기도 한다.
③ 가사는 운문과 산문의 성격을 모두 지녔다.
④ 가사는 내용적으로 운문, 형식적으로 산문의 성격을 지닌다.

01 가사는 내용적으로는 느낌이나 생각, 체험 등을 서술한다는 점에서 산문의 성격을 지니고, 일정한 율격을 지니고 있다는 점에서는 운문의 성격을 지닌다.

02 다음 중 가사의 장르에 대한 견해가 <u>아닌</u> 것은?

① 가사는 서정 장르이다.
② 가사는 수필 장르이다.
③ 가사는 극 장르이다.
④ 가사는 교술 장르이다.

02 가사의 장르에 대해서는 서정 장르, 수필 장르, 교술 장르, 혼합 장르, 독립적인 장르 등 여러 견해가 있다. 그러나 극 장르로 보는 견해는 없다.

03 다음 중 가사를 시가 장르로 보는 견해에 대한 설명으로 적절하지 <u>않은</u> 것은?

① 가사는 일정한 율격을 지녔으므로 시의 한 형태이다.
② 가사는 내용을 고려할 때 일종의 서사시이다.
③ 가사는 시조와 마찬가지로 가창되었으므로 시가문학에 속한다.
④ 가사는 연 구분을 하지 않는 정형시이다.

03 가사가 시가장르로 여겨지는 이유는 내용적인 면보다 형식적인 면 때문이다.

정답 01 ④ 02 ③ 03 ②

04 조동일은 가사의 기원을 교술민요라 보고 희곡, 서정, 서사 중 어느 것도 아니고 교술 장르로 구분해야 한다고 주장했다.

04 다음 중 가사를 교술 장르에 포함시켜야 한다고 주장한 사람은 누구인가?

① 조동일
② 이상보
③ 정병욱
④ 김기동

05 김동욱은 가사를 독립적인 장르로 봐야 한다고 했다.

05 다음 중 가사를 혼합 갈래로 봐야 한다는 주장을 하지 <u>않은</u> 사람은?

① 장덕순
② 김병국
③ 김동욱
④ 김흥규

06 이능우는 가사의 길이가 길다는 점에 근거하여 수필이라 하였다.

06 다음 중 가사를 독립적인 장르로 봐야 한다는 주장을 하지 <u>않은</u> 사람은?

① 조윤제
② 정재호
③ 김동욱
④ 이능우

07 가사의 장르에 대해 근래에 들어서는 시가로 보려는 경향이 강해졌다.

07 가사의 장르에 대한 최근의 경향은 무엇인가?

① 가사는 수필이다.
② 가사는 시가이다.
③ 가사는 교술 장르이다.
④ 가사는 어떤 장르에 포함되는 것이 아닌 '가사' 장르이다.

정답 04① 05③ 06④ 07②

08 가사의 기원에 대한 견해가 <u>아닌</u> 것은?

① 가사는 경기체가로부터 이어진 장르이다.
② 가사는 시조에서 확장된 형식이다.
③ 가사는 악장에서 발생하였다.
④ 가사는 무가에서 발생하였다.

08 가사의 기원에 관해서는 경기체가, 시조, 악장 기원설 이외에 한시 현토체, 교술민요, 신라가요, 불교계 가요 발생설이 있다.

09 다음 중 가사가 시조에서 발생했다고 보는 근거로 적절한 것은?

① 가사의 율격과 시조의 율격은 모두 4음보로 같다.
② 가사의 향유층이 신흥사대부와 양반계층이다.
③ 모든 문학은 시조에서 발생한 것이다.
④ 시조의 내용을 좀 더 늘린 것이 가사이다.

09 향유층을 근거로 보는 것은 가사를 악장에서 발생했다고 보는 입장이고, 시조와 가사는 길이뿐만 아니라 다른 형식적인 면에서도 차이가 있다.

10 다음 중 가사가 시조에서 발생했다고 보았을 때 생기는 문제점이 <u>아닌</u> 것은?

① 가사의 효시가 고려 말 나옹화상의 작품이라고 본다면 시조와 가사의 발생 시기가 비슷하게 된다.
② 시조의 길이가 늘어난 형태로 사설시조가 있다.
③ 음보가 다르다.
④ 정형시인 시조가 형성되자마자 가사의 형식으로 바뀌게 된 까닭이 설명되지 않는다.

10 시조와 가사는 모두 4음보의 율격을 지닌다.

정답 08 ④ 09 ① 10 ③

checkpoint **해설 & 정답**

11 조선 성종 때 정극인의 「상춘곡」과 고려 말의 선승 나옹화상의 「서왕가」는 가사 문학의 효시 자리를 놓고 논란이 있었다. 최근에는 나옹화상의 「서왕가」를 가사의 효시로 보는 쪽으로 정리되고 있다.

11 **가사의 효시와 관련하여 논란이 되는 작품 두 개는?**

① 나옹화상의 「서왕가」와 정철의 「관동별곡」
② 정극인의 「상춘곡」과 송순의 「면앙정가」
③ 정철의 「사미인곡」과 조위의 「만분가」
④ 정극인의 「상춘곡」과 나옹화상의 「서왕가」

12 마지막 행이 첫 3글자로 시작하는 형식을 가졌으면 정격가사, 그렇지 않으면 변격가사로 구분한다.

12 **다음 중 가사의 형식에 대한 설명으로 잘못된 것은?**

① 대개 4음보로 이루어져 있다.
② 비연시가 대부분이다.
③ 의미상 2음보씩 짝을 이루는 경우가 많다.
④ 정격가사와 변격가사로 구분하는 기준은 첫 시작 구절이 3글자인가 하는 점이다.

13 조선 전기 양반들은 한자를 사용하여 글자 수를 줄일 수 있었다. 그러나 서민가사, 내방가사는 우리말로 지어진 경우가 많았고, 가사를 읊는 경우가 많았기 때문에 보다 안정된 음수율이 필요했다.

13 **다음 중 가사의 형식에 대한 설명으로 옳은 것은?**

① 대개 3음보이다.
② 조선 전기 사대부가 쓴 가사들은 3·4조가 많고, 조선 후기에 들어 창작된 서민가사, 내방가사는 4·4조가 많다.
③ 한시의 형식과 유사한 점이 많다.
④ 대부분이 분연체이다.

14 가사의 길이는 다양하다. 한시의 절구(4줄), 율시(8줄)처럼 행의 수가 일정하다면 분량을 기준으로 나눌 수 있겠으나 가사의 경우 정해진 분량 없이 작품마다 다르다.

14 **다음 중 가사를 분류하는 기준이 될 수 없는 것은?**

① 작자층
② 작품에 담겨진 사상
③ 분량
④ 소재

정답 11 ④ 12 ④ 13 ② 14 ③

15 다음 중 강호에서의 유유자적한 삶을 노래한 가사 작품이 <u>아닌</u> 것은?

① 정극인, 「상춘곡」
② 송순, 「면앙정가」
③ 정철, 「성산별곡」
④ 이원익, 「고공답주인가」

15 주로 조선 전기에 안정된 사회를 바탕으로 사대부들이 자연 속에서 유유자적하며 자연을 관조하고 자연과의 합일을 주제로 쓴 작품들에는 제시된 보기뿐만 아니라 정철의 「성산별곡」, 허강의 「서호별곡」 등이 있다. 이원익이 쓴 「고공답주인가」는 허전의 「고공가」에 답하는 노래로, 한 국가의 살림살이를 농사짓는 주인과 종의 관계에 빗대어 제시한 것이다.

16 다음 중 사대부들이 가사에서 다루었던 주제가 <u>아닌</u> 것은?

① 안빈낙도
② 장수축원
③ 우국지정
④ 연군지정

16 사대부가사에서는 강호생활, 연군과 유배, 유교이념과 교훈, 기행, 전란의 현실과 비분강개 등의 내용을 찾아볼 수 있다. 그러나 장수축원은 규방가사에서 다루었던 내용이다.

17 다음 중 전란을 배경으로 한 가사가 <u>아닌</u> 것은?

① 「역대전리가」
② 「남정가」
③ 「태평사」
④ 「선상탄」

17 「역대전리가」는 신득청이 지은 것으로 중국의 역사를 통해 군주가 스스로 경계하도록 하기 위하여 지은 것이다. 양사준의 「남정가」는 을묘왜변 때 왜구와 싸워 이긴 것을 읊은 것이고, 「태평사」는 박인로가 왜적을 막고 있을 때 수군을 위로하기 위해 지은 것이다. 「선상탄」 역시 박인로가 전쟁의 비애와 평화를 추구하는 심정을 노래한 작품이다.

18 다음 중 작가가 일본을 기행하고 와서 지은 가사는?

① 정철, 「관동별곡」
② 유인목, 「북행가」
③ 김인겸, 「일동장유가」
④ 홍순학, 「연행가」

18 「일동장유가」는 김인겸이 조선 영조 때 일본 통신사를 수행하면서 지은 기행가사이다.

정답　15 ④　16 ②　17 ①　18 ③

19 규방가사는 부녀자들이 지은 것이다. 「모하당술회가」는 임진왜란 때 한국에 귀화한 일본인인 김충선이 지은 것으로 김충선은 비록 일본인이었으나 조선시대에 무신으로 활약했다.

19 다음 중 규방가사 작품이 <u>아닌</u> 것은 무엇인가?

① 「모하당술회가」
② 「복선화음가」
③ 「계녀가」
④ 「한별곡」

20 「수연가」는 규방가사이기는 하지만 송축류에 해당하는 작품이다.

20 다음 중 여행의 즐거움을 주제로 한 규방가사가 <u>아닌</u> 것은?

① 「관동팔경유람기」
② 「화전가」
③ 「수연가」
④ 「부여노정기」

21 서민가사의 작자층은 서민뿐만 아니라 향촌의 몰락 사족층을 모두 포괄한다.

21 다음 중 서민가사에 대한 설명으로 적절하지 <u>않은</u> 것은?

① 일상 속에서 체험하고 느낀 것을 소재로 삼는 경우가 많다.
② 서민가사는 민요적인 성격을 띠며 작자를 알 수 없는 경우가 많다.
③ 현실을 비판하고 풍자하는 내용이 많다.
④ 서민들이 지은 것만 서민가사로 분류한다.

정답 (19 ① 20 ③ 21 ④)

22 다음 중 종교가사에 대한 설명으로 **틀린** 것은?

① 불교가사의 대표작으로는 서산대사 휴정의 「회심곡」이 있다.
② 종교가사는 개화기에 새로 전파되기 시작한 천주교가사 밖에 없었다.
③ 천주교가사의 경우 포교를 위한 교리 소개 정도에 머무는 한계를 보인다.
④ 최제우의 「용담유사」는 근대지향적인 내용을 보여준다.

22 종교가사에는 불교가사, 천주교가사, 동학가사, 유교가사 등 다양한 종교의 가사가 전해진다.

23 개화가사에 대한 설명으로 적절하지 **않은** 것은?

① 개화가사는 주로 연 구분이 이루어져 있지 않다.
② 개화가사는 개화기의 변화된 사회상을 배경으로 개화와 관련된 문제를 담고 있다.
③ 개화가사는 발표매체의 영향으로 대부분 시사성을 띠었다.
④ 창가의 등장과 함께 맥이 끊기게 되었다.

23 개화가사는 주로 분연체로 되어 있다.

24 다음 중 주제가 이질적인 개화가사는?

① 「애국가」
② 「동심가」
③ 「성몽가」
④ 「문일지십」

24 위의 세 작품은 개화사상을 주제로 한 것인 반면, 「문일지십」은 신문화 수용을 비판하는 내용을 담은 작품이다.

정답 22 ② 23 ① 24 ④

25 유교가사는 포교의 목적이 아니라 유학 이념을 드러내고 고취시키기 위한 것으로 학문적 성격을 띤다. 이러한 이유로 유교가사는 종교가사에 포함시키지 말아야 한다고 보는 견해도 있다.

25 다음 설명에 해당하지 <u>않는</u> 가사는 무엇인가?

> • 종교의 포교를 목적으로 종교의 교리를 주된 내용으로 지었다.
> • 국문가사가 많이 지어졌다.

① 천주교가사

② 불교가사

③ 유교가사

④ 천도교가사

26 서민가사는 비참한 현실의 모순을 묘사하고 비판하는 작품이 많다. 그러나 「김씨계녀사」는 규방가사로 사대부의 부녀자들에게 시집살이의 규범을 가르치는 내용을 담고 있다.

26 다음 중 현실의 모순을 비판하는 내용의 가사 작품이 <u>아닌</u> 것은?

① 「갑민가」

② 「거창가」

③ 「민원가」

④ 「김씨계녀사」

27 유배가사에는 유배지로 가는 도중 혹은 유배지의 아름다운 경치를 찬미하는 내용이 나타나기도 한다.

27 다음 중 유배가사에 대한 설명으로 적절하지 <u>않은</u> 것은?

① 연군가사와 주제가 겹치는 경우가 많다.

② 조위의 「만분가」, 이긍익의 「죽창곡」, 송주석의 「북관곡」 등이 있다.

③ 아름다운 자연경치에 대한 예찬의 내용은 찾아볼 수 없다.

④ 유배지에서 겪는 고난의 생활모습을 기술하는 내용도 있다.

정답 25 ③ 26 ④ 27 ③

28 다음 중 작가와 작품의 연결이 <u>잘못된</u> 것은?

① 정철 – 「사미인곡」
② 백광홍 – 「관동별곡」
③ 정극인 – 「상춘곡」
④ 송순 – 「면앙정가」

28 백광홍은 기행가사의 효시로 알려진 「관서별곡」을 지었다. 관서지방을 둘러보고 지은 작품이다. 이후 정철의 「관동별곡」이 지어지는데 두 작품은 표현, 구성, 리듬 등이 전반적으로 비슷하여 정철이 「관서별곡」의 영향을 받아 「관동별곡」을 지었을 것으로 추측한다.

29 다음 중 연군가사에 대한 설명으로 <u>잘못된</u> 것은?

① 연군가사의 대표적인 작품으로는 정철의 「사미인곡」이 있다.
② 임금을 사랑하는 임에 빗대어 임금에 대한 그리움과 사랑을 토로한다.
③ 연군의 내용은 가사뿐만 아니라 시조에서도 볼 수 있다.
④ 유배가사와 연군가사는 이질적인 내용을 담고 있다.

29 유배가사는 유배지에서 간신배에 둘러싸인 임금을 걱정하는 내용이 포함된 경우가 많아서 내용상 연군가사로도 볼 수 있는 경우가 많다.

30 다음 설명에 해당하는 가사는 무엇인가?

> • 작자는 미상인 경우가 많다.
> • 내용은 약간씩 다르지만 제목이 같은 작품이 여러 지역에서 수백 편 지어지기도 했다.
> • 훈계, 탄식, 송축, 풍류 등 다양한 내용을 주제로 한다.

① 서민가사
② 규방가사
③ 종교가사
④ 개화가사

30 내방가사라고도 불리는 규방가사에 대한 설명이다. 작자는 미상이거나 성씨 정도만 알려졌으며, 「계녀가」라는 제목으로 여러 지역에서 지어진 700여 편의 작품이 남아있다.

정답 28 ② 29 ④ 30 ②

여기서 멈출 거예요? 끝이가 바로 눈앞에 있어요.
마지막 한 걸음까지 SD에듀가 함께할게요!

합 격 으 로 가 는 가 장 똑 똑 한 선 택 S D 에 듀 !

제 8 편

민 요

단원 개요

민요는 음악적, 문학적, 민속적인 면을 모두 갖춘 장르이다. 따라서 민요에 대해 이해하려면 이러한 요소를 종합적으로 고찰하는 것이 필요한데, 이 단원에서는 민요의 가사가 지니는 문학적 측면에 초점을 맞춰 민요의 특징과 종류, 기능 등을 알아본다. 또한 민요 연구의 방법과 의의 등에 대해서도 살펴봄으로써 민요의 문학적인 면 전반에 대한 특질을 파악한다.

출제 경향 및 수험 대책

이 단원에서는 민요의 개념, 기능, 민요 사설의 형식, 지역에 따른 형식상·내용상 특징, 민요의 사회적 가치 등이 출제될 수 있으므로 꼼꼼한 확인이 필요하다.

제 1 장 민요의 개념

민요는 **민중의 노래**를 말한다. 여기서 민중은 근대 이전 사회에서는 백성, 평민, 서민 등의 피지배 계급에 해당하며, '민중'이라는 말은 현대적 개념이라 할 수 있다. 그러므로 민요는 전통 사회의 피지배 계급이 불러 온 노래를 말한다고 할 수 있다. 피지배 계급이라는 계급성을 바탕으로 하므로 민요는 궁중가요 및 상층 가요의 상대적 개념이 되는 하층 가요이다.

이 민중의 노래는 **구비 전승**된다는 점에서 무가, 판소리, 잡가와 동일하지만 부르는 사람이 전문 창자가 아니며, 일정한 곡조나 창법에 얽매이지 않고 **자유롭게 불린다**는 점에서는 차이점이 있다.

또한 민요는 민중이 부르기만 한 게 아니라 민중에 의해 창작되기도 했다. 한 개인이 창작했다 하더라도 삶의 현장에서 필요에 따라 불리면서 민중의 공감을 받아야만 살아남을 수 있었다. 민중에 의해 불리는 과정에서 작자의 개성이나 특수성은 소멸된다. 또한 수많은 사람이 **공동의 작자**로 참여하게 되면서 민요의 작자는 결국 민중이 된다. 즉 민요의 창작자는 한 개인이 아니라 민중이라는 집단 전체이다.

민요는 민중이 만들고 민중이 부른다. 누군가에게 보이기 위한 것도 아니고, 누군가를 위해 봉사하려고 부르는 것도 아니다. 민요는 기본적으로 스스로 즐기고 만족하기 위해서 혹은 함께 즐기기 위해 부른다. 혼자 부를 수도 있지만, 여럿이 부를 때조차 청자와 창자가 따로 있는 게 아니라 메기고 받는 과정을 통해 누구라도 청자가 되기도 하고 창자가 되기도 한다. 이처럼 민요는 민중의 **기층적 삶과 깊게 연결**되어 민족적 고유성이 가장 두드러지게 나타나는 장르이다.

제 2 장 민요의 기능

민요는 창작 분야의 비전문가인 민중이 삶의 필요에 따라 불러온 노래이기 때문에 **기능적인 면이 두드러진다**. 일을 할 때, 의식을 치를 때, 놀이를 할 때와 같이 생활과 직접적으로 맞물려 **생활에 필요한 바를 충족시키는 것**이 민요의 주된 기능이다.

민요의 기능은 좀 더 구체적으로 다음과 같은 4가지로 나눠 볼 수 있다.

1 노동적 기능 중요 ★★

민요의 발생이 노동요였다고 보는 학자가 있을 정도로 노동적 기능은 민요의 매우 중요한 기능이다. 집단 노동에서 불리는 민요는 일하는 순서와 절차에 따라 방법을 지시하고 질서를 바로잡기도 하며 일꾼들을 격려하고 소망을 기원하기도 한다.

예 「모심기 소리」, 「김매기 소리」, 「노 젓는 소리」, 「배치기 소리」 등

2 의식적 기능

세시민속, 통과의례, 신앙행위 등을 할 때 부른 민요로 주술적, 종교적 성격을 지니는 경우가 많다. 또한 어떤 의식을 진행하는 순서에 맞춰 사설을 구성함으로써 순서에 따른 의식을 돕는 경우도 있다. 노래가 의식을 수행하는 데 있어서 빠질 수 없는 중요한 부분이었다는 것을 짐작할 수 있다.

예 「영신가」, 「해가」, 「상여소리」, 「달구소리」, 「지신밟기」 등

3 유희적 기능

놀이는 노동으로 인해 지친 몸을 쉬게 함으로써 노동력을 재생산하는 과정으로서의 의미를 지닌다. 또한 놀이는 공동체 구성원간의 화합을 도모하는 수단이 되기도 한다. 이러한 목적을 달성하기 위해 놀이를 할 때 노래를 부르는 것은 공동체 구성원 간의 갈등을 해소하고 화합을 다지는 데 크게 기여한다. 놀이는 어른만이 아니라 아이들도 즐기는 것이므로 유희요에는 동요도 있다.

예 「강강술래소리」 등

4 정치적 기능

정치현실에 직접적으로 참여할 기회를 가지기 어려웠던 민중들은 민요를 통해 의견제시를 하며, 지주와 양반들에 대한 반항심을 표현하고, 부당한 현실의 개선을 모색했으며, 잘못된 정치에 대한 비판의 소리를 냈다. 이러한 기능은 현대민요에서도 찾아볼 수 있다. 여기에 덧붙여 고대민요에는 예언, 여론 형성, 선전 선동의 기능도 있었다.

예 「목자요」, 「미나리요」 등

제3장 민요의 학문적 접근

1 민요 관련 연구 분야

(1) 민요의 채집

(2) 민요채집 방법

(3) 민요의 발생, 개념, 기능

(4) 민요의 분류

(5) 민요의 형식과 율격

(6) 민요의 제재 및 내용

(7) 한국민요의 사적 전개

(8) 한국민요의 특색

(9) 한국민요와 한국문학

(10) 민요에 나타난 한국의 민족성, 향토성, 민족의식 등

2 민요의 접근 방법

(1) 민요는 노래이므로 음악적 측면에서 연구가 이루어져야 한다.

(2) 민요의 사설을 중심으로 하면 문학적 측면에서 연구가 이루어져야 한다.

(3) 민요의 기능을 중심으로 한 연구는 민속학적 측면에서 연구가 이루어져야 한다.

이처럼 민요는 음악, 문학, 민속학의 측면에서 종합적인 연구가 이루어질 필요가 있다.

제4장 민요의 분류

민요는 다양한 기준에 의해 여러 가지로 구별할 수 있는데, 일단 향토민요, 통속민요, 신민요로 대별할 수 있다.

이 중 향토민요는 전통 신분제 사회의 기층 민중이 부른 것으로, **일반적인 의미에서 민요는 향토민요를** 가리킨다고 할 수 있다.

통속민요는 19세기 말 신분 사회의 붕괴와 더불어 발생했다. 잡가를 부르던 전문 음악인들이 수요자들의 취향을 반영하여 민요풍의 노래를 만들거나 전승되던 민요를 다듬어 노래히면서 널리 향유하게 된 것이 통속민요이다. 경기도의 「창부타령」, 「방아타령」, 황해도의 「난봉가」와 「산염불」, 평안도의 「수심가」, 함경도의 「애원성」, 강원도의 「정선아리랑」, 경상도의 「쾌지나칭칭나네」, 「성주풀이」, 전라도의 「육자배기」, 「진도아리랑」, 제주도의 「오돌또기」, 「이야홍타령」과 같은 노래들이다.

한편 신민요는 일제강점기에 음반에 담아 판매할 목적으로 특정인에 의해 창작된 민요풍 노래를 말한다. 신민요는 일본식 음계를 사용하여 만들었다는 점에서 서양의 리듬을 사용하면서도 우리 노래의 특징을 살렸다는 점에서 의의가 있다.

이처럼 향토민요, 통속민요, 신민요는 발생 시기 및 창작의 주체 등에서 여러 차이가 있다. 이 중 민요의 분류는 대부분 향토민요를 대상으로 한 여러 시도가 있었는데, 그러한 시도들을 종합해 보면 다음과 같다.

(1) **기능별 분류** : 노동요, 의식요, 유희요

(2) **장르별 분류** : 서정민요, 서사민요, 희곡민요, 교술민요

(3) **시대별 분류** : 상고시대민요, 삼국시대민요, 고려시대민요, 조선시대민요, 근대민요, 현대민요

(4) **지역별 분류** : 각 도별 분류

(5) **창자별 분류** : 남요, 부요, 동요

(6) **율격별 분류** : 1음보격 민요, 2음보격 민요, 3음보격 민요, 4음보격 민요, 분연체 민요, 연속체 민요

(7) **가창방식별 분류** : 독창, 제창, 선후창, 교환창, 복창

(8) **창곡별 분류** : 가창민요, 음영민요

이 중 기능별 분류의 다양한 주제를 좀 더 자세히 나눠서 살펴보면 다음과 같다.

- 노동요 : 농업노동요, 수산업노동요, 임업노동요, 수공업노동요, 토건업노동요, 운반노동요, 가사노동요
- 의식요 : 세시의식요, 통과의식요, 신앙의식요
- 유희요 : 무용유희요, 경기유희요, 도구유희요, 언어유희요, 희롱유희요, 조형유희요

이 밖에 노동요를 집단이 부르느냐 개인이 부르느냐에 따라 분류하기도 하는데, 그 중 개인노동요는 집 안에서 수공업으로 농사에 필요한 물건들을 만들거나 식생활에 관련된 일을 할 때 부르는 노래들이다. 이런 개인노동요는 흔히 여성들이 불렀다.

제5장 민요의 형식

민요의 형식은 민요 사설의 운율적인 면만이 아니라 가창 방식도 함께 살펴야 한다.

1 민요 사설의 형식 중요 ★★★

(1) **음보 및 글자 수** : 4 · 4조의 4음보가 많다. 그러나 3음보(예「아리랑」, 「한강수타령」)로 된 것도 있고, 2음보로 된 경우도 있다(예「보리타작 노래」). 원래 3음보로 된 것이 많다가 조선시대에 들어 4음보가 주종을 이루게 되었다.

(2) **길이** : 가장 짧은 것으로는 총 2행짜리가 있고(예「모내기노래」), 100행 이상 되는 긴 것들도 있다(예「베틀노래」 중의 긴 것, 「이사원네 맏딸애기」).

(3) **연의 구분** : 짧은 민요 혹은 특히 긴 민요는 연 구분을 하지 않으나, 후렴이 있는 민요는 후렴을 경계로 연이 나뉜다. 연들은 서로 내용상 관련을 가지기도 하고, 거의 독립적일 수도 있다.

(4) **구조** : 병렬구조, 반복구조, 대응구조가 쓰인다.

2 가창방식(歌唱方式)

(1) **선후창**

한 사람이 사설을 부르면 이어서 나머지 사람들이 후렴을 부르는 방식이다. 흔히 메기고 받는 형식이라 한다. 선창자는 사설의 가사를 마음대로 바꿀 수 있으며 후창자들을 이끄는 역할을 한다(예「논매기 노래」, 「상여 소리」).

(2) **교환창**

선창자와 후창자의 두 패로 나누어 부르는 방식으로 후렴이 따로 없다.

① **사설 분담식 교환창** : 하나의 사설을 양분하여 선창과 후창이 각 한 행씩 부른다. 선창에 따라 후창이 결정되므로 후창자는 선창을 고려하여 대구나 문답 관계에 있는 사설을 부를 수밖에 없다.

② **사설 전담식 교환창** : 선창과 후창의 내용이 전혀 상관없이 서로 다른 사설을 번갈아 부른다. 사설 전체를 교환할 수도 있고 부분적으로만 교환할 수도 있다(예「모내기 노래」, 「놋다리 밟기」).

(3) 제창

여러 사람이 함께 부르는 방식이다. 사설이 임의로 변형될 수 없다.

(4) 독창

혼자 부르는 방식으로, 후렴이 있기도 하고 없기도 하다. 또한 독창으로 부르다가 선후창이나 제창으로 바뀌기도 한다(예 「아리랑」, 「어랑타령」).

3 관용적 표현의 사용

거의 같거나 똑같은 구절(관용적 표현)이 한 민요에서 거듭되거나, 또는 여러 민요에서 두루 나타나는 경우가 있다. 이로써 민요의 전승과 즉흥적 창작이 쉬워진다.

4 자유로운 형식

전체 길이 및 음보 구성에 규칙성이 없고 비교적 자유로운 형식도 있다.

제 6 장 민요의 조사 방법과 과제

1 민요의 조사 방법

(1) 문헌 조사 방법

① **조사 방법** : 문헌을 통해 기록으로 남아있는 과거의 민요를 조사

② **특징** : 「구지가」, 「공무도하가」를 비롯하여 민요는 여러 문헌에 수집되어 전해지지만 민요 그 자체에 대한 관심으로 수집되었다기보다 민심의 동향 파악, 호사가들의 관심으로 한역된 것, 단편적 역사 기술 자료 등이 있을 뿐이다.

③ **관련 문헌** : 『삼국유사』, 『금양잡록』, 『신증동국여지승람』, 『고려사』「악지」속악조 등

(2) 현지 조사 방법

① **직접 조사** 중요 ★

㉠ 조사 방법 : 전문가가 직접 현지에 가서 조사

㉡ 특징 : 전문가의 수, 조사 상의 시간적 제약 등의 문제점으로 인해 특정 지역을 집중적으로 조사하는 것이 효과적이다.

㉢ 사례

ⓐ 고정옥, 『**조선민요연구**』, 1949 : 최초의 본격적인 민요연구서. 거의 직접 수집한 364편의 민요를 수록했다.

ⓑ 한국정신문화연구원, 『**구비문학대계**』, 1980 ~ 1987 : 전문 연구자들이 전국을 대상으로 조사한 82권의 보고서에 5000여 편의 민요를 수록했다.

ⓒ 문화방송, 『**한국민요대전**』, 1992 ~ 1995 : 전국의 민요를 각 도별로 조사하여 체계적으로 정리 보존하기 위한 목적으로 만든 최초의 본격적 자료집. 현지에서 녹음한 민요를 CD음반에 싣고 제반 자료를 함께 수록한 해설집을 간행했다.

② **간접 조사**

㉠ 조사 방법 : 현지의 비전문가에게 의뢰하거나, 전문가의 계획과 지도 아래 다수의 비전문가에 의해 조사

㉡ 특징 : 과학적이고 합리적인 조사가 이루어지지 않을 가능성이 크다.

㉢ 사례 : 김소운, 『**언문조선구전민요집**』, 1933 → 최초의 본격적 민요집으로, 신문사에 독자들이 투고한 총 2375편의 민요를 지역별로 나누어 수록하였다.

2 민요 연구의 과제

민요는 사설과 가락으로 이루어져 있으며 창자에 의해 구연됨으로써 그 기능을 수행하는 노래이다. 따라서 민요 연구는 가락을 중심으로 한 음악적 연구, 기능을 중심으로 한 민요학적 연구, 사설을 중심으로 한 문학적 연구가 다 함께 이루어질 때 가장 이상적이다. 또한 민요는 소수 지배계층만의 생활 풍속이나 역사가 아니라 민중의 생활 풍속과 삶의 애환을 담고 있다. 따라서 민요를 올바르게 이해하기 위해서는 사회 구조나 문화 구조의 전체적인 양상을 넓은 안목으로 파악해야 하며, 민족의 삶과 예술에 대한 통합적 이해를 바탕으로 해야 한다.

제7장 한국민요의 특질

1 형식상 특질 중요 ★★★

(1) 4 · 4조의 4음보가 많이 쓰인다.

(2) 관용구 혹은 애용구가 사용된다.

(3) 음의 반복을 통해 운율감을 높였다.

(4) 정형성을 띠면서도 가변적이다.

2 내용상 특질 중요 ★★★

(1) 부녀자들의 삶의 애환을 노래한 것이 많다.

(2) 농업이 기본이 된 사회이므로, 농업과 관련된 노래가 많다.

(3) 노동의 고통, 현실생활의 여러 갈등들을 있는 그대로 표현하기보다 익살과 해학을 통해 우회적으로 표현하는 노래가 많다.

(4) 지배층과 남성에 대한 순종적 태도를 보이는 노래가 많다.

(5) 현실의 불합리함에 대해 문제의식을 갖고 직접적 혹은 풍자적으로 비판하는 노래가 많다.

3 **지역별 특질** 중요 ★

한국민요는 지역성이 강하기 때문에, 지역적으로 주된 창법이 다르게 나타난다.

(1) 경기민요 : 경기도와 충청도 일부 지역의 노래로, 맑고 부드러운 소리가 특징이며 세마치장단, 굿거리 장단으로 경쾌한 느낌을 준다.

(2) 남도민요 : 계면조를 사용하여 비장한 느낌을 준다. 질적으로나 양적으로 수준이 높다.

(3) 서도민요 : 황해도와 평안도 지역의 노래다. 한스러운 느낌을 내기 위해 비통한 어조를 사용하는 등 다양한 창법을 구사한다.

(4) 동부민요 : 경상도, 강원도, 함경도 지방의 노래다. 경상도 민요는 빠른 장단을 사용하여 힘찬 느낌을 주는 한편, 강원도 민요는 메나리조라고 하는데 이는 엮하듯 슬프게 이어지며 탄식하거나 애원하는 듯한 인상을 준다. 또한 함경도 민요는 대개 강원도 민요와 가락이 비슷하나 강원도 민요에 비해 빠르고 거세게 들린다.

(5) 제주도 민요 : 한탄스러운 느낌을 푸념하듯 나타낸다.

제8장 민요의 의의와 사회적 가치

1 민요 연구의 의의

민요는 민족의 풍속과 역사, 삶의 발자취가 생생하게 살아 있는 전승문화이다. 특히 민요에는 귀족 지식층 위주의 문헌들에는 기록될 수 없었던 백성들의 소박하고 진솔한 삶의 애환이 담겨 있다. 이러한 민요를 연구함으로써 한국 기층문화의 특성은 물론 민속문화와 예술의 정체성을 밝혀내는 데 크게 기여할 수 있다.

2 민요의 사회적 가치 중요 ★★

구비문학으로 분류되는 전통문학은 실질적으로 단절되었다. 그러나 민요는 여전히 만들어지고 불리고 있는데, 그 이유는 민요가 지닌 가치에서 답을 찾을 수 있다.

(1) 문제의 인식 및 표출

민요는 누군가의 노래를 수동적으로 수용하기만 하는 게 아니라 자기 자신의 이야기를 할 수 있고, 전해지는 민요를 부른다 하더라도 가사를 그대로 부르는 게 아니라 얼마든지 바꿔 부를 수 있다. 따라서 민요는 세계의 객관적 실상 및 불합리한 현실의 문제를 인식하고 그것을 가사로 바꿔 표출하는 통로가 된다. 다시 말해 민요는 자신의 현실을 이야기함으로써 삶을 보다 의미 있게 만드는 데 기여한다.

(2) 공동체적 유대의 강화

민요는 율격과 구성, 가락 등 형식적인 면을 통해 민족의 생활감정이 꾸밈없이 표출됨으로써 청자에게 심미적 체험을 불러일으키고 정서적인 정화 및 동화를 경험하게 함으로써 **공동체적 유대감을 강화**하는 구실을 한다.

01 민요는 누군가에게 보이려 하거나 누군가에게 봉사할 목적이 아니라 스스로 즐기고 만족하기 위해서, 혹은 함께 즐기기 위해 부른다.

01 다음 중 민요에 대한 설명으로 적절하지 <u>않은</u> 것은?

① 피지배 계급이 불러온 노래이다.
② 구비 전승된다.
③ 민중이 만들었다.
④ 공연을 목적으로 부른다.

02 민요는 민중들 사이에서 불리며 구전되는 노래이므로 기록 문학은 민요의 성격이라 할 수 없다. 한편 민요는 전문적인 창자가 아니라 서민들 사이에 불리는 것이므로 서민의 문학이라 할 수 있고, 구비전승되면서 끊임없이 재창조된다는 점에서 개방적이다. 또한 민요는 민중의 생활과 깊은 관련을 갖고 일정한 기능을 담당하기도 한다는 점에서 생활의 문학이라 할 수 있다.

02 민요의 성격에 해당하지 <u>않는</u> 것은 무엇인가?

① 서민의 문학
② 개방적 문학
③ 기록 문학
④ 생활의 문학

03 민요의 기능으로는 노동적 기능, 의식적 기능, 유희적 기능, 정치적 기능이 있다.

03 다음 중 민요의 기능에 해당하지 <u>않는</u> 것은?

① 교훈적 기능
② 의식적 기능
③ 유희적 기능
④ 정치적 기능

정답 01④ 02③ 03①

04 다음 중 민요의 기능과 그러한 기능을 잘 보여주는 민요의 사례가 <u>잘못</u> 연결된 것은?

① 노동적 기능 – 「배치기 소리」
② 의식적 기능 – 「영신가」
③ 유희적 기능 – 「강강술래소리」
④ 정치적 기능 – 「해가」

04 「해가」는 제의적인 성격을 지닌 민요로 민요가 의식적 기능을 담당했음을 보여주는 사례로 적절하다. 정치적 기능을 보여주는 민요에는 「목자요」, 「미나리요」 등이 있다.

05 민요에 대해 학문적 접근을 시도할 때 적절한 접근 방식이라 할 수 <u>없는</u> 것은?

① 농업적 측면
② 문학적 측면
③ 음악적 측면
④ 민속학적 측면

05 민요는 노래이므로 음악적 측면을 갖고 있고, 사설을 중심으로 볼 때는 문학적 측면에서 접근할 수 있다. 또한 민요의 기능에 초점을 맞춘다면 민속학적 접근도 가능하다. 민요에 일하는 순서와 절차 등이 담겨 있는 경우도 있으나 민요는 농업 활동을 할 때만 불린 것이 아니므로 농업적 측면에서 민요에 접근하는 것은 적절한 방식이라고 보기 어렵다.

06 다음 중 노동요에 대한 설명으로 적절하지 <u>않은</u> 것은?

① 민요가 노동요에서 출발했다고 보는 견해가 있다.
② 집단 노동에서 불리는 노동요의 경우 질서를 바로잡는 역할도 한다.
③ 노동요였던 것이 일상생활에서 불리게 되어도 노동요로 본다.
④ 노동과 상관없는 내용이어도 노동할 때 불리면 노동요라 한다.

06 노동요는 일을 하면서 부르는 노래이므로 노동할 때 부르는 게 아닌 경우 노동요라 할 수 없다.

정답 04 ④ 05 ① 06 ③

07 의식요는 민중들이 의식을 행할 때 부르는 민요이다. 따라서 승려나 무당과 같은 전문적인 창자가 부르는 것은 의식요가 아니다.

07 의식요에 대한 다음 설명 중 적절하지 <u>않은</u> 것은?

① 세시민속, 통과의례, 신앙행위 등을 할 때 승려나 무당 등이 부른 노래이다.
② 주술적, 종교적 성격을 지닌다.
③ 사설이 의식의 진행 순서를 담고 있기도 하다.
④ 기원의식요, 벽사의식요, 통과의식요가 있다.

08 향토민요는 전통 신분제 사회의 기층 민중이 부른 것, 통속민요는 19세기 말에 전문 음악인들에 의해 불린 것, 신민요는 일제강점기에 특정인에 의해 불려 음반으로 판매되었던 것을 의미하다. '기능요'는 노동, 의식, 유희의 현장에서 부르는 민요로, 향토민요, 통속민요, 신민요와는 민요를 분류하는 범주가 다르다.

08 다음 민요를 크게 분류했을 때 범주가 <u>다른</u> 갈래는 무엇인가?

① 향토민요
② 기능요
③ 통속민요
④ 신민요

09 「육자배기」는 전라도의 대표적인 노래이다. 경상도에는 「쾌지나칭칭나네」, 「성주풀이」 등이 있다.

09 다음 중 통속민요의 지역과 대표적인 노래가 <u>잘못</u> 짝지어진 것은?

① 경기도 – 「방아타령」
② 황해도 – 「난봉가」
③ 평안도 – 「수심가」
④ 경상도 – 「육자배기」

10 기능에 따라 민요는 노동요, 의식요, 유희요로 나뉜다. 동요는 유희요에 들어간다.

10 다음 중 향토민요를 기능에 따라 분류한 것으로 적절하지 <u>않은</u> 것은?

① 노동요
② 의식요
③ 동요
④ 유희요

정답 07 ① 08 ② 09 ④ 10 ③

11 다음 중 유희요의 주제가 <u>아닌</u> 것은 무엇인가?

① 무용유희요
② 경기유희요
③ 언어유희요
④ 가사유희요

11 '가사유희요'라는 명칭은 없고 '가사노동요'로 노동요의 주제별 분류에 해당한다.

12 다음 중 노동요에 대한 설명으로 적절하지 <u>않은</u> 것은?

① 노동요에는 농업노동요, 수산업노동요, 임업노동요, 수공업노동요, 토건업노동요, 운반노동요, 가사노동요가 있다.
② 노동요는 집단이 부르는지 개인이 부르는지에 따라 구분하기도 한다.
③ 개인노동요는 흔히 남성이 불렀다.
④ 개인노동요는 주로 집 안에서 수공업으로 물건을 만들거나 식생활 관련 일을 할 때 불렀다.

12 개인노동요는 주로 여성이 불렀다.

13 민요의 형식에 대한 설명으로 적절하지 <u>않은</u> 것은?

① 4음보가 많다.
② 길이는 2행 정도로 짧은 것도 있고 100행 이상 되는 긴 것도 있다.
③ 후렴이 있는 것도 있다.
④ 후렴의 유무와 상관없이 연 구분이 이루어진다.

13 민요는 길이와 상관 없이 연 구분을 하지 않는다. 다만 후렴이 있을 경우 후렴을 경계로 연이 나뉜다.

정답 (11 ④ 12 ③ 13 ④)

checkpoint 해설 & 정답

14 민요 사설은 병렬·반복·대응구조로 되어 있다.

14 다음 중 민요 사설의 구조가 <u>아닌</u> 것은 무엇인가?

① 수미상관구조
② 병렬구조
③ 반복구조
④ 대응구조

15 민요의 가창방식에는 선후창, 교환창, 제창, 독창이 있다.

15 다음 중 민요의 가창방식이 <u>아닌</u> 것은 무엇인가?

① 선후창
② 독창
③ 제창
④ 삼창

16 선후창에서 선창자는 사설의 가사를 마음대로 바꿀 수 있다.

16 민요의 가창방식 중 선후창에 대한 설명으로 적절하지 <u>않은</u> 것은?

① 한 사람이 사설을 부르면 여러 사람이 이어서 후렴을 부르는 방식이다.
② 메기고 받는 형식이라 하기도 한다.
③ 사설의 가사는 고정되어 있다.
④ 「논매기 노래」, 「상여 노래」 등이 해당된다.

정답 14① 15④ 16③

17 민요의 가창방식 중 교환창에 대한 설명으로 적절하지 <u>않은</u> 것은?

① 선창자와 후창자의 두 패로 나누어 부른다.
② 후창자가 후렴을 부른다.
③ 사설 분담식 교환창과 사설 전담식 교환창이 있다.
④ 사설 분담식 교환창은 선창에 따라 후창이 결정된다.

17 교환창으로 부를 경우 후렴은 따로 없다.

18 거의 같거나 똑같은 구절이 여러 민요에서 두루 사용됨으로써 얻을 수 있는 효과에 대해 가장 옳게 설명한 것은?

① 민요의 전승이 쉬워진다.
② 민요 사설을 통해 다양한 생각과 감정을 담을 수 있다.
③ 두루 사용되는 구절에 담긴 생각을 여러 사람이 공유할 수 있다.
④ 강조하고자 하는 내용이 보다 부각될 수 있다.

18 여러 민요에 두루 나타나는 거의 같거나 똑같은 구절을 관용적 표현이라고도 하는데 이러한 표현을 반복적으로 사용함으로써 전승이 쉬워진다는 장점이 있다.

19 다음 중 참요와 가장 관련 깊은 민요의 기능은 무엇인가?

① 노동적 기능
② 정치적 기능
③ 유희적 기능
④ 종교적 기능

19 참요는 어떤 정치적인 징후를 암시하거나 예언하는 내용을 지닌 민요이므로 정치적 기능과 가장 관련 깊다.

정답 17② 18① 19②

20 선후창의 가사는 선창자가 마음대로 바꿀 수 있다.

20 다음 중 민요의 가창방식에 대한 설명으로 옳지 <u>않은</u> 것은?

① 선후창은 선창자가 가사를 부르면, 후창자가 후렴을 부르는 방식이다.

② 선후창과 교환창은 모두 선창자와 후창자가 있다는 점에서 같다.

③ 제창은 여러 사람이 함께 부르는 방식이다.

④ 선후창의 가사는 바꿀 수 없으나 상황에 맞게 음보를 바꿔 부를 수 있다.

21 특정 지역에 대한 집중적 조사는 직접 조사 방법으로 하기에 알맞다.

21 다음 중 민요의 문헌조사방법에 대한 설명으로 <u>잘못된</u> 것은?

① 기록으로 남아 있는 과거의 민요를 문헌을 통해 조사하는 것이다.

② 「구지가」, 「공무도하가」 등의 민요가 문헌조사를 통해 드러났다.

③ 『삼국유사』, 『금양잡록』, 『신증동국여지승람』 등을 통해 조사할 수 있다.

④ 여러 가지 제한으로 인해 특정 지역에 대한 집중적 조사를 하기에 알맞다.

22 1933년에 출간된 『언문조선구전민요집』은 신문사에 독자들이 투고한 총 2375편의 민요를 지역별로 나누어 수록한 책이다. 따라서 이것은 전문가의 계획과 지도 아래 다수의 비전문가가 조사에 참여하는 간접 조사 방식이다.

22 다음 중 민요에 대한 직접 조사의 사례가 <u>아닌</u> 것은?

① 고정옥, 『조선민요연구』

② 한국정신문화연구원, 『구비문학대계』

③ 김소운, 『언문조선구전민요집』

④ 문화방송, 『한국민요대전』

정답 20 ④ 21 ④ 22 ③

해설 & 정답   checkpoint

23 민요의 형식에 대한 다음 설명 중 적절하지 <u>않은</u> 것은?

① 민요는 항상 3음보였다.

② 첫머리나 끝머리, 중간에 같은 운을 사용하는 음의 반복이 많다.

③ 음수율로는 4 · 4조가 일반적이다.

④ 관용구나 애용구를 사용하여 운율미를 지닌다.

23 민요에는 2음보로 된 것도 있고 3음보로 된 것도 있다. 그러나 조선시대에 들어서는 4음보가 주류를 이루었다.

24 다음 중 한국민요의 특징이라 할 수 <u>없는</u> 것은?

① 여성들이 부르는 민요(부요)가 많다.

② 해학성이 풍부하다.

③ 생활고가 폭넓게 나타난다.

④ 영웅의 일생을 노래한 것이 많다.

24 민요는 생활 속에서 민중들이 즐겨 부르던 것이다. 자연히 생활을 반영하는 내용이 많다.

25 민요의 지역별 특징에 대한 설명으로 옳지 <u>않은</u> 것은?

① 경기민요 : 맑고 부드러운 소리가 특징이며 경쾌한 느낌을 준다.

② 남도민요 : 계면조를 사용해 비장한 느낌을 준다.

③ 서도민요 : 한스러운 느낌을 내기 위해 비통한 어조를 사용한다.

④ 제주도 민요 : 한스러운 일들로부터 초월하여 자유로운 느낌을 준다.

25 제주도 민요는 한탄스러운 느낌을 푸념하듯 나타난다.

정답 23 ① 24 ④ 25 ④

26 민요의 사회적 가치에는 인식적 가치, 심미적 가치, 교양적 가치가 있다. 인식적 가치는 민중에게 생활의 지식과 사회적 진리를 알려 줌으로써 세계에 대한 객관적인 이해의 지평을 열어주는 것을 말한다. 심미적 가치는 청자가 심미적 체험을 하게 한다는 것을 말한다. 또한 교양적 가치는 민요를 통해 무엇이 옳고 그르며 무엇이 아름답고 좋은지를 인식하게 하여 세계를 변화, 개조시키도록 하는 것이다.

26 다음 중 민요의 사회적 가치에 대한 설명으로 옳지 않은 것은?

① 다수의 민중이 지닌 감정을 통제하는 수단이 된다.
② 자신의 현실을 이야기함으로써 삶을 보다 의미있게 만든다.
③ 공동체적 유대감을 강화한다.
④ 현실의 불합리한 문제들을 인식하고 표출하는 통로가 된다.

27 한국민요는 지역성을 강하게 띠는데, 제시된 설명은 남도민요에 대한 것이다.

27 계면조를 사용하여 비장한 느낌을 주며 질적으로나 양적으로 높은 수준을 보여주는 민요는 어느 지역 민요인가?

① 경기민요
② 남도민요
③ 동부민요
④ 서도민요

28 1933년에 김소운이 펴냈다.

28 다음 중 한국 최초의 본격적인 민요집은 무엇인가?

① 『언문조선구전민요집』
② 『한국민요대전』
③ 『조선민요연구』
④ 『구비문학대계』

정답 26 ① 27 ② 28 ①

29 다음 중 우리 민요에 대한 이론적 체계를 정립하고 『조선민요연구』라는 책을 펴 낸 사람은?

① 안확
② 고정옥
③ 조윤제
④ 김소운

29 고정옥은 우리 민요 연구 발전에 크게 이바지하고 1949년에 『조선민요연구』라는 책을 펴냈다.

30 다음 중 민요 연구의 의의라고 보기 어려운 것은?

① 민중의 생활과 풍속의 실상을 보다 정확히 이해할 수 있다.
② 민중의 시각에서 역사적 사실이 지니는 의미를 이해할 수 있다.
③ 한국 기층문화의 특성을 밝혀낼 수 있다.
④ 양반문화의 바탕이 되는 세계관을 이해할 수 있다.

30 민요는 민중의 문학이므로 양반문화를 이해하는 데 도움이 된다고 보기 어렵다.

정답 29 ② 30 ④

여기서 멈출 거예요? 고지가 바로 눈앞에 있어요.
마지막 한 걸음까지 SD에듀가 함께할게요!

제 **9** 편

설 화

단원 개요

설화는 인류와 함께 존재해 왔으며 우리 민족 역시 민족의 형성기부터 설화와 함께 해 왔다. 구전된다는 특성으로 인해 꾸준한 생명력을 갖게 되었으며 문자로 정착된 이후에도 생명력을 간직하여 조선 후기에는 야담, 판소리, 소설 등에 중요한 모티프를 제공하는 역할을 담당했다.
이 단원에서는 설화의 개념과 특성 및 발생, 종류별 형식·구조·기능 등에 대해 알아본다.

출제 경향 및 수험 대책

설화는 우리 문학이 발전하는 데 중요한 밑바탕이 되었다는 점에서 매우 중요한 장르이다. 따라서 이와 관련해서도 많은 문제들이 출제될 수 있다. 설화의 기원과 신화·전설·민담의 특징 및 기능, 설화의 구조 등에 대해 꼼꼼하게 파악해 두어야 한다. 또한 각 이론 관련 학자들의 이름도 기억해 두는 게 필요하다.

제 1 장 설화의 개념과 특성

1 개념

말로 전승되는 구비문학이며 일정한 구조를 지닌, 꾸며낸 이야기를 설화라 한다. 설화는 기록되어 문헌설화로 정착된 것들도 있으나 기본적으로는 구비 전승되었다. 설화의 이러한 특징 때문에 설화는 구전에 적합하게 단순하면서도 잘 짜인 구조를 지닌다. 입으로 전해지는 과정에서 일정한 틀에 의지하는 것이다. 표현역시 복잡하지 않다. 세세한 표현을 기억해 전달하는 방식이 아니라 어느 정도의 가변성이 인정된다. 처음부터 글로 지어진 소설과는 다른 것이다.

문학양식으로 본다면 설화는 서사문학에 속한다. 신화, 전설에서 생겨난 서사시가 소설 장르로 발전한 것으로 보아 서사문학의 모태는 설화라 할 수 있다.

『삼국유사』, 『삼국사기』, 『수이전』, 기타 개인 문집 등에 많은 설화가 수록되어 있다. 물론 문자로 정착된 것은 가변성이 제거되었기 때문에 엄밀한 의미에서 설화라고 할 수 없다. 그러나 문자로 정착되기 이전의 설화가 지닌 구조와 표현이 사라지지 않았다면 설화의 범주에 포함시킬 수 있다.

2 특성 중요 ★★★

(1) 구전성(口傳性)

설화는 일정한 핵심 구조를 기억해 **입으로 재생, 전승**된다. 그 과정에서 어느 정도 변모되는 것을 피할 수 없다.

(2) 산문성

설화는 서사민요, 서사무가, 판소리 등처럼 구비 전승되는 **서사문학**이지만, 앞의 장르들이 율문 형식인데 반해 율격이 들어있지 않다. 다만 이야기 중간에 노래가 들어가기도 한다.

(3) 구연 기회의 무제한성

설화는 특정 조건이 마련되어야만 연행될 수 있는 노동요, 무가, 가면극 등과 달리 한 명 이상의 **화자와청자만 있으면 구연**될 수 있다. 이러한 특성으로 인해 설화는 구비문학 갈래 중에서도 민중들에게 가장 친숙한 갈래가 될 수 있었다.

(4) 화자와 청자와의 대면성

설화는 혼자 구연되는 경우가 없다. 즉 반드시 화자와 청자가 **대면하는** 상태에서 **구연된다.** 이러한 특징은 무가, 판소리, 가면극 등도 마찬가지이지만, 민요의 경우 혼자 즐기기 위해 부르는 경우도 있으므로 구별된다. 또한 설화를 구연할 때 청자의 반응은 화자가 이야기를 변형시키는 데 영향을 주기도 한다.

(5) 화자의 무자격성과 비전문성

설화의 화자가 되기 위해서는 판소리, 무가, 가면극과 같이 수련을 거쳐야만 구연할 수 있는 게 아니다. 그저 이야기를 듣고 구조를 기억하는 것 이외에 다른 어떤 것도 필요하지 않다. 이러한 특성으로 인해 설화는 구비문학 중에서 가장 **광범위한 향유층**을 가질 수 있었다.

(6) 문헌정착의 용이성

설화는 양반이나 지식인 등도 즐길 기회가 많이 주어지기 때문에 문헌으로 정착될 기회도 많이 가질 수 있었다. 또한 설화는 구비 전승되는 것을 **문헌으로 기록해도 변질될 가능성이** 적다. 예를 들어 민요는 한자로 기록될 경우 율격적 특징이나 언어적 묘미가 사라진다. 하지만 설화의 경우 한자로 기록되더라도 줄거리의 보존에 영향을 거의 끼치지 않는다. 그래서 기록된 설화가 소설로 이행할 수 있었고, 일부 민담의 경우 현대에 들어 전래동화로 전해지기도 한다.

(7) 보편성

설화의 전승 범위는 지리적 국경, 언어적 국경을 초월한다. 서로 멀리 떨어진 문화권에서도 유사한 설화 유형이나 화소가 발견되는 것은 흔하다. 이처럼 설화는 여러 구비문학 중에서 가장 **보편적인** 장르이다.

제 2 장 설화의 발생론

1 설화가 무엇으로부터 시작되었는가에 대한 연구

(1) 자연신화학파

① **관련 학자**

쿤, 막스 뮐러, 최남선 등

② **주장**

신화는 벼락, 해, 바람, 구름 등의 자연현상을 의인화하는 데서 시작했다.

③ **특징**

신화학을 창시한 학파이나 인류학파로부터 공격받고 쇠퇴했다.

(2) 심리학파(정신분석학파)

① **관련 학자**

분트, 프로이트, 황패강 등

② **주장**

설화는 심리적인 현상(꿈, 몽환상태, 무의식)에서 이루어진다.

③ **특징**

프로이트가 그리스의 오이디푸스 신화를 아들의 어머니에 대한 성적 욕구와 아버지에 대한 성적 적대감을 나타낸 것으로 해석한 것이 유명하다.

(3) 제의학파

① **관련 학자**

프레이저, 해리슨, 김열규 등

② **주장**

신화는 제의, 특히 풍년제나 성년제에서 행동으로 나타내던 것을 말로 옮긴 구술적 상관물이다.

③ **특징**

오늘날 미국에서 확대되고 있으나 신화 이외의 설화를 설명하는 데 한계가 있다.

(4) 인류학파

① **관련 학자**

타일러, 랭, 손진태 등

② 주장

    ㉠ 설화는 이미 사라진 원시문화가 남긴 흔적이다.

    ㉡ 비슷한 설화가 세계적으로 분포하는 것은 인류의 정신적인 공통성과 문화발전 과정의 유사성 때문이다(다원발생설).

③ 특징

    오늘날 주로 통용되는 견해이다.

(5) 역사지리학파(핀란드학파)

① 관련 학자

    카를 크론, 안티 아르네 등

② 주장

    민담은 어느 특정 시기, 특정 장소에서 생겨난 것이 아니라 유형마다 제각기 다른 역사를 지니고 있다.

③ 특징

    설화 분석에 '유형'이라는 단위를 처음 고안한다.

2 설화가 어디에서 시작되었는가에 대한 연구

(1) 인구(印歐) 기원설(아리안설)

① 관련 학자

    그림 형제

② 주장

    인도·유럽의 언어가 인구공통조어에서 비롯했듯이, 인도·유럽 각국의 민담도 인구공통신화에서 비롯되었다. 그 시기는 아리안족이 분파되기 전이고, 장소는 아리안족이 거주하던 곳이다.

③ 특징

    인구어족이 아닌 다른 민족의 설화들이 보고되면서 신빙성이 떨어진다.

(2) 인도 기원설

① 관련 학자

    벤파이

② 주장

    거의 모든 민담이 인도로부터 비롯되었으며 여러 경로를 거쳐 각국으로 전파되었다.

③ 특징

    실제로 입증되지 못하여 역사지리학파에 의해 비판받았다.

(3) 설화별 특정지 발생설

    ① **관련 학자**

        역사지리학파

    ② **주장**

        설화의 유형마다 발생지역이 다르다.

제 3 장 설화의 종류

설화는 분류 방법에 따라 다양하게 분류할 수 있다. 장덕순은 내용에 따라 설화를 9가지로 구분하여 신화적 내용, 동물담, 일생담, 인간담, 신앙담, 영웅담, 괴기담, 소화, 형식담으로 나누었다. 조희웅도 내용에 따라 동물담, 신이담, 일반담, 소화, 형식담이라는 5가지로 구분하고 다시 각각의 이야기를 기원담, 지략담, 경쟁담으로 나누었다.

한 편의 설화는 여러 갈래의 복합적인 성격을 띠는 경우가 많기 때문에 설화의 종류를 말끔하게 구분한다는 것은 쉬운 일이 아니다. 그러나 일반적으로 통용되는 **설화의 분류는 신화, 전설, 민담**으로 구분하는 방식이다. 이처럼 설화를 3가지로 분류할 때 사용되는 기준은 작품이 가진 내용, 전승자가 가진 태도, 설화의 시간과 공간의 문제, 증거물의 유무, 주인공의 성격, 전승되는 지역이다.

1 신화

(1) 개념

신화는 신성한 이야기이다. 이것은 신적 존재에 관한 이야기일 수도 있고 자연현상이나 사회현상의 기원과 질서를 설명하거나, 신성하게 여기는 무언가에 대한 이야기일 수도 있다. 이때의 신성성은 현실을 넘어선 초월적 존재가 가지고 있을 것으로 믿어지는 성격으로, 위대하거나 숭고한 행위로 성립된다.

(2) 종류 중요 ★★

① **건국신화**
  ㉠ 개념 : 국가의 창건자에 관한 신화(왕가의 시조에 관한 것이므로 시조 신화의 범주로 볼 수 있다)
  ㉡ 예시 : 단군 신화, 금와왕 신화, 주몽 신화, 박혁거세 신화, 가락국 신화, 온조 신화
  ㉢ 특징 : 옛 문헌에 기록된 문헌 설화들로, 구전은 이미 오래전에 중단되었다.

② **성씨시조신화**
  ㉠ 개념 : 어느 성씨의 시조에 관한 신화
  ㉡ 예시 : 김알지 신화, 석탈해 신화, 허황옥 신화, 박혁거세 신화 및 각 가문에서 기록과 함께 구전되는 것들이 있다.
  ㉢ 특징
    ⓐ 건국신화와 달리 구전이 계속됨으로써 혈연 집단의 결집을 강화한다.
    ⓑ 신성관념이 약화되어 전설화된 것들도 많다.

③ **마을신화**
  ㉠ 개념 : 마을신이나 마을을 세운 개촌 시조, 마을에서 섬기는 당신(堂神)의 좌정(坐定)유래와 영험에 관한 신화

ⓛ 예시 : 경상북도 영주시 순흥면의 죽동에 좌정한 금성대군, 경상북도 의성군 접곡면 사촌리 사촌 마을의 문경새재 신, 경상북도 안동시와 봉화군 일대의 공민왕 가족신군 등
ⓒ 특징
 ⓐ 기록되지 않고 구전되는 경우가 대부분이며 그 과정에서 망실된 경우가 많다.
 ⓑ 원혼신 중에는 익명의 존재가 많다.
④ **종교신화**
 ㉠ 개념 : 특정 종교에서 신성시되는 신화
 ⓛ 예시 : 무속신에 관한 신화, 창세신 신화, 당금애기 신화, 바리데기 신화, 성조신 신화, 영등할머니 신화, 삼신할머니 신화 등
⑤ **특징**
 ㉠ 서사무가가 큰 비중을 차지한다.
 ⓛ 각 종교의 경전에 기록되어 전승되기도 한다.

2 전설 중요 ★★

(1) 개념

일정한 민족 또는 지방에서 민간에 의해 내려오는 설화로, 신화가 신격(神格) 중심이라면 전설은 **인간과 그 행위를 주제**로 한다. 인간과 인간, 인간과 사물의 관계를 설명하는 경우가 많은데, 전설 속의 인간들은 의지가 좌절되거나 비극적 상황을 맞는 경우가 많은 편이다. 구체적인 시간과 장소가 제시되고 특정의 개별적 증거물이 제시된다.

(2) 종류

① **전승 장소에 따라** : 지역적 전설(일정한 지역에서 먼 옛날에 일어났을 것이라고 믿어지는 사실을 설명), 이주적 전설(여러 곳에서 동일하게 발견되는 전설)
② **발생 목적에 따라** : 설명적 전설(지리상의 특징, 자연현상 등을 설명), 역사적 전설(역사적 사실로부터 시작하여 발전. 대부분의 전설이 해당됨), 신앙적 전설(민간 신앙을 기초로 함)
③ **설화 대상에 따라** : 사물 명칭(자연물, 인공물, 인간, 동물), 신앙 행위(식물, 사물)

(3) 특징 중요 ★★★

① **진실성** : 전설은 화자와 청자 모두 진실로 믿으려 한다.
② **역사성** : 전설은 스스로 역사화함으로써 자기를 합리화시키려 한다.
③ **체험성** : 전설은 선조들의 생활체험을 바탕으로 형성된 것이다.
④ **설명성** : 전설은 산천, 촌락, 사찰 등의 형성과 유래를 설명하려 한다. 그러나 대부분 사실 이상으로 과장되거나 허구적이다.

⑤ **비약성** : 전설은 구체성을 띠면서도 이야기의 서술이나 사건의 결과에서 비약이 많아 사건을 더욱 인상 깊게 전달하려 한다.

⑥ **화술의 자유로움** : 전설은 이야기의 서술 절차가 일정하지 않고 자유로운 경향이 있다.

3 민담 [중요] ★★★

(1) 개념

일명 옛말, 옛날애기, 민간설화 등으로도 불리는 민담은 흥미 위주로 꾸며낸 이야기를 의미한다.

(2) 종류

민담의 분류는 전통적으로 핀란드의 민속학자 아르네가 잡은 기본 틀에 의지하고 있다. 그는 동물담, 본격담, 만담 및 일화(소화)로 민담을 분류했다.

동물담	동물을 주인공으로 한다.	동물의 생김새나 습성 등의 유래담, 동물을 의인화하여 인간세계와 동물 세계를 결합하는 이야기로, 동물우화 등이 해당된다.
본격담	인물이 등장한다.	주로 혼인, 소망, 장수, 효도, 지조 등 인간의 생활을 소재로 하는 경우가 대부분이다.
소화(笑話)	듣는 이를 웃기게 한다.	엉터리없이 과장하는 이야기, 딴 사람을 흉내 내다가 실패하는 이야기, 바보들의 이야기, 거짓말이나 지혜로 상대방을 속이는 이야기 등이 있다.

또한 미국의 톰프슨은 아르네의 틀에 '형식담'을 덧붙여 분류하기도 했다. 형식담은 내용상 소화에 포함될 수 있으나, 이야기의 내용보다 일정한 틀에 좀 더 치중하는 이야기로 '둔사적(遁辭的) 형식담'과 '누적적 형식담'으로 나뉜다.

	어휘적 특성을 지닌 것	운율적 특성을 보이거나, 문답 형식을 취하거나, 허언적 내용을 가지거나, 동음(同音)을 이용한다.
둔사적 형식담	단형적인 특성을 지닌 것	화자가 처음에는 매우 긴 이야기를 진지하게 하는 척하여 청자로 하여금 잔뜩 기대를 걸게 한 다음 갑자기 끝을 맺는다.
	무한적인 특성을 지닌 것	화자가 똑같은 행위를 반복하여 구연함으로써 청자로 하여금 더 들으려는 욕망을 접게 하는 것이다.
	설문적인 특성을 지닌 것	이야기의 끝에서 화자가 청자에게 해답을 요구하는 것이다.
누적적 형식담	행운에 관한 것	점진적인 성공이 누적되어 마침내 크게 성공하는 이야기이다.
	불행에 관한 것	불행이 누적되는 이야기이다.
	징치(懲治) 혹은 보복에 관한 것	악인에 대한 동물 또는 사물들의 연쇄적 보복이 일어난다.
	문답에 의한 것	화자가 문답법을 사용하여 이야기를 진행한다.
	시키는 대로 따라 하는 바보에 관한 것	바보가 충고하는 사람의 권유를 그대로 실행하여 계속 실수를 한다.
	회귀적 특성을 지닌 것	이야기의 출발점이 귀착점이 된다.

(3) 특징

① 민중들의 바람이 담긴 이야기이다.

② 구체적인 시간과 공간, 증거물이 제시되지 않는다.

③ 민담의 주인공들은 대개 일상적인 인간들이며 난관에 부딪히면 이를 극복하고 운명을 개척한다.

④ 동일한 이야기나 모티프가 반복된다.

⑤ 선악의 대립 양상이 나타난다.

⑥ 인물 중심으로 사건이 전개된다.

설화의 형식과 구조

1 신화의 형식과 구조 중요 ★★★

영웅신화 속 주인공의 일생은 다음과 같은 구조를 지닌다.

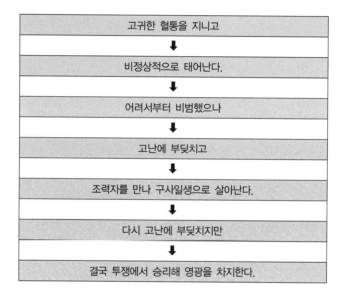

2 전설의 형식과 구조 중요 ★★

(1) 전설은 증거물에 대한 설명이라는 최소요건을 갖추면 성립되므로 문학적 형상화의 수준이 다양하다. 다만 증거물과의 관련성을 고려해야 하므로 상상력의 자유가 제한되어 전설은 민담에 비해 길이가 짧은 편이다.

(2) 서두와 결말에는 전설의 역사성과 사실성을 드러내는 구체적인 시공간과 증거물이 제시된다.

(3) '하루는', '어느 날' 같은 말로 전개가 시작되고, 이후 이야기의 내용이 바뀔 때마다 '마침, 그때, 한편, 이때, 얼마 뒤' 등의 시간화소가 제시된다. 마지막에는 '지금도'라는 말로 과거 이야기와 현재를 이으며 이야기가 끝난다.

(4) 금기 부과가 이루어지고, 그것에 대한 위반은 비극적 결말을 이끄는 계기로 작용한다.

(5) 초자연적 세계와 현실세계의 상충 때문에, 혹은 비범한 인물이 맞이하는 예상치 못한 세계의 횡포로 인해 비극적 좌절을 경험한다.

3 민담의 형식과 구조 중요 ★★★

(1) 서두와 결말의 형식

민담의 서두와 결말에는 일정한 표현이 사용된다. 이러한 표현의 형식을 통해 일상적인 말과 구별되는 작품 세계를 확립해 주고, 이야기는 과거시제로 전개되다가 이야기가 끝나고 나서는 이야기하고 있는 현재로 되돌아온다는 것을 분명히 하고, 이야기가 허구임을 나타내며, 허구적인 그럴듯함을 강조하여 흥미를 돋운다.

① **민담이 시작될 때 사용하는 말** : '옛날에', '그전에', '옛날 옛날 오랜 옛날에', '옛날 옛적 갓 날 갓 적 호랑이 담배 먹던 시절에' 등

② **민담이 끝날 때 사용하는 말**
    ㉠ 끝났음을 나타내는 말 : "이게 끝이유." 등
    ㉡ 행복한 결말을 나타내는 말 : "행복하게 살았대유." 등
    ㉢ 이야기의 출처를 밝히는 말 : "이건 내가 어렸을 때 친정어머니한테 밥 매면서 들은 얘기유." 등
    ㉣ 이야기 자체의 신빙성에 대한 부정적인 태도 : "이거 말짱 거짓말이유." 등
    ㉤ 해학적으로 이끄는 말 : "바로 엊그제가 장삿날이었는데 내가 가서 잘 얻어먹고 너 주려고 맛있는 것을 싸 가지고 오다가 아랫집 개한테 빼앗겨서 못 가져왔다." 등

(2) 대립과 반복의 형식

민담은 대립의 형식을 통해 현실의 문제를 선명하게 반영하며 선이 승리하고 악이 패배한다는 신념을 나타내고, 반복을 통해서 내용을 효율적으로 강조한다. 이러한 대립과 반복을 통해 민담은 기억과 구연이 쉬워진다.

① **대립** : 선과 악(「흥부와 놀부」 등), 힘과 꾀(「호랑이와 토끼」 등), 미와 추(「콩쥐팥쥐」 등)의 대립 등

② **반복**
    ㉠ 세 가지 소원, 세 가지 시련, 세 가지 보물, 삼형제 등 3번이 흔하며 마지막에 역점이 주어진다.
    ㉡ 동질적인 발전과 발전적인 반복

(3) 진행의 형식

① **단선적 형식** : 작중 시간의 진행에 따라 이야기가 전개된다(「흥부와 놀부」 등).

② **누적적 형식** : 유사한 사건들의 반복으로 진행되되, 한 행위가 원인이 되어 다음 행위가 생기는 결과가 반복된다. 중간의 사건을 빼면 이야기가 진행이 안 된다(「새끼 서 발」 등).

③ **연쇄적 형식** : 반복되는 사건들이 서로 인과관계 없이 이어진다. 중간의 사건을 빼도 사건 진행에 큰 지장이 없다(「강물에 빠진 호랑이」 등).

④ **회귀적 형식** : 유사한 사건들이 반복되다가 다시 제자리로 돌아간다(「두더지 혼인」 등).

제5장 설화의 구조 분석의 실례(탐색 모티프)

설화는 보편성을 지니는데, 이 보편성은 한 지역 내에서만 해당되는 것이 아니라 세계를 통틀어 발견된다. 환경이 다르고 삶의 방식이 달라도 기본적으로 인간이 필요로 하고 추구하는 것은 비슷하기 때문이다. 이러한 점에 착안하여 설화의 구조를 분석하는 데 있어서 보편적으로 유형, 모티프, 화소, 기능 요소 등의 개념을 적용하는 것이 가능해진다.

1 구조분석의 기본 개념

(1) 유형

① 톰슨이 규정한 개념으로, 독립적으로 존재하는 한편의 이야기이다.
② 유형은 단 하나의 삽화로 이루어질 수도 있고 여러 개의 삽화로 구성될 수도 있다.
③ 유형은 문명권에 따라 차이가 있다.

(2) 모티프

① 베셀로프스키가 규정한 개념으로 이야기에서 더 이상 나눌 수 없는 서술 단위이다. '화소'라고 번역되기도 한다.
② 한국 시조설화에는 난생 모티프와 천손 모티프가 자주 나타난다. 난생 모티프는 설화의 주인공이 알에서 태어났다는 것이고, 천손 모티프는 설화의 주인공이 하늘의 자손이라는 뜻이다.
③ 예시
  ㉠ 「주몽 설화」: 난생 모티프('유화부인이 알을 낳았고 그 알에서 주몽이 태어났다')와 천손 모티프('주몽은 천제의 아들인 해모수의 자식이다')가 나타난다.
  ㉡ 「장자못 전설」: 학승 모티프, 금기 모티프, 함몰 모티프, 화석 모티프가 나타난다.

(3) 화소(최래옥)

① 모티프를 번역한 말로 사용되기도 하지만, 최래옥에 따르면 화소는 모티프보다 작은 단위이다.
② 예시
  「장자못 전설」: 학승 모티프는 '장자 영감이', '중에게', '쇠똥을 주었다.'라는 더 작은 단위로 나눌 수가 있는데, 이런 각각을 화소라 할 수 있다.

(4) 기능 요소

① 프로프가 『민담의 형태학』이란 책에서 규정한 말로, 한 이야기에서 다른 이야기로 넘어가도 변하지 않는 항구적인 기본요소이다.

② 프로프는 『러시아 민담집』에 수록된 마법담을 대상으로 민담의 구조를 분석하여 31개의 기능요소를 찾아냈다. 예를 들어 악한과 조력자, 대상인물과 파견자, 영웅과 거짓 영웅 등이 있다. 이런 기능요소들은 각각 맡은 바 기능을 수행함으로써 이야기의 구조를 이루는데, 이러한 기능은 일정한 순서에 따라 일어난다.

2 설화에 나타난 탐색 모티프

(1) 탐색 모티프의 뜻

결여된 사물을 찾기 위해 온갖 시련을 겪는 여행

(2) 탐색담의 필수적인 요소

귀물이나 인물, 여행, 영웅, 시련, 장애자, 원조자들

(3) 일반적인 진행 순서

영웅이 결실물을 찾아 여행을 떠남 – 시련 – 원조자의 도움 – 성공

(4) 탐색 주체자의 성격

인간 혹은 비인간

(5) 장애자의 성격

탐색의 대상 자체, 또는 그 대상의 약탈자, 이익을 가로채려는 동반자, 상층 계급, 마음씨 나쁜 가족 등

(6) 원조자의 성격

대체로 초인적 존재

(7) 탐색의 대상

인물, 사물, 공간, 운명 등

(8) 탐색의 출발

괴물 추적, 축출, 자진, 혼합 형태

(9) 대표적인 탐색

괴물 탐색, 가족 탐색, 약물 탐색, 실물 탐색

제 6 장 설화의 기능

1 신화의 기능 중요 ★★★

(1) 사회통제 기능

(2) 향유집단이 긍지와 자부심을 갖게 하는 기능

(3) 인간활동의 모범적 모델을 설정하는 기능

2 전설의 기능 중요 ★★★

(1) 증거물을 통한 교훈적 기능

(2) 증거물이 존재하는 지역 주민들의 유대감을 형성하는 기능

(3) 해당 지역 주민들의 애향심을 고취시키는 기능

(4) 사물의 시원, 죽음 이후의 삶에 대한 궁금증을 해소하는 기능

(5) 역사적인 사실을 일깨워 주는 기능

3 민담의 기능 중요 ★★★

(1) 수용자에게 즐거움을 주는 기능

(2) 교훈을 주는 기능

(3) 현실로부터의 해방감과 자족감을 주는 기능

(4) 인간관계를 돈독하게 하는 기능

(5) 상상력과 문학적 형상력을 길러 주는 기능

더 알아두기 Q

신화, 전설, 민담의 차이점

구분	신화	전설	민담
이야기에 대한 전승자의 태도	신화를 진실하고 신성한 것으로 인식함	신성한 것은 아니나 진실하다고 믿고, 실제로 있었다고 주장함	신성성, 진실성을 모두 인정하지 않음. 오직 흥미를 위한 구연
시간과 장소	아득한 옛날, 특별히 신성한 장소	구체적으로 제한된 시간과 장소	뚜렷한 시간과 장소가 없음
증거물	매우 포괄적(천지, 국가 등)	특정의 개별적 증거물(자연물, 인공적인 것, 인물)	없음. 더러 증거물이 있더라도 그것은 널리 존재할 수 있는 현상으로 이야기의 흥미를 돋우기 위해 첨부됨(수숫대가 빨갛다, 수탉이 하늘을 보고 운다 등)
주인공의 성격	보통 사람보다 탁월한 능력을 가진 신성한 자	구체적·역사적 인물	일상적인 인간
전승범위	민족적인 범위	지역적인 범위	민족과 지역을 초월

제 7 장 설화의 예시 연구

1 「지네와 동거한 총각」

(1) 내용

> 옛날에 산에서 약초를 캐서 먹고사는 가난한 총각이 있었다. 하루는 깊은 산 속에서 약초를 캐다가 날이 어두워져서 길을 내려오는데 그만 발을 헛디뎌 낭떠러지 아래로 떨어지게 되었다. 총각이 정신을 차리고 보니 웬 처녀가 자기 앞에 앉아 있었고, 그 처녀가 총각을 구했다는 걸 알게 되었다. 총각과 처녀는 함께 살게 되었는데, 며칠이 지나 총각이 혼자 바람을 쐬러 나갔는데 한 노인이 다가오더니 말했다.
> "그 처녀는 사람이 아니다. 그 처녀는 지네다. 네가 그 처녀를 죽이지 않으면 지네가 곧 너를 잡아먹고 말거다."
> 노인은 덧붙여 말했다.
> "담뱃잎을 줄 테니, 그 담배를 태워 연기를 처녀에게 내뿜어라. 그러면 그 처녀가 죽을 것이다."
> 그리고 노인은 홀연히 사라졌다. 총각은 노인의 말을 믿지 않았지만, 다음날 또 그 노인이 총각 앞에 나타나서 말했다.
> "정 내 말을 믿지 못하겠다면, 한밤중에 몰래 처녀의 방을 들여다보아라."
> 노인의 말을 확인하고 싶어진 총각은 한밤중에 몰래 처녀의 방을 들여다보았는데, 방에는 커다란 지네 한 마리가 꿈틀거리고 있었다. 자신의 정체가 탄로 난 것을 안 지네처녀가 문을 열고 나와 자신이 하늘나라에서 제일 용맹한 여장군이었으며, 총각에게 자기를 죽이라고 하던 노인은 남장군이었다고 말했다. 그들은 서로 자기가 더 뛰어나다고 싸우다가 벌을 받아 구렁이와 지네가 되어 인간 세상으로 쫓겨났고, 착한 일을 많이 해야 다시 하늘나라로 돌아갈 수 있는데, 자신은 착한 일을 많이 해 하늘나라로 올라갈 수 있게 되었지만 구렁이가 훼방을 놓으려고 총각을 시켜 자신을 죽이려 하는 거라고 말했다.
> 지네처녀는 총각에게 다음 날 구렁이와 자신이 싸울 때 큰소리로 "저놈 구렁이 보아라!"라고 소리를 질러달라고 부탁했다.
> 다음 날 구렁이가 나타나 지네와 구렁이는 뒤엉켜서 격렬하게 싸우기 시작했지만, 총각은 너무 무서워서 소리를 지를 수 없었다.
> 지네와 구렁이는 싸우다 지쳐 헤어졌는데, 그날 밤 지네처녀는 다시 한번 총각에게 소리 질러 줄 것을 부탁했다.
> 다음날 지네와 구렁이의 싸움은 또 다시 시작되었다. 그때 총각은 용기를 내어 소리쳤다.
> "저놈! 구렁이 보아라!"
> 구렁이가 깜짝 놀라 싸우다 말고 총각을 노려봤고, 그 틈에 지네는 구렁이의 목을 콱 물어 죽였다. 마침내 하늘나라로 올라가게 된 여장군은 총각에게 보답으로 커다란 금덩이 하나를 주었고, 총각은 그 금덩이를 가지고 집으로 돌아와 행복하게 잘 살았다.
>
> — 「지네처녀」

(2) 해설

이 설화는 이물(異物)이 인간과 관계를 맺으면서 사람으로 변신한 뒤, 승천하거나 혹은 사람이 된다는 내용을 특징으로 한다는 점에서 이물교혼설화, 변신설화, 그리고 용사설화의 성격을 지닌다. 수신계 신격인 용과 이무기는 점차 구렁이, 지네, 거미 따위로 변모하며, 신성성의 쇠퇴에 따라 자력으로 승천하지 못하고 타력으로 승천하는 모습을 보인다. 즉 지네 여인이 인간 남성과 접촉하고, 그의 도움을 통하여 승천이 가능함을 보여 준다.

2 「박문수와 산신령의 어음」

(1) 내용

어사 박문수가 잠행을 가다가 주막에 들렀다. 밥을 먹고 자려고 하는데 한 노인이 들어 밥을 사달라고 했다. 박문수는 석 냥짜리 밥을 먹었는데 노인은 열 냥짜리 밥을 시켰다. 박문수가 깜짝 놀랐지만 어쩔 수 없이 밥을 사줬다.

그런데 마을에서 북소리, 징소리가 나며 시끄러웠다. 주인에게 물으니 만석꾼 집의 외동아들이 죽었는데 누구든 살려 주는 사람이 있으면 살림 반을 준다고 해서 굿을 하는 거라 했다. 이 말을 들은 노인은 박문수에게 그 집으로 가자고 했다. 그리고는 그 집 주인에게 자기가 살릴 도리가 있으니 무당이며 굿이며 다 치우고 정화수 한 그릇만 떠 오라 했다. 노인이 한참 동안 주문을 외우니 죽었던 아이에게서 생기가 돌기 시작했다. 주인이 살림 반을 주겠다고 하자, 노인은 살림은 필요 없고 천 냥만 달라고 했다. 그러자 주인은 당장 가진 돈이 없다며 어음을 써 주었다.

박문수는 노인을 수상하게 여기고 따라갔다. 집에 가서 하룻밤을 잔 뒤 노인은 또 어디를 가는데 따라가 보니 부잣집에서 장사를 지내는 중이었다. 한참 무덤을 다지고 있는데 노인이 무덤에 송장이 없다고 했다. 부자가 깜짝 놀라 금방 입관해서 하관한 건데 무슨 말이냐 하니, 노인은 만약 시체가 있으면 자기 목을 베고, 없으면 천 냥을 달라고 했다. 부자가 땅을 다시 파 보니 정말로 시체가 없었다. 당황한 부자가 노인에게 시체를 찾아달라고 비니, 노인이 시체가 있는 곳을 가르쳐 주었다. 그러자 부자가 묫자리로 쓸 좋은 곳을 골라 달라 했다. 노인은 좋은 곳을 일러 주었다. 부자가 값을 묻자 노인은 천 냥짜리 어음을 써 달라고 했다.

그래서 모두 합해 이천 냥짜리 어음을 가지고 노인은 다시 길을 떠나고 박문수는 노인을 계속 따라갔다. 그러다가 산골짜기까지 들어갔는데 갑자기 노인은 사라지고 박문수만 혼자 남게 되었다. 주변을 보니 덤불 건너편에 불빛이 보였다. 찾아가 보니 처녀 한 명이 정화수를 떠 놓고 빌고 있었는데 정화수 건너편에 노인이 천 냥짜리 어음 두 장을 놓고 앉아 있었다. 그런데 처녀 눈에는 노인과 어음이 안 보였다. 박문수가 가까이 다가가자 노인은 간 곳 없이 사라졌다. 박문수가 처녀에게 무슨 일이길래 이 야밤에 산골에 와서 정성을 들이냐고 물었다. 처녀가 말하길, 처녀의 아버지가 고을 이방인데, 이천 냥의 빚이 있었다. 그 빚을 갚으려고 고을 사람들에게 거둔 세금을 써 버렸다는 것이다. 그런데 내일까지 그 돈을 안 내면 참형을 당한다고 했다. 그래서 아버지를 살리려고 산신령에게 정성을 들이고 있다는 것이었다. 날이 밝자 박문수가 그 처녀를 데리고 고을 원님에게 가서 어음을 내 주며 처녀의 아버지를 구해 주었다.

- 「어사 박문수와 산신령」

(2) 해설

박문수는 실존했던 인물들 중 설화에 가장 많이 등장하는 인물이다. 박문수는 백성의 편에서 움직이는 문제 해결자로 형상화되는데, 그가 문제 해결의 적극적 주체로 움직이는 경우 외의 어린아이나 신령의 도움을 받거나 사람들의 이용 대상이 되는 예에서도 박문수는 늘 백성과 함께하는 인물이라는 정체성을 유지한다. 이러한 박문수의 형상에는 양반 관리에 대한 민간의 소망과 기대가 단적으로 담겨 있다고 할 수 있다.

3 「도깨비와 떡」

(1) 내용

> 옛날에 한 가난한 나무꾼이 나무를 내다 팔고 인절미를 사서 지게에 매달고 오는데, 도깨비 한 마리가 나타나 말했다.
> "너 떡 사가지고 오지? 나 떡 좀 다오."
> 그래서 나무꾼은 어머니 드릴 떡 하나를 남기고 도깨비에게 전부 내 주었다. 그런 일이 며칠 동안 반복되었다. 그런데 어느 날은 도깨비가 나타나 말했다.
> "너 나 떡 줬지? 떡값 받아라."
> 그러더니 엽전 한 자루를 나무꾼의 허름한 초가집에 갖다 놓고, 갖다 놓고 몇 번을 반복했다. 나무꾼은 그 돈으로 땅을 샀다.
> 그런데 하루는 도깨비가 나타나더니 생각이 바뀌었는지 땅을 도로 가져가겠다고 했다. 그리고 땅에 말뚝을 박더니 영차영차 땅을 떼어가려고 했다. 그러나 땅이 떨어질 리가 없었다. 결국 도깨비는 포기하고 나무꾼은 땅에서 농사를 지으며 잘 먹고 잘 살았다.
>
> — 「도깨비의 떡값」

(2) 해설

설화 속의 도깨비는 비상한 힘과 괴상한 재주로 사람을 홀리기도 하고 짓궂은 장난이나 험상궂은 짓을 많이 하기도 하지만 인간에게 도움을 주기도 하는 신이다. 도깨비는 장난기 가득한 심술로 인간을 골탕 먹이기 좋아하는 한편 어리석음의 속성도 지녔다. 「도깨비와 떡」 속에 나타난 도깨비 역시 땅을 떼어 가려고 애쓰는 어리석은 모습을 보여 웃음을 유발한다.

실전예상문제

checkpoint 해설 & 정답

01 설화는 서사양식에 속한다.

01 설화의 특징에 대한 설명으로 적절하지 <u>않은</u> 것은?

① 문헌 설화로 정착된 것도 있으나 기본적으로는 구비 전승되었다.

② 단순하지만 잘 짜인 구조를 지닌다.

③ 전승되는 과정에서 내용이 변하기도 한다.

④ 문학양식 중에서 교술문학에 속한다.

02 『해동가요』는 조선 후기 김수장이 만든 시조집이다.

02 다음 중 설화가 수록된 문헌이 <u>아닌</u> 것은?

① 『삼국유사』

② 『삼국사기』

③ 『해동가요』

④ 『해동고승전』

03 설화는 이야기 중에 노래가 들어가기는 하지만 율격을 갖고 있지 않다. 또한 핵심구조를 기억해 전승하는 과정에서 어느 정도의 변모가 불가피하다. 민요는 혼자 즐기기 위해 구연하는 경우가 있으나 설화는 청자의 반응을 살피며 반드시 청자를 상대로 구연된다.

03 다음 중 설화의 특성에 대한 설명으로 옳은 것은?

① 설화는 이야기 중에 노래가 들어가기도 하고 율격을 갖고 있어 구전되기에 쉬웠다.

② 설화는 일정한 핵심 구조를 기억을 통해 구전된다. 그 과정에서 주요 내용이 변함없이 전승될 수 있다.

③ 설화는 별다른 조건 없이 화자와 청자만 있으면 구연될 수 있으므로 구비문학 중에서도 가장 민중적이라 할 수 있다.

④ 설화는 민요와 마찬가지로 청자 없이 혼자서 구연하는 경우도 많다.

정답 01 ④ 02 ③ 03 ③

04 설화의 발생에 대한 학파에서 설화가 자연현상을 의인화하는 데서 시작했다고 보는 학파는?

① 자연신화학파
② 심리학파
③ 제의학파
④ 인류학파

04 심리학파는 설화가 꿈, 몽환상태, 무의식과 같은 심리적인 현상에서 이루어진다고 보았고, 제의학파는 신화가 풍년제나 성년제 같은 제의에서 행동으로 나타내던 것을 말로 옮긴 것이라고 보았다. 인류학파는 설화가 이미 사라진 원시문화가 남긴 흔적이라 했다.

05 설화가 어느 지역에서 시작되었는지에 대해 유형마다 발생지가 다르다고 보는 학자 및 학파는?

① 그림 형제
② 벤파이
③ 역사지리학파
④ 프로이트

05 설화의 유형마다 발생지역이 다르다고 보는 것은 역사지리학파의 주장이다. 그림 형제는 아리안족이 거주하던 곳에서 시작했다고 보고, 벤파이는 인도라 주장했다. 프로이트는 설화가 무엇으로부터 발생했는가에 대해 언급했다.

06 다음 중 설화를 3가지로 분류했을 때 속하지 <u>않는</u> 것은 무엇인가?

① 신화
② 야담
③ 전설
④ 민담

06 설화의 분류는 명료하게 이루어지는 것은 아니나 전통적으로 신화, 전설, 민담으로 분류한다. 야담은 설화와 짧은 이야기 등을 모두 포괄하는 개념이므로 설화의 분류 항목이라 할 수 없다.

정답 (04 ① 05 ③ 06 ②)

07 사실성 여부는 설화를 분류할 때 고려 사항이 아니다. 기본적으로 설화에는 어느 정도의 허구가 들어가 있으나 그것이 사실이냐 아니냐 하는 것은 설화의 내용에서 중요한 문제가 아니다.

07 다음 중 설화를 분류할 때 고려하는 기준이 <u>아닌</u> 것은?

① 사실성 여부
② 전승자의 태도
③ 증거물의 유무
④ 주인공의 성격

08 신화는 개인이 아니라 공동체의 필요에 의해 만들어지는 것으로 보는 게 타당하다.

08 다음 중 신화에 대한 설명으로 옳지 <u>않은</u> 것은?

① 신화는 신적 존재에 관한 이야기일 수 있다.
② 건국신화뿐만 아니라 성씨시조신화, 마을신화, 종교신화 등이 있다.
③ 신화는 자연현상이나 사회현상의 기원과 질서를 설명하기도 한다.
④ 신화는 개인적 즐거움을 위해 만들어진다.

09 김알지 신화는 경주 김씨의 시조신화인 반면 나머지는 건국신화이다. 단군 신화는 고조선, 금와왕 신화는 동부여, 주몽 신화는 고구려의 건국 시조이다.

09 다음 중 신화의 종류가 <u>다른</u> 것은 무엇인가?

① 단군 신화
② 금와왕 신화
③ 주몽 신화
④ 김알지 신화

정답 07① 08④ 09④

10 다음 중 건국신화에 대한 설명으로 틀린 것은?

① 건국신화는 국가의 창건자에 대한 신화이다.

② 건국신화는 철학적인 측면에서 중요하게 다뤄지므로 많은 연구가 진행되었다.

③ 우리나라에는 고조선, 부여, 고구려, 신라, 가야국 창건자에 대한 신화가 있다.

④ 건국신화는 모두 기록설화이다.

10 건국신화는 철학적인 면이 아니라 역사학적 측면에서 중요하게 연구된다.

11 다음 중 전설에 대한 설명으로 적절하지 <u>않은</u> 것은?

① 전설은 신이 아니라 인간과 그 행위를 주제로 한다.

② 구체적인 시간과 장소가 제시된다.

③ 주인공은 의지적인 인물로 고난을 극복하고 승리하는 경우가 많다.

④ 증거물이 제시되어 진실성을 뒷받침한다.

11 전설의 인물들은 운명 앞에서 의지가 좌절되고 결국 비극적으로 결말을 맺는 경우가 많다.

12 다음 중 전설의 발생 목적에 따른 분류에 해당하지 <u>않는</u> 것은 무엇인가?

① 이주적 전설

② 설명적 전설

③ 역사적 전설

④ 신앙적 전설

12 이주적 전설은 전설의 전승 장소에 따른 분류에 해당한다. 전승 장소에 따라 전설은 지역적 전설과 이주적 전설로 구분된다. 이주적 전설은 여러 곳에서 동일하게 발견되는 전설이다.

정답   10 ②   11 ③   12 ①

13 이 밖에도 전설은 설명성, 비약성, 화
술의 자유로움 등을 특징으로 한다.

13 다음 중 전설의 특징에 해당하지 <u>않는</u> 것은 무엇인가?

① 진실성
② 역사성
③ 체험성
④ 포괄성

14 형식담은 미국의 톰프슨이 덧붙인
것으로 소화에 포함된다고 볼 수도
있다.

14 다음 중 핀란드의 민속학자 아르네가 분류한 민담의 갈래가 <u>아닌</u>
것은?

① 동물담
② 본격담
③ 형식담
④ 소화

15 톰프슨은 형식담을 둔사적 형식담과
누적적 형식담으로 나누었다. 그 중
둔사적 형식담은 어휘적 특성을 지
닌 것, 단형적인 특성을 지닌 것, 무
한적인 특성을 지닌 것, 설문적 특
성을 지닌 것으로 세분된다.

15 다음 중 둔사적 형식담에 속하는 게 <u>아닌</u> 것은?

① 어휘적 특성을 지닌 것
② 무한적인 특성을 지닌 것
③ 설문적인 특성을 지닌 것
④ 문답에 의한 것

정답 13 ④ 14 ③ 15 ④

16 다음 중 민담의 특징에 대한 설명으로 옳지 <u>않은</u> 것은?

① 민담에는 민중들의 바람이 담겨 있다.
② 민담의 가장 중요한 기능은 교육적 기능이다.
③ 주로 선과 악의 대립에서 선이 승리하여 민중들의 소원을 충족시킨다.
④ 구체적인 시간과 공간이 제시되지 않는다.

16 민담에는 민중들의 폭 넓은 경험이 담겨 있어서 삶의 교훈과 지혜를 제공하기는 하지만 가장 중요한 기능은 유희적 기능이다.

17 다음 중 민담이 전설과 다른 점을 설명한 것으로 옳은 것은?

① 민담은 전설과 달리 구비 전승되었다.
② 민담은 전설과 달리 수사적, 관용적 표현을 사용하지 않는다.
③ 민담은 구체적 증거물을 제시하지 않는다.
④ 민담은 개방적이다.

17 구비 전승되고 개방적이라는 점은 민담과 전설을 아울러 가리키는 설화문학 전반의 특징이다. 따라서 민담과 전설의 차이라고 말할 수는 없다. 또한 전설은 증거물을 중심으로 하는 사실적 이야기이므로 구연자가 개입하여 수사적, 관용적 표현을 사용하는 것이 적은 편이나 민담은 순수한 흥미 위주로 구연되므로 수사적, 관용적 표현 사용이 많다.

18 다음 중 영웅신화 속 주인공의 일생이 갖는 구조에 대한 설명으로 옳지 <u>않은</u> 것은?

① 고귀한 혈통을 갖고 태어난다.
② 어렸을 때부터 비범하다.
③ 조력자가 등장한다.
④ 신의 도움과 타고난 재능으로 특별한 고난 없이 투쟁에서 수월하게 승리한다.

18 영웅신화 속 주인공들은 대략 두 번 가량의 고난에 부딪치는 경험을 하게 된다. 그러나 조력자의 도움 혹은 자신의 능력을 통해 고난을 극복하고 승리하여 영광을 차지하게 된다.

정답 16 ② 17 ③ 18 ④

19 전설은 증거물에 대한 설명 때문에 상상력의 자유가 제한되어 오히려 민담에 비해 길이가 짧은 편이다.

19 다음 중 전설의 형식상 특성에 대한 설명으로 옳지 않은 것은?

① 전설은 증거물에 얽힌 사실적 내용들을 전달해야 하므로 민담에 비해 길이가 긴 편이다.

② 전설에는 구체적인 시공간과 증거물이 제시된다.

③ 전설의 마지막 부분에는 '지금도'라는 말이 등장하여 과거 이야기와 현재를 이어준다.

④ 등장인물이 금기를 위반함으로써 비극적 결말로 이어진다.

20 전설은 민담과 달리 구체적인 시공간이 있으며 진실성이 중시되는 설화문학이다.

20 전설의 특징에 대한 설명으로 적절하지 않은 것은?

① 비극성

② 허구성

③ 역사성

④ 설명성

21 전설에는 결국 운명 앞에서 좌절당하는 인간의 모습이 나오고, 따라서 비극적 결말로 끝나는 경우가 많다.

21 자아와 세계의 관계에서 세계의 승리로 끝나는 설화의 종류는?

① 신화

② 전설

③ 민담

④ 영웅신화

정답 19 ① 20 ② 21 ②

22 민담은 '옛날에~' 같은 말로 시작하여 '그래서 행복하게 살았다' 등 끝맺는 말이 일정하다. 이처럼 일정한 표현을 사용함으로써 얻게 되는 효과로 볼 수 <u>없는</u> 것은?

① 일상 세계와 민담 속 세계를 구분한다.
② 과거시제로 전개되는 이야기를 거쳐서 현재로 되돌아온다는 것을 분명히 나타낸다.
③ 화자가 직접 경험한 일임을 강조하여 현실감을 강화한다.
④ 이야기가 허구임을 나타낸다.

22 민담의 구연자는 민담이 현실에서 실제 일어났던 일임을 강조하지는 않는다.

23 민담의 형식에서 기억과 구연을 쉽게 하고, 효율적으로 강조하는 수단이 되기도 하는 것은?

① 대립의 형식
② 단선적 형식
③ 연쇄적 형식
④ 반복의 형식

23 민담에서는 반복을 통해 강조를 하고, 기억과 구연을 쉽게 하도록 한다.

24 민담의 진행 형식에서 「흥부와 놀부」에 나타난 것처럼 시간의 흐름에 따라 이야기가 전개되는 형식은?

① 단선적 형식
② 누적적 형식
③ 연쇄적 형식
④ 회귀적 형식

24 단선적 형식은 작중 시간의 진행에 따라 이야기가 전개된다.

정답 22 ③ 23 ④ 24 ①

25 모티프는 '화소'와 혼용되어 쓰이기도 하지만, 최래옥은 화소를 모티프보다 작은 단위로 규정하였다.

26 한국 시조설화에는 난생 모티프와 천손 모티프가 자주 나타난다. 예를 들어 「주몽설화」에서 주몽은 유화부인이 낳은 알에서 태어난다(난생 모티프). 또한 주몽은 천제의 아들 해모수의 자식이다(천손 모티프).

27 탐색담의 필수적인 요소에는 귀물이나 인물, 여행, 영웅, 시련, 장애자, 원조자가 있다.

---

25 다음 설명에 해당하는 설화의 구조분석에 사용되는 개념은?

> • 베셀로프스키가 규정한 개념이다.
> • '화소'라고 번역되기도 한다.
> • 이야기에서 더 이상 나눌 수 없는 서술 단위를 가리키는 말이다.

① 유형
② 모티프
③ 삽화
④ 기능요소

26 다음 중 한국 시조설화에 자주 나타나는 모티프를 모두 고른 것은?

> ㉠ 난생 모티프
> ㉡ 금기 모티프
> ㉢ 천손 모티프
> ㉣ 화석 모티프

① ㉠, ㉡
② ㉡, ㉣
③ ㉠, ㉢
④ ㉢, ㉣

27 다음 중 탐색담 설화의 필수적인 요소가 <u>아닌</u> 것은?

① 영웅
② 시련
③ 가족
④ 원조자

28 탐색담에서 탐색의 주된 대상이 되지 <u>않는</u> 것은?

① 괴물

② 가족

③ 약물

④ 자아

29 다음 중 신화의 기능이 <u>아닌</u> 것은 무엇인가?

① 흥미 유발

② 집단 구성원 간의 결속

③ 긍지와 자부심 고취

④ 인간활동의 모델 설정

30 다음 중 전설의 기능에 해당하는 것을 모두 고른 것은?

┌─────────────────────────────────────┐
│ ㉠ 역사적 사실을 일깨워 주는 기능   │
│ ㉡ 해당 지역 주민들의 애향심을 고취시키는 기능 │
│ ㉢ 현실로부터의 해방감과 자족감을 주는 기능   │
│ ㉣ 증거물을 통한 교훈적 기능   │
└─────────────────────────────────────┘

① ㉠, ㉡, ㉢

② ㉡, ㉢, ㉣

③ ㉠, ㉢, ㉣

④ ㉠, ㉡, ㉣

여기서 멈출 거예요? 끝이가 바로 눈앞에 있어요.
마지막 한 걸음까지 SD에듀가 함께할게요!

제 **10** 편

소설

단원 개요

고소설은 오랜 시간 인접 갈래의 영향을 받거나 자체적으로 발전해 온 서사의 갈래로 매우 중요한 장르이다. 이 단원에서는 고소설의 명칭 및 개념을 비롯하여 특성과 발달과정, 종류 등을 다룸으로써 고소설 전반에 대해 이해하고 구체적인 작품에 대해 인식하도록 한다.

출제 경향 및 수험 대책

이 단원에서는 고소설의 명칭과 개념, 사대부들의 소설관, 고소설의 형태상·내용상·표현상 특징, 고소설의 작자와 독자의 관계 등이 출제될 수 있다.

자격증·공무원·금융/보험·면허증·언어/외국어·검정고시/독학사·기업체/취업
이 시대의 모든 합격! SD에듀에서 합격하세요!
www.youtube.com → SD에듀 → 구독

제 1 장 서사와 고소설의 본질

1 서사의 본질

일반적으로 서사(敍事)는 어떤 사실을 있는 그대로 기록하는 글의 양식을 말한다. 즉 서사는 기사문, 역사적 기록물, 의사의 병상 일지, 과학자의 실험 일지, 예술가의 공연 일지 같은 것들을 모두 포함하는 개념이다. 이러한 것들은 사실과 경험을 다루는 경험적 서사라 할 수 있다. 그러나 문학양식으로서의 서사는 작가의 상상력에 의해 일어날 법한 일이 일어난 것처럼 만들어지는 **허구적 서사**를 말한다. 허구적 서사는 경험적 서사와 달리 미적 형상화를 목표로 하는 것이므로 문학적 서사라 할 수 있다.

2 고소설의 본질

문학적 서사의 대표적인 형태가 바로 소설이다. 소설은 어떤 일련의 사건들을 일정한 **시간과 공간**을 배경으로 하여 하나의 이야기로 만든다. 시간과 공간은 이야기의 구성과 그 진행에 구체성을 부여한다. 시간과 공간의 결합이 없이는 서사 자체의 성립이 불가능하다.

또한 허구의 일을 개연성 있게 꾸며내기 위해 **인물**을 만들어 **어떤 행위**를 꾸며내고 그 행위에 시간과 공간의 구체성을 부여한다. 허구적 서사의 시간과 공간은 실제의 때와 장소가 아니라 가공의 시간과 공간이다. 허구적 서사에서 이야기의 내용에 실재성을 부여하기 위해 가공의 시간과 공간을 만들어내고 실제의 일처럼 꾸며내는 행위, 이것이 바로 **형상화**이다. 이 형상화의 원리에 근거하여 소설은 허구적 서사로서 문학적 양식이 된다.

제 2 장 고소설의 명칭과 개념

1 고소설의 명칭

서사민요, 서사무가, 판소리, 신화, 전설, 민담, 소설은 모두 서사에 속하는 것들이지만 그것들 중 시대에 따라 다른 명칭을 쓰는 것은 소설뿐이다. 이것은 고소설과 현대소설의 개념에 차이가 있다고 보기 때문이다. 고소설 이외에도 '고대소설', '고전소설', '구소설'이라는 명칭이 쓰이기도 한다. 그러나 고대소설이라는 명칭은 우리나라 역사상 고대에는 소설이 없었고, 대상이 되는 소설들이 조선이라는 중세시기에 창작된 것이기 때문에 적절하지 않다. 또 고전소설이라는 명칭은 '고전'이라는 말이 지닌 원래의 의미, 즉 전통적이고 모범적이며 최고의 우아미를 갖춘 예술이라는 의미에 어울리지 않는 소설까지도 모두 고전소설이라 부르는 것이 적절하지 않다는 견해가 있다. 마지막으로 구소설이라는 명칭 또한 신소설과 대비된다는 의미로 쓰이기는 했으나 가치를 평가절하하는 개념이어서 적절하지 않다. 따라서 최근에는 '**고소설**'로 통일되는 경향이 있다.

2 고소설의 개념 중요 ★★

고소설은 신소설이 나오기 시작한 근대 이전에 창작된 소설을 가리킨다. 한국소설이 고소설, 신소설, 현대소설로 전개되어 왔다고 볼 때, 고소설은 한국문학에서 첫 단계의 소설이다.

동양 전래의 '소설'이라는 용어의 뜻은 중요하지 않은 잡사(雜事)의 기록을 말하며, 이규보의 『백운소설』 같은 것은 이런 뜻에서 소설이라 하였다. 그러나 오늘날 소설이라고 하면 서사문학의 한 장르로 인물·사건·배경을 갖춘 이야기를 본질적 요건으로 하는 것으로 파악된다. 또한 소설은 산문으로 기록되어 있을 뿐만 아니라 설화보다 생활이나 사회관계를 구체적으로 다룬다. 설화는 간략하게 이야기할 수도 있고 자세히 이야기할 수도 있으나, 모든 소설은 어느 정도 자세한 내용을 갖추고 있다.

제 3 장 조선조 사대부들의 소설관

조선조 사대부들의 소설관은 다음 세 가지로 나눌 수 있다.

1 긍정적 입장 중요★

김시습, 김만중, 박지원, 이수광, 안정복 등이 해당한다.

(1) 현실을 부각 : 소설(小說)이기 때문이 대설(大說 : 經, 史)이 담지 못하는 일상적 삶을 진실되게 그려 현실을 드러낸다.

(2) 소설은 자기표현 욕구의 발현 : 인간은 표현하고자 하는 본능을 지니는데, 소설이 그것을 충족시켜주고, 그것 자체로 가치를 지닌다.

(3) 독자에게 긍정적 효과를 줌 : 간접적인 체험을 통해 깨닫게 하여 '세교(世敎)의 기능'을 가지고, 소설이 주는 순수한 즐거움으로 삶의 긴장을 풀어주는 '쾌락적 기능'을 가진다.

(4) 허구의 가치 : 김시습 때에 와서 '허구는 교화와 감동의 수단일 뿐'이라는 허구의 가치가 인식되기 시작했고, 허구에 객관성 있는 진실이 숨어 있으며, 그 속에 도가 있다고 보았다.

2 부정적 입장 중요★

홍만종, 유몽인, 이황, 이식, 조위 등이 해당한다.

(1) 허구성 : 소설은 허구를 바탕으로 하므로 진(眞)을 추구하는 당시 문학 흐름에 위배된다.

(2) 세도를 혼란하게 함 : 당시의 지배질서인 유교이념에 어긋나는 것(남녀관계의 애정문제, 체제 비판적 성격)을 사실적으로 묘사하므로 가치기준의 다원화가 우려된다.

(3) 문체를 어지럽힘 : 글을 통해 도를 실현하는 고문을 중시했기 때문에 새로운 형식의 소설이 고문을 어지럽힌다.

(4) 본업에 미치는 영향 및 경제적 손실 : 선비들은 과거 공부에 소홀해지고, 부녀자들은 가사 일에 충실하지 않아 경제적 손실이 많아진다.

3 중도적 입장 중요 ★

이덕무는 소설의 허구성을 비판하는 동시에 비판적 기능을 인정했다.

제4장 고소설의 형태상·내용상 특성

1 형태상 특성 중요 ★★★

(1) **개인 전기(傳記)의 형태를 취하고 있다.** : 사람의 이름 뒤에 '-전', '-기', '-록' 등이 붙어 개인의 전기물임을 알 수 있다.

(2) **사건 진행이 단순한 구성을 이룬다.** : '출생 – 결연 – 고행 – 시련 극복 – 행복'의 순서를 지닌다.

(3) **평면적 진행** : 시간적 순서에 따라 진행된다.

(4) **과장법을 많이 쓴다.**

(5) **국문소설일지라도 한자어나 한문투를 많이 사용한다.**

(6) **일반적으로 산문체에 운문체가 혼입된다.**

(7) **작가들이 자기만의 문체를 갖고 있는 것이 아니라 공식화된 문장표현을 한다.** : 서두는 대부분 '○○년 간 ○○땅에 일위명관이 있으니 성은 ○요 명은 ○니라' 같은 문장으로 시작하고, 장면이 바뀔 때는 '각설', '차설', '이때', '차시' 등과 같은 말을 사용한다.

2 내용상 특징 중요 ★★★

(1) 대체로 권선징악이나 남녀 간의 애정, 신분 상승, 이익 도모와 같은 인간의 본능적 욕망을 긍정하는 방향으로 구현된다.

(2) **작품의 배경이 중국(명, 송)인 것이 많다.**
　① 중국에 대한 이상향적 동경심의 발로 때문에
　② 중국의 인문과 지리에 익숙하지 못하여 작자의 미숙한 논리전개를 숨기기 위해
　③ 이국정취를 통해 독자에게 호기심을 유발하려고
　④ 양반들의 횡포와 진상을 폭로하기에 정면으로 쓰기 어렵기 때문에

(3) 인물이 평면적이고 유형적이다. 계모형, 효녀형, 열녀형, 탕녀형, 수전노형, 사기꾼형과 같은 유형화된
    인물들이 등장한다.

(4) 비현실적 성격을 지닌 사건이 대부분이다.

(5) 시공간과 내용의 유기적 관계가 떨어지나 후대로 오면서 관념성이 약화되고 현실과 관련되어 배경이
    중요해진다.

제 5 장 고소설의 주제 의식

고소설의 개별 작품이 아니라 전체를 대상으로 주제가 어떠하다고 단정짓는 것에는 많은 어려움이 있다. 따라서 고소설 전체를 아우르기보다 주제별 분류를 살펴보는 것이 더 적절하다. 그러한 분류를 살펴보면 결국 고소설은 유교적 이념을 바탕으로 권선징악이라는 도덕적 이념을 강조한다는 결론에 이르게 된다.

1 고전소설의 주제 분류

(1) 손낙범의 분류
① 국가 군주에의 충성을 권장
② 효성
③ 계모의 비행 징계
④ 정력
⑤ 양반 계급의 위선적 생활의 풍자

(2) 박성의의 분류
① 국가 군주에 대한 충성을 권장하려는 의도
② 효성
③ 정렬(貞烈)의 권장
④ 계모의 비행을 징계
⑤ 양반 계급의 위선적인 생활을 풍자
⑥ 사회제도의 모순과 정치의 부패성을 각성시킴

(3) 김기동의 분류
① 남녀 간의 진정한 애정표현
② 가정생활의 모순과 비극표현
③ 국가 내지 군주에 대한 충성을 표현
④ 사회제도의 모순과 위정자의 부패성 폭로
⑤ 사회제도의 모순과 불합리한 현상을 풍자하고 나아가서 상류 계급의 위선적인 생활을 풍자해 보려 함
⑥ 유교적인 도덕사상을 강조
⑦ 현실 세계를 초월한 이상적 세계를 표현해 보려 함

제 6 장 고소설의 작가와 독자

1 고소설 작가

고소설의 작가는 당시 시대적 특성상 미상인 경우가 많다. 이는 소설 창작이 그리 내세울 만한 일로 여겨지지 않던 당시 분위기 때문이다. 또한 저작권에 대한 개념이 없어서 굳이 작가를 드러내려 할 이유도 없었다. 지금까지 드러난 고소설의 작가들은 다양한 계층에 속해있는데 이들을 분류해 보면 다음과 같다.

(1) **비판적 지식인** : 소설 창작에 나선 사대부들은 대부분 비판적 지식인으로 김시습, 신광한, 허균, 김만중, 박지원 등이 여기에 해당한다.

(2) **몰락한 양반층과 직업적 작가** : 돈을 받고 소설을 빌려주는 세책가와 방각본 소설이 등장하면서 소설을 통한 이윤 추구가 가능해지자 직업적 작가층이 생겨났을 것으로 여겨진다. 이들이 쓴 작품들은 사대부들이 쓴 작품과 달리 이름을 알 수 없는 경우가 많은데, 권력에서 배제되어 몰락한 양반층이 소설 창작을 생계유지의 수단으로 삼았을 것이라 추측된다. 「유충렬전」이나 「조웅전」의 경우 세력을 잃은 주인공들이 실세를 회복하는 내용을 담고 있는데, 이는 몰락한 양반들의 바람과도 일치하는 사고이므로 이 작품들의 작가가 몰락한 양반층일 가능성을 높여준다.

(3) **평민층** : 조선 후기에는 평민 의식이 발달하면서 평민 출신 작가가 대거 등장하게 되었으리라 짐작된다. 이들이 쓴 작품의 경우도 작자 미상인 경우가 대부분이다. 평민 출신 작가들은 전기수, 세책집 경영자, 방각본 출판업자처럼 상업적으로 책을 보급하는 사람들과 연결되어 직업적으로 소설을 썼을 것이라 짐작된다.

(4) **광대층** : 판소리계 소설의 경우 전문 광대가 창작에 직접 참여했을 것이라 여겨진다.

2 고소설 독자

고소설의 독자 역시 계층에 국한되지 않고 양반은 물론이고 중인계층, 양반가의 부녀자들, 궁중의 여인들, 평민층 등으로 폭이 넓다.
18 ~ 19세기 강담사, 강독사, 강창사와 같은 이야기꾼의 등장은 독자층의 확대에 기여했다. 특히 조선 후기에는 한글을 해독하는 여성 독자가 늘어남에 따라 여성 독자층을 대상으로 한 소설들이 창작되었다. 이러한 소설은 주인공이 여자이거나 영웅적인 여성의 행위를 보여주는 내용을 담기도 했다.

또한 김만중이 유배 중 어머니의 외로움을 달래기 위해「구운몽」을 지었다고 하며, 그 외에도「창선감의록」,
「장승상전」역시 작가는 불분명하지만 어머니가 소설 읽기를 좋아하시기 때문에 지었다는 기록이 있다.
여성들은 독자로서만 머물지 않고 대하소설을 필사하다가 대하소설 창작에 직접 참여하기도 한 것으로 보
인다.

제 7 장 소설의 발달 과정

고소설은 작자가 밝혀지지 않거나 다수의 집단층에 의해 누적적으로 형성된 작품들이 많다. 그래서 고소설의 출현 시기에 대해서는 여러 논란이 있다. 15세기 후반 김시습의 『금오신화』를 고소설의 효시로 보는 견해가 오랫동안 인정되었으나 고려 말 가전체 작품들을 소설의 효시로 보아야 한다는 입장도 있고, 더 오래전인 **신라 말, 고려 초까지 거슬러 올라가야 한다**는 견해도 있다. 마지막 견해가 최근 주목받고 있으므로 이에 따라 고소설의 발달 과정을 살펴보면 다음과 같다.

1 중세 초기의 소설

(1) 시기 : 신라 말 ~ 고려 중엽 무신의 난(1170) 이전

(2) 특징

① 당의 전기(傳奇)소설이 전래되었을 것으로 추측된다.
② 소설로 여겨지는 작품의 길이가 짧은 까닭은 줄거리만 전해진 것으로 여겨진다.
③ 이 시기 작품들은 소설이라기보다 설화로 보는 것이 자연스러우나 이미 소설의 경지에 도달한 작품이 있다는 견해가 제기되고 있다.

(3) 주요 작품 중요 ★★

① 「**조신**」 : 조신과 김 여인의 사랑을 환몽구조로 그림
② 「**김현감호**」 : 여주인공의 죽음으로 인해 비극으로 끝나는 헌신적 사랑 이야기
③ 「**수삽석남**」 : 죽은 이가 재생하여 금지된 사랑을 나누었다는 이야기
④ 「**최치원**」(「**최문헌전**」, 「**최충전**」, 「**최고운전**」) : 최치원의 일생을 허구적 구성을 통해 형상화한 전기적 이야기

2 중세 중기의 소설

(1) 시기 : 고려 중엽 무신의 난(1170) ~ 조선 건국 이전(1392)

(2) 특징

① 무신의 난이라는 변혁기를 맞아 다방면의 변화가 일어나며 이전과는 달리 설화와 소설이 공존하는 시기를 형성했다.

② 초야에 묻혀 지내는 문신들에 의해 **가전체 작품들이 대거 등장했다**. 가전체는 사물을 의인화하고 사관의 말을 덧붙이는 형식인데, 주인공의 행적을 통해 사람들에게 감계를 주는 풍자적인 문학양식이다.

③ 학자에 따라 가전체, 의인소설, 교술문학, 가전체소설, 의인전기체, 가전 등으로 불리는데 최근에는 소설로 보고자 하는 주장이 등장하고 있다.

(3) 주요 작품 중요 ★★

① **임춘, 「국순전」** : 술을 의인화. 가전체의 효시

② **이규보, 「국선생전」** : 술을 의인화

③ **승려 혜심**

　㉠ 「죽존자전」 : 대나무를 의인화

　㉡ 「빙도자전」 : 얼음을 의인화

3 중세 말기의 소설

(1) 시기 : 조선 초(1392) ~ 임진왜란(1592) 이전

(2) 특징

① 왕조 교체기이며, 불교에서 유교로 사상이 전환되는 시기이다.

② 설화와 소설의 공존기에서 소설 우위의 체제로 변모되어간 시기이다.

③ 유학자의 소설배격으로 인해 소설문학이 크게 발전되지는 못했으나 본격적인 전기(傳奇)소설이 출현했다.

(3) 주요 작품 중요 ★★★

① **김시습, 『금오신화』**

　㉠ 최초의 한문 단편 소설집으로 총 5편의 작품이 실려 있다.

　㉡ 「만복사저포기」, 「이생규장전」, 「용궁부연록」, 「취유부벽정기」, 「남염부주지」 등의 작품이 수록되었다.

　㉢ 소설이라는 문학양식을 확립시켰다는 평가를 받는다.

② 채수, 「설공찬전」
  ⊙ 유교이념으로는 설명할 수 없는 영혼과 사후세계의 문제를 끌어와 당대의 정치와 사회 및 유교이념의 한계를 비판한 내용을 담고 있다.
  ⓒ 원문 한문본은 불태워졌으나 1997년 국문번역본의 일부가 「설공찬이」라는 이름으로 발견되었다.
  ⓒ 국문본은 **최초의 국문번역소설**이다. 이후 국문창작소설이 출현하게 되는 데 결정적인 역할을 했다.
  ② 최초의 국문소설로 알려진 「홍길동전」 이전에 국문표기 소설이 있었을 것으로 추정해 오던 학계의 가설을 증명한 작품이다.
  ⓜ 조선 최초의 금서로 탄압받을 정도로 광범위한 인기를 끌어 **소설의 대중화**를 이룬 첫 작품이라 할 수 있다.
③ **신광한, 『기재기이』**
  ⊙ 한문단편소설집으로 전기(傳奇)소설 4편이 실려 있다.
  ⓒ 「안빙몽유록」(꽃을 의인화한 최초의 몽유소설), 「서재야회록」(문방사우를 의인화한 의인소설), 「최생우진기」(명혼담), 「하생기우전」(명혼담) 등이 수록되어 있다.
  ⓒ 『금오신화』 이후 전기소설의 발달과정과 변모양상을 보여준다.

이 밖에도 남효온의 「수향기」, 심의의 「대관제몽유록」·「몽사자연지」, 임제의 「원생몽유록」 등의 몽유소설, 천군 소설의 효시인 김우옹의 「천군전」 등이 있다.

4 중세에서 근대전환기의 소설

(1) 시기 : 임진왜란(1592) ~ 영조(1725) 이전

(2) 특징
① 전기성(傳奇性), 비현실성과 더불어 모순된 사회제도에 대한 비판의식과 서민주도적 성격이 드러났다.
② 김만중이 한국 고유어로 작품을 써야 한다는 국민문학론을 주장했다.
③ 현실의 사건을 소재로 다루려는 의식이 부각되었다.
④ 임진왜란과 병자호란 이후 외적에 대한 적개심 때문에 역사군담소설이 출현했다(역사군담소설은 서민의식의 부각이 두드러진다).
⑤ 소설구조상 전대에 비해 발전한 의인소설, 몽유소설이 나왔다.

(3) 주요 작품
① **허균** : 「홍길동전」, 「남궁선생전」, 「엄처사전」, 「손곡산인전」, 「장생전」, 「장산인전」 등
② **김만중** : 「구운몽」, 「사씨남정기」

③ **권필** : 「주생전」
④ **기타** : 「임진록」, 「박씨전」, 「임경업전」, 「천군연의」, 「화사」, 「금화사몽유록」, 「강도몽유록」, 「숙향전」 등

5 근대 전환기 초기의 소설

(1) **시기** : 영조(1725) ~ 순조(1801) 이전

(2) **특징**
　　① 서민의식이 문학의 주도권을 잡게 됨
　　② 실학사상을 바탕으로 한 작품들이 창작됨
　　③ 판소리계 소설이 나타남

(3) **주요 작품**
　　① **박지원** : 「양반전」, 「호질」, 「허생전」 등
　　② **이옥** : 「심생전」 등
　　③ **기타** : 「춘향전」, 「조웅전」, 「유충렬전」, 「이대봉전」, 「황운전」, 「흥부전」, 「옥린몽」, 「장끼전」 등

6 근대 전환기 중기의 소설

(1) **시기** : 순조(1801) ~ 광무 10년(1906) 신소설 출현 이전

(2) **특징**
　　① 비현실적, 전기적인 요소는 거의 제거됨
　　② 우연성의 남용 사라짐
　　③ 현실적인 소재 사용
　　④ 국문소설의 확대

(3) **주요 작품**
　　① **작자 미상의 가정소설** : 「장화홍련전」, 「콩쥐팥쥐전」, 「정을선전」, 「황월산전」
　　② 「채봉감별곡」(희곡적 성격), 「배비장전」(신소설 구조에 접근), 「옥루몽」(한문소설 중의 대작), 「천군본기」, 「천군실록」, 「이춘풍전」 등

제 8 장 소설의 분류

고소설은 다음과 같은 다양한 기준에 따라 분류해 볼 수 있다.

1 작품 경향에 따른 분류

(1) 현실주의적 경향이 강한 작품들 중요 ★★

① **특징**

ㄱ 선각적 지식인이나 현실의식이 강한 서민들에 의해 창작됨

ㄴ 사회 현실이 지닌 불합리, 모순, 허위를 간파하여 폭로 및 고발함

ㄷ 중세적 사고의 한계를 벗어나 인간적, 사회적 진실을 드러내고 현실이 가지는 문제점을 드러냄

② **대표작** : 박지원의 단편소설, 『금오신화』, 「홍길동전」, 「임진록」, 「임경업전」 등

(2) 이상주의적 경향이 강한 작품들

① **특징**

ㄱ 보수적인 성향을 지니는 양반 또는 양반적 사고를 지닌 사람들에 의해 창작됨

ㄴ 이원론적 세계관 : 등장인물의 이원적 유형성(선·악), 행복한 결말, 주제의 권선징악(관념주의적 경향)으로 인해서 천상계의 주재자인 초월자가 지상계를 지배하는 운명론적 사고를 한다.

ㄷ 봉건 정치 체제를 맹목적 수용하고, 충, 효, 열과 같은 이상을 추구함

② **대표작** : 「조웅전」, 「유충렬전」, 「구운몽」

2 작품 유형에 따른 분류

(1) 일대기적 구조

① 주인공의 일생을 기록하는 방식

② 영웅소설의 일반적인 서사구조

(2) 연대기적 구조

① 많은 인물이 등장, 여러 세대에 걸쳐 사건이 복잡해짐, 시간의 위력이 느껴짐

② **대표작** : 「유씨삼대록」, 「명주보월비」, 「완월회맹연」 등의 가문소설, 「임진록」

(3) 사건 중심적 구조

① 비교적 짧은 시간에 일어나는 극적 사건이 내용의 중심

② **사건 해결** : 소설 끝남(구조가 탄탄함) - 단편소설의 구성과 통함

③ **대표작** : 「양반전」, 「호질」, 「허생전」, 「운영전」, 「배비장전」

(4) 삽화 편집적 구조

① 독립적인 여러 개의 삽화를 연결하여 만든 소설

② 삽화를 제거하거나 삽입, 순서를 바꾸어도 근본적인 파탄은 생기지 않음

③ 사회의식이 강함

④ **대표작** : 「전우치전」, 「서화담전」

3 길이에 따른 분류

(1) 장편소설 : 인간 생활의 전면을 구체적으로 그려냄

(2) 단편소설 : 인간 생활의 단면을 집약적으로 그려냄

4 표기문자에 따른 분류

(1) 국문소설

(2) 한문소설

(3) 국한문 혼용 소설(한문 현토체 소설)

5 창의성 여부에 따른 분류

(1) 창작소설 : 순수 창작 소설

(2) 번역소설 : 직역이든 의역이든 번역만 한 것

(3) **번안소설** : 무대·인물·사건을 국내의 것으로 바꾸어 설정하거나 번역이라고 할 수 없을 정도로 내용을 고쳐 쓴 것

6 내용에 따른 분류 중요 ★★★

(1) **전기소설**

① **의미** : '전기'는 기이한 것을 전한다는 의미로, 비현실적인 환몽의 세계, 신선의 세계, 천상의 세계 등을 표현한 소설

② **특징**

　㉠ 사대부, 상인, 협객, 기녀, 시정배 등 도시형 인물들이 많이 나오고 배경도 도시인 경우가 많다.

　㉡ 도학적인 내용보다 남녀 간 애정 문제나 당시대의 사회 상황 등 다양한 문제를 그린다.

　㉢ 사건 전개에 있어서 비현실성과 낭만성을 벗어나지 못했다.

③ **주요 작품** : 『금오신화』, 『삼설기』 등

(2) **의인소설**

① **의미** : 인간이 아닌 것에 인격을 부여하여 등장인물로 삼은 소설

② **특징**

　㉠ 동물 의인소설 : 동물의 외관이나 성질을 묘사하여 부패한 정치상과 모순적인 사회를 풍자한다.

　㉡ 식물 의인소설 : 소재를 주로 중국의 고사에서 찾으므로 고사성어를 많이 사용하고, 동물 의인소설과 마찬가지로 당시의 문란한 정치 현실과 사회상을 비유하고 풍자한다. 마지막에 작가가 비유와 풍자의 대상에 대한 평을 기입한다.

　㉢ 심성 의인소설(천군소설) : '마음'이 주인공인데 마음을 '천군'이라고 표현한다. 이야기의 시작이 주인공의 가계를 설명하거나 주인공의 출생담이고 고사성어가 많이 쓰인다. 작품 끝에 작자의 주관적인 평이 달린다.

③ **주요 작품**

　㉠ 동물 의인소설 : 「장끼전」, 「까치전」, 「녹처사연회」, 「황새결송」, 「서대주전」, 「두껍전(섬동지전)」, 「별주부전」 등

　㉡ 식물 의인소설 : 「화왕전」, 「포절군전」, 「관자허전」

　㉢ 심성 의인소설 : 「천군전」, 「수성지」, 「천군연의」, 「천군본기」, 「천군실록」

　㉣ 기타 사물 의인소설 : 「여용국전」

(3) **몽유소설**

① **의미** : 현실의 인물이 꿈속에서 역사적 인물을 만나 그에게 역사적 사건에 관한 진술을 듣고, 다시 꿈에서 깨어나면서 마무리되는 소설

② 특징 중요 ★★★

㉠ '현실 – 꿈 – 현실', 혹은 '입몽 – 좌정 – 토론 – 시연 – 각몽'의 구조를 지닌다.

㉡ 입몽 이전에 몽중의 사건을 촉발시키는 발단이 없다.

㉢ 입몽에서 각몽까지 짧은 순간에 끝난다.

㉣ 꿈 속 이야기이므로 시공간의 제약 없이 시간을 뛰어넘는 인물들이 등장한다.

㉤ 일반적으로 시가 많이 들어있다.

③ 주요 작품

꿈을 꾸는 현실의 인물이 꿈속에서 만난 인물의 이야기를 듣기만 하는 유형(방관형)과, 꿈속에서 만난 인물들의 초대로 토론과 시연에 참가하는 유형(참여형)이 있다.

㉠ 방관형 : 「금화사몽유록」, 「사수몽유록」, 「부벽몽유록」, 「강도몽유록」

㉡ 참여형 : 「대관제몽유록」, 「원생몽유록」, 「달천몽유록」, 「피생몽유록」, 「안빙몽유록」

(4) 몽자류 소설(환몽소설)

① 의미 : 주인공이 꿈에서 현실에 대한 깨달음을 얻고 깨어나 본래의 자아로 되돌아오는 소설

② 특징 중요 ★★★

㉠ 임진왜란과 병자호란이 일어난 것을 계기로 창작되기 시작했다.

㉡ '현실 – 꿈 – 현실'의 구조를 취하므로 필연적으로 액자식 구성을 취하게 된다.

㉢ 주로 전지적 작가 시점 또는 1인칭 관찰자 시점을 통해 서술된다.

㉣ 부귀영화의 허망함과 인간 세상의 무상함이라는 주제를 다룬다.

㉤ 일반적으로 시가 많이 들어있다.

③ 주요 작품 : 「구운몽」, 「옥루몽」, 「옥린몽」, 「옥련몽」

(5) 이상소설

① 의미 : 이상향 추구를 목적으로 하는 소설

② 특징 : 작가마다 이상향이 다르므로 소설도 작가에 따라 상반된 경향을 보인다.

③ 주요 작품

㉠ 귀족적 이상소설 : 「구운몽」, 「옥루몽」, 「육미당기」, 「임호은전」, 「계상국전」

㉡ 서민적 이상소설 : 「홍길동전」, 「전우치전」, 「제마무전」

(6) 군담소설

① 의미 : 주인공의 영웅적인 활약상을 내용으로 하는 작품

② 특징

㉠ 가공적 영웅을 등장시켜 호쾌한 장면과 승리감, 고난 극복의 의지를 보여준다.

㉡ 대부분 공간 배경은 중국, 시대 배경은 송과 명이다.

㉢ 주인공의 행위를 중심으로 '고난 – 가족 이산 – 혼인 – 악인 제거, 복수(시련 극복) – 충성, 무공 – 행복한 결말(가족 재회)'의 구조를 지닌다.

③ **주요 작품**

　　㉠ 창작군담소설 : 허구적 인물과 허구적 배경으로 만든 작품(예 「유충렬전」, 「소대성전」, 「장백전」)

　　㉡ 역사군담소설 : 역사적인 사실, 특히 전쟁이 있던 시대의 실존 인물을 등장시켜 그들의 활약상을
　　　그린 것(예 「임진록」, 「임경업전」, 「박씨전」)

(7) 염정소설

① **의미** : 남녀 간의 애정을 그린 작품

② **특징** : 전란 이전에는 주로 기녀와의 이야기, 전란 이후에는 중국 소설의 영향을 받았다.

③ **주요 작품**

　　㉠ 귀족적 염정소설 : 「숙영낭자전」, 「숙향전」, 「홍박화전」, 「백학선전」

　　㉡ 서민적 염정소설 : 「주생전」, 「영영전」, 「유록전」, 「옥단춘전」

(8) 풍자소설

① **의미** : 시대나 역사 속에서 부정적인 현상을 공격하여 우스꽝스럽게 만듦으로써 웃음을 자아내는
　　소설

② **특징** : 현실 지향적이고, 해학과 상보적인 관계이다.

③ **주요 작품**

　　㉠ 신분제의 모순 풍자 : 박지원의 소설 12편(「양반전」, 「호질」, 「허생전」, 「열녀함양박씨전」, 「마
　　　장전」, 「예덕선생전」, 「광문자전」, 「민옹전」, 「김신선전」 등)

　　㉡ 부패한 사회 풍자 : 이옥의 「유광억전」, 「심생전」, 「최생원전」, 「부목한전」

　　㉢ 서민의식과 여권성장의 반영 : 「이춘풍전」, 「오유란전」, 「종옥전」

(9) 윤리소설

① **의미** : 사회를 안정적으로 유지하기 위해 필요한 윤리를 강조하기 위해 지어진 소설

② **특징** : 대부분의 등장인물이 윤리가치를 위해 목숨을 건다는 점을 통해 이 시대 사람들의 윤리의식
　　을 엿볼 수 있다.

③ **주요 작품**

　　㉠ 주군에 대한 충성 강조 : 대부분의 군담소설

　　㉡ 효, 우애 강조 : 「적성의전」, 「이해용전」, 「진대방전」, 「흥부전」, 「김태자전」

　　㉢ 남편에 대한 여성의 헌신인 열 강조 : 「김씨열행록」, 「옥낭자전」, 「장한절효기」

(10) 가정소설

① **의미** : 가정 내에서 일어나는 가족 구성원 간의 갈등이나 가정과 가정, 세대와 세대 간의 갈등을
　　중심 소재로 지어진 소설

② **주요 작품**

　　㉠ 한 가정 내의 갈등

　　　ⓐ 쟁총형(처첩 간의 갈등) : 「사씨남정기」, 「옥린몽」, 「정진사전」

ⓑ 계모형(계모나 서모의 자식 학대로 인한 갈등) : 「장화홍련전」, 「김인향전」, 「어용전」, 「정을선전」, 「양풍운전」

ⓒ 우애형 : 「창선감의록」

ⓛ 가정과 가정, 세대 간의 갈등 : 「완월회맹연」, 「명주보월빙」, 「윤하정삼문취록」

(11) 판소리계 소설 중요 ★★★

① **의미** : 판소리 사설이 소설화된 것

② **특징**

㉠ '긴장 – 이완'의 극적이고 단일한 서사적 구조이다.

㉡ 당시 각 계층을 대표하는 인물들이 전형적으로 잘 표현되어 생동감 있게 나타난다.

㉢ 서민 의식의 반영으로 지배 계층의 횡포와 사회적 모순을 풍자하는 주제, 해학적 내용이 많다.

㉣ 4음보의 율문체로 되어 있다.

③ **주요 작품** : 「춘향전」, 「심청전」, 「흥부전」, 「화용도」, 「토끼전」, 「변강쇠전」, 「배비장전」, 「옹고집전」, 「장끼전」

제 **9** 장	# 고소설의 예시 연구

1 『금오신화』 중요 ★★★

(1) 작자 : 조선 초 생육신의 한 사람이었던 매월당 김시습

(2) 창작 시기 : 1460년대에 작자가 경주 남산 금오산에 머무는 동안 지은 것으로 추정됨

(3) 출간

김시습은 『금오신화』를 지은 후 세상에 발표하지 않고 간직해 두기만 했는데 임진왜란 때 일본군에 의해 일본으로 넘어가게 되어 일본에서 1658년과 1884년에 방각본으로 출간된다. 이후 1927년, 최남선은 일본에서 1884년에 간행된 『금오신화』를 『개명』 19호에 옮겨 실어 우리나라에 처음으로 소개한다.

(4) 현재 전하는 5작품과 그 내용

① **「만복사저포기」** : 양생이란 이름의 노총각이 부처님과 저포놀이를 하여 이긴 결과 아름다운 여자를 만나 열렬한 사랑을 나누게 된다. 그러나 그 여자는 임진왜란 때 이미 죽은 사람이었으므로 결국 이별하게 된다.

② **「이생규장전」** : 이생과 최랑이 인연을 맺고 사랑을 나눴으나 전쟁으로 인해 헤어진다. 어느 날 최랑을 다시 만나 함께 살았는데, 알고 보니 전쟁 중에 최랑은 죽고 그녀의 영혼만 돌아온 것이었다. 최랑은 결국 저승세계로 돌아가고 이생은 끝까지 절개를 지키며 살다가 죽는다.

③ **「취유부벽정기」** : 개성 상인이었던 홍생이 평양에 놀러 갔다가 대동강 부벽루에서 한 선녀를 만나 즐기는데 선녀는 자신이 위만에게 나라를 빼앗긴 기자의 딸이라 한다. 이후 선녀는 천상계로 올라가고 홍생은 집에 돌아와서도 선녀를 그리워하다가 선녀의 주선으로 하늘에 올라가게 된다.

④ **「남염부주지」** : 경주 선비 박생이 꿈에 저승의 염라왕을 만나 불교, 유교, 천당, 지옥, 불공, 역사 등에 관한 대화를 나누고 돌아와 보니 한낱 꿈이었다.

⑤ **「용궁부연록」** : 주인공 한생이 용궁으로 초대되어 가서 상량문을 지어주고 융숭한 대접을 받고 돌아 왔는데, 깨어보니 꿈에서 일어난 일이었다. 이후 한생은 명산으로 들어가 자취를 감춘다.

(5) 의의

① 우리나라 **최초의 한문 단편 소설집**이다.

② 당시 산문들이 유교 이념의 강력한 통제 아래 대부분 유교 이념의 설파나 백성의 교화를 목적으로 지어진 반면, 김시습은 당시의 규범화된 산문에서 탈피해 자유로운 상상과 자신이 추구하는 이상을 담은 작품을 창작하였다.

2 「춘향전」 중요 ★★

(1) 작자 : 작자 미상

(2) 형성

여러 가지 근원설화들이 판소리 창자인 광대에게 수용되어 스토리를 갖춘 판소리 사설이 되어 판소리 '춘향가'로 불리다가 이 사설을 문자로 기록해 정착시킴으로써 판소리계 소설 「춘향전」이 되었다.

(3) 판본

「춘향전」의 이본은 300여 종을 웃돌 정도로 많다. 이 중 특징적인 것 몇 가지를 소개하자면 다음과 같다.

① **만화본 「춘향가」**
  ㉠ 만화 유진한(1711 ~ 1791)의 문집인 『만화집』에 실려 있었음
  ㉡ 판소리 「춘향가」, 소설 「춘향전」 중 가장 오래된 기록
  ㉢ 장편 한시 형태
② **「남원고사」**
  ㉠ 「열녀춘향수절가」보다 50여 년 전 필사됨
  ㉡ 세책(돈을 받고 빌려주는 책) 형태였음
③ **완판 84장본 「열녀춘향수절가」**
  ㉠ 근현대에 소리로 전승된 판소리 '춘향가'와 가장 유사한 내용과 문장임
  ㉡ 가장 나중이라 할 수 있는 20세기 초 출현한 이본임

(4) 판본의 차이

춘향의 모친은 퇴기 월매이며, 조선시대는 모친의 신분에 따라 신분이 정해지는 사회였으므로(종모법) 춘향은 원칙적으로 기생일 수밖에 없다. 그러나 아버지가 어떤 사람이냐에 따라 춘향이 미천한 신분인가 양반 신분인가 하는 것이 달라진다.

① **춘향이 양반 신분인 경우** : 춘향의 부친이 양반으로 설정되며 춘향은 정숙한 여인으로 그려진다.
② **춘향이 미천한 신분인 경우** : 춘향의 부친은 장님, 점쟁이의 친구 등으로 설정되며 춘향은 주체적인 성향이 강한 것으로 그려진다.

보통 춘향이는 주체적인 성향에서 정숙한 성향으로 변모해 간 것으로 본다.

(5) 「춘향전」의 내용

조선 숙종 때, 전라도 남원에 살던 월매라는 기생이 서울 성 참판의 둘째 부인이 되어 춘향을 낳아 정성껏 길렀다. 춘향이 16세에 남원 사또의 아들 이몽룡을 만나게 되었는데 한눈에 서로에게 반해 부부의 연을 맺었으나 이몽룡은 한양으로 가게 된 아버지를 따라 춘향을 내버려 두고 떠나게 된다. 그 사이 남원에 새로 부임한 사또 변학도는 춘향에게 수청을 들라 하지만 춘향은 여러 차례 거절하고, 이 일로 인해 감옥에 갇히게 된다. 한편 한양에 간 이몽룡은 과거에 급제하여 전라도 암행어사가 되어 남원으로 다시 내려온다. 이몽룡은 탐관오리를 처벌하고 춘향과 결혼하여 오래도록 함께 살았다.

(6) 「춘향전」의 근원 설화

① **열녀 설화** : 부인이 남편을 위해 정절을 지킴

② **관탈민녀 설화** : 지배 계층 남성이 권력을 이용해 하층 여성의 정절을 빼앗으려 하지만 하층 여성이 이에 저항해 정절을 지켜냄

③ **암행어사 설화** : 정의로운 암행어사가 탐관오리를 징치함

④ **신원 설화** : 억울한 일을 당해 원한을 품은 사람의 한을 풀어줌

⑤ **염정 설화** : 신분이 다른 남녀가 사랑을 성취함

(7) 「춘향전」의 주제

기본적으로는 신분을 초월한 사랑이 주제라 할 수 있으나 표면적, 이면적 주제로 나누어 보기도 한다.

① **표면적 주제** : 춘향이 죽음을 불사하면서 지켜낸 유교적 가치인 정절

② **이면적 주제** : 신분 상승을 통해 인간 해방을 실현하고자 하는 민중의 희망

제10편 실전예상문제

해설 & 정답 checkpoint

01 다음 중 소설의 개념에 대한 설명으로 **틀린** 것은?

① 소설은 서정 갈래의 대표적인 형태이다.
② 소설의 핵심 원리는 형상화라 할 수 있다.
③ 소설은 인물, 사건, 배경을 본질적 요소로 한다.
④ 서사 장르에 속하는 것들 중 시대에 따라 다른 명칭을 쓰는 것은 소설뿐이다.

01 소설은 서정이 아니라 문학적 서사의 대표적인 형태이다.

02 다음 중 고소설의 효시에 대한 견해라 할 수 <u>없는</u> 것은?

① 고려 가전체 작품들이 고소설의 효시라 할 수 있다.
② 고소설은 조선 전기 김시습의 『금오신화』로부터 시작된다.
③ 신라 말에서 고려 초, 「조신」, 「최치원」, 「김현감호」 등에서 기원을 찾을 수 있다.
④ 허균의 「홍길동전」에서 비로소 시작되었다.

02 「홍길동전」은 조선 중기에 한글로 쓰인 소설이다. 최초의 한글소설이라고는 할 수 있으나 고소설 전체의 효시라 할 수는 없다.

03 비교적 이른 시기에 쓰인 「조신」, 「최치원」, 「김현감호」 등에서 찾을 수 있는 소설적인 면모는 무엇인가?

① 구체적 인물, 사건, 배경이 등장한다.
② 허구적인 면이 강하다.
③ 작가의 체험을 바탕으로 하였다.
④ 비교적 길이가 긴 작품들이다.

03 위 작품들은 소설적 조건을 완전히 갖추었다고는 할 수 없으나 작가의 상상력을 통해 창작된 허구의 이야기라는 점에서 소설의 기원이라 할 수 있는 면모를 갖추었다.

정답 01① 02④ 03②

04 「조침문」은 가전체와 마찬가지로 사물을 의인화한 것이기는 하지만 조선 후기의 수필 작품이다. 소설의 효시로 여겨지는 가전체 작품들은 고려 말에 지어진 것들이다.

04 다음 중 소설의 효시로 여겨지기도 하는 가전체 작품이 <u>아닌</u> 것은?

① 「국순전」
② 「국선생전」
③ 「조침문」
④ 「죽부인전」

05 「호질」은 조선 후기 박지원의 『열하일기』에 실린 작품이다.

05 다음 중 김시습의 『금오신화』에 실린 작품이 <u>아닌</u> 것은?

① 「만복사저포기」
② 「이생규장전」
③ 「취유부벽정기」
④ 「호질」

06 유몽인은 중국 소설에 나타난 내용들이 음란하다며 소설은 남녀상열을 말해 풍기를 문란케 한다고 보았다.

06 다음 중 소설에 대해 부정적인 입장을 가졌던 조선조 사대부는?

① 김시습
② 유몽인
③ 안정복
④ 김만중

정답 (04 ③ 05 ④ 06 ②)

07 다음 중 고소설의 형태상 특징으로 옳지 <u>않은</u> 것은?

① 사람의 이름 뒤에 '-전, -기, -록'과 같은 말들이 붙어 개인의 전기물 형태를 취한다.

② 대개 시간적 순서에 따라 진행된다.

③ 과장법이 많이 쓰인다.

④ 작가별로 개성적인 문체가 잘 드러난다.

07 고소설은 작가들 개개인이 개성적인 문체를 보여주는 방식이 아니라 공식화된 문장표현을 사용한다. 예를 들어 시작은 대부분 '○○년 간 ○○ 땅에 일위명관이 있으니 성은 ○요 명은 ○니라' 같은 말로 시작한다.

08 고소설의 사건 진행 순서를 옳게 나열한 것은?

① 출생 - 결연 - 시련 극복 - 고행 - 행복

② 결연 - 행복 - 출생 - 고행 - 시련 극복

③ 출생 - 결연 - 고행 - 시련 극복 - 행복

④ 행복 - 출생 - 시련 극복 - 결연 - 고행

08 고소설은 사건 진행이 단순한 구조를 지닌다. 또한 대체적으로 공통적인 흐름을 갖는데 '출생 - 결연 - 고행 - 시련 극복 - 행복'의 순서이다.

09 다음 중 고소설의 각 진행 단계에 대한 설명으로 옳지 <u>않은</u> 것은?

① 출생 : 태몽이 주로 나오며 주인공은 천상계와 관련 있는 인물인 경우가 많다.

② 결연 : 남주인공이 아름다운 여인과 인연을 맺는 내용이 많다.

③ 시련 극복 : 주인공이 타고난 능력으로 혼자 시련을 극복해 낸다.

④ 행복 : 이를 통해 교훈을 전하게 된다.

09 고소설에서 주인공의 시련 극복은 혼자의 힘이 아니라 조력자의 도움을 얻어 이루어진다.

정답 07 ④ 08 ③ 09 ③

10 고소설의 작품 배경이 대부분 중국인 것은 맞지만 청나라가 아니라 명나라나 송나라이다.

10 고소설의 내용상 특징을 잘못 말한 것은?

① 인간의 본능적 욕망에 대한 긍정적 태도가 엿보인다.
② 작품 배경은 중국의 청나라인 것이 많다.
③ 평면적이고 유형화된 인물이 등장한다.
④ 비현실적인 사건이 많이 일어난다.

11 단지 가까워서가 아니라 중국에 대한 동경심 때문이라 보는 게 적절하다.

11 고소설 작품의 공간적 배경이 중국인 경우가 많은 까닭에 대한 설명으로 옳지 않은 것은?

① 중국이 거리상으로나 정서상으로 가깝기 때문에
② 낯선 공간이라는 이유로 작가의 미숙한 논리전개를 감출 수 있어서
③ 이국적 배경이라 독자들의 호기심을 끌 수 있어서
④ 양반들에 대한 비판을 정면으로 쓰기 어려워서

12 '화설'은 이야기를 처음 시작할 때 쓰는 말이다.

12 고소설에서 장면이 바뀔 때 사용하는 말이 아닌 것은?

① 각설
② 차설
③ 이때
④ 화설

정답 10 ② 11 ① 12 ④

13 상당수의 고소설이 작자미상인 이유로 적절하지 <u>않은</u> 것은 무엇인가?

① 하고 싶은 말을 자유롭게 할 수 있기 때문이다.

② 봉건왕조에 어긋나는 발언의 경우 책임지지 않아도 되기 때문이다.

③ 다양한 독자층의 호기심을 충족시킬 수 있는 내용을 마음껏 쓰기 위해서이다.

④ 향유자들이 집단 창작하는 경우가 많기 때문이다.

13 고소설은 집단 창작의 형태로 제작되지는 않았다.

14 다음 중세 중기의 작품과 의인화의 대상이 <u>잘못</u> 연결된 것은?

① 「국순전」 – 국화

② 「국선생전」 – 술

③ 「빙도자전」 – 얼음

④ 「죽존자전」 – 대나무

14 임춘의 「국순전」도 이규보의 「국선생전」과 마찬가지로 술을 의인화한 작품이다.

15 다음 중 최초의 국문번역소설은 무엇인가?

① 「만복사저포기」

② 「설공찬전」

③ 「홍길동전」

④ 「이춘풍전」

15 채수가 쓴 「설공찬전」의 원문은 한문본이지만 국문번역본 「설공찬이」가 남아있다. 이것은 최초의 국문번역소설이라 할 수 있으며 이후 국문창작소설이 출현하는 데 영향을 주었다. 한편 최초의 국문소설로 알려진 것은 「홍길동전」이다.

정답 13 ④ 14 ① 15 ②

16　신광한이 쓴 「안빙몽유록」은 꽃을 의인화한 작품으로 최초의 몽유소설로 여겨진다. 모란을 임금이라 하고 다른 꽃들은 임금 주위의 남녀라 했다. 안빙이라는 서생이 별장에서 시를 읊으며 노닐며 잠이 들었다가 꽃 나라에 가서 놀면서 시연에 참여했다가 깨어난다는 내용이다.

16 다음 중 최초의 몽유소설로 여겨지는 작품은 무엇인가?

① 「안빙몽유록」
② 「구운몽」
③ 「운영전」
④ 「원생몽유록」

17　신광한의 『기재기이』에는 4편의 전기소설이 실려 있다. 제시된 세 작품 외에 「하생기우전」이라는 작품이 있다. 「몽사자연지」는 조선 중기에 심의가 지은 한문소설이다.

17 다음 중 신광한의 『기재기이』에 실린 소설이 <u>아닌</u> 것은?

① 「안빙몽유록」
② 「서재야회록」
③ 「몽사자연지」
④ 「최생우진기」

18　모순된 사회에 대한 비판의식이 반영된 작품들이 나타나기는 했으나 여전히 전기적, 비현실적 요소가 남아있었다.

18 임진왜란 이후 고소설에 나타난 변화에 대해 <u>잘못</u> 설명한 것은?

① 김만중은 한글로 작품을 써야 한다는 주장을 하였다.
② 전기적이고 비현실적인 면이 사라지고 대신 사회제도에 대한 비판의식이 대두되었다.
③ 전쟁 후의 시대상을 반영하여 역사군담소설이 출현하였다.
④ 의인소설, 몽유소설이 더욱 발전하였다.

19　「남염부주지」는 김시습의 『금오신화』에 실린 작품으로 조선 전기 작품이다.

19 다음 중 임진왜란 이후의 소설 작품이 <u>아닌</u> 것은?

① 「구운몽」
② 「홍길동전」
③ 「남염부주지」
④ 「박씨전」

정답　16 ①　17 ③　18 ②　19 ③

20 영조에서 순조 이전까지에 해당하는 근대 전환기 초기 소설의 특징으로 옳지 <u>않은</u> 것은?

① 서민의식이 문학의 대세가 되었다.
② 실학사상을 바탕으로 한 작품들이 창작되었다.
③ 판소리계 소설이 나타났다.
④ 우연성의 남발이 사라졌다.

21 다음 중 다른 것들과 시대적으로 거리가 <u>먼</u> 작품은?

① 「장화홍련전」
② 「콩쥐팥쥐전」
③ 「정을선전」
④ 「춘향전」

22 다음 중 군담소설의 특징에 대한 설명으로 옳지 <u>않은</u> 것은?

① 전쟁을 배경과 제재로 하여 창작된 소설이다.
② 실제로 있었던 역사적 사실을 소설화한 역사군담소설은 임진왜란부터 영조 이전까지 활발하게 창작되었다.
③ 군담소설은 모두 역사적 사실을 소설화한 것이다.
④ 역사군담소설은 민족의 치욕과 원한을 영웅의 승리담으로 상쇄하려는 애국심을 바탕으로 창작되었다.

20 우연적, 비현실적, 전기적 요소가 거의 사라지게 된 것은 근대 전환기 중기의 특징이다.

21 「춘향전」은 근대 전환기 초기의 판소리계 소설에 해당하고 나머지는 근대 전환기 중기의 가정소설들이다.

22 군담소설은 역사군담소설과 창작군담소설로 나뉜다. 역사군담소설은 실제로 있었던 역사적 사실을 소설화한 것으로, 「임진록」, 「임경업전」, 「박씨전」, 「사명당전」, 「김덕령전」 등이 해당하고, 창작 군담소설은 역사적 사실이 아닌 허구를 그린 것으로, 「유충렬전」, 「권익중전」, 「소대성전」, 「용문전」, 「장국진전」 등이 있다.

정답 20 ④ 21 ④ 22 ③

checkpoint 해설 & 정답

23 「임진록」은 성격상 역사소설이다. 임 진왜란이 사실상 참담한 패배로 끝 을 맺자 당시 전란을 체험했던 민중 들이나 그 의식을 계승한 후손들의 인식이 반영되어 있다.

23 다음 중 고소설을 작품 경향에 따라 분류했을 때 이상주의적 경향을 지닌 것으로 보기 어려운 작품은?

① 「조웅전」
② 「임진록」
③ 「유충렬전」
④ 「구운몽」

24 작품 유형에 따른 구조에는 일대기 적, 연대기적, 사건 중심적, 삽화 편 집적 구조가 있다.

24 다음 중 고소설의 작품 유형에 따른 분류 기준으로 볼 수 없는 것은 무엇인가?

① 일대기적 구조
② 연대기적 구조
③ 사건 중심적 구조
④ 방사형 구조

25 번안소설은 외국소설의 무대, 인물, 사건을 국내의 것으로 설정을 바꾸 거나 내용을 상당 부분 고친 소설을 말한다.

25 다음 중 고소설 관련 용어 설명이 틀린 것은?

① 전기소설 : 비현실적인 환몽의 세계, 신선의 세계, 천상의 세 계 등을 표현한 소설이다.
② 몽유소설 : 현실의 인물이 꿈속에서 여러 사건을 겪고 다시 꿈에서 깨어나며 마무리되는 소설이다.
③ 번안소설 : 외국소설을 직역이든 의역이든 번역한 소설이다.
④ 의인소설 : 인간이 아닌 것에 인격을 부여하여 등장인물로 삼 은 소설이다.

정답 23② 24④ 25③

26 다음 중 의인화한 대상의 종류가 <u>다른</u> 의인소설은?

① 「장끼전」
② 「화왕전」
③ 「포절군전」
④ 「관자허전」

26 「장끼전」은 암꿩과 수꿩을 의인화한 동물 의인소설이고, 나머지는 식물 의인소설에 해당한다. 「화왕전」은 모란을 비롯한 대나무, 매화, 국화 등을 의인화했다. 「포절군전」과 「관자허전」은 대나무를 의인화했다.

27 다음 중 몽유소설의 특징으로 보기 <u>어려운</u> 것은?

① '현실 – 꿈 – 현실'의 구조를 취한다.
② 시가 들어가는 경우가 많다.
③ 꿈 속 이야기에는 시공간의 제약 없이 시간을 뛰어 넘는 인물들이 등장한다.
④ 주인공이 꿈에서 현실에 대한 깨달음을 얻고 깨어나 본래의 자아로 되돌아오는 내용이다.

27 몽자류 소설에 해당한다.

28 다음 중 염정소설에 해당하지 <u>않는</u> 것은?

① 「숙영낭자전」
② 「사씨남정기」
③ 「숙향전」
④ 「옥단춘전」

28 「사씨남정기」는 가족소설로 임금 숙종의 잘못을 양반 가문의 처첩 간 갈등에 빗대어 풍자하는 내용이다.

정답 　26 ①　27 ④　28 ②

29 판소리계 소설에는 이 밖에도 「화용도」, 「토끼전」, 「변강쇠전」, 「배비장전」, 「옹고집전」, 「장끼전」이 있다. 「장화홍련전」은 가정소설에 속한다.

29 다음 중 판소리계 소설에 해당하지 <u>않는</u> 것은?

① 「춘향전」
② 「심청전」
③ 「장화홍련전」
④ 「흥부전」

30 판소리계 소설이 나타난 것은 18세기, 조선 후기이다.

30 다음 중 판소리계 소설의 특징이라고 볼 수 <u>없는</u> 것은?

① 판소리 사설이 소설화된 것이다.
② 민중의 성향을 반영하여 풍자와 해학이 많이 나타난다.
③ 당시 각 계층을 대표하는 전형적인 인물들이 등장한다.
④ 개화기 시대의 대표적인 민중문학이다.

정답 29 ③ 30 ④

제 **11** 편

판소리

단원 개요

판소리는 우리나라 고유의 연행 예술로 17 ~ 18세기 무렵 생성된 후 여러 가지 사회변동과 함께 발전해 온 장르이다. 초기에는 민중들을 대상으로 시작되었으나 시간이 지나면서 중인, 양반 등 다양한 계층을 모두 끌어들이는 장르로 발전되었다. 이처럼 판소리의 저변이 넓어지면서 판소리는 한층 다듬어지고 발전된 형태가 되었다. 현대에 들어 연극이나 영화와 같은 예술 장르가 보급되자 판소리는 급격히 쇠퇴했으나 한편에서는 시대적 변화를 반영한 작품들을 꾸준히 창작함으로써 명맥을 이어가고 있다. 이 단원에서는 판소리의 개념부터 시작하여 특성, 구조, 주제, 이름난 명창, 소설화, 현대적 전승까지 살펴보게 된다.

출제 경향 및 수험 대책

이 단원에서는 판소리의 구성요소, 판소리의 특성, 발생과 전승과정을 잘 파악하고 있어야 한다. 또한 판소리계 소설과 판소리 사설의 차이, 판소리의 구조와 주제 등에 대해 알아두는 것이 필수적이다.

판소리의 개념, 구성요소 및 특성

제 **1** 장

1 판소리의 개념

판소리는 한 명의 창자가 고수의 북장단과 추임새에 맞추어 서사적인 이야기를 소리와 아니리로 엮어 너름새(발림, 몸짓)를 곁들이며 구연하는 구비 서사 문학이다.

판소리라는 명칭은 '판'과 '소리'가 결합된 말이다. '판'은 다수가 모여 어떤 일을 벌이는 곳이나 정황, 행위 자체를 뜻하고 '소리'는 음악을 뜻한다. 따라서 판소리는 다수의 청중이 모인 판놀음(줄타기, 땅재주, 춤, 죽방울, 소리 등)에서 불리는 성악이라는 의미를 지닌다고 보는 것이 일반적이다. 그러나 '판'이 중국에서는 악조를 의미하는 것에 주목하여 변화가 있는 악조로 구성된 판창(板唱), 즉 판을 짜서 부르는 소리로 보는 견해도 있다.

이처럼 판소리는 국악의 한 용어이다. 하지만 그 판소리 사설의 중요성 때문에 국문학의 한 장르 용어로도 쓰이고 있다.

2 판소리 구성요소 중요 ★★★

판소리는 소리광대, 고수, 청중으로 이루어져 있다.

(1) 소리광대

소리광대는 판소리의 주된 인물로, 여러 가지 형상적 표현수단을 이용하여 판소리 대본을 청중에게 전달하여 그들의 사상, 정서적 감흥을 불러일으키는 연창자이다. 연창자의 형상적 표현수단에서 중요한 것은 '창(唱, 소리)', '아니리', '너름새' 등이다.

① 창 : 판소리 대본에서 연창자가 소리하는 모든 대목을 통틀어 이르는 말이다. 창은 여러 기준에 따라 나눠볼 수 있다.
- ㉠ 소리의 형태에 따라 : 영창, 대창, 설명창, 삽입가요 등
  - ⓐ 영창 : 작품 주인공의 내면세계를 집중적으로 표현하는 소리
  - ⓑ 대창 : 등장인물들이 주고받는 소리
  - ⓒ 설명창 : 작품에 주어진 인물의 심리적 성격을 객관적으로 표현하는 소리
  - ⓓ 삽입가요 : 기성의 소리
- ㉡ 음조에 따라 : 평조, 우조, 계면조
- ㉢ 형상기법에 따라 : 동편제, 서편제, 중고제 등
- ㉣ 성음의 높낮이에 따라 : 평성, 상성, 하성

ⓜ 성음의 음질에 따라 : 통성(배에서 울려나오는 소리), 수리성(쉰소리), 비성(콧소리), 발발성(떠는 소리), 귀곡성(귀신이 곡하는 소리) 등

ⓗ 성음의 변화와 발성법에 따라 : 푸는 목, 감는 목, 찍는 목, 마는 목, 감는 목 등

ⓢ 더늠 : 더늠은 성숙의 경지에 올라선 창자가 스승에게 전수받은 부분 위에 자신이 만들어낸 자신의 장기인 새로운 부분을 보태 이를 후배에게 전승시키는 것을 말한다. 이로써 판소리는 부분의 극대화가 나타나게 된다. 더늠은 판소리의 진수가 제일 잘 나타난 부분으로 창자의 온갖 재주가 발휘되어 문학과 음악이 조화의 극치를 이루는 부분이다.

② **아니리** : 판소리 대본의 극적 줄거리를 연창자가 운율화된 **말로 엮어나가는 부분**을 말한다. 아니리는 판소리 대본의 서두에서 사건이 벌어지는 장소, 인물, 환경을 설명하는 것으로부터 시작하여 극적 사건이 변화되는 내용을 대화체로 연결시켜 준다. 이러한 대화체는 고수의 일정한 장단 안에서 처리되어야 한다. 아니리는 연창자로 하여금 소리의 공간과 너름새의 기회를 주게 된다.

③ **너름새(발림)** : 너름새는 연창자의 **간단한 몸동작**을 말하는데, 발림이라고도 한다.

④ **기타**

　ⓖ 화용 : 얼굴표정을 나타내는 것

　ⓛ 비양 : 새소리를 비롯한 자연계의 온갖 소리를 흉내내는 것

(2) 고수

고수는 북장단으로써 연창자를 인도하며 청중과 호흡을 맞춘다. 북 하나로 반주하는 고수는 북장단을 치면서 때로는 '얼씨구', '좋다', '으이' 등의 말을 덧붙여 연창자의 흥취를 돋우며 청중의 인기를 끈다. 이때 고수와 청중 간의 호흡을 맞추는 것을 **추임새**라고 한다. 고수의 북장단은 판소리의 주요한 음악구성의 하나로서, 판소리에 쓰이는 장단에는 진양조, 중모리, 중중모리, 잦은모리, 잦은중모리(휘모리), 엇모리 등이 있다. 고수는 이러한 여러 가지 장단을 통하여 판소리에 변화를 주면서 작품을 재미있게 엮어나간다.

(3) 청중

청중 역시 고수와 마찬가지로 추임새를 넣으며 연행자와 소통하고, 판에 생동감을 불어넣는다. 판소리의 연행자는 청중과 호흡을 맞추며 즉흥적으로 원래의 내용이나 곡조와 다르게 연행하기도 한다. 그러므로 청중은 제2의 연행자이며 창작자라 할 수 있다.

3 판소리의 특성 중요 ★★★

(1) 구비문학

구비 전승되는 과정에서 같은 제목을 가진 여러 작품군이 나타났다.

(2) 적층문학

판소리는 구비문학의 여러 단순 형태가 쌓이며 각 시대의 문화가 누적되었다.

(3) 종합 예술

음악적 요소인 창, 문학적 요소인 아니리, 연극적 요소인 발림과 무용이 결합되었다.

(4) 부분적 독자성

구비 전승되는 과정에서 전체적 유기성에 크게 구속받지 않는 '더늠'에 의해 부분적 독자성을 지닌다. 이는 서양과는 다른 동양적 극의 특징이라 할 수 있다.

(5) 서민문학적 성격

서민의 일상을 이야기하기에 서민의 의식과 욕구를 잘 드러낸다.

(6) 국민문학, 민족문학

시간이 지날수록 서민만이 아니라 중인층의 개입으로 양반의 후원을 받고 연행되는 경우가 많아졌다. 따라서 판소리는 특정 계층이 아닌 국민, 민족의 문학이다.

(7) 에로티시즘

성의 문학화를 통해 억제된 본능을 연희적으로 해소하는 카타르시스적 장치로 작동하였다. 그러나 유교 이념을 중시하는 양반도 향유하던 장르였기 때문에 정제되고 문학적 윤색이 되어 표현되었다.

제 2 장 판소리의 발생과 전승

1 발생

판소리의 발생에 관하여는 서사무가 기원설, 독서성 기원설, 강창 기원설, 광대소학지희 기원설 등 여러 가지 견해가 있다.

이 중 가장 유력한 것으로 인정받는 것은 **서사무가 기원설**이다. 판소리가 구비서사시라는 점이 서사무가와 비슷할 뿐만 아니라, 우리나라 남도의 세습무 가계에서 판소리 명창들이 다수 배출되었다는 것 등의 이유로 남도의 서사무가가 신성한 것으로 여겨지던 것에서 벗어나 세속화되면서 나타난 것으로 인식되고 있다.

2 전승 중요 ★★

(1) 형성발전기(17 ~ 18세기)

임진왜란과 병자호란 이후 극도로 피폐해진 농민들 중 고향을 떠나 자신이 가진 예능이나 기술 등으로 생계를 유지하는 사람들이 생겨났다. 이들은 유랑 예능인이 되어 정해진 장소 없이 돌아다니며 공연을 했다. 각 지방색을 뚜렷하게 가지고 있는 이들에 의해 문화가 이동하고 결합하여 창조되며 새로운 예술적 성취들이 나타나기 시작했다. 이들은 공연을 통해 생계를 해결해야 했으므로 자신들의 공연을 더욱 다듬어나가기 시작했다. 그러는 과정에서 판소리 기술이 발달하기 시작했고 다음 세대로의 전승도 이루어질 수 있었다.

17세기 경 초기 판소리는 판놀음 중의 한 부분으로 연행되면서 **현재와 가까운 모습으로 형식이 정해졌**다. 그러다가 18세기 경 판놀음으로부터 독립하여 판소리가 독립적인 예술 작품으로 연행되었고, 판소리를 하는 광대를 훈련시키기 위해 창본(唱本)이 성립되었다.

기록으로 남아 있는 판소리의 가장 오래된 모습은 영조 때 유진한이 쓴 「가사춘향가이백구」에서 확인할 수 있다. 유진한은 1753년부터 1754년까지 호남지방을 여행하면서 보았던 「춘향가」의 가사를 한시로 옮겨 놓았는데, 이를 흔히 「만화본춘향가(晩華本春香歌)」라고 부른다. 이 시기에 활동한 명창에는 하한담, 최선달, 우춘대 등이 있다.

(2) 전성기(19세기)

이 시기에는 수많은 명창들이 배출되었으며, 향유층이 서민뿐만 아니라 중인, 양반 사대부 계층으로도 퍼져나갔다.

음악적으로는 장단, 악조, 더늠 등의 특성 있는 개발과 완숙미가 더해졌고, 유파별 창제의 분화, 판소리

레퍼토리 확충이 이루어졌다. 문학적으로는 판소리계 소설이 방각본으로 다수 간행되어 독서용으로도 퍼져나갔다.

이 시기에 명창으로 손꼽히는 사람들이 있는데, 이들은 자신들의 장기로 개발한 더늠이나 개성 있는 선율을 통해 판소리의 예술성을 높였고 여러 명창들이 관작을 받기도 했다. 권삼득, 송흥록, 염계달, 모흥갑, 고수관, 신만엽, 김제철, 주덕기, 황해천, 송광록, 박유전, 박만순, 이날치, 김세종, 송우룡, 정창업, 정춘풍, 김창록, 장자백, 김찬업, 이창윤 등이 이 시기의 명창으로 손꼽힌다.

한편 **신재효**는 판소리 광대들을 적극 후원하고 여성 명창도 육성하였으며, 판소리 12마당 가운데 **6마당의 사설을 정리, 개작하였다.**

(3) 쇠퇴기(20세기)

20세기에 들어 판소리는 점차 쇠퇴하기 시작했다. 판소리 12마당 중에서 사설만이 아니라 선율까지 함께 남아있는 것은 「춘향가」, 「심청가」, 「흥보가」, 「수궁가」, 「적벽가」의 5개이고, 나머지 7개는 사설은 남았으나 음악적인 선율은 알 수 없게 되었다. 양반들의 감성과 미의식에 적합하지 않은 작품들이었기 때문인 것으로 추정된다. 그러나 최근 「변강쇠타령」, 「옹고집타령」, 「배비장타령」, 「숙영낭자타령」 등이 복원되었다.

20세기 초에는 협률사, 원각사 등 근대 서구식 극장이 만들어지면서 달라진 무대 환경에 적응하기 위해 판소리도 연극적인 면이 강화된 **창극의 형태로 바뀌어 갔다.** 유성기 보급으로 레코드 취입도 이루어지고 일제강점기라는 시대적 상황으로 인해 한스러운 가락이 많아지기도 했다. 또한 일제강점기에 전국적으로 **권번(기생조합)이 설치**되고 거기에서 판소리를 가르치기 시작하면서 여성 명창도 다수 배출되었다. 1964년에는 판소리를 중요무형문화재(인간문화재)로 지정하여 보존 및 전수의 계기를 마련하기도 했다.

이 시기에는 박기홍, 김창환, 김채만 김연수, 임방울, 박동진, 김소희, 조상현, 한농선, 송순섭, 안숙선 등의 명창이 활약했다.

제 3 장 광대가와 판소리

신재효(1812 ~ 1884)는 19세기에 판소리 사설의 정리와 개작, 단가 창작, 판소리 이론 탐구, 판소리 창자 교육 및 후원에 힘 쓴 판소리 활동가이다. 그는 「광대가」라는 단편가사를 지었는데 이것은 조선 말기의 판소리 명인과 판소리의 이론에 관한 내용을 담고 있다. 「광대가」는 판소리를 부르기 전 목을 풀기 위해 부르는 단가로 사용되었다.

「광대가」의 내용은 다음과 같이 네 부분으로 나눌 수 있다.

(1) 광대의 처지

유명한 시인들과 작품들을 모두 허사라 하고, 광대의 처지가 좋으나 어렵다고 했다.

(2) 광대치레(광대가 갖추어야 할 4가지 조건을 언급)

① **인물치레** : 광대는 외모뿐만 아니라 인품이나 기품 같은 것이 좋아야 한다.

② **사설치레** : 광대는 극적인 내용을 잘 그린, 문학성이 좋은 사설을 갖추어야 한다.

③ **득음** : 광대는 음악을 알아야 하며, 작곡 능력도 있어야 하고, 노래를 다만 기교로 부를 것이 아니라 몸 전체로 불러야 한다.

④ **너름새** : 판소리 사설에 나타난 극적인 내용을 노래나 말과 몸짓으로 잘 언기해야 한나.

(3) 소리의 법례

광대는 낮은 소리로 끌어가는 선율인 '끌어내는 목', 여러 가지로 변화를 주는 선율인 '돌리는 목', 높이 솟구치는 선율인 '올리는 목', 위에서 아래로 굽이치는 '내리는 목'과 같은 특이한 선율형에 따른 발성을 잘 구사할 수 있어야 한다고 했다. 또 아니리와 여러 장단도 잘 알아서 소리해야 한다.

(4) 중국 문장가들과의 비교

당시의 명창들의 노래 솜씨를 중국의 문장가들과 비교했다. 송흥록은 이태백에, 모흥갑은 두자미에, 권사인은 한퇴지에, 신만엽은 두목지 등에 각각 비유하고 있다.

제4장 조선조 후기의 8명창과 식민지 시대의 5명창

판소리 청중들은 8명창, 5명창 등으로 시기별 명창을 꼽아 말하는 경향이 있다. 8명창 시대는 다시 전기와 후기로 나누는데 이는 각각의 특징이 다르기 때문이다.

1 전기 8명창

(1) **활동시기** : 19세기 전반

(2) **시기별 특징** : 판소리 12바탕이 완성되고, 중인층과 양반층도 판소리를 향유하면서 판소리는 발전하고 전성기를 맞는다.

(3) **8명창** : 권삼득, 송흥록, 염계달, 모흥갑, 고수관, 신만엽, 김제철, 주덕기, 황해천, 송광록 중 사람마다 각 8명을 꼽는다.

(4) **전기 8명창의 특징** : 각 지역의 향토 음악 선율을 판소리에 도입하였다.

2 후기 8명창

(1) **활동시기** : 19세기 중반에서 말기

(2) **시기별 특징** : 박유전을 통해 서편제가 등장함으로써 중고제, 동편자와의 경쟁 구도가 성립되고 후원자들의 더욱 적극적인 지원과 애호를 받아 다시 한 번 발전한다.

(3) **8명창** : 박유전, 박만순, 이날치, 김세종, 송우룡, 정창업, 정춘풍, 김창록, 장자백, 김찬업, 이창윤 등

(4) **후기 8명창의 특징** : 대부분 전라도 남부지역 출신으로, 판소리 감상과 비평가의 역할을 겸하면서 직접 판소리 사설의 수정에 참여했다.

3 5명창

(1) **활동시기** : 19세기 말부터 20세기 전반기까지

(2) **시기별 특징** : 변화되어가는 환경에서 살아남기 위해 판소리가 창극화되었다. 또한 슬픈 가락으로 변화되었다.

(3) **5명창** : 기홍, 김창환, 김채만, 전도성, 송만갑, 이동백, 김창룡, 유성준, 정정렬 등

(4) **5명창의 특징** : 이 시기 명창들의 음성은 유성기 음반으로 남아있으며 여류 명창도 등장하였다.

4 현대

(1) **활동시기** : 해방 후

(2) **시기별 특징** : 판소리 기술을 가진 사람들을 무형문화재로 지정하는 등의 노력을 통해 명맥을 이어가고는 있으나, 배우려는 사람도 줄고 기술을 가진 사람도 고령자들이어서 전승이 제대로 이루어지지 못하고 있는 실정이다.

(3) **명창** : 김소희, 박추월, 박녹주, 임방울, 김연수 등

(4) **명창의 특징** : 김연수는 해방 후 판소리 다섯 바탕을 새로 짜서 '김연수제 판소리'를 만들었다. 그의 소리는 많은 제자들에 의해 불리어 대표적인 현대 판소리로서의 지위를 얻게 된다.

제 5 장 판소리의 장르

판소리는 언어, 소리, 인간의 행동이 어우러진 장르라는 점에서 문학이면서, 음악이고, 또한 동시에 연극이다. 이처럼 복잡한 판소리의 장르와 관련해서 여러 논의가 이루어질 수 있는데, 그 중 음악적 측면에서의 논의를 제외하고 문학적 측면에 주목하여 볼 때 판소리 사설의 장르가 서사인지 희곡인지에 대한 논의가 있다.

먼저, 서사 장르와 희곡 장르의 기본적인 특징을 비교하면 다음과 같다.

구분	서사 장르	희곡 장르
형식	과거 어느 곳에서 일어났던 사건의 자초지종을 이야기로 만들어서 사건의 현장이 아닌 다른 곳에서 한 사람의 서술자가 독자들에게 보고하는 형식	사건의 현장을 등장인물들의 행동과 대화로써 독자 앞에 직접 재현해놓는 형식
시점	1인칭 또는 3인칭의 단일 시점	별도의 시점 없음
독자와 작가의 거리	가깝다	멀다
독자와 사건의 거리	멀다	가깝다
객관성 여부	과거의 사건을 거리를 두고 관찰하므로 객관적임	작가의 해석이나 논평 없이 사건 자체만 제시되므로 객관적임
시제	과거시제	현재시제
내용	서술자가 내용을 자유자재로 취사선택하고 조정할 수 있다.	인물, 시간, 장소 등의 설정에 제약을 받는다.
서술자의 개입	서술자가 자기의 의견을 독자에게 직접 진술할 수도 있다.	사건의 실상만 제시된다.
독자가 보는 삶의 모습	독자는 서술자의 목소리를 들으며 그 서술자의 시각으로 걸러지고 재조정된 삶의 모습을 본다.	독자는 있는 그대로의 사건을 직접 본다.
장점	독자가 거시적이고 광범위한 시각으로 삶의 전체적인 모습을 볼 수 있다.	사건 현장의 경험이 생생하고 강렬하다.
단점	사건 현장의 생생함과 강렬함이 부족하다.	거시적이고 광범위한 시각을 갖기 어렵고, 사건의 진상을 스스로 파악해야 한다.

물론 대개의 경우 다른 장르의 특징을 적절히 차용한다. 판소리 사설 역시 서사 장르로서의 특징과 희곡 장르로서의 특징을 함께 가지고 있지만, 판소리 사설은 **서사적 성격이 더 강하다**고 보는 것이 대체적인 의견이다.

판소리 사설은 서술자가 작중 인물의 행위를 묘사하거나 설명하여 전달하는 형식이며, 시공간적 배경이 자주 바뀌면서 수많은 인물이 등장한다. 또한 판소리의 광대는 사설에 등장하지 않는 외부인이며 서술자의 역할을 한다는 점에서 소설의 서술자와 비슷하다. 따라서 판소리 사설은 서사적 특징이 좀 더 두드러진다고 보는 것이다.

판소리, 판소리 사설, 판소리계 소설

판소리는 여러 요소들이 함께 어우러져 연행되는 현장 예술적인 공연물이고 판소리 사설은 판소리 연창을 위한 대사이다. 또한 판소리계 소설은 판소리와 선후관계를 가진 기록문학에 속한다.

이 중에서 판소리 사설과 판소리계 소설은 둘 다 문학적인 면이 강하며 서로 연관되어 있으면서도 구비문학과 기록문학의 특성에 따라 서로 다른 특징을 지닌다.

1 판소리 사설의 구비문학적 특징 종요 ★★★

(1) 대화를 이끄는 바탕글('~말하되', '~하는 말이', '~물으시되' 등)이 생략되는 경향이 있다.

(2) 서술자의 진술에서 청중에게 말을 건네는 듯한 어투를 보여주는 종결어미가 많이 사용된다.

(3) 서술자의 시점에 인물의 시점이 침입하는 시점의 혼용이 많이 일어난다.

2 판소리계 소설의 기록문학적 특징 종요 ★★

(1) 대화를 이끄는 바탕글이 존재한다.

(2) 대상에 거리를 두고 객관적으로 바라보는 종지형 어투가 많이 사용된다.

(3) 시점이 일정하게 고정되어 있는 편이다.

위와 같은 차이들은 절대적인 유무의 차이가 아니라 특정 경향이 좀 더 강하다는 정도의 차이이다.

또한 이 둘 사이에는 선후관계가 존재하는데, 이것은 개별 작품마다 전개 양상이 다르고 상호 교섭되는 측면이 있어서 일률적으로 단정할 수 없다. 예를 들어 판소리 다섯 마당 중 「춘향전」, 「흥부전」, 「토끼전」의 경우 판소리가 선행했던 것으로 짐작되지만, 「심청전」의 경우 판소리 선행설과 소설 선행설이 팽팽하게 맞선다. 또한 「적벽가」의 경우에는 확실히 소설이 선행했던 것으로 여겨진다.

이로 보아 판소리는 초기에는 설화적 이야기와 서정 장르의 사설들을 토대로 시작되었다가 점점 발전하면서 기존의 고소설들까지도 연창의 대상으로 삼게 된 것으로 보인다.

제 7 장 판소리의 구조와 주제

1 판소리 구조의 특징 중요 ★★★

(1) 단일한 갈등 구조, 단순한 구성형태를 가진다.

이를 통해 연행자는 창조적 역량을 발휘하여 세부 사항을 재구성하는데 집중할 수 있고, 청자는 반복적으로 감상하는 개별 판소리 작품의 세부적인 맛을 보다 깊게 즐기면서 몰입감을 맛보게 된다.

(2) 거시적인 구성단위로 선명하게 구분된다.

예를 들어 「춘향가」는 '만남 – 사랑 – 이별 – 수난 – 재회', 「심청가」는 '심청의 탄생과 성장 – 심청의 효행과 이별 – 심청의 환생 – 심봉사의 후일담과 황성행 – 심청과 심봉사의 재회'로 구분된다. 이를 통해 판소리는 완창 형식뿐만 아니라 부분창 형식으로도 연행될 수 있다.

(3) 창과 아니리가 교체한다.

창은 고정 대상에 대한 설명적 묘사, 이중 시점적 서술, 사건의 요약적 진술, 장면 제시적 대화, 내면 고백적 대화 등의 역할을 하고, 아니리는 사건의 흐름을 연결해주고, 대화를 통해 장면을 재현하며, 서술자가 관념적 목소리로 사건을 서술하고 평가한다.

(4) 거시적인 장면 형태는 다시 세부 장면들로 나뉘고, 세부 장면에는 독립적 단위의 가요가 삽입된다.

예를 들어 「춘향가」의 '사랑' 대목은 '이도령이 춘향을 찾아가서 집을 구경하는 장면', '춘향의 방을 구경하는 장면', '음식 대접을 받는 장면', '사랑놀이를 하는 장면', 등의 세부 장면으로 구분되고, 이들 장면은 이른바 '정원 사설', '사벽도 사설', '음식 기명 사설', '팔도 담배 사설', '사랑가' 등의 삽입 가요들을 통해 구체화된다.

이와 같은 개방성을 통해 판소리는 끊임없이 더늠을 첨가하여 이야기의 세부를 확장해나갈 수 있다.

(5) 반복되고 병렬되는 구조이다.

병렬되는 두 단어 가운데 한 단어만을 살짝 변형시켜 반복하거나 동일한 의미 범주에 속하는 어휘나 문장을 반복적으로 사용하거나, 동일한 어휘 범주들을 시간이나 공간적 질서에 따라 반복적으로 배열하여 장면을 확대하는 사설 구성 방식이 보편적으로 등장한다.

2 판소리 주제의 특징 중요 ★★★

(1) 상반되거나 당착적임

일반적인 서사의 경우 시간적 선상에 따라 인과 관계로 연결된 유기적인 의미망이 통일된 주제로 통합되기 마련이다. 그러나 판소리의 경우 구전되었기 때문에 누가 불렀느냐에 따라 주제가 달라질 수 있다. 또한 한 장면만 따로 떼어 부를 때에 사건을 확대하기도 하고 인물의 성격을 변화시키기도 한다. 이에 따라 서로 다른 의미망이 병립적이거나 방사선상으로 주제적 의미에 이리저리 얽히게 된다. 이리하여 주제가 서로 상반되거나, 앞뒤가 안 맞는 경우가 많다.

(2) 표면적 주제와 이면적 주제가 있음

판소리 생산의 주체는 구비문학을 토대로 한 문화적 토양에 자리 잡은 민중인 반면, 감상의 주체를 확장할 경우 기록문학을 토대로 한 문화적 토양에 자리 잡은 양반 사대부와 왕족 및 신흥 세력까지 포함하게 된다. 따라서 판소리는 표면적인 주제와 이면적인 주제라는 양면적인 주제를 가짐으로써 향유층을 넓히게 되었다.

민중은 판소리를 생산할 때 구체적인 현실과 교섭하면서 지니게 되는 현실주의적 세계관이 바탕이 되어, 세계에 대한 직접적인 인식과 이에 대한 생생하고도 발랄한 태도를 사설 속에 드러내 보이게 된다. 이러한 인식은 이면적 주제를 구성한다. 한편 감상의 주체가 된 양반층은 지배 이념에 기초한 세계관을 통하여, 세계에 대한 추상적인 인식과 지배 질서를 옹호하는 태도를 보이게 되는데, 이러한 인식은 표면적 주제를 구성한다.

「춘향전」의 주제는 정절이며 「심청전」의 주제는 효라고 할 때 언급되는 주제들은 지배계층의 이데올로기와 관련되는 것으로 표면적 주제에 해당한다. 한편 「춘향전」은 신분적 제약을 극복하고 인간적 해방을 이루고자 하는 욕구의 표현이라는 이면적 주제를 가지고, 「심청전」의 경우, 심청처럼 가난하고 미천한 사람도 자기를 희생하고 옳은 일을 선택하게 되면 그에 대한 보상으로 고귀한 신분에 이를 수 있다는 이면적 주제를 갖는다. 신분 상승에 대한 민중의 강한 욕구가 반영된 것이다.

제 8 장 판소리의 현대적 전승

판소리는 시대를 반영하며 끊임없이 변모, 확대될 수 있는 장르이다. 기존 판소리 사설의 줄거리를 어느 정도 유지하며 일부만 바꾸는 것뿐만 아니라 새로운 작품이 창작되기도 한다.

1 기존 판소리의 현대적 변용

(1) 판소리의 현대적 변용 작품 : 채만식의 「태평천하」, 박영한의 「왕릉일가」

(2) 「흥보가」와의 공통점

① 주인공이 비상식적인 구두쇠이며 희화적, 해학적인 인물로 묘사됨
② '맺힘 – 풀림'의 반복구조를 빈번하게 사용함
③ '싸움 – 갈등'의 에피소드를 중추로 하여 세부 묘사를 극대화함
④ 재담과 군소리, 야유조의 우스갯말, 비속어 등의 빈번한 사용
⑤ 작가의 개입이 잦음

2 20세기 들어 새로 창작된 작품들

20세기 들어 '창작 판소리'라고 불리는 전혀 새로운 사설의 판소리들이 창작되었다. 이 중에는 고전소설을 판소리화한 것도 있고 시대에 맞게 아예 새로운 내용으로 만든 것도 있다.

(1) 박동실의 「열사가」

항일운동의 상징적 영웅인 이준·안중근·윤봉길·유관순 등 네 인물의 삶에서 가장 빛나는 부분과 그들이 항일하던 내용을 엮어 불렀다.

(2) 김창환의 「최병두타령」

강원도에 부임했던 탐관오리 정감사의 수탈과 몰락한 양반 최병두와의 갈등을 통해 봉건사회의 모순을 드러냈다.

(3) 정정렬의 「숙영낭자전」, 「옥루몽」

(4) 박동진의 「변강쇠타령」, 「숙영낭자전」 복원, 「예수가」, 「이순신전」

(5) 정철호의 「녹두장군 전봉준」, 「권율장군」

(6) 임진택의 「소리내력」, 「오적」, 「분씨물어」, 「오월광주」, 「남한산성」, 「백범 김구」

(7) 윤진철의 「오월광주」

20세기 후반 및 21세기에 들어서는 창작 판소리의 인기가 더 많아졌다. 소재가 다양해지고, 연령대를 고려하거나 특별한 목적에 맞게 세분화된 대상을 상대로 하는 판소리들이 만들어졌다. 이러한 판소리들의 사설은 흔히 이해하기 쉬운 한글 위주로 만들어지고 있다.

| 제 **9** 장 | **판소리의 예시 연구 : 「흥보가」** |

1 내용

가난하지만 착한 동생 흥보는 제비의 부러진 다리를 고쳐 주고 제비로부터 받은 박씨를 심어 금은보화를 얻는다. 이를 본 놀보가 더 부자가 되고 싶은 욕심에 제비 다리를 일부러 부러뜨리고 고쳐주어 그 벌로 가진 재산을 몽땅 잃게 된다.

2 근원 설화 중요★★

(1) 「박타는 처녀 설화」(몽골설화)

옛날에 어떤 처녀가 처마에서 떨어져 바동거리는 제비 다리를 동여매주니 제비가 좋아서 날아간다. 얼마 뒤 그 제비가 날아와 씨앗을 떨어뜨리니 그 씨앗을 심은 데서 큰 박이 열린다. 박을 타는데 그 속에서 금은보화가 나와 그 처녀는 거부가 된다. 이웃의 심사가 바르지 못한 처녀 하나가 그 이야기를 듣고 처마 밑에 사는 제비의 깃을 일부러 부러뜨리고 실로 매어 날려 보낸다. 얼마 지나 제비가 물어다 준 박씨를 심어 박을 타는데 박 속에서 독사가 나와 그 처녀를 물어 죽인다.

(2) 「방이설화」(신라설화)

신라시대에 어느 김 씨 형제가 살았는데 아우는 부자였고, 형인 방이는 몹시 가난하였다. 어느 해 방이는 아우에게 누에와 곡식 종자를 얻으려 했는데, 심술궂고 성질이 포악한 아우는 누에와 곡식 종자를 삶아서 형에게 주었다. 이를 모르는 방이는 누에를 열심히 치고 씨앗도 뿌려 잘 가꾸었다. 그 중에서 단 한 마리의 누에가 생겼는데, 그것이 날로 자라 황소만큼 컸다. 소문을 듣고 샘이 난 아우가 찾아와 그 누에를 죽이고 돌아갔다. 그러자 사방의 누에가 모두 모여들어 실을 켜 주었으므로 형은 '누에왕'으로 불리게 되었다. 곡식도 한 줄기밖에 나지 않았으나, 역시 이삭이 한 자가 넘게 자랐다. 하루는 새 한 마리가 날아와 이삭을 물고 산 속으로 달아났다. 새를 쫓아서 산 속 깊이 들어갔던 방이는 해가 저물어 돌 옆에 머물게 되었다. 그 때 붉은 옷을 입은 아이들이 나타나 금방망이로 돌을 두드리니 원하는 대로 음식이 다 나오는 것이었다. 아이들은 이를 먹고 놀더니 금방망이를 돌 틈에 놓아두고 헤어졌다. 방이가 그 금방망이를 주워서 돌아오니 아우보다 더 큰 부자가 되었다. 심술이 난 아우는 형처럼 하여 새를 쫓아가 아이들을 만났다. 그러나 아이들에게 지난번 금방망이 도둑으로 몰려 사흘이나 굶주리며 연못을 파는 벌을 받고 코끼리처럼 코를 뽑힌 다음에야 돌아왔다.

3 사유 체계 종요 ★★

(1) 민담적 사유 체계

① 이름에 성이 없이 그저 흥보, 놀보, 째보, 청보 등이라 부른다. 성이 있을 경우 박타는 내용과 관련되는 '박'씨이거나 제비에서 유추하여 '연(燕)'씨라 한다.

② 공간적 배경은 '충청·전라·경상, 삼도 어름'과 같이 제시되고, 시간적 배경도 '옛날 옛적'과 같이 막연하게 제시된다.

③ 인물 유형이 평면적이다.

④ 「흥보가」의 대립적 반복 모방담 구조는 민담의 흉내내기담 구조와 동일하다.

민담의 '흉내내기담'	「흥보가」의 '대립적 반복 모방담'
㉠ 착한 사람이 우연히 어떤 행위를 한다.	흥보 이야기
㉡ 그 보답으로 행운을 얻는다.	
㉢ 악한 사람이 그 행위를 가식적으로 흉내 낸다.	놀보 이야기
㉣ 그 응답으로 악운의 결과가 생긴다.	

⑤ 설화적 모티프가 등장한다.

㉠ 선악형제담

㉡ 동물보은담(동물보수담) : 동물이 자신을 보살펴준 사람을 위해 희생정신을 발휘해 은혜에 보답한다는 것(자신을 해코지한 사람에게는 복수를 한다는 것)

㉢ 무한재보담(무한탕진담) : 선한 사람이 베풂의 대가로 얻게 된 도구에서 무수한 재물이 쏟아진다는 것(악한 행위를 한 사람에게는 보수의 실천 행위로서 재물을 모두 탕진하게 만드는 것)

(2) 현실적 사유 체계

① 「놀보심술」 대목, 놀보가 축재하는 과정, 흥보 내외의 품팔이 대목 등 : 경제적 양극화 현상(놀보처럼 경제력을 갖춘 신흥 부농층은 나날이 재산이 늘어나는 반면, 흥보처럼 생산수단을 소유하지 못한 빈민층은 아무리 열심히 품을 팔아도 최저 생활도 하기 힘듦)

② 흥보의 매품팔이 : 부패한 사회 구조(사회 지도층은 부역을 회피하고 가난한 빈민층은 대역을 함)

③ 호방의 환자(還子) 거절과 매품 제안 : 중간 관리의 농간과 환자 제도의 모순, 권력의 횡포

④ 놀보의 흥보에 대한 심술과 포악, 매품팔이의 가로챔, 놀보 박에서 나온 삯꾼이나 놀이패 집단의 강탈성 : 몰인정한 이익 사회와 그로 인해 해이해진 사회 기강

4 주제

(1) 권선징악

(2) 새롭게 등장하는 물질주의적 가치관에 대한 저항

(3) 전통적인 온정주의적 가치관에 대한 옹호

5 의의 중요 ★★★

(1) 착한 흥보가 박에서 나온 금은보화로 부자가 된다는 상황 설정은 부를 획득하기 염원하는 당대 가난한 민중들의 소망을 담아낸다.

(2) 고난을 겪는 흥보의 모습은 자본의 횡포가 두드러지는 현대에도 큰 공감대를 형성한다.

(3) 현재 전승되는 판소리 중 가장 오래된 소리이다.

(4) '흥보'와 '놀보'는 한국인의 대표적인 인물 캐릭터로 자리매김하여 이후 근·현대문학의 전형적 모델 중 하나가 되었다.

> **❗ 더 알아두기 🔍**
>
> • 판소리 장단의 특성
>
> | 판소리 장단의 이름 | 특성 |
> | --- | --- |
> | 진양조 | 판소리 장단 가운데서 가장 느린 것으로, 사설의 극적 전개가 느슨하고 서정적인 대목에서 흔히 이 장단을 쓴다. |
> | 중모리 | '중몰이' 또는 '중머리'라고도 한다. 판소리 공연의 시작부분의 기본 장단으로 어떤 사연을 태연히 서술하는 대목이나 서정적인 대목에서 흔히 쓰이는 장단이다. |
> | 중중모리 | '중중몰이' 또는 '중중머리'라고도 한다. 춤추는 대목, 활보하는 대목, 통곡하는 대목에서 흔히 쓰이는 장단이다. |
> | 자진모리 | '잦은몰이' 또는 '잦은머리', 혹은 '자진머리'나 '잦은몰이'라고도 한다. 어떤 일이 차례로 벌어지거나 여러 가지 사건을 늘어놓은 대목, 격동하는 대목에서 흔히 쓰인다. |
> | 휘몰이 | 자진모리를 더욱 빠르게 휘몰아 나가는 것으로, 판소리 장단 가운데 매우 빠른 장단이다. 어떤 일이 매우 빠르게 벌어지는 대목에서 흔히 쓰인다. |

• 판소리 12마당

판소리 12마당이라고 하면 1843년 송만재의 「관우희」와 1940년 정노식의 「조선창극사」에 소개된 것을 말한다. 그러나 19세기 중반 신재효는 「판소리사설집」에서 6마당으로 정리했고, 1933년 이선유는 「오가전집」에서 다섯 마당만 수록했다.

제목	내용
「춘향가」	조선 후기 신분의 갈등 양상을, 신분이 서로 다른 이몽룡과 성춘향의 사랑을 통하여 보여주는 내용
「심청가」	효녀 심청이 눈 먼 아버지를 위해 목숨을 바쳤다가 용왕의 도움으로 환생하여 지극한 효심으로 아버지의 눈을 뜨게 한다는 내용
「흥보가」	가난하고 착한 아우 흥보는 부러진 제비다리를 고쳐주고 그 덕에 얻은 박씨로 부자가 되고, 부유하지만 못된 형 놀보는 제비다리를 부러뜨리고 그 덕에 얻은 박씨로 망한다는 내용
「수궁가」	용왕이 병이 들자 약에 쓸 토끼의 간을 구하기 위하여 자라가 나서 토끼를 꾀어 용궁으로 데리고 갔지만 토끼는 꾀를 내어 용왕을 속이고 살아 돌아온다는 내용
「적벽가」	중국 소설 『삼국지연의』 가운데 적벽대전 장면을 차용해, 유비·관우·장비가 도원결의를 한 후 제갈공명을 모셔 와 적벽대전에서 조조의 군사를 크게 이기고, 관우가 조조를 사로잡았다가 다시 놓아주는 내용
「변강쇠타령」	천하 음남 변강쇠와 천하 음녀 옹녀가 부부의 연을 맺고 살아가던 중 변강쇠가 장승 동티로 죽고, 변강쇠의 치상을 위해 모여든 사람들이 그의 시신에 달라붙는 화를 입자 뎁득이가 그의 시신을 갈이질로 떼어버리고 떠난다는 내용
「배비장타령」	배비장이 제주 목사를 수행하여 제주도에 따라가서 기생 애랑에게 홀려 관청 뜰에서 망신 당한다는 내용
「강릉매화전」	강원도 강릉을 무대로 하여 골생원과 매화가 사랑 행각을 벌이는 과정을 담은 내용
「옹고집타령」	옹고집이라는 인색하고 고집 세고 욕심 많은 불효자를 어떤 도사가 도술을 써서 새 사람으로 만들었다는 내용
「장끼타령」	까투리의 만류를 무시하고 콩을 먹으려던 장끼가 덫에 치어 죽고, 홀로 남겨진 까투리가 개가를 시도한다는 내용
「왈자타령」 (「무숙이타령」)	장안의 갑부 무숙이가 방탕하게 살아가다가 온갖 망신을 당하는 내용
「숙영낭자전」 (정노식)	백선군이 서당에서 독서를 하다가 조는 사이에 꿈속에서 선녀인 숙영을 만나 사랑을 나누는 내용

제11편 실전예상문제

해설 & 정답   checkpoint

01 판소리에 대한 설명으로 옳지 <u>않은</u> 것은?

① 판소리는 다수의 청중이 모인 판놀음에서 연행되었다.
② 판소리가 국문학의 한 장르가 될 수 있는 것은 '판' 때문이다.
③ 타령, 잡가, 광대소리, 극가, 창극조 등의 명칭으로도 불렸다.
④ 판소리의 '소리'는 서사적 사설이 결합된 노래이다.

> **01** 판소리에서는 사설의 중요성 때문에 국문학의 한 갈래로 여겨질 수 있다.

02 판소리가 연행되기 위해 필요한 요소가 <u>아닌</u> 것은?

① 소리광대
② 고수
③ 청중
④ 무대

> **02** 판소리는 별도의 무대 없이 연행자들이 위치할 약간의 공간만 있으면 된다.

03 다음 중 판소리의 창을 소리의 형태에 따라 나눈 것에 해당하지 <u>않는</u> 것은?

① 영창
② 대창
③ 삽입가요
④ 평조

> **03** 판소리의 창을 소리의 형태에 따라 나누면 영창, 대창, 설명창, 삽입가요이다. '평조'는 음조에 따라 나눈 것에 해당한다.

정답 (01② 02④ 03④)

04 평조는 편안하고 담담할 뿐만 아니라 기쁘거나 흥겨운 분위기를 나타낼 때 쓴다. 계면조는 아주 슬픈 정조를 나타내어 마치 흐느끼는 듯한 느낌을 준다. 우조는 맑고 씩씩하고 웅장한 느낌을 주어 장엄한 장면에서 호방한 분위기를 표현할 때 사용된다.

04 판소리 음조에 대한 설명으로 옳은 것은?

① 평조는 화려하고 구성진 분위기를 자아낸다.
② 계면조는 웅장하고 씩씩한 느낌을 준다.
③ 한 판의 판소리에는 다양한 음조가 사용된다.
④ 우조는 편안하고 담담한 분위기이다.

05 더늠은 판소리 창자 개인이 사설과 음악 등을 새롭게 짜 넣은 소리 대목 혹은 특정 창자가 다른 창자들에 비해 월등히 잘 부르는 소리 대목을 지칭하는 용어이다.

05 다음은 무엇에 대한 설명인가?

- 창자가 원래 있던 사설에 새로운 부분을 보태어 전승시키는 것을 가리킨다.
- 창자의 온갖 재주가 발휘되어 문학과 음악의 조화가 극치를 이루게 된다.
- 판소리의 한 부분이 독자성을 갖게 한다.
- 서양극과 다른 특징이다.

① 아니리
② 발림
③ 더늠
④ 창

06 화용은 얼굴표정을 말하는 것으로 소리광대의 표현수단이기는 하지만 특히 중요한 요소라고 할 수는 없다.

06 소리광대의 표현수단에서 특히 중요한 세 가지에 해당하지 <u>않는</u> 것은?

① 화용
② 창
③ 아니리
④ 발림

정답 04 ③ 05 ③ 06 ①

07 다음 중 고수의 역할이라고 할 수 없는 것은?

① 추임새를 넣어 연창자의 흥취를 돋운다.

② 여러 가지 장단을 통해 판소리의 정조를 강하게 혹은 약하게 한다.

③ 판소리를 연행할 때 북으로 장단을 반주하는 역할을 한다.

④ 판소리 사설을 정확하게 전달하는 데 주의를 기울여야 한다.

07 판소리 사설을 전달하는 것은 소리 광대의 역할이다.

08 판소리의 청중에 대한 설명으로 옳지 않은 것은?

① 판소리가 연행되는 동안 최대한 정숙을 유지하며 소리를 내어서는 안 된다.

② 판소리 연행자는 청중과 호흡을 맞추며 공연한다.

③ 청중의 반응은 연행되는 판소리의 원래 내용이나 곡조에 영향을 주기도 한다.

④ 청중은 제2의 연행자이다.

08 판소리의 청중은 고수와 마찬가지로 추임새를 넣으며 판소리 연행에 적극적으로 참여할 수 있다.

09 다음 중 판소리의 특성에 대한 설명으로 옳지 않은 것은?

① 구비 전승되는 과정에서 여러 판본이 존재하게 되었다.

② 판소리에는 각 시대의 문화가 누적되어 나타난다.

③ 판소리에서는 사설이 무엇보다 가장 중요하다.

④ 판소리의 더늠은 서양과는 다른 동양극의 특징이라 할 수 있다.

09 판소리는 음악적 요소인 창, 문학적 요소인 사설 및 아니리, 연극적 요소인 발림과 무용이 결합된 종합 예술이다. 사설이 중요하기는 하지만 가장 중요하다고 할 수는 없다.

정답 07 ④ 08 ① 09 ③

10 판소리는 구비서사시라는 점에서 서사무가와 유사하고, 우리나라 남도의 세습무 가계에서 판소리 명창들이 다수 배출되었다는 점 등의 이유로 서사무가가 세속화되면서 나타난 것이라 보는 견해가 가장 설득력을 얻고 있다.

10 판소리의 발생에 대한 견해들에서 가장 설득력을 인정받고 있는 것은 무엇인가?

① 서사무가 기원설
② 광대소학지의 기원설
③ 육자배기토리 기원설
④ 판놀음 기원설

11 두 차례의 전쟁을 겪고 생활고에 시달리던 농민들 중 고향을 떠나 돌아다니며 자신이 가진 예능이나 기술 등으로 생계를 유지하는 사람들이 생겨나게 되었다. 이들은 생계를 위한 공연을 하는 것이므로 더욱 공연의 수준을 높여 나갔고 전문적으로 광대를 훈련시키기 위한 창본도 만들어지게 되었다.

11 18세기에 이르러 판소리가 판놀음에서 독립할 수 있었던 이유로 적절한 것은?

① 광대의 사회적 지위가 상승했기 때문이다.
② 국가에서 전문 판소리꾼을 양성했기 때문이다.
③ 유랑 예능인이 증가했기 때문이다.
④ 판소리의 창본이 성립되었기 때문이다.

12 1753에서 1754년에 유진한이 호남지방을 여행하면서 듣고 한시로 기록한 「만화본춘향가」가 가장 오래된 기록이다.

12 기록으로 남아있는 판소리의 가사에서 가장 오래된 것은 무엇인가?

① 「흥보가」
② 「심청가」
③ 「수궁가」
④ 「춘향가」

13 판소리의 전성기는 19세기이다.

13 판소리의 전성기에 대한 설명으로 알맞지 <u>않은</u> 것은?

① 판소리의 전성기는 20세기라 할 수 있다.
② 전성기의 판소리는 서민뿐만 아니라 양반 계층도 향유하였다.
③ 판소리계 소설이 방각본으로 다수 간행되기도 했다.
④ 이날치, 권삼득, 정창업 등은 이 시기의 명창으로 꼽힌다.

정답 10 ① 11 ③ 12 ④ 13 ①

14 다음 중 판소리 12마당에서 6마당의 사설을 개작한 사람은 누구인가?

① 이날치
② 신재효
③ 장자백
④ 염계달

14 신재효는 19세기에 고창 지역에서 활동했던 중인 출신의 판소리 이론가이자 비평가로, 판소리 여섯 바탕 사설(「춘향가」, 「심청가」, 「박타령」, 「토별가」, 「적벽가」, 「변강쇠타령」)의 집성자이다. 또한 그는 판소리 창자들의 교육 및 예술 활동을 지원한 후원자이기도 했다.

15 20세기 들어 판소리에 나타난 변화에 대한 설명으로 알맞지 않은 것은?

① 5마당을 제외하고는 선율만 남게 되었다.
② 원각사와 같은 서구식 극장이 만들어지면서 창극의 형태로 바뀌어갔다.
③ 일제강점기라서 한스러운 가락이 많아지게 되었다.
④ 권번(기생조합)에서 판소리를 가르치게 되면서 여성 명창도 다수 배출되었다.

15 20세기 들어 판소리는 「춘향가」, 「심청가」, 「흥보가」, 「적벽가」, 「수궁가」를 제외하고 나머지는 선율이 소실되고 사설만 남게 되었다.

16 신재효가 지은 「광대가」에서 언급한 바 있는 판소리의 광대가 갖추어야 할 4가지 조건에 해당하지 않는 것은?

① 광대는 외모뿐만 아니라 인품이나 기품이 좋아야 한다.
② 광대는 노래를 부르는 기교만 뛰어나면 된다.
③ 광대는 극적인 내용을 잘 그린 문학성 좋은 사설을 갖추어야 한다.
④ 광대는 노래뿐만 아니라 말과 몸짓으로 잘 연기해야 한다.

16 노래를 부르는 기교도 중요하지만 신재효는 '득음'에서 광대는 음악을 알아야 하며, 작곡 능력도 있어야 하고, 기교만이 아니라 몸 전체로 노래를 부를 줄 알아야 한다고 했다.

정답 14 ② 15 ① 16 ②

17 일제강점기 시대에는 유성기 음반으로 명창들의 노래를 녹음하여 지금도 들을 수 있다.

17 판소리 명창에 대한 설명으로 적절하지 <u>않은</u> 것은?

① 전기 8명창의 시대에는 각 지역의 향토 음악 선율을 판소리에 도입하였다.

② 후기 8명창들은 대부분 전라도 남부지역 출신으로 판소리 사설을 직접 수정하기도 했다.

③ 일제강점기 시대 명창들의 음성은 이제 더 이상 들을 수 없다.

④ 해방 이후 활동한 주요 명창들에는 김소희, 박추월, 박녹주, 임방울, 김연수 등이 있다.

18 동편제는 우조로 선이 굵고 꿋꿋한 소리제의 특성을 갖는 반면, 서편제는 계면조로 되어 섬세한 감성과 세련된 기교의 발달이 부각된다.

18 다음 중 서편제에 대한 설명으로 옳지 <u>않은</u> 것은?

① 호남 동부 지역에서 발달한 소리는 동편제, 호남 우도에 해당하는 서남부 평야 지역에서 발달한 소리는 서편제라 불린다.

② 광주, 나주, 보성, 고창 등지에서 발달하였다.

③ 19세기 말 전라남도 보성 박유전의 소리를 법제로 하여 발달했다.

④ 선이 굵고 꿋꿋한 소리를 지닌다.

19 사건 현장의 경험이 생생하고 강렬하다는 것은 소설보다는 희곡 장르의 성격이다.

19 다음 중 '판소리의 장르를 희곡보다는 서사 장르로 보는 게 적절하다'는 주장의 근거로 옳지 <u>않은</u> 것은?

① 판소리 사설은 등장인물이 직접 재현하는 방식이 아니라 서술자가 독자들에게 보고하는 방식이다.

② 희곡은 인물과 배경 설정에 제약을 받지만, 판소리 사설은 서사와 마찬가지로 서술자에 의해 자유롭게 취사선택이 가능하다.

③ 판소리의 광대는 서사 장르인 소설의 서술자의 역할을 한다.

④ 판소리는 사건 현장의 생생하고 강렬한 경험을 제공한다.

정답 17 ③ 18 ④ 19 ④

20 다음 중 판소리 사설의 구비문학적 특징이 <u>아닌</u> 것은?

① '~말하되', '~하는 말이', '~물으시되'와 같이 대화를 이끄는 바탕글이 종종 생략된다.

② 현재시제로 말한다.

③ 서술자가 청중에게 말을 건네는 듯한 어투로 말하는 경우가 많다.

④ 시점의 혼용이 많이 일어난다.

20 현재시제로 말하는 것은 희곡의 특성이다.

21 다음 중 판소리계 소설이 판소리 사설보다 먼저 존재한 작품은?

① 「적벽가」

② 「춘향전」

③ 「흥부전」

④ 「심청전」

21 판소리 사설과 판소리계 소설 중 어느 것이 먼저 존재했는가 하는 문제에 대한 답은 개별 작품마다 다르다는 것이다. 「적벽가」는 소설이 선행, 「심청전」은 의견이 팽팽히 맞서고, 나머지 「춘향전」, 「흥부전」, 「토끼전」의 경우 판소리가 선행한 것으로 인정된다.

22 다음 중 판소리의 구조가 지니는 특징으로 알맞지 <u>않은</u> 것은?

① 구성은 단일, 단순한 편이다.

② 거시적으로 선명하게 구분되므로, 완창뿐만 아니라 부분창 연행도 가능하다.

③ 시종일관 창으로 이어진다.

④ 삽입 가요를 첨가하는 것이 가능하다.

22 판소리는 창과 아니리가 끊임없이 번갈아가는 형식으로 연행된다.

정답 (20 ② 21 ① 22 ③)

checkpoint 해설 & 정답

23 판소리에서 민중의 인식은 이면적 주제를 이루고, 양반들의 인식은 표면적 주제를 이룬다.

23 다음 중 판소리의 주제가 지니는 특징에 대한 설명으로 알맞지 <u>않은</u> 것은?

① 구전되는 과정에서 창자가 누군가에 따라 내용이 바뀔 수 있어서 주제가 상반되거나 앞뒤가 안 맞는 경우가 많다.
② 표면적 주제와 이면적인 주제라는 양면적 주제를 갖고 있다.
③ 판소리의 생산 주체인 민중의 인식은 표면적 주제를 구성하고 감상의 주체였던 양반들의 의식은 이면적 주제를 구성한다.
④ 「춘향전」의 표면적 주제는 정절이고, 이면적 주제는 인간 해방의 욕구라 할 수 있다.

24 「최병두타령」은 평민에서 상승한 부호 최병두가 당대의 탐관오리 정감사에 대항하다 곤장을 맞아 죽는다는 내용이다. 최병두를 통해 성장하는 평민층의 모습을 부각시키고 봉건지배층의 타락을 고발한 작품이다.

24 다음 중 20세기 들어 새로 창작된 창작 판소리로, 강원도의 탐관오리 정감사와 몰락한 양반의 갈등을 통해 봉건사회의 모순을 드러낸 작품의 제목은 무엇인가?

① 「최병두타령」
② 「변강쇠타령」
③ 「녹두장군 전봉준」
④ 「분씨물어」

25 중모리 장단은 판소리 공연의 끝이 아니라 시작할 때의 기본 장단이다.

25 다음 중 판소리 장단의 특성을 <u>잘못</u> 설명한 것은?

① 진양조 : 가장 느린 장단이다.
② 중모리 : 공연을 끝낼 때, 사연을 태연하게 서술하거나 서정적인 대목에서 많이 쓰인다.
③ 자진모리 : 어떤 일이 차례로 벌어지거나 격동하는 대목에서 흔히 쓰인다.
④ 휘몰이 : 가장 빠른 장단이다.

정답 23 ③ 24 ① 25 ②

26 다음 중 '자진모리'의 또 다른 명칭이 <u>아닌</u> 것은?

① 잦은모리
② 잦은머리
③ 잦은몰이
④ 작은머리

26 '자진모리'는 잦은모리, 잦은머리, 자진머리, 잦은몰이로 불리기도 한다.

27 다음 중 판소리 12마당에 해당하지 <u>않는</u> 것은?

① 「춘향가」
② 「사랑가」
③ 「심청가」
④ 「배비장타령」

27 '사랑가'는 판소리 한 마당이 아니라 「춘향가」의 '사랑' 대목에 삽입된 가요이다.

28 다음 중 판소리계 소설이 <u>아닌</u> 것은 무엇인가?

① 「흥보가」
② 「수궁가」
③ 「심청가」
④ 「강릉매화전」

28 판소리계 소설에는 「춘향전」, 「흥부전」, 「심청전」, 「토끼전」, 「이춘풍전」 등이 있다.

정답 26 ④ 27 ② 28 ④

29 판소리계 소설에는 영웅적인 인물보다는 현실 기반의 인물이 등장한다.

29 다음 중 판소리계 소설의 특징이라 할 수 <u>없는</u> 것은?

① 영웅적인 인물이 등장한다.
② 해학과 풍자가 풍부하다.
③ 운문체와 산문체가 혼합되었다.
④ 작자를 알 수 없고 이본이 많다.

30 「옹고집타령」은 옹고집이라는 인색하고 고집이 세며 욕심 많은 불효자의 이야기이다.

30 다음 중 판소리 12마당의 내용이 <u>틀린</u> 것은?

① 「배비장타령」 : 배비장이 기생에게 홀려 망신당하는 내용
② 「옹고집타령」 : 옹고집이라는 효자가 장난꾸러기 도사를 만나 고생하는 내용
③ 「무숙이타령」 : 장안의 갑부 무숙이가 방탕하게 살다가 망신당하는 내용
④ 「가짜신선타령」 : 어떤 사람이 신선이 되려고 하다가 속아 넘어가는 내용

정답 (29 ① 30 ②)

제 **12** 편

민속극

단원 개요

민속극은 '극'으로, 인간의 몸짓과 소리를 통해 만들어낸 사건을 관객에게 직접 보여주는 종합 예술의 형태를 띤다. 국문학적 차원에서는 극의 대본이 연구 대상이 되어 왔지만, 대부분의 민속극은 구비문학의 형태로 전승되어 왔다. 따라서 대본으로 기록되지 않은 것도 연구 범위에 포함시켜야 한다.

민속극은 원시 종합 예술 형태로 이루어지던 고대 제천 의식에서 기원을 찾을 수 있다. 이후 무당이 하는 굿에 포함된 무극으로 이어지다가 나중에는 제의적 성격에서 벗어나 흥미 위주의 공연으로 변화된 것으로 보인다.

한편 민속극의 종류와 관련해 탈춤을 가면극에 포함시켜 가면극과 인형극 두 가지로 보는 관점도 있으나, 탈춤을 분리하여 탈춤, 가면극, 인형극의 세 갈래로 보는 견해가 일반적이다.

출제 경향 및 수험 대책

이 단원에서는 가면극의 명칭과 분포 지역 및 형성 과정, 탈춤의 대표적 인물과 꼭두각시놀음의 별칭 등에 대해 묻는 문제들이 출제될 수 있다는 점을 염두에 두고 꼼꼼하게 학습할 필요가 있다.

제 1 장 가면극

1 개념 및 명칭

(1) 개념

가면극은 연희자들이 각 등장인물이나 동물을 형상화한 가면을 쓰고 나와 연기하는 전통연극이다. 가면극은 '극'에 해당하므로 기본적으로 다음과 같은 극의 성격을 지니게 된다.

① 대본에 따라 말뚝이, 노장, 양반 등의 배우가 등장하여 '마당'이라는 무대 역할을 하는 공간에서 행위를 펼친다.
② 인물과 인물 간의 갈등과, 인물과 세계와의 대립 및 갈등이 나타난다.

이 밖에도 가면극은 등장인물의 대사와 몸짓으로 진행되며, 반주를 하는 악사와 대사를 주고받기도 한다는 점에서 현대적인 의미의 극과는 차이가 있다. 또한 현대극의 '막'에 해당하는 것으로 '과장'이 있다. 과장은 인물의 등장과 퇴장을 구분지어 주는 개념으로, 현대극에서처럼 일관성 있는 사건의 흐름을 구분 짓는 개념은 아니다.

(2) 명칭

가면을 쓰고 한다는 점에서 탈춤, 탈놀이, 탈놀음으로 부르기도 한다. 또한 지역에 따라 산대놀이(서울, 경기), 탈춤(황해도), 야류(낙동강 동쪽), 오광대놀이(낙동강 서쪽)라고 부르기도 한다. 국문학적 관점에서는 극의 대본을 연구하므로 '가면극'이라는 명칭을 주로 사용한다.

2 역사

(1) 기원

가면극의 기원에 대해서는 다음과 같은 주장들이 있다.

① **산대희 기원설(안확)** : 산대희가 조선시대에 이르러 공식적으로 폐지되면서 그 놀이꾼들이 지방으로 흩어져 민간에서 공연하면서 가면극이 이루어졌다.
② **풍농굿 기원설(조동일)** : 풍농을 비는 농민들의 서낭굿에서 농촌탈춤이 먼저 발생하고 그것이 도시 탈춤으로까지 이어지며 가면극이 형성되었다.
③ **기악 기원설(이혜구)** : 백제인 미마지가 중국 남조의 오나라에서 배워 일본에 전했다는 기악을 가면극의 기원으로 본다.

④ **무굿 기원설(박진태)** : 하회별신굿탈놀이의 각 과장의 내용이 무굿에 대응되며, 각 과장의 순차 구조 역시 굿의 구조와 대응 관계가 있다.

이러한 주장들은 문제점들이 지적되어 어느 하나 정설이라고 인정하기 어려운 측면이 있지만 가면극이 제의에서 비롯되었을 것이라는 추측만은 보편적으로 인정받고 있다.

(2) 발전(산대놀이 가면극의 경우)

삼국시대에는 제정이 분리되면서 나라의 행사에서 치러지던 굿이 마을 단위 행사에서 행해졌다. 게다가 삼국시대에는 서역과 중국으로부터 다양한 놀이들이 유입되었다. 산악백희 또는 백희잡기라고 불리는 연희들이 바로 그것이다. 삼국시대에는 마을 굿과 외래의 연희들이 혼재되어 행해졌을 것으로 보인다.

이러한 연희들은 고려시대에 들어 여러 종류의 가면의 발달과 더불어 궁중에서도 연행되었다. 가면을 쓰고 놀이하는 자를 '광대'라 지칭한 것으로 보아 전문적인 놀이꾼이 존재했던 것으로 보인다. 이러한 현상은 조선시대로 이어지면서 가무백희, 잡희, 산대잡극, 산대희 등으로 불리며 연행되었다. 중국 사신을 영접할 때에는 산대도감에 소속된 광대들에 의해 연희가 펼쳐지기도 했다. 그러다가 인조 12년(1634) 산대희를 공식 행사에 동원하는 일이 폐지되자, 산대도감에 소속되었던 연희자들이 흩어져 생계를 유지하기 위해 민간에서 공연하면서 민중오락으로서의 산대놀이 가면극이 행해졌다.

3 종류별 특징 중요 ★★

가면극은 크게 마을굿놀이 계통 가면극, 본산대놀이 계통 가면극, 기타 계통 가면극으로 나누어 볼 수 있다.

(1) 마을굿놀이 계통 가면극

① **개념** : 마을굿에서 유래한 가면극이다. 강릉단오제나 하회별신굿, 병산별신굿탈놀이, 경북 양양군 주곡동의 탈놀이와 같은 마을굿에서는 굿의 절차에서 주민들 혹은 관노들이 주술적인 의미에서 가면을 쓰고 노는 가면극이 행해졌다. 그 가면극만을 따로 떼어 공연하게 되면서 마을굿놀이 계통 가면극이 성립되었다. 하회별신굿의 가면극, 강릉단오굿의 관노가면극, 병산별신굿의 가면극 등이 해당된다.

② **특징**
   ㉠ 토착적이고 자생적이다.
   ㉡ 주로 농촌지역에 분포하며 마을의 평안과 풍농을 기원하는 마음이 반영되었다.
   ㉢ 지방별로 가면극의 내용이 전혀 다르다.
   ㉣ 본산대놀이 계통 가면극의 영향이 일부 관찰된다. 하회별신굿탈놀이의 파계승 과장이나 유학과 유학자를 조롱하는 내용, 강릉관노가면극의 소매각시 등이 그러하다.

③ **작품 예시**

하회별신굿의 가면극 과장 구성(원래는 무동 과장 앞에 강신 과장이 있고, 무동 과장 뒤에도 당제, 혼례·신방 과장 등이 있지만 평상시에는 생략된다).

㉠ 무동 과장

각시 가면을 쓴 광대가 무동을 탄다. 각시는 하회마을을 지키는 성황신을 상징한다. 원래는 무동을 탄 채 마을을 돌며 풍물을 하고 재주를 부려 굿에 쓸 재물과 곡식을 얻는 걸립을 행했다.

㉡ 주지 과장

거친 삼베 자루를 뒤집어쓴 암수 사자 한 쌍이 나와 사자춤을 춘다. '주지'를 사자가 아니라 상상의 동물로 보는 관점도 있다. 잡귀를 쫓는 벽사 의식무의 성격을 지닌다.

㉢ 백정 과장

백정이 소를 직접 도살해서 배를 가르고, 우랑(쇠불알)을 꺼내서 정력에 좋다며 사라고 권유한다. 이때 양반과 선비가 서로 자기가 사겠다고 다툼을 벌이는 모습을 통해 양반층을 풍자한다. 이것은 제의 과정에서 동물 희생을 통해 신에게 제물을 바치는 과정을 극에 삽입한 것으로 보인다.

㉣ 할미 과장

허리에 쪽박을 차고 머리에 흰 수건을 쓴 할미가 등장해 베틀가를 부르며 궁핍한 신세를 타령한다. 여성들의 고달픈 삶과 가부장적 권위에 대한 비판의식을 표출하며, 청어 10마리 중 9마리를 독점하는 모습으로써 풍요와 다산을 기원하는 주술적인 면도 있다.

㉤ 파계승 과장

젊은 기생인 부네가 등장하여 방뇨하는 모습을 중이 엿보며 성적 흥분을 느끼다가 부네를 데리고 도망을 간다. 원래 여성의 방뇨는 풍요를 기원하는 상징성을 가지나, 후대에 비정상적 성적 노출과 여자에 의한 중의 파계로 세속화되었다.

㉥ 양반·선비 과장

양반과 선비가 부네를 차지하려고 서로 지체와 학식을 자랑하는데, '사대부'를 '팔대부'로, '사서삼경'을 '팔서육경'으로, '문하시중'을 '문상시대'로 바꾸며 언어의 희롱으로 상대 공격을 일삼는다.

(2) 본산대놀이 계통 가면극

① **개념**

양주, 송파 등지의 산대놀이를 별산대놀이라 부르는 것과 달리 애오개나 사직골 등에 있던 산대놀이를 본산대놀이라고 부른다. 본산대놀이는 반인(泮人, 성균관 소속 노비)들이 조선 후기 삼국시대로부터 전해 내려오는 산악백희 계통의 가면희와 연희를 재창조한 것이다. 그러한 본산대놀이패들이 지방으로 순회공연을 자주 다녔는데, 이 과정에서 각 지방의 가면극 형성에 영향을 주어 발생한 가면극을 본산대놀이 계통 가면극이라 한다.

서울의 송파산대놀이, 경기도의 양주별산대놀이, 황해도의 봉산탈춤·강령탈춤·은율탈춤, 경상남도의 수영야류·동래야류·통영오광대·고성오광대·가산오광대, 남사당패의 덧뵈기 등이 해당된다.

② 특징
- ㉠ 상업이 발달한 곳에서 주로 행해졌다.
- ㉡ 상인들의 후원과 지방 관아의 주최로 가면극이 행해지기도 했다.
- ㉢ 지역과 상관없이 각 과장의 구성과 내용, 등장인물, 대사의 형식, 극적 형식, 가면의 유형 등이 비슷하다.

③ 공통적 과장
- ㉠ 벽사의 의식무

  상좌춤, 사자춤, 오방신장무 등으로 놀이판을 정화하고 가면극을 시작하는 의미에서 행해지는 것으로 의식적인 측면에서 행해진다.
- ㉡ 양반 과장

  양반들과 하인 말뚝이 사이의 갈등을 다룬다. 첫 부분에서는 말뚝이가 양반을 찾아 돌아다녔다는 것을 말하는 말뚝이의 노정기가 제시된다. 일반적으로 양반은 추하게 생긴 가면을 쓰고 비정상적인 의복을 입은 채 나타나 무능하고 조롱의 대상이 되는 모습으로 그려지는 반면 말뚝이는 민첩하고 지혜롭게 그려져 관중들의 전폭적인 지지를 받는다. 이를 통해 민중들은 양반에 대한 불만과 반감을 표출했다.
- ㉢ 파계승 과장(노장 과장)

  오랫동안 불도를 닦은 승려가 젊은 여자에게 미혹되어 파계하지만 결국 취발이에게 여자를 빼앗기는 내용을 담았다. 관념적 허위의식의 상징인 노장을 풍자하고, 이를 대체할 존재로서 세속적이고 현실적인 취발이를 등장시켜 당시 민중들이 지향하는 사고방식을 엿볼 수 있다.
- ㉣ 할미 과장

  영감과 할미가 젊은 첩 때문에 싸우는 내용이다. 오광대만은 영감이 양반으로 설정되었으나, 대부분은 영감과 할미가 서민으로 그려지고 할미는 무당으로 등장한다.

  할미 과장은 할미의 가련한 신세를 통하여 여성에게 가해지는 남성의 부당한 횡포를 고발하고 있다.

이러한 공통적 과장 외에 별산대놀이에서는 '연잎과 눈끔쩍이 과장'이 있고, 해서탈춤에는 '사자춤 과장'이 있으며, 야류와 오광대에는 '사자춤 과장'과 '영노 과장', '문둥이춤 과장' 등이 있다. 이는 본산대놀이가 각 지역으로 전파되면서, 각 지역에서 나름대로 새로운 내용을 삽입한 결과이다.

(3) 기타 계통 가면극(북청사자놀이)

원래는 함경남도 북청군에서 전승되어 온 가면극으로, 한국전쟁 당시 월남한 연희자들에 의해 남한에서 복원되었다. 음력 정월 14일 밤에 사자탈을 쓰고 집집마다 돌아다니며 놀던 **벽사진경의 풍습**이 현재는 서울을 중심으로 전승되고 있다.

제 2 장 탈춤(민속춤)

1 개념 및 명칭

탈춤이란 한 사람 이상의 연기자가 가면으로 얼굴이나 머리 전체를 가린 채 다른 인물이나 동물 등의 역할을 맡아 극적인 장면을 연출하는 전통극을 말한다. 다른 말로는 '탈놀이'라고도 불린다.

2 역사

(1) 기원

구석기인들의 수렵 및 어로생활을 엿볼 수 있는 패총이나 암각화 등을 통해 탈춤은 원시시대에 사냥의 성공을 기원하며 동물탈을 쓰고 춤추던 데서 비롯한 것으로 짐작된다.

(2) 삼국시대

백제의 미마지가 오나라에서 기악무를 배우고 612년에 일본에 귀화하여 탈춤을 전했다는 기록이 일본 역사서에 남아있으며, 230여 종의 탈이 전해진다.

또한 『동경잡기』 풍속조와 인물조, 『삼국사기』, 『증보문헌비고』 등에 남아 있는 기록을 보면 신라의 황창랑이라는 사람이 어려서부터 칼춤을 잘 추어 백제 왕이 그 소문을 듣고 불러들여 칼춤을 추게 하자 황창랑이 칼춤을 추다가 백제 왕을 찔러 죽였다고 한다. 이에 백제 사람들이 그를 죽였는데 신라 사람들이 그를 가엾게 여겨 그의 형상을 본떠서 가면을 만들어 쓰고 칼춤을 추었다고 한다. 이러한 기록으로 보아 신라시대에 이미 공연 형태를 갖춘 검무가 출현했다는 것을 알 수 있다.

이 외에도 최치원의 절구시 「향악잡영」 5수에 소개된 신라의 다섯 가지 놀이, 즉 오기(五伎) 중에서 월전, 속독, 산예, 대면은 탈춤에 해당하며 신라의 처용무도 탈춤에 해당한다.

(3) 고려시대

고려에는 팔관회와 연등회가 있었는데, 이것은 국가적으로 이루어지는 불교 행사였다. 이 행사에서 가무백희가 이루어졌는데 이에 대한 기록들이 『목은집』, 『산대잡극』, 『구나행』에 남아 있어서 그 내용을 알 수 있다.

(4) 조선시대

조선시대의 백희는 성현의 「관나시」, 송만재의 「관우희」, 동월의 「조선부」 등에서 그 구체적인 내용을 알 수 있다.

(5) 현대

1634년(인조 12) 산대희를 공식 행사에 동원하는 일이 폐지되자, 산대도감에 소속되었던 연희자들이 흩어져 생계를 유지하기 위해 민간에서 공연하면서 산악백희 계통의 연희와 기존의 가면희들을 바탕으로 본산대놀이를 재창조했다. 이로써 민중오락으로서의 오늘날 산대놀이 탈춤이 성립되었다.

3 종류와 형식 및 내용 [중요]★★

(1) 종류

탈춤극은 비전문적인 탈춤극과 상업적인 탈춤극으로 나뉜다.

① **비전문적인 탈춤극**
  ㉠ 성격
    마을 주민들을 중심으로 전승되었고, 토착적이면서 자생적이다.
  ㉡ 사례
    ⓐ 서울 경기도 : 양주별산대놀이, 송파산대놀이
    ⓑ 황해도 : 해서탈춤(봉산탈춤형, 해주탈춤형), 봉산탈춤, 강령탈춤, 은율탈춤
    ⓒ 경상남도 : 수영야류, 동래야류, 통영오광대, 고성오광대, 가산오광대
      → 낙동강 동쪽 지역에서 전승되던 것이 야류, 서쪽 지역에서 전승되던 것이 오광대이다.
    ⓓ 경상북도 : 하회별신굿탈놀이
    ⓔ 강원도 : 강릉관노가면극
    ⓕ 함경남도 : 북청사자놀음

② **전문적인 탈춤극**
  ㉠ 성격
    전문적인 놀이꾼들이 각 지방을 떠돌아다니며 공연하던 것으로, 전문적이고 상업적이다.
  ㉡ 사례
    남사당패의 덧뵈기

(2) 형식 및 내용

① **양주별산대놀이**
  ㉠ 연희 시기
    사월 초파일, 오월 단오, 팔월 추석, 기우제를 지낼 때

   ⓛ 과장의 순서

      ⓐ 길놀이 및 고사

      ⓑ 상좌춤

      ⓒ 옴과 상좌놀이

      ⓓ 옴과 먹중놀이

      ⓔ 연잎과 눈끔적이놀이

      ⓕ 염불놀이

      ⓖ 침놀이

      ⓗ 애사당법고놀이

      ⓘ 파계승놀이

      ⓙ 신장수놀이

      ⓚ 취발이놀이

      ⓛ 의막사령놀이

      ⓜ 포도부장놀이

      ⓝ 신할아버지와 미얄할미놀이

   ⓒ 특징 : 산대놀이의 가면은 **사실적**이며, 손질이 많이 가해져 기교가 다양하고, 가면의 크기가 대부분 비슷하다. 또한 춤사위는 부드럽고 우아하며 섬세하다.

② **봉산탈춤**

   ㉠ 연희 시기

     5월 단오일 밤에서 다음날 새벽까지 진행되며, 중국 사신의 영접이나 신임사또의 부임을 축하하는 관아의 행사

   ㉡ 과장의 순서

      ⓐ 사상좌춤

      ⓑ 팔먹중춤

      ⓒ 사당춤

      ⓓ 노장춤(신장수놀음, 취발이놀음 삽입)

      ⓔ 사자춤

      ⓕ 양반춤

      ⓖ 영감과 할미춤

   ㉢ 특징

     다른 탈춤극에 비해 대사에 **한시구의 인용이 많아** 아전들에 의해 전승되었을 것으로 짐작된다.

③ **수영야류**

   ㉠ 연희 시기

     정월대보름에 산신제를 지낸 후

   ㉡ 과장의 순서

      ⓐ 길놀이 및 농악놀이

      ⓑ 양반춤

      ⓒ 영노탈놀이

ⓓ 할미와 영감놀이

ⓔ 사자춤

ⓒ 특징

주술적인 가면이 중심을 이루며, 말뚝이의 역할과 비중이 매우 높다. 사자춤이 들어있어 벽사진 경의 신앙적 특성을 보여준다.

④ **하회별신굿탈놀이**

ⓐ 연희 시기

별신굿의 한 절차로 등장. 하회동의 별신굿은 3년, 5년, 10년에 한 번씩 정월 15일에 열림

ⓑ 과장의 순서

ⓐ 주지춤

ⓑ 백정놀이

ⓒ 할미놀이

ⓓ 파계승놀이

ⓔ 양반과 선비놀이

ⓒ 특징

하회별신굿탈놀이의 가면은 **한국인의 표정과 골격을 잘 표현**하고 있으며 각 등장인물의 개성을 잘 포착하여 한국 나무 가면의 걸작으로 꼽힌다.

⑤ **강릉관노가면극**

ⓐ 연희 시기

단옷날

ⓑ 과장의 순서

ⓐ 장자마리춤

ⓑ 양반광대와 소매각시춤

ⓒ 시시딱딱이춤

ⓓ 소매각시의 자살과 소생

ⓒ 특징

원래 관노에 의해 연행되던 것이다. 한국 탈춤극 가운데 유일하게 **묵극**(말은 하지 않고 몸짓과 얼굴표정만으로 하는 극)이다. 또한 다른 탈춤극과 달리 **각 과장의 내용이 유기적**이다.

⑥ **북청사자놀음**

ⓐ 연희 시기

정월 15일

ⓑ 과장의 순서

ⓐ 애원성춤

ⓑ 사자춤

ⓒ 사자 한 마리 더 등장

ⓓ 사당춤과 상좌의 승무 후 사자 퇴장

ⓔ 동리사람들이 '신고산타령'을 부르며 군무를 춘다.

ⓒ 특징

벽사진경을 목적으로 행해진다. 원래는 사자가 한 마리만 등장했으나 6 · 25전쟁 당시 월남한 놀이꾼들에 의해 보존되고 있는 현재는 사자가 두 마리 등장한다.

⑦ **남사당패의 덧뵈기(가면)**

㉠ 연희 시기

남사당패가 가는 곳마다 그때그때 연행됨

㉡ 과장의 순서

ⓐ 마당씻이

ⓑ 옴탈잡이

ⓒ 샌님잡이

ⓓ 먹중잡이

㉢ 특징

등장인물과 내용이 양주별산대놀이와 유사한 것이 많아 서울, 경기 지역의 본산대놀이에서 나온 것으로 보인다.

4 주제 중요 ★★★

(1) 말뚝이나 취발이 같은 하층인물을 통해 양반과 승려 등의 위선 풍자

(2) 영감과 할미, 각시의 갈등을 통해 엄격한 가부장적 질서 비판

(3) 그 외의 인생무상, 왕생희원

제 3 장 인형극

1 개념 및 명칭 중요 ★★

(1) 개념

인형극은 인형을 만들어 의상을 입히고 실을 매달아 인형의 동작을 보이고 조종자들이 뒤에서 대화하는 방식으로 연출하는 극을 말한다. 그러나 우리나라의 **대표적인 인형극**이라 할 수 있는 **꼭두각시놀음**은 무대를 차리고 인형의 조종자가 인형의 하반신을 손으로 잡고 손을 움직여 상반신만 무대 위에 올라가게 하여 관중에게 공연하는 방식이다.

이와 유사한 것으로 발탈과 만석중놀이가 있다. 발탈은 인간 배우와 발에 탈을 쓴 배우가 함께 등장하여 재담을 주고받는 것이며, 만석중놀이는 석가탄신일에 사찰이나 민가에서 행해지던 것으로, 만석중과 동물들의 인형 그림자를 보여주는 방식으로 연행하던 것이다. 그러나 발탈의 경우 인간 배우의 비중이 높은 편이고, 만석중놀이의 경우 그림자를 비춰 보이는 방식이라는 점에서 일반적인 의미의 인형극과는 다르다.

(2) 명칭

주요 등장인물인 박첨지와 홍동지의 이름을 따서 '박첨지놀이', '홍동지놀이' 또는 '꼭두각시놀음', '꼭두각시놀이', '꼭두극', '덜미'로도 불린다.

2 기원 및 역사

(1) 기원 중요 ★★

① 외래 기원설

한국의 인형극은 인도에서 서역과 중국을 거쳐 전래되었고, 그것이 다시 일본으로 전해졌다고 보는 입장이다. 이러한 입장의 근거는 중국, 한국, 일본의 인형극이 무대구조와 연출방식, 인형조종법 등이 유사하다는 점, 인형극의 주역들이 모두 해학·풍자·희극적 성격의 인물이라는 점, 또한 인형의 형태가 유사하다는 점, 원시 종교나 불교와 깊은 관련이 있으며 유랑예인집단에 의해 공연되었다는 점 등의 공통점을 든다.

② 자생설

삼국시대 또는 그 이전의 목우(木偶) 인형에서 시작된 인형극이 고구려의 인형극, 고려의 인형놀이와 만석중놀이, 조선시대의 꼭두각시놀음에 이르기까지 단계적으로 발전해 왔다고 보는 입장이다.

③ 양자의 절충설

고대의 각시놀음과 나무 인형, 6세기 이후 가야와 신라의 무덤에서 발견된 토우와 토용, 상여의 장신구인 목우 등의 존재에서 드러나듯, 우리나라에는 이미 꼭두각시놀이의 자생적 기반이 있었고, 거기에 외래적 요소의 영향이 결합하여 수세기에 걸친 변화와 발전을 통해 현재의 모습을 갖추었다고 보는 입장이다.

(2) 역사

① 고대

신라에서는 탈해왕의 뼈로 만든 인형을 동악신(탈해왕이 죽어서 된 신)으로 여겨 제사를 드렸고, 고구려에서는 나무로 인형을 만들어 부여신과 고등신(주몽이 죽어서 된 신)이라 칭하며 제사를 드린 정황이 포착된다. 또한 중국 여러 문헌에서, 즐거운 잔치에서 벌어지는 고구려 인형극의 존재를 언급하고 있는 것으로 보아 고대시대에 이미 인형극이 나름의 독특함과 일정한 수준을 갖추었음을 짐작할 수 있다.

② 고려시대

고려시대 제의적 인형극의 인형은 모셔지는 신격이 아니라 희생물의 의미를 지닌다. 즉 신격이 아니라 참여자의 나쁜 기운을 한 몸에 받고 쫓겨가는 저주의 대상이 된다.

또한 동적 인형이 등장한다. 예를 들어 팔관회에서 벌어진 신숭겸과 김낙의 추모 행사에서 두 공신을 빗대어 만든 인형은 술을 마시고 춤을 추며 말을 타고 뜰을 돌아다닌다.

한편 고려시대 오락적 인형극은 더욱 활성화되어 민간에서도 연행되기에 이른다.

③ 조선시대부터 현대까지

조선시대에는 인형극이 훨씬 다양해지고 발전된 면모를 보인다.

㉠ 제의적 인형극에 나타나는 인형의 5가지 유형 중요 ★★

ⓐ 신격화되거나 놀림의 대상이 된 인형

목멱산 사우(祠宇)에 모셔진 '목우인'의 존재, 고성 지방의 성황사 관련 기록, 김해·함경도·제주도에서 입춘날 목우에게 제사를 지낸 후 끌고 마을을 돌아다니는 풍습, 지리산 천왕봉에서 행해진 국사신을 놀리는 내용의 제의적 인형극, 충청남도 부여군 세도면 가회리 홍가마을 장군제에 등장하는 대장군 인형

ⓑ 기원 혹은 위협의 대상이 된 인형

기우제를 지낼 때 용 인형을 만들어 기원을 하거나 매질을 가하며 위협함

ⓒ 재앙 그 자체로 여겨지는 인형

제웅치기, 충청북도 제천시 수산면 오티 마을 별신제에 등장하는 요사귀 인형과 몽달귀 인형, 제주도 칠성새남굿·불찍굿, 아산 우환굿, 충청도 미친굿·개비잡이, 경기도 도당굿 등에서 사용되는 인형

ⓓ 저주와 폭력의 대상이 되는 인형

사람을 죽이거나 병에 걸리게 하려고 주술을 걸 때 사용되는 염매 인형

ⓔ 궁중내농작

정월 대보름에 궁궐에서 볏짚으로 곡식 이삭이나 가물(假物) 등을 만들어 진열하고 풍년을 기원하는 풍속에서 사용되는 인형

ⓒ 오락적 인형극

개성적 외양을 한 다양한 모습의 인형 등장, 연행술의 발전, 유언 인형(有言人形)의 본격적인
등장과 극적 구조를 갖춘 인형극의 등장, 산대잡상놀이에서 진열되는 인형 등

> **💡 더 알아두기 Q**
>
> **인형극 관련 문헌**
> - 성현(1439~1504), 「관나시」, 「관괴뢰잡희시」 : 포장무대로 나타나는 궁중 오락적 인형극의 무대,
>   줄을 통한 인형 조종의 양상을 살필 수 있음
> - 박승임(1517~1586), 「괴뢰붕」 : 민간 인형 조종사의 뛰어난 조종술과 말을 하는 유언 인형의 존재
>   가 나타남
> - 나식(1498~1546), 「괴뢰부」 : 연행을 준비하는 과정에서부터 연행이 끝난 후 마무리하는 상황까지
>   인형극의 제반 양상 거의 모두가 묘사되어 있음
> - 박제가(1750~1805), 「성시전도응령」 : 조선 후기 민간 오락적 인형극의 성행 모습
> - 강이천(1768~1801), 「남성관희자」 : 조선 후기 다채로운 모습의 개성적 인형들, 다양한 연행 내용,
>   진전된 연행 방식 등을 알 수 있음

3 현전하는 인형극의 종류 및 특징

인형극은 고정된 대본이 없이 전승되어 왔기 때문에 채록된 대본들을 보면 차이가 큰 편이다. 기본적으로는
몇 개의 과장(거리)으로 구성되어 있으며 각 과장은 서로 관련이 없는 독립된 내용으로 이루어져 있다. 다만
박첨지가 여러 과장들에서 동일하게 해설자의 역할을 담당하며 여러 과장을 통일시킨다. 극 중 장소는 해설
자 역할을 하는 박첨지가 주로 설정하는데, 이는 소도구나 대화를 통해 표현된다.
현전하는 꼭두각시놀음 계통의 인형극은 다음과 같이 크게 3개로 나눌 수 있다.

(1) 남사당 꼭두각시놀음 **중요** ★★

예인집단인 남사당패에 의해 전승되고 있는 인형극으로서, 현재는 심우성이 인형 연행자들의 구술을
받아 충실하게 채록한 보존회본을 바탕으로 공연이 이루어진다.
보존회본은 크게 박첨지마당과 평안감사마당으로 나뉘고, 각각이 다시 3 ~ 4거리로 나뉜다.

① 박첨지마당

ⓐ 박첨지유람거리

박첨지가 등장해 팔도강산을 유람하다가 꼭두패가 논다는 소리를 듣고 나왔다며 익살스러운 재
담을 늘어놓고 유람가를 부른다.

ⓑ 피조리거리

박첨지의 딸과 며느리가 등장하여 뒷절 상좌중들과 어울려 놀다가 홍동지에게 쫓겨난다.

ⓒ 꼭두각시거리

오랫동안 헤어져 지냈던 박첨지와 그의 처 꼭두각시가 첩인 덜머리집 때문에 다툼을 벌이고 헤어지게 된다.

ⓔ 이시미거리

새를 쫓으러 나왔던 여러 인물들이 차례로 이시미에게 잡아먹히다가, 홍동지가 이시미를 때려잡는다.

② 평안감사마당

㉠ 매사냥거리

평안감사의 매사냥과 그 전후에 길을 닦느라 백성들이 고생하는 내용이 나온다.

㉡ 상여거리

평안감사의 급작스런 죽음과 이에 따른 장례식 광경을 보여주는데, 장례에 어울리지 않는 상주의 경박한 행동과 벌거벗은 채로 상여를 밀고 가는 홍동지의 파격적 모습이 나타난다.

㉢ 건사거리

상좌중들이 절을 짓고 헌다.

(2) 서산박첨지놀이

충청남도 서산시 음암면 탑곡 4리에서 전승되는 인형극으로 채록본은 김동익 채록본과 허용호 채록본이 있다.

허용호 채록본에 따르면 서산박첨지놀이는 악사들의 '떼루 떼루아 떼루야'라는 구음을 기준으로 장면을 구분할 때, 3마당 20장면으로 이루어진다. 3마당의 내용은 남사당패의 꼭두각시놀음과 유사한 점이 많으나 다음과 같은 차이점도 있다.

① 박첨지유람과 가족갈등마당

집안을 돌보지 않고 축첩을 일삼는 박첨지에 대한 다른 가족들의 비판이 주된 내용인데, 큰마누라만 비판의 주체인 남사당패 꼭두각시놀음과 달리 박첨지 가족 모두가 박첨지의 횡포를 비판한다.

② 평안감사매사냥과 장례마당

벼슬아치와 일반 서민의 갈등을 통해 드러나는 신분적 특권에 대한 비판이 주된 내용이다. 꼭두각시놀음에 비해 홍동지의 역할이 많이 축소되어, 상층계급에 대한 풍자의 정도가 약하다.

③ 절짓기와 소경 눈뜨는 마당

지배층인 평안감사의 횡포로 시력을 잃게 된 소경이 불공을 통하여 눈을 뜨게 된다는 내용으로, 종교인과 세속인의 갈등을 통해서 관념적 허위를 비판하는 내용이 중심을 이루는 꼭두각시놀음과는 전혀 다르게 불교를 비판하기보다는 불교적 기적 혹은 불교에 대한 긍정적 사고를 드러낸다.

(3) 장연꼭두각시극

황해도 장연 지방에 전승되던 인형극이다. 이 인형극은 모두 열 개의 과장으로 구성되어 있는데 남사당패의 꼭두각시놀음과 유사하면서도 다른 대목이 많다. 차이점은 다음과 같다.

① 꼭두각시가 전혀 등장하지 않는다. 꼭두각시가 없으므로 자연히 부부 혹은 남녀 간의 갈등 역시 없다.

② 홍동지 역할을 박첨지 아들이 대신하면서 양반층에 대한 비판의 강도는 약해지고 역할은 축소되었다.

③ 인형들이 나와서 춤추고 노는 장면이 확장되어 유희적 요소가 강해졌다.

❗ 더 알아두기 🔍

덜머리집

덜머리는 돌모루, 돌마리(石迾)라고도 하며 지금의 용산구 원효로 입구를 말한다. 덜머리집은 돌모루에 있던 술집의 여자 또는 여주인을 말하는데, 꼭두각시 인형극에서 샌님의 첩으로 등장하여 늙은 조강지처를 가리키는 (미얄)할미와 갈등을 일으키는 존재이다.

제12편 실전예상문제

01 다음 중 가면극에 대한 설명으로 옳지 <u>않은</u> 것은?

① 가면극은 연희자들이 가면을 쓰고 연기하는 전통극이다.
② 무대 역할을 하는 곳을 가리켜 '마당'이라 한다.
③ 가면극은 '교술' 장르에 해당한다.
④ 인물과 인물 간의 갈등, 인물과 세계와의 갈등이 나타난다.

01 가면극은 교술이 아니라 '극' 장르에 해당한다.

02 다음 중 가면극과 현대극의 차이점에 대한 설명으로 옳지 <u>않은</u> 것은?

① 가면극은 현대극과 달리 반주를 하는 악사와 대사를 주고받는다.
② 현대극에는 '막'이 있고, 가면극에는 '과장'이 있다.
③ 가면극은 현대극과 달리 인물과 세계의 갈등이 나타난다.
④ 가면극의 과장은 현대극과 달리 일관성 있는 사건의 흐름을 구분 짓는 것은 아니다.

02 가면극이나 현대극 모두 인물과 세계의 갈등이 나타난다.

03 다음 중 '가면극'의 다른 이름이 <u>아닌</u> 것은?

① 탈춤
② 탈놀이
③ 탈놀음
④ 발탈

03 발탈은 발에 탈을 쓰고 하는 민속연희 중 하나이다.

정답 01 ③ 02 ③ 03 ④

04 '탈춤'이라는 명칭은 황해도 지역에서 주로 부르던 것이다.

05 가면극의 기원에 대한 주장에는 산대회 기원설, 풍농굿 기원설, 기악 기원설, 무굿 기원설이 있다.

06 꼭두각시놀이는 인형극에 해당한다.

07 마을굿놀이 계통 가면극은 지방에 따라 내용이 다른 반면 본산대놀이 계통 가면극의 경우 각 과장의 구성과 내용, 등장인물, 대사의 형식, 극적 형식, 가면의 유형 등이 비슷하다.

04 다음 중 가면극의 지역과 이름의 연결이 옳지 <u>않은</u> 것은?

① 서울, 경기 – 산대놀이
② 탈춤 – 전라도
③ 오광대놀이 – 낙동강 서쪽
④ 야류 – 낙동강 동쪽

05 다음 중 가면극의 기원에 대한 주장이 <u>아닌</u> 것은?

① 산대희 기원설
② 풍농굿 기원설
③ 판소리 기원설
④ 무굿 기원설

06 다음 중 가면극의 갈래에 해당하지 <u>않는</u> 것은?

① 꼭두각시놀이 계통 가면극
② 마을굿놀이 계통 가면극
③ 본산대놀이 계통 가면극
④ 북청사자놀이

07 다음 중 마을굿놀이 계통 가면극의 특징이 <u>아닌</u> 것은?

① 토착적이고 자생적이다.
② 주로 농촌 마을의 평안과 풍농을 기원하는 마음이 반영되었다.
③ 지방에 따라 내용이 판이하다.
④ 지역과 상관없이 비슷한 점이 많다.

정답 04② 05③ 06① 07④

08 다음 설명에 해당하는 하회별신굿의 과장은 무엇인가?

> • 암수 사자 한 쌍이 나와 사자춤을 춘다.
> • 잡귀를 쫓는 벽사 의식무의 성격을 띤다.

① 무동 과장
② 주지 과장
③ 사자 과장
④ 백정 과장

08 주지 과장에 대한 설명이다. '주지'가 사자가 아니라 상상의 동물이라는 견해도 있다.

09 본산대놀이 계통 가면극의 원래 연희의 주체는 누구인가?

① 반인
② 양반
③ 상인
④ 남사당패

09 본산대놀이 계통 가면극은 조선 후기, 성균관 소속 노비였던 반인들이 삼국시대로부터 전해 내려오는 산악 백희 계통의 가면희와 연희를 재창조한 것이다.

10 다음 중 본산대놀이 계통 가면극에 해당하지 <u>않는</u> 것은?

① 송파산대놀이
② 양주별산대놀이
③ 봉산탈춤
④ 하회별신굿

10 하회별신굿은 마을굿에서 유래한 가면극이다.

정답 08 ② 09 ① 10 ④

11 가산의 유명한 가면극은 '오광대'이
다. 낙동강 서쪽의 가면극은 '오광
대', 동쪽은 '야류'라 불렀다.

11 다음 중 지역과 그 지역의 유명한 가면극의 이름이 잘못 짝지어진 것은?

① 가산 – 야류
② 고성 – 오광대
③ 수영 – 야류
④ 강령 – 탈춤

12 '연잎과 눈끔쩍이 과장'은 별산대놀
이에서만 행해지던 것이다.

12 다음 중 본산대놀이 계통 가면극이 각 지방에서 행해질 때 공통적으로 들어가는 과장이 아닌 것은?

① 양반 과장
② 파계승 과장
③ 연잎과 눈끔쩍이 과장
④ 할미 과장

13 북청사자놀이는 음력 정월 14일 밤
에 행해졌다.

13 다음 중 북청사자놀이에 대한 설명으로 적절하지 않은 것은?

① 원래는 함경남도 북청군에서 전승되어 온 가면극이다.
② 한국전쟁 이후 남한에서 복원되었다.
③ 음력 설날 행해지던 풍습이다.
④ 벽사진경의 의미를 담고 있는 놀이이다.

14 덧뵈기는 남사당패에 의해 행해지는
것으로, 전문적인 놀이꾼들이 연행
한 것이다.

14 다음 중 비전문적인 탈춤극이 아닌 것은?

① 해서탈춤
② 강릉관노가면극
③ 북청사자놀음
④ 덧뵈기

정답 11① 12③ 13③ 14④

15 다음 중 양주별산대놀이가 연행되는 시기가 <u>아닌</u> 것은?

① 사월 초파일
② 정월 대보름
③ 오월 단오
④ 팔월 추석

15 양주별산대놀이는 사월 초파일, 오월 단오, 팔월 추석, 그리고 기우제를 지낼 때 연희되었다.

16 다음 중 강릉관노가면극만의 특징이라 할 수 <u>없는</u> 것은?

① 원래 관노에 의해 연행되었다.
② 묵극이다.
③ 각 과장의 내용이 유기적이다.
④ 단옷날 행해졌다.

16 단옷날 행해진 가면극에는 강릉관노가면극 외에도 양주별산대놀이, 봉산탈춤 등이 있다.

17 다음 중 탈춤의 주제라 할 수 <u>없는</u> 것은?

① 태평성대 찬양
② 인생무상
③ 양반과 승려의 위선 풍자
④ 가부장적 질서 비판

17 탈춤의 주제는 인생무상, 양반과 승려의 위선 풍자, 가부장적 질서 비판 외에 왕생희원 등이 있다.

18 다음 중 탈춤에서 양반과 승려의 위선을 풍자하기 위해 등장시키는 인물이라 할 수 <u>없는</u> 것은?

① 말뚝이
② 취발이
③ 할미
④ 파계승

18 탈춤에서 말뚝이나 취발이 같은 하층민은 양반이나 위선적인 승려를 풍자하는 인물이다. 또한 파계승 역시 비판의 대상이 되는 승려의 모습을 보여준다. 그러나 할미는 가련한 신세를 통해 여성에게 가해지는 남성의 부당한 횡포를 고발한다.

정답 15② 16④ 17① 18③

19 취발이는 여러 가면극에 등장하는데 공통적으로 붉은색 계통의 얼굴 색, 이마에 잡힌 여러 개의 주름, 이마 위로 길게 흘러 늘어진 머리카락의 모습을 하고 있다. 또 버드나무 가지를 들고 방울을 달고 있다.

19 다음 설명에 해당하는 인물은 누구인가?

> • 주로 노장 과장에 등장하여 노장과 갈등을 일으킨다.
> • 이름의 뜻은 '술 취한 중'이라고 추정된다.
> • 양주별산대놀이, 봉산탈춤, 강령탈춤, 남사당 덧뵈기 등에 등장한다.

① 말뚝이
② 취발이
③ 부네
④ 소매각시

20 선비놀이는 하회별신굿탈놀이의 한 과장이다. 제시된 것 이외의 인형극의 별칭으로는 꼭두각시놀음, 꼭두각시놀이, 꼭두극이 있다.

20 다음 중 인형극의 또 다른 명칭이 <u>아닌</u> 것은?

① 박첨지놀이
② 덜미
③ 홍동지놀이
④ 선비놀이

21 탈춤의 기원에 대한 설명이다.

21 인형극의 기원에 대한 설명으로 적절하지 <u>않은</u> 것은?

① 인도에서 서역과 중국을 거쳐 전래되었다.
② 삼국시대 이전에 목우 인형에서 시작되었다.
③ 산대도감에 소속되었던 연희자들이 전국으로 흩어지면서 시작되었다.
④ 원래의 자생적 기반에 외래적 요소가 결합하여 현재의 모습이 되었다.

정답 19② 20④ 21③

22 다음 중 고려시대 인형극에 대한 설명으로 틀린 것은?

① 건국자를 인형으로 만들어 제사지냈다.

② 저주의 대상이었다.

③ 춤을 추며 말을 타고 돌아다니는 등 동적이었다.

④ 제의적인 목적뿐만 아니라 오락적 인형극도 활발하게 연행되었다.

22 고려시대에 인형극의 인형은 희생물로서의 의미를 지니며 참여자의 나쁜 기운을 한 몸에 받고 쫓겨가는 저주의 대상이었다. 건국자를 인형으로 만들어 제사지냈던 것은 고대시대에 이루어진 일이었다.

23 다음 중 오락적 인형극에 나타나는 인형의 모습이라 보기 어려운 것은?

① 말하는 인형

② 개성적 외양을 갖춘 인형

③ 진열되는 인형

④ 폭력의 대상이 되는 인형

23 폭력의 대상이 되는 인형은 제의적 인형극에서 사람을 죽이거나 병에 걸리게 하려고 주술을 걸 때 사용되는 인형에 대한 내용이다.

24 다음 중 인형극 연행의 제반 양상을 살펴보기에 가장 적합한 자료는?

① 성현, 「관나시」

② 박승임, 「괴뢰붕」

③ 나식, 「괴뢰부」

④ 강이천, 「남성관희자」

24 나식의 「괴뢰부」에는 연행을 준비하는 과정에서부터 연행이 끝난 후 마무리하는 상황까지 인형극의 거의 모든 것이 묘사되어 있다.

정답 22 ① 23 ④ 24 ③

25 인형극은 고정된 대본이 없이 전승 되어 왔기 때문에 채록된 대본들 사이에 차이가 큰 편이다.

25 인형극에 대한 설명으로 옳지 <u>않은</u> 것은?

① 채록된 대본들 사이의 차이가 크지 않다.
② 인형극을 이루는 과장들의 내용은 유기적이지 않다.
③ 박첨지는 어느 과장이든 해설자의 역할을 맡는다.
④ 극 중 장소는 소도구나 대화를 통해 표현된다.

26 평안감사마당은 남사당 꼭두각시놀 음의 한 마당이다.

26 꼭두각시놀음 계통 인형극의 갈래가 <u>아닌</u> 것은?

① 남사당 꼭두각시놀음
② 평안감사 꼭두각시놀음
③ 서산박첨지놀음
④ 장연꼭두각시극

27 이것은 서산박첨지놀이에 대한 설명 이다.

27 다음 중 남사당 꼭두각시놀음에 대한 설명으로 옳지 <u>않은</u> 것은?

① 남사당패에 의해 전승된다.
② 현재는 심우성이 채록한 '보존회본'을 바탕으로 연행된다.
③ 박첨지마당과 평안감사마당으로 크게 나뉜다.
④ 악사들이 '떼루 떼루아 떼루야'라고 함으로써 장면이 구분 된다.

정답 (25 ① 26 ② 27 ④)

28 다음 중 남사당 꼭두각시놀음의 박첨지마당에 속하지 <u>않는</u> 거리는?

① 박첨지유람거리

② 피조리거리

③ 꼭두각시거리

④ 건사거리

29 다음 중 꼭두각시놀음과 서산박첨지놀이의 차이점에 대해 <u>잘못</u> 설명한 것은?

① 서산박첨지놀이에서는 큰마누라만이 아니라 가족 모두가 박첨지의 횡포를 비판한다.

② 서산박첨지놀이는 말뚝이의 역할이 많이 축소되어 상층계급에 대한 풍자의 정도가 약하다.

③ 꼭두각시놀음과는 다르게 서산박첨지놀이에서는 불교에 대해 긍정적이다.

④ 꼭두각시놀음은 2마당으로 이루어진 반면 서산박첨지놀이는 3마당으로 되어 있다.

30 장연꼭두각시극의 특별한 점이라 할 수 <u>없는</u> 것은?

① 여러 개의 과장으로 이루어져 있다.

② 꼭두각시가 등장하지 않는다.

③ 홍동지 역할을 박첨지 아들이 대신한다.

④ 인형들의 춤 장면이 확장되어 유희적 요소가 강하다.

여기서 멈출 거예요? 끝자가 바로 눈앞에 있어요.
마지막 한 걸음까지 SD에듀가 함께할게요!

제13편

수필

단원 개요

우리나라의 고전수필, 혹은 고수필은 한문학에서 오래 전부터 자생적으로 발생하여 성장해 온 것으로, 현재 쓰이는 수필의 개념과는 다른 면모를 갖고 있다. 이 단원에서는 고수필의 개념과 특징 및 다양한 영역에 대해 살펴본다.

출제 경향 및 수험 대책

이 단원에서는 고전수필의 특성, 고전수필에서 다루는 영역, 논설문, 국문서간의 특징, 기행문의 특징 및 주요 작품에 대해 묻는 문제가 출제될 수 있으므로 꼼꼼히 살피는 것이 필요하다.

제 1 장 수필의 개념, 명칭, 영역

1 수필의 개념 중요 ★★

수필은 서양의 '에세이(essay)'로 번역되곤 한다. 에세이는 1580년 몽테뉴가 자기 성찰과 자기 고백을 담아 쓴 책의 제목인 『수상록』(Les Essais)에서 온 말인데, 일본이 서양의 에세이를 소개하며 우리나라의 수필에 해당한다고 했기 때문에 수필과 에세이는 혼용된다. 그러나 우리나라의 수필은 한문학에서 오래 전부터 자생적으로 발생하여 성장해 온 것이므로 의미 구분이 필요하다.

동양의 문학양식을 집대성했다고 여겨지는 청나라의 『사고전서』를 보면 경(經), 사(史), 자부(子部)를 모두 수필이라 보고 있으며 시화, 여행기, 견문록, 독후감 등도 모두 수필에 포함된다. 즉 수필은 매우 개방적이어서 제재나 내용의 다양성을 기본 개념으로 한다.

또한 수필은 형식적인 면에서 정해진 형식이 없는 자유로움을 기본 개념으로 한다. 고려시대에 이제현이 『역옹패설』의 서문에 쓴 대로 한가한 가운데서 가벼운 마음으로 닥치는 대로 기록하는 것이 바로 수필이다. 즉, 수필은 글쓰는 이의 삶을 중심으로 한 신변잡기에서부터 우주에 대한 사변에 이르기까지 그때그때 떠오르는 광범위한 생각들을 가식이 없는 성실한 자세로 자유롭게 표현한, 비교적 짧은 분량의 산문문학이라 할 수 있다. 특히 고수필은 갑오경장 이전의 것을 가리킨다.

이러한 수필은 다음과 같은 특징을 지닌다.

(1) 주제 전달이 목적이다.

(2) 직접적인 방식으로 주제를 전달한다.

(3) 일정한 길이의 산문이다(대체로 10매 ~ 30매 내외).

(4) 개인적이거나 지나치게 전문적인 내용이 아니라 일반인이 접근할 수 있도록 **특수한 내용을 보편화**한 것이다.

(5) 여러 가지 **문학적 장치와 구성방법**이 사용된다.

2 수필의 명칭

수필(隨筆)이라는 용어가 가장 처음 나타난 문헌은 중국 당나라 시인 백거이의 시였다. 여기서 수필은 시 창작법을 나타내는 말이었기 때문에 지금의 수필과는 다른 의미였다. 이후 남송의 문학자 홍매의 『용재수 필』에서는 수필이라는 말이 여러 저작물을 가리키는 용어로 쓰였다.

우리나라에서는 17세기 윤흔의 「도재수필」, 이민구의 「독사수필」에 수필이라는 말이 처음 등장하는데, 이 때의 수필은 글에 대한 짧은 평을 뜻하는 말이었다.

현대의 수필 개념과 비슷한 의미로 수필이라는 명칭이 사용된 것은 조성건의 『한거수필』(1688)이다. 이후 18세기 박지원의 『열하일기』 중 「일신수필」에서 수필의 구성체계가 갖추어졌다고 평가된다.

이후로도 수필은 감상, 단상, 상필 등으로 불리다가 1925년 박종화의 「수감만필」 이후 수필이란 명칭으로 통일되었다.

3 수필의 영역

한국의 수필은 크게 고수필과 근대문학 형성 이후의 근대수필 그리고 1950년대 전후의 현대수필로 나뉘며, 고수필은 다시 한문수필과 국문수필로 나누어볼 수 있다.

(1) 한문수필

① **시기** : 고려 ~ 조선 말

② **종류** : 잡기(雜記)니 필기(筆記) 등의 기(記), 야록(野錄)이니 쇄록(鎖錄) 등의 녹(錄), 전문(傳聞) 이나 야문(野聞)의 문(聞), 총화(叢話)・야화(野話) 등의 화(話), 쇄담(鎖談)・야담(野談) 등의 담 (談), 수필(隨筆)・만필(漫筆) 등의 필(筆)

③ **시기별 주요 작품**
   ㉠ 고려시대 : 이제현의 『역옹패설』, 이규보의 『백운소설』, 이인로의 『파한집』, 최자의 『보한집』, 이규보의 기행수필 「남행월일기」, 울지 않는 닭에 의탁하여 인사(人事)를 풍자한 김부식의 「아 계부」 등
   ㉡ 조선시대 임란 전 : 서거정의 『필원잡기』, 강희맹의 『촌담해이』, 성현의 『용재총화』, 최보의 『금 남표해록』, 김정의 『제주풍토기』 등
   ㉢ 조선시대 임란 후 : 유성룡의 『징비록』, 박지원의 『열하일기』, 김만중의 『서포만필』, 이익의 『성 호사설』, 안정복의 『잡동산이』, 이중환의 『택리지』 등

(2) 국문수필

① **시기** : 훈민정음 창제 이후

② **종류** : 궁정수필, 기행수필, 의인체수필

③ **종류별 주요 작품** 중요 ★★

　㉠ 궁정수필 : 궁중에서 생활하던 여인들에 의해 쓰인 수필로, 국문수필 중 분량이 가장 많고 수준이 높다.

　　ⓐ 「계축일기」 : 광해군이 영창대군을 모함하여 인목대비를 유폐시키던 실상을 나인들이 기록

　　ⓑ 「한중록」 : 혜경궁 홍씨가 남편 사도세자의 죽음과 정조의 등극 등 궁중 생활을 기록

　　ⓒ 「산성일기」 : 병자호란 때 남한산성에서의 군사, 정치 생활을 기록

　　ⓓ 「혜빈궁일기」 : 사도세자의 참변을 기록

　㉡ 기행수필

　　ⓐ 박조수, 「남정일기」(1778) : 박성원의 손자인 작자가 유배 중인 할아버지를 모시며 지은 일기

　　ⓑ 이희평, 「화성일기」(1795) : 혜경궁 홍씨의 환갑을 맞아 수원의 장헌세자 능에 참배하고 그 광경을 기록

　　ⓒ 김창업, 「연행일기」(1713) : 청나라에 사행(使行)하고 그곳 견문을 기록

　　ⓓ 서유문, 「무오연행록」(1798~1799) : 청나라 사행을 하며 쓴 일기

　　ⓔ 의령 남씨(함흥판관 신대손의 부인), 「의유당관북유람일기」 : 이 일기 중 「동명일기」는 일출과 월출의 광경 묘사가 뛰어난 기행수필의 백미

　㉢ 의인체수필

　　ⓐ 유씨 부인, 「조침문」(순조 시절) : 바늘이 부러지자 애도하는 심정을 제문형식으로 씀

　　ⓑ 작자 및 연대 미상, 「규중칠우쟁론기」 : 일곱 가지 침선도구를 희화적인 대화로 씀

　㉣ 기타

　이밖에도 숙종 때 박두세의 『요로원야화기』, 스님과 양반의 유희적 문답을 쓴 「양인문답」, 일장의 꿈을 그려 한량(閑良)을 풍자한 「관활량의 꿈」 등의 해학적인 작품들과 서찰양식들이 있다.

제 2 장 우리 고전과 수필

1 논변류(論辨類)

(1) 개념 : 사물의 이치를 깊이 있게 논하여 올바른 것을 변별해 내어 도리를 세우는 글

(2) 특징

① 현대적 의미의 '논설'은 문학의 영역에서는 거의 다루어지지 않는 장르이다.

② 고전문학에서의 논설은 가볍게 우화 형식의 필치를 보이기도 하고 세론(世論)에 맞서는 치열함을 보이기도 한다.

③ 논(論), 변(辨), 난(難), 의(議), 설(說), 해(解), 원(原), 대(對), 문(問), 유(喩)가 해당된다.

(3) 대표적 작품 : 홍석주의 「무명변」, 정도전의 「불씨잡변」, 이규보의 「경설(鏡說)」 등

2 서발류(序跋類)

(1) 개념 : 작품이나 작품집의 앞이나 뒤에 붙여 내용이나 체계를 밝히고 평가하거나, 작가의 생에 대한 평가 혹은 저작의 동기나 경위를 설명하는 글

(2) 특징

① 서(序), 후서(後序), 서후(序後), 서록(序錄), 서략(序略), 표서(表序), 인(引), 발(跋), 제후(題後), 제사(題辭), 독(讀), 평(評), 예언(例言), 소(疏), 보(譜), 술(述), 부록(附錄)이 속한다.

② 문학비평으로 보기도 한다.

③ 산문의 형태로만 지어진다.

④ 서발류를 볼 때는 요청 여부, 정치적 성향, 혈연관계, 사회적 위치 등을 고려하며 봐야 한다.

(3) 대표적 작품 : 허균의 「석주소고서」·「손곡집서」, 김택영의 「중편 연암집서」, 석야운의 「야운자경서」, 정초의 「삼강행실도발」, 홍세태의 「해동유주서」, 이제현의 「역옹패설서」 등

3 주소류(奏疏類) 또는 주의류

(1) 개념 : 신하가 왕에게 올리는 국정 현안 등에 대한 간언의 글

(2) 특징

① 주(奏), 소(疏), 의(議), 표(表), 전(箋), 계(啓), 장(狀) 등이 속한다.

② 왕에게 올리는 글이므로 격식을 엄격하게 준수해야 하며, 동시에 간언이므로 극진한 신하의 마음을 담아야 한다.

(3) 대표적 작품 : 김후직의 「상진평왕서」, 설총의 「풍왕서」, 김부식의 「진삼국사표」 등

4 서간류(書簡類)

(1) 개념 : 사람들 사이에 오고간 각종 내용의 편지

(2) 특징

① 서(書), 간독(簡牘), 서찰(書札), 척독(尺牘), 간찰(簡札) 등으로도 불린다.

② 자기표현의 형식으로 사적인 성격이 강하다.

③ 목적과 수신인에 따라 공적인 글도 있다.

④ 수신자나 발신자가 남성인 경우 한문을 썼지만 여성인 경우 한글이 주로 쓰였다.

(3) 대표적 작품 : 이황과 기대승이 주고받은 편지들, 이제현의 「원나라 백주 승상에게 올리는 서신」, 윤회의 「방촌 황희 선생께 올리는 서신」 등

5 전장류(傳狀類)

(1) 개념 : 인물의 평생 사적을 기록하는 글

(2) 특징

① 전(傳), 행장(行狀), 일사상(逸事狀) 등이 속한다.

② '전'은 역사를 서술하는 문체에서 발전했는데 이후 소설 발달에 영향을 주었다.

③ '행장'은 묘비를 청하거나 추시를 청할 때 이용된다는 점에서 실용성이 강하고 서사 및 기술이 상세하다.

(3) 대표적 작품 : 이숭인의 「배열부전」, 혜심의 「빙도자전」 등

6 비지류(碑誌類)

(1) 개념 : 죽은 사람의 공덕을 기록하여 오래도록 전하는 글

(2) 특징 : 묘비문(墓碑文), 묘지(墓誌), 묘지명(墓誌銘)이 속한다.

(3) 대표적 작품 : 신흠의 「고려태사장절신공충열비」, 이건창의 「유수묘비명」, 박지원의 「홍덕보묘지명」 등

7 조령류(詔令類)

(1) 개념 : 군주가 신하를 깨우치거나 당부하기 위한 글

(2) 특징

① 형식적으로는 산문 혹은 변려문의 특성을 지녔고, 내용적으로는 태자나 비빈 혹은 제후를 책봉하는 글, 적을 꾸짖는 글, 과거시험 급제자를 발표하는 등의 길지 않은 정책이나 관직 임령에 관한 명령문의 특징을 지닌다.

② 교서(敎書), 제고(制誥), 유(諭), 책(册), 비답(批答), 조(詔,) 명(命), 계(戒)등이 속한다.

(3) 대표적 작품 : 무명씨의 「인종사부식약합조」와 「휼형교서」, 김종직의 「예종대왕시책」, 숙종의 「계주윤음」 등

8 애제류(哀祭類)

(1) 개념 : 죽음을 슬퍼하거나 천지, 산천, 종묘, 사직, 조상 등에 제사드릴 때 귀신에게 고하는 문장

(2) 특징

① 제문(祭文), 유제문(俞祭文), 애사(哀詞) 등이 속한다.

② 운문과 산문 모두 가능하다.

③ 비지류와 비슷하지만 추모나 애도보다는 기원이나 감사의 내용이 주를 이룬다는 점에서 다르다.

④ 타인의 죽음을 대하는 선인들의 윤리적 가치관과 사생관을 엿볼 수 있다.

(3) 대표적 작품 : 최치원의 「한식제진망장사」, 김종직의 「제망처숙인문」, 김부식의 「건덕전초례청사」, 진양 정씨의 「아버님 소모 제문」 등

9 잡기류(雜記類)

(1) 개념 : 산수, 누대(樓臺), 인간 대소사를 기념하기 위하여 지은 글

(2) 특징

　① 어떤 일을 잊지 않기 위해 기록해 두는 '기(記)', 사물의 명칭이나 궤적에 관한 기록인 '술(述)'이 해당한다.

　② 보통 대각명승기, 산수유기, 서화잡물기, 인사잡기로 구분한다.

(3) 대표적 작품 : 이승소의「세심정기」, 혜초의「왕오천축국전」, 임춘의「동행기」, 홍대용의「을병연행록」, 이색의「기기」 등

10 잠계류(箴戒類)

(1) 개념 : 교훈이나 경계로 삼기 위해 간결하게 지은 문장

(2) 특징 : 잘못을 저지르지 못하도록 미리 예방하는 '잠(箴)', 이미 이룩한 공적에 대한 칭찬으로 후대에는 뒷날에 대한 경계로 사용된 '명(銘)', 한글 여성교육서 등이 해당된다.

(3) 대표적 작품 : 이제현의「구잠」, 이색의「자경록」, 김시습의「환도록」, 작자 미상의「여자사행록」 등

실전예상문제

checkpoint **해설 & 정답**

01 수필은 감상, 단상, 상필 등 여러 이름으로 불리다가 1925년 박종화의 『수감만필』 이후 수필이란 명칭으로 통일되었다.

01 수필이라는 명칭이 통일되기 전까지 사용되었던 용어가 <u>아닌</u> 것은?

① 감상
② 단평
③ 단상
④ 상필

02 고수필은 갑오경장 이전의 것을 가리키는 말이다.

02 '고수필'이 대체로 가리키는 것은 어느 시대의 것인가?

① 갑오경장 이전
② 1945년 광복 이전
③ 삼국시대
④ 고려시대

03 서양의 '에세이'를 흔히 수필로 번역하기는 하지만 한국문학에서 수필은 한문학에서부터 자생적으로 성장해 온 장르를 지칭하는 말로, 서양의 에세이와는 구분되어야 한다.

03 다음 중 수필의 개념 정립과 관련된 설명으로 옳지 <u>않은</u> 것은?

① 한문학에서 오래 전부터 자생적으로 성장해 왔다.
② 서양의 에세이가 유입되면서 개념이 정립되었다.
③ '수필'이라는 명칭이 확립되기 전에는 감상, 단상 등으로도 불리었다.
④ 18세기 박지원의 「일신수필」에서 수필의 구성 체계가 갖추어졌다.

정답 (01② 02① 03②)

04 수필의 특징에 해당하지 <u>않는</u> 것은 무엇인가?

① 여러 가지 문학적 장치가 사용된다.
② 지나치게 전문적인 내용이 아니다.
③ 직접적인 방식으로 주제를 전달한다.
④ 형식과 분량에 제한이 없다.

04 수필은 형식에 제한이 없어 자유롭게 쓸 수 있는 글이지만 길이가 무한정 늘어나지는 않는다. 보통 10 ~ 30매 정도의 분량으로 한정되는 경향이 있다.

05 중국과 한국에서 '수필'이라는 명칭을 사용한 사람들과 언급된 저작물이 <u>잘못</u> 짝지어진 것은?

① 백거이 –「일신수필」
② 홍매 –『용재수필』
③ 윤흔 –「도재수필」
④ 이민구 –「독사수필」

05 중국 당나라의 시인 백거이의 시에서 '수필'이라는 용어가 처음 언급되었다고는 하나,「일신수필」은 백거이의 작품이 아니라 박지원의『열하일기』에 실린 작품이다.

06 다음 중 고려시대 수필 작품집이 <u>아닌</u> 것은?

①『역옹패설』
②『백운소설』
③『파한집』
④『필원잡기』

06 『필원잡기』는 조선 전기의 학자 서거정이 지은 수필집이다.

독학사 **동영상** 강의_SD에듀(www.sdedu.co.kr)

07 유성룡은『징비록』을 썼고, 강희맹은『촌담해이』, 성현은『용재총화』, 이익은『성호사설』을 썼다.

07 다음 중 조선시대 수필과 작가를 바르게 연결한 것은?

① 유성룡 – 『촌담해이』
② 강희맹 – 『용재총화』
③ 김만중 – 『서포만필』
④ 이익 – 『징비록』

08 『잡동산이』는 조선 후기 학자 안정복이 한문으로 쓴 책이다.

08 다음 중 국문수필에 해당하는 작품이 아닌 것은?

① 『잡동산이』
② 『계축일기』
③ 『한중록』
④ 『요로원야화기』

09 「화성일기」는 조선 후기의 문인 이희평이 혜경궁 홍씨의 환갑을 맞아 수원의 장헌세자 능에 참배하고 그 광경을 기록한 것이다. 나머지는 모두 궁중에서 생활하던 여인들이 쓴 궁정수필이다.

09 다음 중 내용상 성격이 다른 국문수필은 무엇인가?

① 「산성일기」
② 「한중록」
③ 「혜빈궁일기」
④ 「화성일기」

10 「남정일기」는 박조수가 흑산도로 유배 가게 된 할아버지 박성원을 모시고 지낸 일들을 기록한 것이다.

10 다음 중 청나라를 기행한 후 쓴 수필이 아닌 것은?

① 「연행일기」
② 『열하일기』
③ 「남정일기」
④ 「무오연행록」

정답 07 ③　08 ①　09 ④　10 ③

11 수필은 국문학의 4갈래에서 어디에 속하는가?

① 서정
② 서사
③ 교술
④ 희곡

11 조동일은 자아와 세계가 연관된 양
    상에 따라 한국문학 작품들을 4갈래
    로 나누었는데 수필은 그 중 교술에
    속한다.

12 다음 설명에 해당하는 전통 수필의 종류는 무엇인가?

> 사물의 이치를 깊이 있게 논하여 올바른 것을 변별해 내어
> 도리를 세우는 글

① 서간류
② 주소류
③ 서발류
④ 논변류

12 논변류는 논(論), 변(辨), 난(難), 의
    (議), 설(說), 해(解), 원(原), 대(對),
    문(問), 유(喩) 등을 포함하는 장르
    로 논리적이며 조리에 맞는 내용을
    서술한 것이다.

13 다음 중 논변류 작품에 해당하지 <u>않는</u> 것은 무엇인가?

① 홍석주의 「무명변」
② 홍세태의 「해동유주서」
③ 정도전의 「불씨잡변」
④ 이규보의 「경설」

13 홍세태가 쓴 「해동유주서」는 서발류
    작품이다. 중인층의 시를 모아 편찬
    한 『해동유주』의 서문에 해당한다.

정답 11 ③ 12 ④ 13 ②

14　서간류는 자기 표현의 형식으로 공적인 게 아니라 사적인 성격이 강하다. 다만 목적과 수신인에 따라 공적인 글도 있다.

14 다음 중 서간류에 대한 설명으로 옳지 않은 것은?

① 서, 간독, 서찰, 척독, 간찰 등으로도 불린다.
② 대표적 작품에는 이황과 기대승이 주고받은 편지들이 있다.
③ 수신자나 발신자가 남성인 경우 한문을 썼지만 여성인 경우 주로 한글로 썼다.
④ 공적인 성격이 강하다.

15　군주가 신하를 깨우치거나 당부하기 위해 지은 글은 조령류이다.

15 다음 중 잠계류에 대한 설명으로 적절하지 않은 것은?

① 잘못을 미리 예방하는 '잠', 이미 이룩한 공적을 칭찬하는 '명', 한글 여성교육서 등을 포함한다.
② 이제현의 「구잠」, 이색의 「자경록」등이 대표적이다.
③ 군주가 신하를 깨우치거나 당부하기 위해 지은 글이다.
④ 교훈이나 경계로 삼기 위해 간결하게 지은 문장이다.

16　조령류는 군주가 신하에게 당부하는 글, 잡기류는 어떤 사물의 본질이나 특징, 현상에 대한 관찰을 객관적으로 기록한 글이다. 애제류는 비지류와 비슷하지만 비지류가 공덕을 기록하는 데 주목하는 것과 달리 기원이나 감사의 내용이 주를 이룬다.

16 다음 설명에 해당하는 수필의 종류는 무엇인가?

> • 죽은 사람을 제사지낼 때 기도 및 축원의 말을 담은 글이다.
> • 제문, 유제문, 애사 등이 모두 속한다.
> • 타인의 죽음을 대하는 선인들의 윤리적 가치관을 엿볼 수 있는 글이다.

① 애제류
② 조령류
③ 잡기류
④ 비지류

정답 14 ④　15 ③　16 ①

17 다음 중 수필 작품의 종류가 <u>다른</u> 것은?

① 「상진평왕서」
② 「풍왕서」
③ 「진삼국사표」
④ 「계주윤음」

17 「계주윤음」은 조령류이고, 나머지
    는 주소류이다. 조령류는 왕이 신하
    에게, 주소류는 신하가 왕에게 올리
    는 글이다.

18 다음 중 수필의 종류와 그에 해당하는 작품이 <u>잘못</u> 짝지어진
    것은?

① 논변류 − 「무명변」
② 서발류 − 「석주소고서」
③ 조령류 − 「유수묘비명」
④ 애제류 − 「한식제진망장사」

18 「유수묘비명」은 비지류이다. 조령류
    작품에는 「인종사부식약합조」, 「휼
    형교서」, 「예종대왕시책」, 「계주윤
    음」 등의 작품이 있다.

19 다음 중 국문서간문을 가리키는 말이 <u>아닌</u> 것은?

① 간찰
② 언서
③ 언찰
④ 글월

19 서간류는 서, 간독, 서찰, 척독, 간찰
    등으로도 불린다. 그 중에서도 국문서
    간의 경우 언간, 언서, 언찰, 내간 등으
    로도 불린다. '언(諺)'의 한자가 '속된
    말'이라는 뜻을 담고 있는데, 이것으
    로 보아 국문을 비하하는 뜻이 담겨있
    음을 알 수 있다.

20 다음 중 지어진 시기가 가장 오래된 기행문은 무엇인가?

① 「동행기」
② 「노가재연행록」
③ 「왕오천축국전」
④ 「유청량산록」

20 8세기에 살았던 혜초가 쓴 「왕오천
    축국전」은 한국문학의 기행문 중 최
    초의 작품이라 할 수 있다. 「노가재
    연행록」은 김창업이 1713년(숙종 39)
    에 지은 것이고, 이익의 「유청량산
    록」은 1719에 봉화 청량산에 오르고
    쓴 기행문이다. 「동행기」는 고려 말
    임춘의 작품이다.

정답 17 ④ 18 ③ 19 ① 20 ③

21 청나라가 연나라의 근거지였던 하북성 지방을 근거지로 하고 있기 때문에 청나라를 다녀 온 기록문을 연행록이라 한다. 「부상록」은 조선 중기의 문신 이경직이 일본에 다녀온 뒤에 쓴 기행록이고, 「동사록」은 조선 후기의 무신 유상필이 대마도를 다녀와서 쓴 사행문이며, 「해유록」은 조선 숙종 때 신유한이 일본에 다녀온 사행기이다.

21 사행기에 대한 다음 설명에서 괄호 안에 들어갈 말로 옳은 것은?

> 외교사절로 여행을 하고 돌아와 쓴 사행기에는 외교관계, 문물제도, 생활양식, 문화교류, 견문 등을 담고 있어서 사료적 가치와 더불어 기행문학으로서의 의의를 지닌다. 일반적으로 명나라를 다녀 온 사행기를 '조천록'이라 하고 청나라를 다녀 온 사행기를 '( )'이라고 한다.

① 부상록
② 연행록
③ 동사록
④ 해유록

22 나머지는 모두 사행록의 성격을 갖지만, 「왕오천축국전」은 신라의 승려 혜초가 고대 인도의 5천축국을 답사하고 쓴 여행기로 성지순례기의 일종이다.

22 다음 중 성격이 다른 기행록은 무엇인가?

① 「왕오천축국전」
② 「일동장유가」
③ 「연원직지」
④ 「노가재연행록」

23 「해유록」은 일본 사행기이고, 나머지는 모두 청나라의 사행기이다.

23 다음 중 여행지가 다른 것은 무엇인가?

① 「연원직지」
② 「담헌연기」
③ 「열하일기」
④ 「해유록」

정답 21 ② 22 ① 23 ④

24 다음 중 수필 작품에 대한 설명으로 **틀린** 것은 무엇인가?

① 이중환, 「택리지」 : 인문지리지
② 이익, 「성호사설」 : 실학 사상을 담은 백과전서
③ 김만중, 「서포만필」 : 수필과 시화 평론집
④ 안정복, 「잡동산이」 : 일본의 제도 및 문물에 대한 평가

24 안정복의 「잡동산이」는 우리나라와 중국의 역사와 제도, 그리고 유교 경전에 관한 여러 내용 등을 수록한 책이다.

25 다음 중 『열하일기』에 대한 설명으로 적절하지 <u>않은</u> 것은?

① 전체 26권 10책으로 구성되어 있다.
② 박지원이 청나라 건륭 황제의 칠순을 축하하는 사신으로 가면서 쓴 글이다.
③ '압록강 – 북경 – 열하 – 북경'의 경로로 여행했다.
④ 북경에서 머무는 동안은 잡록의 형식이고 나머지는 일기 형식이다.

25 박지원이 사신으로 간 게 아니라 박지원의 8촌 형 박명원이 사신으로 갔고, 박지원은 그를 수행하는 자격으로 따라갔다.

26 다음 중 동양에서 현재 쓰이는 수필의 개념과 가장 유사한 의미로 수필이라는 용어를 처음 사용한 사람은 누구인가?

① 조선 중기, 이민구
② 조선 중기, 조성건
③ 조선 후기, 박지원
④ 중국 남송, 홍매

26 홍매는 뜻이 가는 바를 즉각 기록한다는 의미로 '수필'이라는 말을 사용하였고 그러한 글들을 모아 『용재수필』을 펴냈다. 우리나라에서 문학적인 의미로 수필이라는 용어를 처음 사용한 것은 조성건이었다.

27 다음 중 부러진 바늘을 애도하는 마음을 제문형식으로 쓴 수필의 제목은 무엇인가?

① 「조침문」
② 「규중칠우쟁론기」
③ 「한중록」
④ 「관활량의 꿈」

27 유씨 부인이 쓴 「조침문」에 대한 설명이다.

정답　24④　25②　26④　27①

28 「규중칠우쟁론기」는 옛날에 주부인이 바느질을 하다 낮잠이 들었는데 그 사이 규중칠우, 즉 바느질에 쓰이는 도구인 척부인(자), 교두각시(가위), 세요각시(바늘), 청홍각시(실), 감투할미(골무), 인화낭자(인두), 울낭자(다리미) 등이 각기 자기가 없으면 어떻게 옷을 짓겠느냐면서 서로의 공을 다툰다는 내용이다.

28 다음 중 「규중칠우쟁론기」의 '칠우'에 속하지 <u>않는</u> 것은 무엇인가?

① 자
② 가위
③ 바늘
④ 옷감

29 국문수필에는 궁정수필, 기행수필, 의인체수필이 있다. 사행을 다녀 온 후 수필을 쓰기는 했지만 그것은 사행수필이라는 별도의 이름을 붙이지 않고 기행수필의 한 종류로 보는 게 일반적이다.

29 다음 중 국문수필의 종류가 <u>아닌</u> 것은 무엇인가?

① 궁정수필
② 기행수필
③ 사행수필
④ 의인체수필

30 「계축일기」는 광해군 때 나인들이 쓴 것이다. 혜경궁 홍씨가 쓴 수필의 제목은 「한중록」이다.

30 다음 중 국문수필의 작가와 작품이 <u>잘못</u> 짝지어진 것은?

① 혜경궁 홍씨 – 「계축일기」
② 이희평 – 「화성일기」
③ 유씨 부인 – 「조침문」
④ 박창수 – 「남정일기」

정답 (28 ④ 29 ③ 30 ①)

제 **14** 편

무가

단원 개요

무가는 무당이 굿을 할 때 굿을 요청한 사람이나 신에게 치성으로 드리는 사설이다. 무가는 다른 구비문학 장르와 달리 가창자가 무당으로 한정되어 있다. 따라서 무가를 이해하기 위해서는 무당 및 굿에 대한 기본적인 이해도 필요하다. 그러나 이 단원의 목적은 '문학으로서의 무가'이므로 그 밖의 것에 대해서는 문학으로서의 무가를 이해하는 데 꼭 필요한 정도로만 다룬다. 이 단원에서는 무가의 개념, 성격, 장르에 대해 살펴보게 된다.

출제 경향 및 수험 대책

이 단원에서는 무가의 성격과 하위 장르를 잘 알아둘 필요가 있다. 이 밖에도 강신무와 세습무의 차이를 비롯하여 굿의 기본적인 구조에 대해서도 알아두는 것이 필요하다.

제 1 장 무가의 개념과 제의적 · 문학적 성격

1 무가의 개념 중요 ★

무가(巫歌)란 굿을 할 때 무당이 부르는 노래를 말한다. 무당은 악기의 반주에 맞춰 춤을 추며 노래를 부른다. 따라서 무가는 종합 예술의 형태를 띠고 있다. 이러한 특징은 무가 속에서 문학의 원형을 찾을 수 있다는 것을 의미하기 때문에 무가는 구비문학과 고대문학 연구에 필수적이다. 무가에 해당하는 작품으로는 「바리공주」, 「창부타령」, 「노랫가락」, 「제석풀이」, 「염불요」, 「서우제소리」 등이 있다.

2 무가의 제의적 · 문학적 성격

(1) 무가의 제의적 성격

무가는 굿이라는 무속의례의 상황에서 무당들에 의해 행해지는 노래이다. 따라서 무당의 존재가 무가의 성격에 결정적인 영향을 줄 수밖에 없다. 무당이란 굿을 주관하는 자로서 신병이나 무병을 통해 영력을 획득하여 신과 교통할 수 있는 자이다. 물론 세습무도 있기 때문에 무당이라고 해서 다 강신을 경험한 것은 아니지만, 강신무든 세습무든 굿이라는 무속의례를 주재하는 과정에서 무가를 연행하는 것이므로 무가는 주술성과 신성성을 지니게 된다. 강신(降神), 치병(治病), 예언(豫言) 등이 모두 무가에 내포된 주술의 효과로 볼 수 있다. 또한 무가는 신과 인간의 대화라는 점에서 신성성을 띠기도 한다. 이로 인해 인간이 알지 못하는 문구를 삽입하는 식으로 과장되기도 하고, 신 자신의 언어로 신의 의사가 전달되는 '공수' 단계가 있기도 하다.

(2) 무가의 문학적 성격 중요 ★★

세습무의 경우, 강신무와 달리 무병이나 내림굿을 하지 않고도 혈통을 따라 무당의 직위가 계승된다. 세습무는 무속의례를 행할 때 사제가 되어 인간의 뜻을 신에게 청원하는 공연을 하고 그 대가로 사회적 지위와 물질적 소득을 추구한다. 이로 인해 신과 인간의 매개자로서의 역할을 담당했던 강신무와 달리 세습무는 인간을 만족시키는 것에 중점을 두고 노력하다 보니 무가의 문학성이 강해지게 되었다. 알아듣기 힘든 말, 과격하거나 괴상한 어투 등을 사용하는 강신무의 사설과 달리 세습무의 사설은 **비유와 대구가 늘어나고 매끄럽게 구연될 수 있도록 다듬어졌다.** 이러한 무가의 문학적 성격을 바탕으로 판소리 같은 여러 갈래들이 무가를 원천으로 발전할 수 있었다.

<table>
<tr><td>제 **2** 장</td><td># 무가의 하위 장르</td></tr>
</table>

무가는 무가가 불리는 굿의 성격, 문학적 관점, 언어적 기능이라는 3가지 기준에 따라 구분해 볼 수 있다.

1 무가가 불리는 굿의 성격에 따른 구분

(1) 기복제 무가 : 축원굿, 경사굿, 재수굿, 대동굿, 별신굿 등에서 구연되는 것으로 재담이나 흥겨운 노래가 많고, 제석신, 성주신, 조상신 등 재수와 복록, 생산을 관장하는 신거리가 확장되어 있다.

(2) 사령제 무가 : 망묵이굿, 씻김굿, 오귀굿, 지노귀굿 등의 무속의식에서 구연되는 것으로 망자의 넋을 위로하고 달래는 넋풀이, 저승신인 사자거리 등의 비중이 크다.

(3) 치병제 무가 : 병굿에서 구연되며, 주술적 경문이 비교적 많이 삽입된다.

(4) 무신제 무가 : 내림굿이나 진적굿 등 무당이 모신 신을 위하여 거행하는 굿에서 구연되는 무가이다.

2 문학적 관점에 따른 구분 중요 ★★

(1) 서사무가
① **개념** : 무속신화로서 신의 내력과 일생을 서술하는 무가
② **주된 내용** : 개성적인 주인공의 행적을 중심으로 사건이 전개되며, 결말에 가서 주인공은 신으로 정립됨
③ **기능** : 무신 청배, 문학적 내용 전달
④ **주요 작품** : 「심청굿무가」, 「바리데기」, 「제석본풀이」, 「바리공주」, 「장자풀이」, 「칠성풀이」, 「심청」, 「세경본풀이」, 「천지왕본풀이」 등
⑤ **구연 위치** : 굿거리의 제일 처음

(2) 서정무가
① **개념** : 신이나 인간의 주관적 정감을 표현한 무가
② **주된 내용** : 신과 인간이 화동하여 흥을 돋움

③ **기능** : 오신무가

④ **주요 작품** : 「노랫가락」, 「대감타령」, 「창부타령」 등

⑤ **구연 위치** : 각 굿거리의 유흥대목

(3) 희곡무가

① **개념** : 서사적 내용을 행위와 대화로 표현하는 것

② **주요 작품** : 동해안 지역의 「거리굿」, 「도리강관원놀이」, 「중잡이」, 「범굿」, 중부 지역의 「장님놀이」, 「소놀이굿」, 제주도의 「삼공맞이」, 「세경놀이」, 「영감놀이」 등

(4) 교술무가

① **개념** : 서사무가와 희곡무가를 제외한 대부분의 무가를 말하는 것으로, 축원무가라고도 함

② **주된 내용** : 인간이 신에게 알리는 사실이나 기원, 그리고 신이 인간에게 알려 주는 사실들을 주 내용으로 함

③ **기능** : 축원, 송덕, 찬신, 공수

④ **주요 작품** : 「지두서」, 「조상해원풀이」, 「성주축원」, 「망자풀이」 등

3 언어적 기능에 따른 구분

(1) 청배

① **개념** : 신의 내림을 비는 무가이다.

② **언어적 특징** : 사제자인 무당이 신에게 하는 말이기 때문에 극존칭을 쓴다.

(2) 공수

① **개념** : 강림한 신이 인간을 향하여 잘못을 꾸짖거나 재수와 복록 등을 약속하는 내용의 무가이다.

② **언어적 특징** : 화자가 신이기 때문에 '해라'체의 반말로 되어 있다.

(3) 축원

① **개념** : 인간이 신에게 소원을 비는 무가로서 소원의 종류에 따라, 또는 신의 성격에 따라 여러 종류 의 무가가 있다.

② **언어적 특징** : 청배와 마찬가지로 극존칭을 사용한다.

(4) 오신

① **개념** : 신을 즐겁게 하기 위해 구연되는 무가이다.

② **언어적 특징** : 인간이 즐거우면 신도 즐거울 거라는 생각으로 인해 **음주가무 형태로 구연된다.**

더 알아두기

- 「제석본풀이」

「제석본풀이」는 「당금애기」라고도 알려져 있는데, 제석신(집안에 살면서 집안 사람들의 수명·자손·운명·농업 등을 관장하는 신)이 탄생하여 신이 되기까지의 과정을 서술한 서사무가이다. 제주도를 포함한 한반도 전역에서 불리는 대표적 서사무가로, 정착한 여성과 도래한 남성이 결합하여 삼형제 신을 출산한다는 기본 설정을 갖고 있는데 세부 내용이 다른 여러 개의 각편을 갖고 있다. 대표적인 내용은 다음과 같다.

> 옛날 어느 곳 고귀한 가정의 부부가 아홉 형제를 두었으나 딸이 없어 딸을 점지해 달라는 치성을 드리고 딸을 낳아 이름을 당금애기라고 하였다. 곱게 자란 당금애기가 처녀가 되었을 무렵 부모와 오라비 등 가족이 모두 볼일을 보러 떠나고 당금애기만 집에 남아 있었다. 그때 서역에서 불도를 닦은 스님이 당금애기를 찾아와 시주를 빙자하여 접촉하고 사라졌는데, 그 후 당금애기는 잉태를 하게 된다. 가족들이 귀가하여 당금애기가 스님의 씨를 잉태한 사실을 알아내고 당금애기를 지함 속에 가두거나 집에서 내쫓는다. 잉태한 지 열 달 후에 지함 속에 있던 당금애기는 아들 세쌍둥이를 출산한다. 당금애기의 아들 삼 형제가 일곱 살이 되어 서당에 다녔는데 친구들에게 아비 없는 자식이란 욕설과 놀림을 당한다. 삼 형제는 당금애기에게 아버지가 누구며 어디 있는가를 물어서 알아내고 당금애기와 함께 스님을 찾아 서천국으로 가서 한 절에 이른다. 스님은 당금애기와 아들 삼 형제가 찾아온 것을 알고 친자 확인 시험을 한다. 종이옷 입고 청수에서 헤엄치기, 모래성 쌓고 넘나들기, 짚북과 짚닭 울리기 등의 시험을 거쳐, 마지막으로 손가락을 베어 피를 내어 스님과 세 아들의 피가 합쳐지는 것을 확인하고, 친자임을 인정하였다. 그래서 아들들에게 신직을 부여한 후, 스님과 당금애기는 승천하고 아들 삼 형제는 제석신이 되었다.
>
> – 당금애기(한국민속문학사전)

- 「바리공주」

「바리공주」 역시 「제석본풀이」와 마찬가지로 전국적으로 나타나는 대표적인 서사무가이다. 「바리공주」는 죽은 사람의 영혼을 좋은 곳으로 인도하기 위해 하는 굿인 오구굿에서 불리는데, 사후세계를 인정함으로써 이승의 한계를 저승이라는 초월적인 공간에서 이루고자 하는 소망을 보여준다. 한편 「바리공주」는 영웅설화의 구조와도 비슷하다.

> 바리공주의 온전한 원형을 간직하고 있는 이 본풀이의 핵심을 요약하면 다음과 같다. 주상금마마와 중전부인이 혼인하게 되었다. 천하궁 다지박사에게 물으니 혼사를 서두르지 말라는 금기를 내리는데 이 금기를 어기면서 둘은 혼인한다. 이로 말미암아 바리공주의 부모는 거푸 딸을 낳게 되었으며 일곱 번째 역시 딸을 낳는다. 그런데 일곱 번째 딸은 마지막에도 딸이라는 이유로 부모에게 버림을 받는다. 이렇게 버려진 공주는 바리공주라는 이름을 얻고 비리공덕할아비와 비리공덕할미에게 구조되어 키워진다. 한편 바리공주의 부모는 죽을병에 걸리는데, 자신들에게 필요한 약이 무장승이 있는 곳에서 얻을 수 있는 양유수와 꽃임을 알게 된다. 부왕은 여섯 공주에게 서천서역국에 가서 양유수를 구해 오라고 하는데, 여섯 공주는 갖은 핑계를 대면서 가지 않겠다고 한다. 하는 수 없이 버린 일곱 번째 공주에게 부탁하기 위해서 어렸을 때 버려진 공주를 찾는다. 마침내 바리공주와 주상금마마 내외는 서로 재회한다. 바리공주는 남장을 하고 부모를 살릴 수 있는 약수를 구하기 위해 저승 여행을 떠난다. 그곳까지 가는 동안 바리공주는 여러 가지 주문과 주령을 들고 지옥에서 신음하고 있는 이들을 구원한다. 마침내 저승에 이르러서 남성인 무장승을 만난다. 무장승에게 여러 가지 일을 해 주면서 공덕을 쌓은 끝에 아이들을 낳고, 마침내 그곳에 있는 꽃이나 약물이 부모를 살릴 수 있는 것임을 알게 된다. 바리공주는

양유수와 꽃을 가지고 남편과 자식을 데리고 오다가 강림도령을 만나 인산거동(因山擧動)이 났음을 알게 된다. 더욱 서둘러 가서 양유수와 꽃으로 부모를 모두 되살린다. 마침내 부모를 살린 덕분에 부왕에게 신직을 부여받는데, 아이들은 칠성으로 자리하고, 무장승은 시왕군웅 노릇을 하게 되었으며, 바리공주는 만신의 몸주 노릇을 함으로써 만신의 섬김을 받는다.

– 바리공주[한국민속문학사전(설화 편)]

제14편 실전예상문제

01 무가는 종합 예술의 형태를 띠고 있으며 그런 점에서 문학의 원형을 무가에서 찾을 수 있다.

01 무가에 대한 설명으로 옳지 않은 것은?

① 무당이 굿을 할 때 부르는 노래이다.
② 종합 예술의 형태를 띤다.
③ 강신무의 굿은 엄숙하고 진지한 편이지만 세습무의 굿은 세속적이고 오락성이 강하다.
④ 문학으로부터 발전되어 뻗어나간 장르이다.

02 무가는 무당을 통해서만 이루어지므로 다른 구비문학에 비해 전승과정에서 형태가 변하는 일이 적다.

02 다음 중 무가의 특징에 대한 설명으로 옳지 않은 것은?

① 전승과정에서 형태가 쉽게 변한다.
② 주로 무당에 의해서만 불린다.
③ 주술적 목적으로 불린다.
④ 신과 인간의 대화라는 점에서 신성성을 띠기도 한다.

03 세습무는 인간의 뜻을 신에게 청원하는 공연을 하고 그 대가로 사회적 지위와 물질적 소득을 추구하는 사람들이다. 따라서 공연적 성격이 강해지게 될 수밖에 없고 세습무가 많아질수록 비유, 대구 등의 문학적 표현이 늘어나게 된다.

03 무가의 문학성이 강해지게 된 까닭으로 가장 적절한 것은?

① 전승되는 과정에서 문학자들의 개입이 이루어졌기 때문이다.
② 원래 문학적 재능이 뛰어난 사람들이 무당의 자질도 풍부하기 때문이다.
③ 강신무와 달리 세습무는 신과 인간의 매개자로서의 역할보다 인간을 만족시키는 데 초점을 더 두게 되었기 때문이다.
④ 신에게 보다 더 문학적으로 아름다운 말을 전하고자 하는 인간의 의지 때문이다.

정답 01④ 02① 03③

04 무가를 분류하는 기준에 해당하지 <u>않는</u> 것은?

① 굿의 성격
② 문학적 관점
③ 언어적 기능
④ 모시는 신

04 무가는 굿의 성격, 문학적 관점, 언어적 기능에 따라 구분해 볼 수 있다.

05 다음 중 강신무의 사설이 지닌 언어적 특징이 <u>아닌</u> 것은?

① 과격한 말투
② 세련된 문학적 비유
③ 괴상한 어투
④ 알아듣기 힘든 말

05 강신무의 사설에 비해 세습무의 사설은 비유나 대구 등을 통해 문학적으로 매끄럽게 다듬어졌다는 특징을 지닌다.

06 굿의 성격에 따라 무가를 분류했을 때 그 하위항목에 해당하지 <u>않는</u> 것은?

① 교술무가
② 기복제 무가
③ 사령제 무가
④ 무신제 무가

06 굿의 성격에 따라 무가를 분류하면 기복제 무가, 사령제 무가, 치병제 무가, 무신제 무가로 나뉜다. 교술무가는 문학적 관점에 따른 분류에 해당한다.

정답 04 ④ 05 ② 06 ①

07 문학적 관점에 따라 무가를 분류하
면 서사무가, 서정무가, 교술무가,
희곡무가로 나뉜다.

07 다음 중 문학적 관점에 따라 무가를 분류한 것에 해당하지 <u>않는</u>
것은?

① 서사무가
② 서정무가
③ 교술무가
④ 설화무가

08 기복제 무가는 축원굿, 별신굿, 대동
굿 등에서 구연되는 것으로 재담이
나 흥겨운 노래가 많고 재수와 복록,
생산을 관장하는 신거리가 확장되어
있다.

08 다음 중 재담이나 흥겨운 노래가 많은 무가는 무엇인가?

① 치병제 무가
② 무신제 무가
③ 기복제 무가
④ 사령제 무가

09 「바리데기」, 「제석본풀이」, 「칠성풀
이」 등과 같은 서사무가에 대한 설명
이다.

09 다음 설명에 해당하는 무가는 무엇인가?

- 신의 내력과 일생을 서술하는 무가이다.
- 주인공이 신이 되는 결말이다.
- 굿거리의 제일 처음에 구연된다.

① 서사무가
② 서정무가
③ 희곡무가
④ 교술무가

정답 (07 ④ 08 ③ 09 ①)

10 다음 중 무가의 종류와 그 대표 작품이 잘못 짝지어진 것은?

① 서사무가 – 「심청」
② 서정무가 – 「창부타령」
③ 희곡무가 – 「장님놀이」
④ 교술무가 – 「범굿」

10 「범굿」은 희곡무가에 해당한다. 교술무가에는 「조상해원풀이」, 「성주축원」, 「망자풀이」 등이 있다.

11 다음 중 언어적 기능에 따른 무가의 분류로 적절하지 않은 것은 무엇인가?

① 청배
② 치병
③ 공수
④ 축원

11 언어적 기능에 따라 무가는 청배, 공수, 축원, 오신으로 분류된다.

12 다음 설명에 해당하는 무가의 종류는?

> • 신을 즐겁게 한다는 뜻이다.
> • 이 무가에는 신이 인간의 세계에 내려와서 인간과 함께 마음껏 즐길 수 있도록 함으로써 인간에게 복을 주게 만든다는 인식이 담겨 있다.

① 청배
② 공수
③ 축원
④ 오신

12 오신은 인간이 즐거우면 신도 즐거울 거라는 생각으로 음주가무 형태로 구연되는 무가이다.

정답 10 ④ 11 ② 12 ④

13 서사무가의 대표적인 예로는 제주도의 '본풀이'가 있는데 이 말을 확대하여 서사무가라고 사용하기도 한다. 본풀이란 '근본을 풀어 안다'라는 뜻으로 주인공이 신으로 정립되는 과정을 담고 있는 무가이다.

14 「장자풀이」는 호남지역, 「심청」은 동해안 일대, 「천지왕본풀이」는 제주도 지역에서 주로 불리는데 반해 「제석본풀이」와 「바리공주」는 전국적으로 발견되는 광포유형에 속한다.

15 교술무가에서는 천지가 만들어진 이후 현재에 이르기까지 역사의 흐름과 왕조의 교체가 개략적으로 서술되고, 우리나라의 명산과 강하(江河)의 분포를 개관하면서 공간이 점차 축소되어 제의 장소를 지정한다. 이를 통해 굿하는 시간과 장소를 신에게 알리게 된다.

16 무가는 무당이라는 특정 계층에 의해서만, 굿을 통해 전승된다는 점에서 대중적이지 않고 전승이 제한적이다. 이 밖의 무가의 특성으로는 포용성을 언급할 수 있다. 무가는 다른 신앙에 대한 배타의식이 적은 편이어서 다른 종교의 경을 빌려서 쓰기도 하는데, 불교·유교·도교 등의 경전에서 많은 문구를 받아들였다.

정답 13 ① 14 ③ 15 ③ 16 ④

---

13 서사무가의 대표적인 예로, 명칭 그 자체로 서사무가를 가리키기도 하는 것은 무엇인가?

① 본풀이
② 노랫가락
③ 노정기
④ 창부타령

14 다음 중 전국적으로 불리는 서사무가는 무엇인가?

① 「장자풀이」
② 「심청」
③ 「제석본풀이」
④ 「천지왕본풀이」

15 다음 중 교술무가에 대한 설명으로 옳지 않은 것은?

① 신의 언어인 '공수'와 인간의 언어인 '비는 말'로 구성된다.
② 축원무가라고도 한다.
③ 서두에서는 시간과 공간을 개략적으로 진술하는데 공간이 점차 확대되는 방식이다.
④ 참신한 비유와 대구법으로 전개되며 문학성이 높은 무가이다.

16 다음 중 무가의 특성이라 할 수 없는 것은?

① 신성성
② 오락성
③ 주술성
④ 대중성

17 무가와 신화의 공통점이 <u>아닌</u> 것은 무엇인가?

① 주술성
② 신성성
③ 율문 전승
④ 구비 전승

17　신화와 무가는 둘 다 신성성을 바탕으로 한다는 점에서 같으나 신화는 율문 전승되지는 않는다.

18 다음 중 존칭을 써서 말하지 <u>않는</u> 무가는?

① 청배
② 공수
③ 축원
④ 오신

18　공수는 강림한 신이 인간을 향하여 잘못을 꾸짖거나 재수와 복록 등을 약속하는 내용의 무가이다. 공수의 화자는 신이므로 '해라'체의 반말을 쓴다. 반면 다른 무가들은 인간이 신에게 하는 말이므로 존칭을 쓰게 된다.

19 다음 설명에 해당하는 무가는 무엇인가?

• 전국적으로 나타나는 광포유형이다.
• 오구굿에서 주로 불린다.
• 영웅설화의 구조와 비슷하다.

① 「바리공주」
② 「당금애기」
③ 「제석본풀이」
④ 「조상해원풀이」

19　「바리공주」는 「바리데기」, 「오구풀이」, 「칠공주」, 「무조전설」 등으로도 불린다.

정답　17 ③　18 ②　19 ①

20 무가의 문학성은 세습무의 무가에서 두드러지는 것으로 세습무의 굿이 강신무의 굿보다 오락성이 짙다.

20 다음 중 무가의 문학성을 높이는 것과 가장 관계 깊은 특성은 무엇인가?

① 전승성
② 오락성
③ 신성성
④ 주술성

21 「성주축원」은 교술무가의 대표적 예이다.

21 다음 중 서정무가에 해당하지 <u>않는</u> 것은 무엇인가?

① 「노랫가락」
② 「대감타령」
③ 「창부타령」
④ 「성주축원」

22 서사무가는 굿거리의 제일 처음에 구연되는 것으로, 개성적인 주인공이 행하는 일련의 행동을 중심으로 사건이 전개된다. 이 주인공은 건국영웅이 아니라 인간을 위해 제화초복(除禍招福)하는 위업을 이룬 존재이며 결말에 신으로 정립된다. 이것이 건국신화와의 차이점이기도 하다.

22 다음 중 서사무가에 대한 설명으로 옳은 것은?

① 서사무가는 굿거리의 가장 마지막에 구연된다.
② 대표적인 서사무가에는 「제석본풀이」와 「바리공주」가 있다.
③ 서사무가의 주인공은 건국영웅인 경우가 대부분이다.
④ 모든 무속신은 서사무가의 대상이 된다.

정답 20 ② 21 ④ 22 ②

23 다음 중 「바리공주」에 대한 설명으로 옳지 <u>않은</u> 것은?

① 죽은 사람의 영혼을 좋은 곳으로 인도하기 위해 하는 오구굿에서 불려진다.

② 바리공주의 일생은 영웅의 일생 구조에 부합된다.

③ 자기 희생을 통한 효라는 주제는 설화에서 흔한 주제이다.

④ 「단군신화」나 「주몽신화」 등과 일맥상통한다.

23 「제석본풀이」는 정착한 여성과 도래한 남성이 결합하여 삼형제 신을 출산한다는 설정을 갖고 있는데 이러한 내용은 「단군신화」나 「주몽신화」와 일맥상통하는 면이 있다.

24 다음 중 생산신 또는 수복을 관장하는 신의 유래담을 담고 있는 서사무가는 무엇인가?

① 「제석본풀이」

② 「바리공주」

③ 「강림도령」

④ 「연명설화」

24 「제석본풀이」는 제석신이 탄생하여 신이 되기까지의 과정을 서술한 무가이다. 제석신은 집안에 살면서 집안 사람들의 수명, 자손, 운명, 농업 등을 관장하는 신이다.

25 「바리공주」의 주제와 관련 있는 것은 무엇인가?

① 충(忠)

② 효(孝)

③ 의(義)

④ 신(信)

25 「바리공주」는 자신을 버린 부모를 살리기 위해 온갖 고생을 마다하지 않고 신이 된 바리공주의 삶을 담고 있다.

정답 23 ④ 24 ① 25 ②

26 공수는 신이 무당을 통해 인간에게 자신의 의사를 전달하는 것이다.

26 다음 중 신이 무당을 통해 인간의 잘못을 꾸짖거나 재수와 복록 등을 약속하는 것을 무엇이라 하는가?

① 청배
② 공수
③ 축원
④ 오신

27 강신무와 달리 세습무는 혈통을 따라 세습되는 무당으로, 신성성은 약화되었으나 청중의 구미에 맞게 무가를 변형시킴으로써 무가가 문학적으로 성장하는 밑바탕이 되었다. 단골무는 세습무이기는 하지만 일정지역, 즉 '단골판'을 관할하는 사제권을 계승한다는 점이 부각된 명칭이다. 독경무는 앉아서 북과 징을 치며 경문을 외우는 방법으로 굿을 하는 무당을 말한다.

27 무가가 지니고 있던 신성성과 주술성이 약화되면서 점점 세속화되고 흥미 위주의 오락적인 측면이 강조됨으로써 무가는 문학적 성장을 이루게 된다. 이렇게 되는 데 가장 중요한 역할을 한 존재는 무엇인가?

① 세습무
② 강신무
③ 단골무
④ 독경무

28 내림굿은 무병을 앓고 정식 무당이 되기 위해 신어머니를 모시고 하는 입무식 성격의 굿이고, 재수굿은 재수나 복을 비는 굿으로 가정굿이나 집굿이라고도 한다. 진적굿은 정식 무당이 된 후 자신이 모시는 몸주신을 위해 하는 굿을 말한다. 별신굿은 보통 마을굿이라 불리지만 동해안 지방에서는 별신굿이라 한다.

28 마을 사람들의 공동체의식과 일체감을 조성하는 축제라는 측면과 부락민들의 안녕과 번영을 비는 제의라는 측면을 동시에 갖는 굿을 무엇인가?

① 내림굿
② 재수굿
③ 진적굿
④ 별신굿

정답 26 ② 27 ① 28 ④

29 다음 중 '공수'에 대한 설명으로 적절하지 <u>않은</u> 것은?

① 신이 무당을 통해 인간에게 자신의 의사를 전달하는 것이다.

② '가망공수', '산마누라공수', '말명공수' 등이 해당한다.

③ 명료한 말로 가창된다.

④ 일반적으로 무당이 들고 있는 방울을 흔드는 것으로 공수를 표시한다.

29 일반적으로 공수는 가창되지 않을 뿐만 아니라 쉽게 알아듣기 힘든 말로 구송되는 경우가 많다.

30 무가의 특성에 대한 설명으로 적절하지 <u>않은</u> 것은?

① 무가는 기본적으로 주술성을 바탕으로 한다.

② 오락성은 세습무들의 굿보다 강신무들의 굿에서 더 강하게 나타난다.

③ 강신무는 내림굿을 받고 신어머니로부터 전승받고, 세습무는 혈연집단을 통해 전승된다는 점에서 무가는 전승이 제한적이다.

④ 대부분의 장편무가들은 4음보격의 율문으로 되어 있다.

30 무가의 오락성이 두드러지는 것은 세습무에 의해 연행되면서 청중을 의식하게 되었기 때문이다.

정답 29 ③ 30 ②

여기서 멈출 거예요? 그치가 바로 눈앞에 있어요.
마지막 한 걸음까지 SD에듀가 함께할게요!

제 15 편

한문학

단원 개요

한국 고유의 문자가 없어서 구비문학만 있던 시대를 지나 고조선이 끝나갈 무렵이 되었을 때 중국으로부터 한자가 전래된다. 한자만이 아니라 한문문학의 형식에 따라 많은 기록문학작품들이 생성된다.
이 단원에서는 한문학의 개념과 범주 및 양식, 그리고 시대별 특징과 주요 작품을 살펴보게 된다.

출제 경향 및 수험 대책

이 단원에서는 최치원과 정지상, 죽림고회의 작품 또는 특성을 묻는 문제가 출제될 수 있으니 꼼꼼한 학습이 필요하다.
또한 한문학의 양식에 대해서도 기본적인 내용을 잘 알아둘 필요가 있다.

제 1 장 한문학의 개념

글자가 없던 시기에 우리 민족은 중국의 한자를 빌려 쓸 수밖에 없었는데, 한자 유입의 정확한 시기에 대한 기록은 없으나 대략 고조선 때로 짐작된다. 한문이 유입된 초기에는 주로 실무적인 기능을 위해 사용되었을 것으로 짐작된다. 그러나 점차 시간이 지나면서 다양한 영역으로 확대되어 사용되기 시작했을 것이다.

한문학을 이름 그대로 풀이하면, 한문으로 된 모든 문학을 가리킨다. 그러나 한문은 우리나라에서만 사용한 것이 아니라 동아시아 문화권에서 보편적으로 사용하였다. 따라서 한문학의 영역과 관련하여 창작 주체를 한정할 필요가 있다. 중국인이나 일본인이 한문으로 남긴 문학작품을 우리 한문학의 연구 대상으로 삼을 수는 없기 때문이다. 또한 향찰이나 이두로 표기한 것은 한자를 차용해 쓰기는 했으나 한문의 언어 규범에 따른 것이 아니므로 한문학의 대상이 될 수는 없다.

정리하자면, 한문학은 우리 조상이 한문을 사용해 우리의 사상과 감정을 기록한 일체의 문학작품을 가리키는 말이라고 정리할 수 있다.

근대 이후로는 한문만을 사용해 창작 활동을 하는 경우가 없다. 그러나 한문학은 우리 역사에서 상당히 오랜 기간 동안 기록문학의 영역을 담당해 왔으므로, 우리 민족의 정서와 사상을 제대로 이해하기 위해서는 충분한 연구가 필요하다.

제 2 장 한문학의 범주

1 한시 중요 ★★

한시는 한문으로 쓴 시를 말하는데, 그 창작 시기에 따라 **고시(古詩)와 근체시(당나라 이후)**로 구분되기도 하고 음악과의 관련 여부를 따져 악부시를 별도로 구분하기도 한다. 한국의 한시는 대체로 근체시의 고정적 형식을 따르는 경우가 많고, 악부시는 관현(管絃)에 올려 노래로 부를 수 있도록 만들어진 것으로 중국 한나라 때에 성행하였으나 한국의 경우 악부시는 노래로 부르기 위하여 제작한 것이 아니다. **을지문덕의 「여수장우중문시」**를 가장 이른 시기의 한시 작품으로 볼 수 있다.

2 한문산문

한문산문은 문예적인 성격의 산문은 물론이고 공용문이나 실용문 가운데서도 문예물로 읽힐 수 있는 작품들을 말한다. 이런 의미에서 한문산문은 수필문학보다 큰 범주라 할 수 있다.

3 한문소설 중요 ★★

문헌설화에서 출발해 가전체문학을 거친 뒤 조선 초 김시습의『금오신화』시대에 이르러 완전한 의미의 소설이 형성되었다. 초기에는 중국소설의 형식을 따랐으나, 점점 내용과 형식의 독자성을 지니게 되었다. 한문소설은 초현실적 세계와 역사적 현실을 오가며 인간의 삶과 욕망을 폭넓게 그렸다. 학자에 따라 한문산문으로 분류하기도 한다.

4 한국경학

경학은 유가경전을 해석하는 것을 말하는데, 한문학은 중국의 고문(古文)에서 발달한 것이므로 한문학을 연구하거나 창작하려면 중국의 고문을 연구할 필요가 있었다. 이처럼 우리 조상들이 유가경전을 학습하는 과정에서 생겨난 저작들에 대한 연구도 한문학의 범주에 포함된다.

제 3 장 한문학의 양식

1 운문

자수·구수(句數)의 다소, 압운의 유무, 운자(韻字)의 위치 등을 기준으로 고시와 근체시로 분류한다.

(1) 고시(古詩) 중요 ★

① 고체 또는 고풍이라고도 한다. 당나라 때 완성된 근체시의 상대적 개념이다.
② 5언·7언이 주가 되고 있을 뿐 엄격한 형식이 없는 편이다.

(2) 근체시(近體詩) 중요 ★★★

① 고체시에 대한 새로운 형식의 시를 말하며 '금체시(今體詩)'라고도 한다.
② 구수에 따라 율시·배율(排律)·절구가 이에 속하며 각각 5언과 7언의 구별이 있다.
　　㉠ 절구
　　　ⓐ 구 : 4개
　　　ⓑ 대구 : 제3, 4구는 대구를 이룬다.
　　　ⓒ 압운 : 5언절구에는 제2, 4구의 끝에, 7언절구에는 제1, 2, 4구 끝에 각운
　　㉡ 율시
　　　ⓐ 구 : 8개
　　　ⓑ 대구 : 제3, 4구와 제5, 6구는 대구를 이룬다.
　　　ⓒ 압운 : 5언율시에는 제2, 4, 6, 8구 끝에, 7언율시에는 제1, 2, 4, 6, 8구 끝에 각운
　　㉢ 배율
　　　ⓐ 구 : 12개
　　　ⓑ 대구 : 제1, 2구와 제11, 12구를 제외하고는 모두 대구를 이루어야 한다.
　　　ⓒ 압운 : 율시와 비슷함

2 산문

산문의 종류에 대해서는 여러 학설이 있다. 『동문선』에서는 한문학을 여러 갈래로 나누고 있는데, 그 중 산문에 해당하는 것으로는 논변류(論辨類 : 논설문), 주소류(奏疏類 : 임금에게 올린 글), 조령류(詔令類 : 왕의 명령), 서발류(序跋類 : 문집이나 시집의 서문과 발문), 증서류(贈序類 : 이별을 할 때 지어 주는 글), 전지류(傳志類 : 전, 비문, 묘표, 행장 등), 잡기류(雜記類 : 기행문이나 물건에 대한 기록글), 사독류(私牘類 : 편지글)가 있다.

제4장 한문학의 흐름

1 고대

(1) 특징

고대는 고려이전의 시기를 말한다. 이 시기에는 우리나라 고유의 문자가 없었으나 구전되는 많은 설화들뿐만 아니라 다양한 기록을 위해 문자가 필요하였다. 이에 우리나라는 한자를 수입해 사용할 수밖에 없었다. 대략 고조선 말, 한사군이 설치되던 무렵의 일이다. 또한 이 시기에는 강력한 중앙집권 국가를 이루기 위해 불교를 수용하여 사상적 뒷받침을 했다. 이러한 사실은 문학에도 영향을 주어 고대 시기에는 불교의 설화문학과 시가, 불경의 주석 등이 많이 쓰였다. 한편 신라 중대에 들어서며 유교가 들어오게 되고 신라 하대에 이르러서는 중국의 빈공과에 합격한 육두품들에 의해 중국의 한문학이 빠른 속도로 수입되기에 이른다. 초기에는 실용문 중심이다가 신라 하대에 이르러 육두품들에 의해 본격적으로 한시가 쓰였다.

(2) 현전하는 주요 작가 및 주요 작품 중요 ★★

① **한역시** : 「구지가」, 「공무도하가」, 유리왕의 「황조가」, 「해가」 등(원본은 전하지 않는다)
② **을지문덕의 「여수장우중문시」** : 을지문덕이 수나라 장수인 우중문에게 보낸 한시, 현전하는 가장 오래된 5언고시
③ **진덕여왕의 「태평송」** : 진덕여왕이 당나라 황제에게 보낸 5언고시
④ **김후직의 「간렵문」** : 진평왕의 사냥을 말리는 내용의 간언문
⑤ **최치원의 『계원필경』 20권** : 현전 최고(最古), 최초의 개인문집
⑥ **최치원의 「추야우중」** : 최치원의 대표적인 작품
⑦ **최치원의 「격황소서」** : 당나라 때 황소의 난을 일으킨 괴수 황소에게 항복을 권유하기 위해 보내는 격문으로, 뛰어난 문장으로 유명하다.

2 고려시대

(1) 특징

① 고려 초에는 신라 말기의 육두품 계열이 중심이 되어 지속적인 창작 활동이 이루어졌다. 이들은 사륙변려문과 같은 만당풍 문체로 창작 활동을 하였다. 이후 고려 중기를 넘어서면서 당송풍이 유행하여 소동파를 추종하는 경향이 생겨났다.

② 4대 왕이었던 광종 때 도입된 과거제도의 영향으로 시의 경우 공령시(功令詩), 산문의 경우 과문육체(科文六體)라 하여 일정한 공식에 고사를 대입하는 등의 과거시험식 문장이 유행하였다.

③ 과거 응시 후 문인들은 기존의 과거식 문장에서 탈피하여 개성적인 문학세계를 개척해 나갔다.

④ 새로운 문학양식이 생겨났는데, 사(辭), 부(賦), 비평양식, 가전체문학과 같은 것들이 이에 해당한다.

⑤ 문학사상적인 면에서 불교와 유교가 심화되었다.

(2) 현전하는 주요 작가 및 주요 작품 중요 ★★★

① **개인 문집** : 이규보의 『동국이상국집』, 이곡의 『가정집』, 이제현의 『익재집』, 의천의 『대각국사문집』

② **부** : 김부식의 「아계부」・「중니봉부」, 이규보의 「몽비부」・「방선부」・「조강부」, 이인로의 「옥당백부」・「홍도정부」, 최자의 「삼도부」, 이색의 「관어대소부」

③ **비평집** : 이규보의 『백운소설』, 이인로의 『파한집』, 최자의 『보한집』, 이제현의 『역옹패설』

④ **정지상** : 만당풍의 대표적 시인으로 「장원정」・「대동강 송별시」(송인) 등 20여 수를 남겼다.

⑤ **죽림고회** : 무신란이 일어나자 무신정권에 아부하기를 거부하고 산수를 찾아다니며 시문을 즐겼던 사람들의 모임으로, 임춘, 이인로, 오세재 등이 중국의 죽림칠현을 본 떠 만들었다.

⑥ **이인로** : 시 창작에 뛰어나 당대에 이름을 떨쳤다. 현존하는 최고의 시화집인 『파한집』을 남겼다.

⑦ **이규보** : 8000수의 시를 지었으며 즉물시, 영사시, 주필시 등 독특한 유형의 시분야를 개척하기도 했다. 장편 서사시 「동명왕편」의 저자이다.

⑧ **김부식의 『삼국사기』에 실린 열전** : 소설문학의 발단을 보여주는 것으로 중요한 의미가 있다. 「온달전」, 「도미」, 「설씨녀전」 등이 있다.

⑨ **일연의 『삼국유사』에 실린 설화** : 작가의 창작성과 문식이 가미되었으며, 사회현실이 풍부하게 반영되어 있다. 「도화녀 비형랑」, 「조신」, 「김현감호」 등이 있다.

⑩ **「최치원전」** : 작가가 누구인지 불확실하나 박인량이라는 설이 가장 유력하다. 액자소설의 구조를 지닌 전기(傳奇)소설로 소설의 효시가 된 작품으로 여겨진다.

⑪ **가전체소설** : 임춘의 「국순전」(술을 의인화)・「공방전」(돈을 의인화), 이규보의 「국선생전」(술을 의인화)・「청강사자현부전」(거북을 의인화), 이곡의 「죽부인전」(대나무를 의인화), 이첨의 「저생전」(종이를 의인화), 석식영암의 「정시자전」(지팡이를 의인화)

3 조선시대

(1) 특징

① 일반적으로 고려 중기에서 조선조 선조 대까지는 송시풍(宋詩風)이 유행하여 소동파나 한퇴지를 즐겨 읽었으나, 그 뒤로는 당시풍(唐詩風)이 우세하여 두보나 이백의 시풍이 우세하였다.

② 불교를 배척하고 정치이념인 유교를 따라 유교적 문학론을 발전시켰다. 그럼에도 불구하고 불교를 완전히 배척하지는 못하고 불교와 유교의 조화를 이루기 위한 노력이 이루어졌으며, 노장사상도 문학에 영향을 미쳤다.

③ 도학(道學)과 사장(詞章) 간의 대립이 지속적으로 이루어졌다. 정몽주나 길재 등과 같은 도학 혹은 경학파들은 문학을 경시하는 입장인 반면 이색, 이숭인, 권근 등의 사장파들은 문학을 옹호하는 경향이 강했다.

④ 산림문학과 사실주의 문학이 함께 발전했다. 산림문학은 관념론적 사유에 바탕을 두고 사변적인 관념시를 통해 본원적인 아름다움을 표현했다. 서경덕, 이황, 이이 등이 이에 해당한다. 반면 사실주의 문학은 사회현실을 중시하여 사실주의적 경향에 가까운 시를 썼다. 정약용이 이에 해당한다.

⑤ 소설이 출현했다.

⑥ 비평 및 악부가 발달했다.

(2) 현전하는 주요 작가 및 주요 작품

① 정도전의 「불씨잡변」・「심기리편」

② **만록, 잡기류** : 서거정의『필원잡기』, 성현의『용재총화』, 권응인의『송계만록』, 김만중의『서포만필』, 황현의『매천야록』, 이순신의『난중일기』, 유성룡의『징비록』, 이노의『용사일기』 등

③ **비평** : 서거정의『동인시화』, 허균의『성수시화』, 홍만종의『소화시평』 등

④ **소설** : 김시습의『금오신화』, 심의의「대관재몽유록」, 임제의「원생몽유록」・「화사」・「수성지」, 허균의「남궁선생전」, 정태제의「천군연의」, 조성기의「창선감의록」, 박지원의「허생전」・「양반전」 등

⑤ **악부** : 김종직의「동도악부」, 심광세의「해동악부」, 이익의「성호악부」, 정약용의「탐진악부」, 이학규의「영남악부」, 김려의「사유악부」 등

⑥ **백과전서적인 저서들** : 이수광의『지봉유설』, 이익의『성호사설』

⑦ **기행문** : 『해행총재』, 『연행록』

⑧ **시인** : 정도전, 권근, 원천석, 서거정, 강희맹, 최립 등의 조선 전기 시인들이 있었으며 삼당시인으로 불린 최경창, 백광훈, 이달, 그리고 여류시인이었던 허난설헌은 조선 중기의 시인들이었다. 또한 박지원을 비롯해 그의 문하생이었던 이덕무, 유득공, 박제가, 이서구 등은 조선 후기의 대표적인 시인들이다.

> ❗ **더 알아두기** 🔍

한시 작품 예시

을지문덕, 「여수장우중문시」	
원문	현대어 풀이
神策究天文(신책구천문) 妙算窮地理(묘산궁지리) 戰勝功旣高(전승공기고) 知足願云止(지족원운지)	귀신같은 책략은 하늘의 이치를 다했고 오묘한 꾀는 땅의 이치를 깨우쳤네 싸움에서 이긴 공이 이미 높으니 만족함을 알고 그만두기를 이르노라

최치원, 「추야우중」	
원문	현대어 풀이
秋風唯苦音(추풍유고음) 世路少知音(세로소지음) 窓外三更雨(창외삼경우) 燈前萬里心(등전만리심)	가을바람에 괴롭게도 읊고 있건만 세상에는 알아 듣는 사람이 없어 깊은 밤 창밖에는 비가 내리고 등불 아랜 만 리 먼 길 외로운 마음

정지상, 「송인」	
원문	현대어 풀이
雨歇長堤草色多(우헐장제초색다) 送君南浦動悲歌(송군남포동비가) 大同江水何時盡(대동강수하시진) 別淚年年添綠波(별루년년첨록파)	비 갠 긴 둑에 풀빛이 짙은데 님 보내는 남포에 슬픈 노래 흐르는구나 대동강물이야 어느 때나 마르리 이별의 눈물 해마다 푸른 물결에 더하여지네

제15편 실전예상문제

01 우리나라 한문학의 연구 대상에 대한 설명으로 가장 적절한 것은?

① 향찰로 표기된 향가도 한자를 이용한 것이므로 한문학의 연구 대상이 된다.
② 중국, 일본과 같은 한자 문화권에 사는 사람들이 다른 언어로 표현한 것도 연구 대상에 포함시켜야 한다.
③ 우리 조상이 한문을 사용해 우리의 사상과 감정을 기록한 일체의 문학작품을 가리킨다.
④ 우리 조상뿐만 아니라 중국인이나 일본인이 한문으로 남긴 작품도 연구 대상에 포함시킨다.

02 다음 중 한문학의 연구 범주가 <u>아닌</u> 것은 무엇인가?

① 한시
② 한문산문
③ 한문경학
④ 한문경전

03 다음 중 고시(古詩)에 대한 설명으로 적절한 것은 무엇인가?

① '고체'라고도 불린다.
② 내용이 보수적 경향을 지녀 형식이 엄격하다.
③ 당나라 때 완성된 형식이다.
④ 우리나라에는 고시에 해당하는 작품이 없다.

01 한문학은 기본적으로 한자로 나타낸 문학을 가리키는 것이며 한자로 쓴 것이라 해도 일본인이나 중국인이 남긴 작품은 우리의 연구 대상에 포함되지 않는다. 또한 향찰이나 이두는 한자를 차용한 것일 뿐 한문의 언어규범에 따른 것이 아니므로 한문학의 대상으로 볼 수 없다.

02 한문학의 범주에 해당하는 것은 한시, 한문산문, 한문소설, 한국경학이 있다. 한국경학이란 중국의 고문을 연구하는 과정에서 생겨난 저작들을 가리키는 말이다. 한문경전이라 함은 『논어』, 『맹자』, 『춘추』, 『예기』와 같은 것들을 가리키는 것인데, 그러한 경전 자체를 연구하는 것은 한문학의 범주에 해당하지 않고, 그러한 경전은 한국인이 쓴 게 아니다.

03 고시는 수나라 이전에 완성된 형식으로 다른 이름으로는 고체, 고풍이 있다. 근체시에 대응해 붙인 이름이다. 한편 우리나라의 한시들 중 진덕여왕이 지은 「태평송」, 을지문덕이 지은 「여수장우중문시」는 모두 오언고시이다.

정답 01③ 02④ 03①

04 근체시는 중국 당나라 때 확립된 형식으로 글자 수에 따라 5언이 7언이 있고, 구가 몇 개인지에 따라 4개는 절구, 8개는 율시, 12개는 배율이라 한다. 예를 들어 어떤 한시가 '5언율시'라 하면 그 시는 5글자가 한 행을 이루고, 그러한 행 8개로 이루어진 시라는 의미이다.
절구, 율시, 배율 중에서 압운의 제약을 가장 적게 받는 것은 절구로, 3·4구가 대구를 이루기만 하면 된다.

04 다음 중 근체시에 대한 설명으로 적절한 것은 무엇인가?

① 대구를 가장 많이 이루어야 하는 시는 절구이다.
② 한 구를 이루는 글자 수에 따라 사언시와 칠언시의 두 종류로 나눌 수 있다.
③ '금체시'라고도 한다.
④ 율시, 배율, 절구 중 가장 긴 것은 율시이다.

05 증서류는 이별을 할 때 지어주는 글로, 예를 들어 「送震澤申公[光河] 游白頭山序」(송진택신공[광하]유백두산서)는 정약용이 백두산으로 유람을 떠나는 신광하에게 주는 글이다.

05 다음 중 『동문선』에서 소개하는 한문산문의 뜻으로 옳지 <u>않은</u> 것은?

① 논변류 : 논설문
② 주소류 : 임금에게 올린 글
③ 조령류 : 왕의 명령
④ 증서류 : 계약 당사자 간의 합의사항을 적은 글

06 한자의 유입은 보다 이른 시기에 이루어졌다. 한나라에 의해 고조선이 멸망하고 한사군이 설치되던 무렵 한자가 유입된 것으로 짐작된다.

06 다음 중 고대 한문학의 특징에 대한 설명으로 옳지 <u>않은</u> 것은?

① 우리나라에 한자가 유입된 것은 고려 초의 일이다.
② 고대시대에는 불교의 유입과 더불어 불교를 바탕으로 한 여러 설화들이 기록되었다.
③ 중국의 한문학이 본격적으로 수입되고 다양한 한시가 창작되기 시작한 것은 신라의 육두품 출신들에 의해서였다.
④ 이 시대를 대표하는 작가로는 최치원을 들 수 있다.

정답 04 ③ 05 ④ 06 ①

07 고려시대 한문학에 대한 설명으로 옳은 것은?

① 유행하는 문체는 당송풍에서 만당풍으로 바뀌었다.

② 과거제도의 실시와 더불어 문장의 성격도 바뀌었다.

③ 이 시기에는 아직 새로운 장르가 생겨날 정도로 한문학이 발달하지는 못했다.

④ 불교 국가인 고려에 걸맞게 온통 불교적인 내용의 작품들만 쓰였다.

07 광종은 관리를 뽑기 위해 과거제도를 도입하였는데 과거시험의 시험과목은 시(詩)・부(賦)를 비롯하여, 송(頌)・시무책(時務策)・책문(策問)・예경(禮經)・논(論)・경의(經義)・고부(古賦)・육경의(六經義)・사서의(四書義) 등이었다. 이 중 4과목을 3번에 걸쳐 시험을 보았는데 그러다보니 시험과목에 해당하는 형식의 글들이 중시될 수밖에 없었다. 물론 과거에 합격하여 관리가 된 이후에는 과문의 형식에서 벗어나 개성적인 문학세계를 펼쳐나가는 경우가 대부분이었다.

08 다음 중 작가와 책의 제목이 잘못 연결된 것은?

① 이제현 – 『역옹패설』

② 최자 – 『보한집』

③ 이규보 – 『파한집』

④ 이규보 – 『백운소설』

08 『파한집』의 저자는 이인로이다.

09 다음 중 '죽림고회'에 속하지 않는 사람은 누구인가?

① 임춘

② 이인로

③ 이규보

④ 오세재

09 죽림고회에는 이인로, 임춘, 오세재, 조통, 황보항, 함순, 이담지가 속한다.

정답 07 ② 08 ③ 09 ③

10 「최치원전」의 저자가 누군가에 대해서는 논란이 있으나 설화문학에서 소설로 나아가는 과정에서 소설의 효시가 된 작품으로 여겨진다.

10 다음 중 소설 장르의 효시가 된 작품으로 여겨지는 작품은 무엇인가?

① 임춘, 「국순전」
② 박인량, 「최치원전」
③ 작자 미상, 「김현감호」
④ 이규보, 「동명왕편」

11 「저생전」은 종이를 의인화한 작품으로, 저자인 이첨은 자신의 파란만장한 생애를 종이의 역사나 기능에 의탁하여 당시 부패한 선비의 도에 대하여 경종을 울리고 있다.

11 다음 중 가전체소설의 제목과 의인화 대상이 <u>잘못</u> 연결된 것은?

① 「국순전」 – 술
② 「공방전」 – 돈
③ 「죽부인전」 – 대나무
④ 「저생전」 – 젓가락

12 불교를 배척한 것은 사실이나 사실상 완전하지는 못하여 불교와 유교의 조화를 추구하는 모습이 문학에도 드러난다.

12 다음 중 조선시대 한문학의 특징에 관한 설명으로 옳지 <u>않은</u> 것은?

① 초기에는 송시풍이 유행했으나, 나중에는 당시풍이 유행했다.
② 불교를 배척하는 경향이 강해서 문학작품에서 불교적 색채가 완전히 사라졌다.
③ 관념론적 사유에 바탕을 둔 문학과 사실주의적 경향에 해당하는 문학이 함께 발전했다.
④ 소설 장르가 본격적으로 발전했다.

정답 10 ② 11 ④ 12 ②

13 다음 중 조선시대에 쓰인 비평집이 <u>아닌</u> 것은?

① 황현, 『매천야록』
② 서거정, 『동인시화』
③ 허균, 『성수시화』
④ 홍만종, 『소화시평』

13 『매천야록』은 조선 말기에 황현이 역사를 기록한 책이다.

14 다음 중 소설의 작가와 작품명이 <u>잘못</u> 연결된 것은?

① 김시습 - 『금오신화』
② 허균 - 「남궁선생전」
③ 박지원 - 「허생전」
④ 정태제 - 「원생몽유록」

14 「원생몽유록」의 저자는 심의이다. 정태제가 쓴 소설은 「천군연의」이다.

15 다음 중 조선시대 시인들과 시기가 <u>잘못</u> 연결된 것은?

① 조선 전기 - 정도전, 권근
② 조선 중기 - 허난설헌, 이달
③ 조선 전기 - 원천석, 서거정
④ 조선 후기 - 이덕무, 권근

15 이덕무는 조선 후기 시인이 맞지만, 권근은 조선 전기에 활동한 시인이다.

16 다음 중 삼당시인에 속하지 <u>않는</u> 사람은 누구인가?

① 최립
② 백광훈
③ 최경창
④ 이달

16 최립은 조선 전기에 활동한 시인이고, 삼당시인은 선조 때인 조선 중기의 시인들이다. 이들은 송시풍을 따르던 당시의 경향에서 벗어나 당시풍을 따라 좀 더 낭만적, 풍류적인 시를 쓰고자 했다.

정답 13 ①   14 ④   15 ④   16 ①

17 이 시는 고체시이므로 별도로 율시인지 절구인지 등을 따지지 않는다. 다만 5언과 7언을 구별해 5언고시 혹은 7언고시라고 할 뿐이다. 다만 '율시'는 근체시에서 8구로 이루어진 시를 말한다. 4구로 된 시는 '절구'라고 한다.

17 다음에 제시된 시에 대한 설명으로 옳지 않은 것은?

원문	현대어 풀이
神策究天文(신책구천문) 妙算窮地理(묘산궁지리) 戰勝功旣高(전승공기고) 知足願云止(지족원운지)	귀신같은 책략은 하늘의 이치를 다했고 오묘한 꾀는 땅의 이치를 깨우쳤네 싸움에서 이긴 공이 이미 높으니 만족함을 알고 그만두기를 이르노라

① 을지문덕이 쓴 「여수장우중문시」이다.
② 현전하는 가장 오래된 한시이다.
③ 이 시를 받은 적장 우중문은 회군을 했으나 을지문덕은 뒤쫓아 크게 무찔렀다.
④ 5언율시의 형태를 지녔다.

18 「송인」은 형식이 징해진 시로 근체시 중에서도 절구에 해당한다.

18 다음에 제시된 시에 대한 설명으로 틀린 것은 무엇인가?

원문	현대어 풀이
雨歇長堤草色多 (우헐장제초색다)	비 개인 긴 둑에 풀빛이 짙은데
送君南浦動悲歌 (송군남포동비가)	님 보내는 남포에 슬픈 노래 흐르는구나
大同江水何時盡 (대동강수하시진)	대동강물이야 어느 때나 마르리
別淚年年添綠波 (별루년년첨록파)	이별의 눈물 해마다 푸른 물결에 더하여지네

① 고려시대의 문신 정지상이 이별의 슬픔을 노래한 시이다.
② 제1·2·4구의 마지막 글자 多(다)·歌(가)·派(파)가 압운 자이다.
③ 7언고시에 해당한다.
④ 비 온 뒤 대동강변의 풍경과 이별의 슬픔을 대비하여 이별의 슬픔을 한층 깊게 표현했다.

정답 17 ④ 18 ③

19 다음 중 최치원에 대한 설명으로 옳지 <u>않은</u> 것은?

① 신라의 귀족 출신으로 당나라에서 중앙정부의 높은 관직에 올랐다.
②「격황소서」를 통해 문명을 떨치게 되었다.
③「촉규화」, 「추야우중」, 「제가야산독서당」과 같은 많은 작품들을 남겼다.
④ 후삼국시대가 시작되자 칩거하였다.

20 다음 설명에 해당하는 작품은 무엇인가?

> • 고려 문신이었던 정지상이 소년 시절에 지은 작품이다.
> • 『서포만필』의 저자였던 김만중은 이 시를 왕유의 작품에 견줄 정도로 높이 평가했다.
> • 이별을 제제로 한 시 중 백미로 손꼽힌다.

①「심기리편」
②「국순전」
③「송인」
④「장원정」

21 고려시대에 무신란 이후 한문학에 대한 설명으로 옳지 <u>않은</u> 것은?

① 몰락한 문벌귀족 중 일부는 '죽림고회'를 자처하며 세태를 비판하는 문학 활동을 했다.
② 비평의식이 대두되기 시작했다.
③ 이 시기 활동했던 대표적인 문인에는 이인로가 있다.
④ 무신란 이후 새로운 문학 담당층으로 떠오른 사람들은 권문세족이다.

19 최치원은 신라 육두품 출신으로 당나라 빈공과에 합격해 당나라에서 벼슬을 하였다. 그러나 외국인이라는 한계로 인해 높은 관직에 오르는 데에는 한계가 있었다.

20 「심기리편」은 정도전이 유가의 입장에서 불가와 도가를 비판하고 유가의 우수함을 찬양한 글이고, 임춘의 「국순전」은 술을 의인화해서 쓴 가전체소설이다. 「장원정」은 정지상의 작품이기는 하지만 개성 서강가에 있는 장원정의 위용과 주위의 모습을 노래한 작품이다.

21 무신란 이후 문벌귀족이 몰락하고, 지방을 근거지로 삼아 정계에 진출한 이들이 새로운 문학 담당층이 되었다. 이들을 신흥사대부라고 부른다. 권문세족은 원나라 세력을 등에 업고 정권을 장악한 귀족층을 가리키는 말이다.

정답 19 ① 20 ③ 21 ④

22 훈구파는 문장의 표현과 문학적 성취를 중요하게 여기는 사장파적인 경향을 보인 반면 사림파는 성리학에 대한 탐구를 문학보다 중시하여 문학을 재도지기(도덕적 가치를 담는 그릇)로 규정한 도학파 문인들을 말한다. 이들은 조선시대에 줄곧 대립하였는데 특히 조선 중기에 대립이 심하였다. '방외인문학'은 조선시대 상류층의 일반적인 경향에서 벗어나 반체제적인 삶을 살면서, 또는 사회 현실에 대한 비판의식을 가지고 방랑하면서, 문학작품을 통해 자신의 고뇌를 토로하는 문학류를 가리키는 말로 김시습, 임제 등이 대표 작가이다. 가전체문학이 생겨난 것은 고려시대의 일이다.

23 악부는 우리나라 가요를 한시 절구 형식에 맞게 번안한 것을 말하며, 고시와 고체시는 근체시에 대비되는 개념으로 수나라 이전에 있던 한시 양식을 통칭하거나 근체시 형식에 부합하지 않은 시를 말한다.

24 전(傳)은 조선 후기 연암 박지원에서 형식적 완성을 이루었다.

22 다음 중 훈구파와 사림파의 대립 시기에 나타난 한문학 경향이 아닌 것은?

① 가전체문학이 생겨났다.
② 삼당시인이 활동했다.
③ 황진이, 이계랑, 신사임당, 허초희 등 여성 문인에 의한 한시 작품이 지어졌다.
④ 김시습, 임제 등의 방외인문학이 등장했다.

23 다음 설명에 해당하는 문학 형식은 무엇인가?

- 중국 당나라 시대에 완성되었다.
- 절구, 율시, 배율에 따른 형식이 엄격하다.
- 가장 널리 향유된 한시 형식이다.

① 고시
② 근체시
③ 악부
④ 고체시

24 다음 중 전(傳)에 대한 설명으로 옳지 <u>않은</u> 것은?

① 사전과 열전에서 시작되었다.
② 고려 중기 이후에 가전체로 발전했다.
③ 조선조 한문 단편으로 성장했다.
④ 김시습의 『금오신화』에서 완성되었다.

정답 22 ① 23 ② 24 ④

25 다음 중 최치원과 거리가 <u>먼</u> 작품은 무엇인가?

① 「격황소서」
② 「강남녀」
③ 「여수장우중문시」
④ 「추야우중」

26 다음 중 최치원의 작품이자 현전하는 가장 오래된 개인 문집으로 꼽히는 것은 무엇인가?

① 『지봉유설』
② 『해행총재』
③ 『계원필경』
④ 『해동가요』

27 다음 중 죽림고회에 대한 설명으로 적절하지 <u>않은</u> 것은 무엇인가?

① 고려 무신 정권기에 구성된 문인들의 모임이다.
② 중국의 '죽림칠현'에 비견하여 '해좌칠현' 혹은 '죽림고회'라 이름 지어졌다.
③ 서로 모여 술 마시고 시를 지으며 호탕하게 즐겼는데, 그들의 이러한 모습은 세인의 비난을 받기도 하였지만 무신정권 하에서의 불만을 그런 식으로 표현한 것이라 여겨지기도 한다.
④ 이규보는 이 모임의 대표적인 인물로 모임을 이끌었다.

28 「최치원전」의 작자는 최치원, 박인량, 김척명 등이 작자로 거론되는데 가장 유력하다고 여겨지는 사람은 박인량이다.

28 「최치원전」에 대한 설명으로 적절하지 <u>않은</u> 것은?

① 작자로 거론되는 사람이 몇 명 있는데 그 중 최치원이 가장 유력하다.

② 액자소설의 구조를 지녔으며 내용상 전기(傳奇)소설이다.

③ 애정소설의 일반적인 구조를 따르고 있다.

④ 조선 전기에 성임이 편찬한 잡록집인 『태평통재』에 실려 있다.

29 박제가는 일생 동안 4번에 걸친 청나라 연행을 했고, 이 경험을 토대로 『북학의』를 썼다.

29 다음 중 조선 후기의 대표적 시인들에 대한 설명으로 옳지 <u>않은</u> 것은?

① 『열하일기』의 저자로 유명한 박지원은 고문체를 비판하였다.

② 이덕무는 유득공, 박제가, 이서구와 함께 한시 4대가, 혹은 연문 4대가라고 불린다.

③ 유득공은 시의 소재를 중국만이 아니라 다양한 나라로 확대하여 세계관을 넓혔다.

④ 박제가는 청나라에 한 번도 가 본 적이 없으나 청나라 문물의 우수성을 알고 이를 수용해야 한다는 내용의 『북하익』를 썼다.

30 『난중일기』는 이순신이 임진왜란 때 진중에서 쓴 일기이며, 『간양록』은 임진왜란 때 일본에 잡혀갔던 강항이 일본에서 조선으로 돌아올 때까지의 체험을 기록한 글이고, 『금계일기』는 임진왜란에 참여했던 의병 노인(魯認)이 왜국에 포로로 잡혀갔다가 탈출하여 귀국할 때까지의 일을 기록한 일기이다. 한편 『강도일기』는 조선 인조 때 문신 어한명이 쓴 것으로, 병자호란 당시 왕자 일행을 강화도로 피신시킨 일을 기록하고 있다.

30 다음 중 임진왜란과 관련된 서사물이 <u>아닌</u> 것은 무엇인가?

① 『난중일기』

② 『간양록』

③ 『금계일기』

④ 『강도일기』

정답 28 ① 29 ④ 30 ④

부록

최종모의고사

I wish you the best of luck

국어국문학과 2단계

제 **1** 회 최종모의고사 | 국문학개론

제한시간: 50분 | 시작 ___시 ___분 – 종료 ___시 ___분

⊒ 정답 및 해설 369p

01 다음 중 자아와 세계가 대결하지 않는 방식으로 이어진 문학 갈래는?

① 향가
② 가면극
③ 무가
④ 판소리

02 다음에 제시된 한국문학 연구방법에 해당하는 방법은?

> • 문학은 국제적인 관련을 갖고 있다는 점을 전제로 연구한다.
> • 고전문학과 중국문학과의 관계 및 개화기 이후 문학과 서구·일본문학과의 관계를 연구한다.

① 형식분석적 방법
② 정신사적 방법
③ 비교문학적 방법
④ 사회사적 방법

03 다음 중 고대시가에 대한 설명으로 적절하지 <u>않은</u> 것은?

① 한역가요라고도 불린다.
② 원시 종합 예술의 형태였다.
③ 배경설화와 함께 전한다.
④ 「공무도하가」는 '백수광부의 처'가 지은 노래로 유일하게 지은이가 밝혀져 있다.

04 다음 중 삼국시대 노래에 대한 설명으로 적절하지 <u>않은</u> 것은?

① 고구려의 노래 중에는 노랫말이 전하는 작품이 없다.
② 백제의 노래는 유일하게 향토적 정서를 중시했으며 작자가 모두 여성이었다.
③ 「정읍사」는 유일하게 가사가 전하는 백제의 노래이다.
④ 신라의 노래에는 향가 이외에도 여러 가지가 있었지만 가사가 전하지 않는다.

05 다음 중 10구체 향가가 <u>아닌</u> 것은?

① 「서동요」
② 「혜성가」
③ 「찬기파랑가」
④ 「우적가」

06 다음 중 향가에 대한 설명으로 옳지 <u>않은</u> 것은?

① 내용적인 면에서는 개인적 서정시로 나아갔다는 점에서 이전에 비해 발전되었다고 할 수 있으나
   형식적인 면에서는 지나치게 중국에 의존적이었다.
② 4구체, 8구체, 10구체 중 10구체 향가가 가장 완성된 형태라 할 수 있다.
③ 대부분의 작자는 승려 혹은 화랑이었다.
④ 10구체 향가의 형식 중 이후 시조나 가사에 영향을 준 것은 결구의 형식이다.

07 다음 중 고려가요의 별칭이라 할 수 <u>없는</u> 것은?

① 고려가사
② 여요
③ 경기체가
④ 고려장가

08 다음 중 경기체가와 속요의 공통점이 <u>아닌</u> 것은?

① 주로 3음절, 3음보이다.
② 분연체이다.
③ 여음이나 후렴구가 붙는다.
④ 교술 장르에 속한다.

09 다음 중 '참요'에 대한 설명으로 적절하지 <u>않은</u> 것은?

① 미래 예언적, 풍자적인 내용을 담고 있다.
② 사회 혼란기에 주로 발생한다.
③ 비판하고자 하는 대상에 대해 직설적인 어법을 구사하였다.
④ 민중의 사회적 의사 전달의 매개체로서 작용하였다.

10 다음 중 시조에 대한 설명으로 옳지 <u>않은</u> 것은?

① 길이에 따라 평시조, 엇시조, 사설시조로 분류된다.
② 중첩 여부에 따라 단시조와 연시조로 나뉜다.
③ 종장의 첫 음보는 3자이다.
④ 현존하는 가장 오래된 시조집에는 『시조유취』가 있다.

11 다음 설명에 해당하는 인물은 누구인가?

- 조선 중기의 문신으로 호는 '면앙정'이다.
- 시조에 뛰어났으며 '강호가도'를 읊는 시조의 선구자로 불린다.
- 「면앙정잡가」와 「면앙정가」 등 다수의 시가문학 작품을 남겼다.

① 윤선도   ② 정철
③ 송순   ④ 이황

12 다음 중 시조 가단이 <u>다른</u> 사람은 누구인가?

① 이현보
② 송순
③ 권호문
④ 이황

13 악장에 대한 설명으로 적절하지 <u>않은</u> 것은?

① 악장은 궁중에서 공식 행사 때 사용된 음악의 가사이다.
② 연장형식과 분절형식 등 형식이 정형화되어 있다.
③ 유교적 이상사회를 찬양하는 내용이 주를 이룬다.
④ 「용비어천가」는 조선 초 악장의 결정판이라 여겨진다.

14 다음 중 「용비어천가」에 대한 설명으로 적절하지 <u>않은</u> 것은?

① 세종이 직접 지은 것으로 석가의 생애와 공덕을 찬양하는 내용을 담고 있다.
② 훈민정음을 이용해 지은 최초의 노래이다.
③ 전체가 125장이고 각 장은 대구 형식을 지닌 2절로 이루어져있다.
④ 일부 장에는 곡을 지어 조정의 연례악으로 사용했다.

15 다음 중 가사의 장르에 대한 논의가 <u>아닌</u> 것은?

① 가사는 시조의 경우와 마찬가지로 시가문학에 속한다.
② 가사는 길이가 일반적인 시보다 길기 때문에 수필로 봐야 한다.
③ 가사의 기원은 교술민요이므로 가사 역시 교술이라는 새로운 장르로 봐야 한다.
④ 가사는 길이가 길고 하나의 서사적인 내용도 담겨 있기 때문에 소설 장르로 봐야 한다.

16 다음 중 가사의 형식에 대한 설명으로 옳지 <u>않은</u> 것은?

① 한 행은 대체로 4음보로 끊어 읽는다.
② 결구가 3글자로 시작하느냐 마느냐에 따라 정격가사와 변격가사로 구분한다.
③ 조선 후기로 갈수록 형식이 다듬어져 4·4조보다 3·4조의 음수율을 지닌 작품이 많아졌다.
④ 대부분 1연으로 이루어져 있다.

17 다음 중 가사의 종류별 특성에 대한 설명으로 적절하지 <u>않은</u> 것은?

① 사대부가사는 주로 강호생활, 연군과 유배, 유교 이념과 교훈 등의 내용을 다루었다.
② 내방가사는 주로 궁녀들에 의해 지어졌다.
③ 서민가사에는 평민만이 아니라 향촌의 몰락한 사대부들이 쓴 것도 포함된다.
④ 개화가사는 한국 시가 사상 최초의 근대적 시가 양식의 모습을 보여주었다.

18 다음 중 민요에 대한 설명으로 적절하지 <u>않은</u> 것은?

① 민요는 전통 사회의 피지배계급이 불러온 노래이다.
② 민요는 기층적 삶과 연관됨으로써 민족적 고유성이 잘 드러나는 장르이다.
③ 민요는 개성적인 특성을 지닌 개인 창작자가 창작한 후 전체 민중이 이를 함께 공유하는 장르이다.
④ 민요는 구비 전승되지만 전문 창자에 의해 불리는 건 아니라는 점에서 무가, 판소리와 구별된다.

19 민요에 대한 연구를 할 때 살펴봐야 하는 측면으로 적절하지 <u>않은</u> 것은?

① 음악적 측면
② 문학적 측면
③ 민속학적 측면
④ 무용적 측면

20 다음 중 설화의 특성이라고 볼 수 <u>없는</u> 것은?

① 구비 전승되는 과정에서 변화가 일어나기도 한다.

② 율격이 살아있다.

③ 구연되기 위해서는 화자와 청자만 있으면 된다.

④ 설화의 화자가 되기 위해서는 수련이 필요하지 않다.

21 다음 중 전설에 대한 설명으로 옳지 <u>않은</u> 것은?

① 전설은 산천, 촌락, 사찰 등의 형성과 유래에 대해 사실적으로 설명해 준다.

② 전설은 선조들의 생활체험을 토대로 형성되었다.

③ 전설은 화자와 청자 모두 진실로 믿으려는 마음을 바탕으로 한다.

④ 전설은 구체성을 띤다.

22 다음 중 민담의 특성에 대해 옳게 설명한 것은?

① 민담은 구체적인 시간과 공간을 토대로 지어진다.

② 민담의 주제와 형식은 개개의 민담마다 독특한 특성을 지닌다.

③ 민담에는 영웅적인 주인공이 등장하여 뛰어난 업적을 이루어낸다.

④ 민담을 시작할 때는 '옛날에', '호랑이 담배피던 시절에'와 같이 특정한 표현이 사용된다.

23 다음 중 설화의 기능에 대한 설명으로 적절하지 <u>않은</u> 것은?

① 신화는 향유집단의 긍지와 자부심을 높이는 기능이 있다.

② 전설을 통해 증거물이 존재하는 지역 주민들은 유대감을 형성한다.

③ 전설을 통해 사물의 시원이나 죽음 이후의 삶에 대한 호기심과 탐구심이 증폭된다.

④ 민담을 주고받음으로써 인간관계가 돈독해진다.

24 고소설에 대한 설명으로 옳지 <u>않은</u> 것은?

① 고소설은 허구적 서사를 통해 미적 형상화를 추구한다.
② 고소설은 현대소설과 달리 구체적인 시간과 장소의 설정이 필요하지 않다.
③ 고소설의 시간과 장소는 실재가 아니라 가공의 것이다.
④ 고소설은 현대소설과 시간적 차이만이 아니라 내용적인 면에서도 차이가 있다.

25 다음 중 고소설의 형태상, 내용상 특성에 대해 <u>잘못</u> 설명한 것은?

① 개인의 전기물인 것처럼 '-전', '-기' 같은 말이 붙는다.
② 작품의 배경을 중국으로 정한 경우가 많다.
③ 사건 진행이 비교적 단순하고 유형적이다.
④ 역행적 시간 구성을 갖는 경우가 많다.

26 다음 중 고소설의 주된 주제라 할 수 <u>없는</u> 것은 무엇인가?

① 군주에 대한 충성심
② 효성
③ 양반 계급의 우월성 표현
④ 유교적인 도덕사상 강조

27 다음 중 고소설의 효시가 되는 작품으로 보기 가장 <u>어려운</u> 것은 무엇인가?

① 『금오신화』
② 「최치원」
③ 「국순전」
④ 「홍길동전」

28 판소리가 이루어지기 위해 필요한 3대 요소에 해당하지 <u>않는</u> 것은?

① 소리광대
② 고수
③ 아니리
④ 청중

29 판소리의 특성에 대한 설명으로 옳지 <u>않은</u> 것은?

① 구비 전승되었다.
② 음악, 문학, 연극이 결합된 종합 예술이라 할 수 있다.
③ 부분만 따로 떼어 연행할 수 있다.
④ 조선 후기 서민이라는 특정 계층의 향유물이어서 그 당시 서민들의 생각과 감정을 잘 전달한다.

30 다음 중 판소리 12마당 중 사설과 선율이 모두 함께 남아 있는 것은?

① 「춘향가」
② 「장끼타령」
③ 「가짜신선타령」
④ 「무숙이타령」

31 다음 중 가면극에 대한 설명으로 <u>잘못된</u> 것은?

① 가면극은 지역에 따라 여러 이름으로 불리는데 산대놀이, 탈춤, 야류, 오광대놀이가 모두 가면극을 가리키는 이름이다.
② 가면극의 무대는 '마당'이라 부른다.
③ 가면극의 '과장'은 현대극의 '막'과 동일한 기능을 담당한다.
④ 가면극의 기원에 대해서는 산대희 기원설, 풍농굿 기원설, 기악 기원설, 무굿 기원설 등 다양한 견해가 있다.

32 다음 중 가면극의 종류가 <u>다른</u> 것은?

① 하회별신굿의 가면극
② 강릉단오굿의 관노가면극
③ 병산별신굿의 가면극
④ 송파산대놀이

33 다음은 무엇에 대한 설명인가?

> • 상업이 발달한 곳에서 주로 연행되었다.
> • 지역과 상관없이 내용 및 형식의 유사한 점이 많다.
> • 양반 과장, 파계승 과장, 할미 과장이 공통적으로 들어간다.

① 마을굿놀이 계통 가면극
② 북청사자놀이
③ 본산대놀이 계통 가면극
④ 남사당패의 덧뵈기

34 다음 중 수필의 제목과 내용의 연결이 <u>잘못된</u> 것은?

① 「한중록」 : 사도세자의 부인 혜경궁 홍씨가 궁중생활을 기록했다.
② 「산성일기」 : 임진왜란 당시 생활을 기록했다.
③ 「조침문」 : 바늘을 부러뜨리고 애도하는 제문형식의 글이다.
④ 「아계부」 : 김부식이 울지 않는 닭에 비유해 맡은 임무를 다하지 못하는 사람을 풍자한 글이다.

35 다음은 어느 작품에 대한 설명인가?

> • 조선 후기 실학자 박지원의 작품이다.
> • 청나라에 사행가는 친척을 따라 청나라를 여행하며 쓴 것이다.
> • 북학을 주장하는 내용이 담겨 있다.

① 『금오신화』
② 『잡동산이』
③ 『서포만필』
④ 『열하일기』

36 '무가'에 대한 설명으로 옳지 <u>않은</u> 것은?

① 무가는 굿을 하는 동안 무당들이 부르는 노래이므로 매우 제한된 전문인에 의해서만 구연된다.
② 무가에는 강신, 치병, 예언 등의 내용이 담긴다는 점에서 주술적이다.
③ 세습무에 의해 무속의례가 행해지게 되면서 무가가 지니는 신성성이 더욱 강해지게 되었다.
④ 무가는 판소리와 같은 장르에 영향을 주기도 했다.

37 다음 중 무가의 종류에 대한 설명으로 옳지 <u>않은</u> 것은?

① 청배 : 신이 내리기를 비는 무가이다.
② 공수 : 신이 인간을 꾸짖거나 재수와 복록을 약속하는 무가이다.
③ 축원 : 신이 인간에게 축복을 내리는 무가이다.
④ 오신 : 신을 즐겁게 하려는 목적으로 구연되는 무가이다.

38 다음 중 한시에 대한 설명으로 적절하지 <u>않은</u> 것은?

① 고체시는 근체시보다 엄격한 형식적 제약을 갖는다.

② 근체시는 구수에 따라 절구, 율시, 비율로 나뉜다.

③ 근체시에서 3구와 4구는 항상 대구를 이룬다.

④ 글자 수에 따라 한시는 5언과 7언으로 구분된다.

39 다음 중 고려시대 한문학의 특징이라 볼 수 <u>없는</u> 것은?

① 광종 때 도입된 과거제도 때문에 과거시험식 문장이 유행하기도 했다.

② 가전체라는 새로운 문학양식이 생겨났다.

③ 불교와 유교 사상을 토대로 한 작품들이 지어졌다.

④ 두보나 이백의 시풍이 유행하였다.

40 다음은 누구에 대한 설명인가?

- 자기만의 독특한 시분야를 개척한 고려 최고의 시인이다.
- 장편 서사시 「동명왕편」을 지었다.
- 『백운소설』이라는 제목의 시화집을 지었다.

① 이규보

② 최치원

③ 김부식

④ 이인로

제2회 최종모의고사 | 국문학개론

정답 및 해설 374p

01 다음 중 한국문학 작품들을 자아와 세계의 연관 양상에 따라 4갈래로 나누고 가사를 '교술' 장르에 포함시켜야 한다고 한 사람은 누구인가?

① 장덕순
② 조동일
③ 조윤제
④ 이병기

02 다음 중 한국문학 연구가 시작되던 시기의 특징에 대한 설명으로 옳은 것은?

① 문학사적 관점에서 국문학의 맥락 파악이 중시되었다.
② 서양의 문학연구 방법을 받아들여 적용하려 하였다.
③ 민족문화운동의 일환으로 국문학이 연구되었다.
④ 현대문학이 주된 연구 대상으로 다루어졌다.

03 다음 중 「구지가」의 '거북'의 의미로 보기 어려운 것은?

① 실제 동물로서의 거북
② 구지봉의 산신
③ 잡귀
④ 남근

04 다음 중 개인의 서정을 읊은 고대가요는 무엇인가?

① 「구지가」
② 「황조가」
③ 「공무도하가」
④ 「해가」

05 다음 설명에 해당하는 작품은 무엇인가?

- 백제의 노래들 중 가사가 전하는 유일한 작품이다.
- 행상을 하러 다니는 남편의 아내가 남편의 무사귀환을 바라며 부른 노래이다.
- 고려를 거쳐 조선시대에 궁중악으로 불리었다.
- 조선시대에 지어진 『악학궤범』에 가사가 국문으로 실려있다.
- 3장 6구로 된 시조 형식의 원형을 보여준다.

① 「선운산」
② 「방등산」
③ 「지리산」
④ 「정읍사」

06 다음 중 4구체 향가가 아닌 것은 무엇인가?

① 「서동요」
② 「찬기파랑가」
③ 「풍요」
④ 「헌화가」

07 '별곡'에 대한 설명으로 적절하지 <u>않은</u> 것은?

① 중국에서 들어온 대성악에 대하여 우리의 가요라는 의미를 지닌 말이다.

② 속악 또는 향악이라는 의미이다.

③ '별곡'이라는 이름이 붙은 작품들은 고유의 형식이 있다.

④ 경기체가류, 고려속요류, 가사류 등이 있다.

08 다음 중 최초의 경기체가로 여러 사대부들의 자부심과 의욕을 노래한 작품은?

① 「한림별곡」

② 「관동별곡」

③ 「죽계별곡」

④ 「불우헌곡」

09 다음 중 경기체가와 고려속요의 차이점으로 옳지 <u>않은</u> 것은?

① 경기체가와 달리 고려속요는 구비 전승되다가 후대에 정착되었다.

② 고려속요는 대부분 작자가 밝혀지지 않았다.

③ 고려속요는 교술 장르인 반면, 경기체가는 시정 장르에 속한다.

④ 경기체가는 신진사대부들이 주로 부른 반면 고려속요는 평민층이 주로 불렀다.

10 다음 중 이별의 슬픔을 소재로 한 고려가요가 <u>아닌</u> 것은?

① 「가시리」

② 「서경별곡」

③ 「이상곡」

④ 「사모곡」

11 다음 설명에 해당하는 작품을 쓴 사람은 누구인가?

> • 중국 역사와 고조선부터 고려 충렬왕 때까지의 역사를 담고 있는 서사시이다.
> • 고려 후기에 창작되었으며, 2권 1책의 형태로 되어 있다.
> • 가사문학의 원초적 형태를 보여준다.
> • 오언고시와 칠언고시로 되어 있다.
> • 발해를 최초로 우리 역사 속에 편입시켜 서술한 것으로 알려져 있다.

① 이규보
② 이승휴
③ 이제현
④ 민사평

12 다음 중 시조의 기원에 대한 논의와 전혀 상관이 <u>없는</u> 것은?

① 고대가요
② 고대의 민요
③ 향가
④ 고려속요

13 현재 전하는 시조들 가운데 가장 오래된 것으로 여겨지는 작품을 남긴 사람은?

① 이존오
② 이규보
③ 우탁
④ 정몽주

14 다음에 제시된 시조의 비판 대상이 된 인물은 누구인가?

> 구름이 無心(무심)탄 말이 아마도 虛浪(허랑)ᄒ다
> 中天(중천)에 써 이셔 任意(임의) ᄃ니며셔
> 구퇴야 光明(광명)ᄒ 날빗츨 싸라가며 덥ᄂ니

① 정몽주
② 정도전
③ 공민왕
④ 신돈

15 다음 시조와 상관이 없는 시어는 무엇인가?

> 十年(십년)을 經營(경영)ᄒ여 草廬三間(초려삼간) 지여내니
> 나 ᄒ간 돌 ᄒ간에 淸風(청풍) ᄒ간 맛져 두고
> 江山(강산)은 들일 듸 업스니 둘러 두고 보리라

① 면앙정
② 송순
③ 호남가단
④ 영남가단

16 악장에 대한 설명으로 옳지 않은 것은?

① 궁중에서 노래로 불리었다.
② 한문악장, 국문악장, 현토악장으로 구분할 수 있다.
③ 유교적 이상사회에 대한 찬양이 주된 내용이다.
④ 궁중의 악사들에 의해 주로 창작되었다.

17 다음 중 태조 이성계와 거리가 먼 내용을 지닌 악장은?

① 「무공곡」
② 「납씨가」
③ 「수명명」
④ 「정동방곡」

18 다음 중 가사의 효시가 되는 작품이라 볼 여지가 전혀 없는 작품은?

① 「승원가」
② 「서왕가」
③ 「면앙정가」
④ 「상춘곡」

19 다음 중 강호한정 및 안빈낙도를 주제로 한 가사 작품으로 볼 수 없는 것은?

① 정극인, 「상춘곡」
② 송순, 「면앙정가」
③ 정철, 「성산별곡」
④ 허전, 「고공가」

20 민요의 기능에 대한 설명으로 옳지 않은 것은?

① 노동요는 일하는 방법을 지시하고 질서를 바로잡는 역할을 한다.
② 통과의례를 행할 때 부르는 민요는 주술적, 종교적 기능을 나타내기도 한다.
③ 놀이를 할 때 민요를 부름으로써 공동체 구성원 간의 화합을 다지기도 한다.
④ 잘못된 사회현실에 대한 울분을 노래로 풀어냄으로써 반항심을 해소하는 역할을 한다.

21 민요 사설의 형식에 대한 설명으로 옳지 <u>않은</u> 것은?

① 3음보 또는 4음보로 된 것이 많다.
② 민요의 길이는 짧은 편이어서 대부분 4 ~ 5행을 넘지 않는다.
③ 병렬구조, 반복구조, 대응구조가 쓰인다.
④ 후렴이 있는 민요도 있다.

22 다음 중 민요의 가창방식에 대한 설명으로 적절하지 <u>않은</u> 것은?

① 독창은 혼자 부르는 방식이다.
② 제창은 여러 사람이 함께 부르는 방식으로 사설은 정해진 대로 불러야 한다.
③ 선후창은 한 사람이 사설을 부르고 이어서 나머지 사람들이 후렴을 부르는 방식이다.
④ 교환창은 선창을 하는 패가 사설을 부르면 후창을 하는 패가 후렴을 부르는 방식이다.

23 다음 중 지역별 민요의 특징을 <u>잘못</u> 설명한 것은?

① 경기민요는 맑고 부드러운 소리가 특징적이다.
② 남도민요는 계면조를 주로 사용하여 비장한 느낌을 준다.
③ 서도민요는 한스러운 느낌을 내기 위해 비통한 어조를 사용하는 등 다양한 창법을 구사한다.
④ 경상도 민요는 메나리조를 써서 염하듯 슬프게 이어진다.

24 설화의 특성에 대한 설명으로 적절하지 <u>않은</u> 것은?

① 설화는 구연의 제한이 적어서 민중들에게 가장 친숙한 갈래라 할 수 있다.
② 설화는 구비 전승되는 것이어서 문헌으로 정착되기 어렵다.
③ 설화는 반드시 청자와 대면을 해야 구연할 수 있다.
④ 설화의 화자는 구연을 하기 위한 전문적인 능력이 필요없다.

25 다음 중 설화의 발생에 관한 이론이 다른 인물은?

① 분트
② 프로이트
③ 황패강
④ 손진태

26 다음 중 전설의 특징에 해당하지 않는 것은?

① 허구성
② 체험성
③ 설명성
④ 비약성

27 영웅신화 속 주인공의 일생의 구조에 대한 설명으로 옳지 않은 것은?

① 결국 투쟁에서 승리해 영광을 차지하는 것으로 끝난다.
② 비천한 신분으로 태어난다.
③ 고난을 겪으나 조력자가 등장한다.
④ 어려서부터 비범한 모습을 보인다.

28 다음 중 민담의 형식과 그에 대한 사례가 잘못 짝지어진 것은?

① 단선적 형식 – 「흥부와 놀부」
② 누적적 형식 – 「새끼 서 발」
③ 연쇄적 형식 – 「콩쥐팥쥐」
④ 회귀적 형식 – 「두더지 혼인」

29 다음 중 「장자못 전설」에 나타나는 모티프가 <u>아닌</u> 것은?

① 학승 모티프
② 금기 모티프
③ 함몰 모티프
④ 난생 모티프

30 설화에 나타난 탐색 모티프에 대한 설명으로 적절하지 <u>않은</u> 것은?

① 탐색 모티프는 결여된 사물을 찾기 위해 온갖 시련을 겪으며 여행하는 것을 말한다.
② 일반적인 진행은 '여행을 떠남 – 시련 – 원조자의 도움 – 성공'의 순이다.
③ 원조자는 대체로 평범한 존재이다.
④ 장애물의 존재는 탐색 모티프의 필수불가결한 요소이다.

31 다음 중 의인체 작품들의 제목과 의인화 대상을 <u>잘못</u> 연결한 것은?

① 「국순전」 – 술
② 「빙도자전」 – 얼음
③ 「안빙몽유록」 – 꽃
④ 「서재야회록」 – 책

32 다음 중 비교적 짧은 시간에 일어나는 극적 사건을 중심으로 쓴 고소설에 해당하지 <u>않는</u> 것은?

① 「양반전」
② 「호질」
③ 「전우치전」
④ 「운영전」

33 다음 중 몽유소설과 몽자류 소설의 차이점에 대한 설명으로 옳지 <u>않은</u> 것은?

① 몽자류 소설은 몽유소설과 달리 시가 많이 들어있다.

② 몽유소설은 주인공이 꿈에서 역사적 인물을 만났다가 꿈에서 깨어나는 내용인 반면 몽자류 소설은 주인공이 꿈에서 현실에 대한 깨달음을 얻고 깨어나 본래의 자아로 되돌아오는 내용이다.

③ 몽유소설에는 시공간의 제약 없이 시간을 뛰어넘는 인물들이 꿈속에 등장하기도 한다.

④ 몽자류 소설은 임진왜란, 병자호란을 계기로 창작되었다.

34 판소리의 진수가 제일 잘 나타난 부분으로, 창자가 스승에게서 전수받은 내용에 자신이 만들어 낸 자신의 장기를 새로 덧붙여 후배에게 전승시키는 것은?

① 너름새

② 아니리

③ 더늠

④ 화용

35 다음 중 판소리 사설이 희곡 장르가 아니라 서사 장르인 이유에 대한 설명으로 적절하지 <u>않은</u> 것은?

① 서술자에 의해 작중 인물의 행위가 전달된다.

② 시공간적 배경이 자주 바뀌고 많은 인물이 등장한다.

③ 사설에 등장하지 않는 외부인에 해당하는 광대가 존재한다.

④ 사건 현장을 생생하게 경험할 수 있다.

36 판소리의 주제에 대한 설명으로 적절하지 <u>않은</u> 것은?

① 판소리는 생산의 주체와 감상의 주체가 일치하지 않아서 양면적 주제를 갖게 되었다.

② 민중의 현실주의적 세계관은 판소리의 이면적 주제를 구성하는 바탕이 된다.

③ 지배 질서를 옹호하는 양반들의 세계관은 판소리의 표면적 주제를 구성한다.

④ 「춘향전」의 이면적 주제는 정절이며, 표면적 주제는 신분적 제약의 극복과 인간해방이라고 할 수 있다.

37 다음 중 가장 느린 판소리 장단의 명칭은 무엇인가?

① 중모리
② 진양조
③ 휘몰이
④ 자진모리

38 다음은 무엇에 대한 설명인가?

> • 「당금애기」라고도 불린다.
> • 제주도를 포함한 한반도 전역에서 불리는 대표적 서사무가이다.
> • 기본 내용은 정착한 여성과 도래한 남성이 결합하여 삼형제 신을 출산한다는 것이다.

① 「제석본풀이」
② 「바리공주」
③ 「칠성풀이」
④ 「천지왕본풀이」

39 다음 중 현전하는 최고(最古)의 개인 문집은 누구의 어느 책인가?

① 이인로, 『파한집』
② 이규보, 『백원소설』
③ 최치원, 『계원필경』
④ 최자, 『보한집』

40 고려시대에 지어진 가전체소설에서 대상에 대한 작가의 태도가 <u>다른</u> 작품은?

① 임춘, 「국순전」
② 석식영암, 「정시자전」
③ 이곡, 「죽부인전」
④ 이규보, 「국선생전」

최종 모의고사

정답 및 해설 | 국문학개론

제1회

01	02	03	04	05	06	07	08	09	10
①	③	④	②	①	①	③	④	③	④
11	12	13	14	15	16	17	18	19	20
③	②	②	①	④	③	②	③	④	②
21	22	23	24	25	26	27	28	29	30
①	④	③	②	④	③	④	③	④	①
31	32	33	34	35	36	37	38	39	40
③	④	③	②	④	③	③	①	④	①

01 정답 ①

자아와 세계의 연관 양상에 따라 서사와 희곡 장르는 자아와 세계의 대결이 이루어진다고 보고, 서정 장르는 세계의 자아화, 교술 장르는 자아의 세계화가 이루어진다고 본다. '향가'는 서정 장르에 속하는 것이고, '무가', '판소리'는 모두 서사 장르, '가면극'은 희곡 장르에 속한다.

02 정답 ③

비교문학적 문학연구 방법은 문학을 국제적 시각에서 또는 그 고유 영역을 넘어서 다른 인간 활동영역과의 관계를 통해서 바라보고 다른 나라의 문학과 국문학이 주고받은 영향관계를 파악하거나, 세계문학이 지닌 보편성의 관점에서 한국문학의 특징을 밝혀내거나, 문학과 다른 인접학문과의 관계를 살펴보는 방식으로 연구를 진행한다.

03 정답 ④

「공무도하가」만 작자가 밝혀진 것이 아니다. 「공무도하가」뿐만 아니라 「황조가」 역시 고구려 2대 왕인 유리왕이 지은 것으로 작자가 밝혀져 있다.

04 정답 ②

백제의 노래뿐만 아니라 고구려의 노래 역시 지역명을 제목으로 삼은 것으로 보아 향토적 정서를 중시했음을 알 수 있다. 또한 백제의 노래 중 「무등산」은 남자가 지은 것이다.

05 정답 ①

「서동요」, 「풍요」, 「헌화가」, 「도솔가」는 모두 4구체 향가이다.

06 정답 ①

향가는 향찰이라는 표기수단을 사용했다. 향찰은 비록 우리만의 글자가 없어서 중국의 한자를 쓰는 것이기는 하지만 우리말에 맞게 바꾸어 사용했다는 점에서 주체성을 발현한 것이라 보는 게 타당하다.

07 정답 ③

고려가요는 넓은 의미로는 고려시대에 창작된 시가를 모두 포함하며, 좁은 의미로는 '경기체가'와 같은 한문계 시가를 제외한 속요작품들을 가리킨다. 즉 경기체가는 넓은 의미의 고려가요에 포함되는 개념이나 고려가요의 별칭이 될 수는 없다.

08 정답 ④

경기체가는 교술 장르에 속하지만 속요는 서정 장르에 속한다.

09 정답 ③

참요에는 축약되고 은어적인 언어가 사용되었다.

10 정답 ④

『시조유취』는 1928년 최남선이 편찬한 것이다. 이보다 더 오래된 시조집으로 1728년 김천택이 편찬한 『청구영언』이 있다.

11 정답 ③

송순의 호는 '면앙정'으로 자신의 호를 딴 시조 「면앙정잡가」와 가사 작품 「면앙정가」 등 다수의 작품을 남겼다.

12 정답 ②

송순은 호남가단에 속하며 이현보, 권호문, 이황은 영남가단에 속한다. 영남가단은 영남지방을 중심으로 도학적 기풍의 시조를 창작한 사람들을 일컫는다.

13 정답 ②

악장이 대부분 연장형식과 분절형식인 것은 맞지만, 형식이 통일되지는 못하고 다양한 형태를 보이는 편이다. 형식보다는 내용적인 면에서 공통적인 편이다.

14 정답 ①

석가의 생애와 공덕을 찬양하는 내용을 담은 악장은 「월인천강지곡」이다. 이 작품은 세종이 지었다고 보는 게 일반적이지만 세종의 명령을 받아 김수온이 지었다고 보는 견해도 있다. 「용비어천가」는 조선 건국의 정당성과 조선의 발전을 기원하는 송축가이다.

15 정답 ④

가사는 운문과 산문의 성격을 동시에 지니고 있어서 장르에 대한 논란이 이어지고 있다. 그러나 가사가 산문적인 성격을 지녔다는 점에 근거하여 수필로 볼 수는 있어도 내용상 소설로 분류될 수는 없다. 한편 최근에는 가사를 시가에 속하는 것으로 보는 경향이 강하다.

16 정답 ③

4·4조의 가사는 서민가사와 내방가사인 경우가 많고 3·4조의 가사는 사대부가 한자어구를 사용해 쓴 것이 많다. 조선 후기로 갈수록 서민가사 내방가사가 많이 쓰였으므로 4·4조의 안정적인 음수율을 지닌 가사가 많이 쓰였다고 할 수 있다.

17 정답 ②

내방가사는 규방가사라고도 불리는 것으로 대부분 작자 미상이거나 성 씨 정도만 알려져 있다. 그러나 시집살이의 어려움을 토로하는 것이나 딸의 출가를 앞두고 규범이 될 만한 것을 알려주는 등의 내용으로 보아 궁녀가 아니라 일반 부녀자들이 지었을 것으로 짐작된다.

18 정답 ③

민요의 창작자는 한 개인이라 하더라도 삶의 현장에서 민중의 공감을 받아야만 살아남을 수 있다. 또한 여럿이 함께 부르는 과정에서 원작지의 개성이나 특수성은 소멸된다. 이로써 민요의 창작주체는 한 개인이 아니라 민중 전체라 보는 것이 적절하다.

19 정답 ④

민요는 노래이므로 음악적 측면, 사설이 있으므로 문학적 측면, 민중의 삶과 문화를 담고 있으므로 민속학적 측면에서 연구할 필요가 있다.

20 정답 ②

설화는 구비 전승되는 서사문학이라는 점에서 서사민요, 서사무가, 판소리 등과 공통적이지만 이것들과 달리 율격이 들어있지 않다.

21 정답 ①

전설이 어떤 지역이나 사물의 형성과 유래 등을 설명하려고 하는 것은 옳으나 대부분 과장되거나 허구적이므로 사실적이라는 설명은 적절하지 않다.

22 정답 ④

민담은 시작할 때와 끝맺을 때 특정한 표현을 사용한다. 이로써 일상적인 세계와 이야기 속의 세계를 구분 짓고 이야기가 허구임을 나타낸다.

23 정답 ③

전설은 사물의 시원, 죽음 이후의 삶에 대한 궁금증을 일정 부분 해소하는 기능을 담당한다.

24 정답 ②

고소설도 현대소설과 마찬가지로 인물 행위의 형상화를 위해 시간과 장소의 구체적 설정이 필요하다. 다만 이때의 시간과 장소는 실재가 아니라 가공의 시간과 장소이다.

25 정답 ④

고소설의 경우 일반적으로 시간 순서에 따라 사건이 전개되는 평면적 진행방식을 따른다.

26 정답 ③

고소설이 본격적으로 활개를 펴게 된 것은 조선 중기 이후라 할 수 있다. 이 시기에는 서민의식이 발달하여 서민이 주도적으로 소설문학의 발전을 도모하게 된다. 따라서 이 시기에 지어지는 많은 작품은 양반 계급의 위선적인 생활을 풍자하는 내용을 담게 된다.

27 정답 ④

고소설의 효시가 되는 작품이 무엇인가에 대해서는 여러 논의가 있다. 오랫동안 인정되어 온 것은 김시습의 『금오신화』이다. 그러나 고려 말 가전체 작품들을 효시로 보아야 한다는 주장도 있고, 신라 말, 고려 초의 전기소설들로부터 소설이 시작되었다고 보는 견해도 있다. 그러나 「홍길동전」은 조선 중기의 작품으로 최초의 한글소설이라는 의의가 있을 뿐 고소설의 효시에 대한 논쟁과는 거리가 멀다.

28 정답 ③

아니리는 창, 너름새와 함께 소리광대의 표현수단 중 하나이지만 판소리의 3대 구성요소라 할 수는 없다.

29 정답 ④

판소리는 처음에 서민을 중심으로 연행되었으나 나중에는 양반의 후원을 받기도 하는 등 민족 전체에게로 향유층이 확대되었다.

30 정답 ①

이 외에도 「심청가」, 「흥보가」, 「수궁가」, 「적벽가」는 판소리 사설과 선율이 모두 함께 남아 있다. 다만 최근 「변강쇠타령」, 「옹고집타령」, 「배비장타령」, 「숙영낭자타령」의 선율을 복원했다.

31 정답 ③

가면극의 '과장'은 인물의 등장과 퇴장을 구분지어 주는 개념인데 비해 현대극에서 '막'은 사건의 흐름을 구분 짓는 개념으로 사용된다.

32 정답 ④

가면극은 마을굿놀이 계통, 본산대놀이 계통, 기타 계통으로 나누어 볼 수 있다. 송파산대놀이는 본산대놀이 계통 가면극의 하나로 이 외에도 양주별산대놀이, 봉산탈춤, 강령탈춤, 은율탈춤, 수영야류, 동래야류, 통영오광대, 고성오광대, 가산오광대, 남사당패의 덧뵈기 등이 본산대놀이 계통 가면극에 해당한다.

33 정답 ③

본산대놀이는 원래 삼국시대부터 전해 내려오던 산악백희 계통의 가면희와 연희를 성균관 소속 노비들이었던 놀이패들이 재창조해 공연했던 것

이다. 지방으로 순회공연을 자주 다니기도 했는데 그러한 과정에서 각 지방에 원래부터 있던 가면극에 영향을 주어 본산대놀이 계통 가면극이 형성되게 되었다.

34 정답 ②

「산성일기」는 병자호란 때 남한산성에서의 군사, 정치생활을 기록한 작자미상의 작품이다.

35 정답 ④

『열하일기』는 박지원이 1780년 청나라를 여행하며 겪은 일을 쓴 책으로 조선 후기 문학과 사상을 대표하는 걸작이다.

36 정답 ③

무당에는 신내림을 받은 강신무와 혈통을 따라 무당의 직위를 세습받은 세습무가 있다. 강신무가 신과 인간의 매개자로 역할하며 신성성을 띠는 데 반해 세습무는 굿을 할 때 인간을 만족시키는 것에 초점을 두게 된다. 따라서 여러 가지 문학적 표현이 더해지고 다듬어짐으로써 무가의 문학성이 강해지게 된다.

37 정답 ③

축원은 극존칭을 사용해 인간이 신에게 소원을 비는 무가이다.

38 정답 ①

고체시는 근체시에 비해 형식이 자유롭다. 5언 혹은 7언이 주가 된다는 형식만 지키면 된다.

39 정답 ④

두보나 이백은 모두 당나라 때 시인이다. 우리나라에서 당나라 시풍이 유행한 것은 조선 중기 이후이다. 고려시대에는 송나라의 시풍이 유행하여 소동파의 시가 유행하였다.

40 정답 ①

이규보라는 인물에 대한 평가는 엇갈릴 수 있으나, 그가 한국문학사를 논하는 데 있어 빼놓을 수 없는 고려 최고의 문인이라는 점은 분명하다.

제2회

01	02	03	04	05	06	07	08	09	10
②	③	③	②	④	②	③	①	③	④
11	12	13	14	15	16	17	18	19	20
②	①	③	④	④	④	③	③	④	④
21	22	23	24	25	26	27	28	29	30
②	④	④	②	④	①	②	③	④	③
31	32	33	34	35	36	37	38	39	40
④	③	①	③	④	④	②	①	③	①

01 정답 ②
조동일은 한국문학 작품들을 서정, 교술, 서사, 희곡의 네 갈래로 나누었다.

02 정답 ③
한국문학 연구의 제1기는 국학운동기에 해당한다.

03 정답 ③
'거북'의 의미에 대해서는 다양한 관점이 존재하지만 「구지가」가 잡귀를 쫓는 주문이라 보기도 한다는 점에서 거북이 잡귀를 의미한다고 볼 수는 없다. 거북은 보통 신성한 존재로 여겨지기 때문이다.

04 정답 ②
고구려 2대 유리왕이 지은 「황조가」는 최초의 개인적 서정시로 인정받는 작품이다.

05 정답 ④
백제의 노래들은 작품 관련 설명만 대략적으로 남아있으나, 「정읍사」는 조선시대까지 궁중에서 불린 덕에 가사를 확인할 수 있다.

06 정답 ②
「찬기파랑가」는 10구체 향가이다. 주어진 선지 외의 4구체 향가에는 「도솔가」가 있다.

07 정답 ③
'별곡'이라는 이름이 붙은 작품 전체에 공통적으로 존재하는 형식이나 특징은 없다. 별곡은 특정 형식에 붙인 이름이 아니라 중국의 음악에 대응하는 우리나라 노래라는 의미를 지닐 뿐이다.

08 정답 ①
한림에 있던 여러 선비들이 지은 것으로 추정되는 작품으로, 당시 신진사대부들의 풍류적이고 유흥적인 생활을 보여준다.

09 정답 ③
경기체가는 교술 장르인 반면 고려속요는 서정 장르에 속한다.

10 정답 ④
「사모곡」은 어머니의 사랑을 소재로 삼고 있다.

11 정답 ②

이승휴의 『제왕운기』에 대한 설명이다.

12 정답 ①

시조의 기원에 대해서는 고대의 민요가 지닌 6구 3절의 형식이 시조와 비슷하다고 보는 입장, 4구체 향가에서 8구체 향가로 변화하는 과정에 나타난 6구체 향가와 비슷하다고 보는 입장, 고려속요가 변화된 형태라고 보는 입장 등 여러 가지가 있다. 그러나 고대가요와의 관련성을 찾기는 어렵다.

13 정답 ③

1263 ~ 1342년에 살았던 고려 말 문신 우탁의 「탄로가」 2수는 현재 전하는 시조들 중 가장 오래된 작품으로 여겨진다.

14 정답 ④

고려 말 이존오의 시조이다. 이 시조에서 구름은 신돈, 햇빛은 공민왕을 뜻하며, 이존오가 신돈의 잘못을 탄핵하다가 공민왕에 의해 좌천되었을 때 쓴 시조라 한다.

15 정답 ④

면앙정 송순의 「면앙정잡가」 중 한 연에 해당하는 시이다. 면앙정은 송순의 호이며, 송순은 강호가도의 선구자로 호남가단의 대표적 시인이다.

16 정답 ④

악장은 신흥사대부 가운데 핵심 관료층이었던 사람들에 의해 창작되었다. 정도전, 하륜, 윤회 등이 그러하다.

17 정답 ③

해당 작품은 하륜이 지은 것으로 태종이 명나라로부터 왕의 인준을 받은 사실을 토대로 한다.

18 정답 ③

가사가 언제부터 지어졌는가에 대해서는 논란이 있다. 고려 말 나옹화상의 불교 포교용 가사들을 효시로 보아야 한다는 의견도 있고 조선 초 정극인의 「상춘곡」을 가사문학의 효시로 봐야 한다는 견해도 있다. 일반적으로는 「상춘곡」을 가사의 효시로 본다. 「면앙정가」는 송순이 조선 중기에 지은 작품으로 「상춘곡」의 뒤를 잇는 강호한정 가사 작품이다.

19 정답 ④

「고공가」는 국록을 먹는 신하들의 부패상을 비판하는 내용의 가사 작품이다.

20 정답 ④

민요를 부름으로써 반항심을 표출했으나, 해소할 목적으로 민요를 부른 것은 아니다. 민중들은 반항심을 표출함으로써 잘못된 정치에 대해 비판의 목소리를 내고 부당한 현실의 개선을 모색하려 했다.

21 정답 ②

민요는 2행부터 100행 이상까지 길이가 다양하다.

22 정답 ④

교환창은 여러 사람을 두 패로 나누어 번갈아가며 부르는 방식으로 후렴은 따로 없다.

23 정답 ④

경상도 민요는 빠른 장단을 사용해 힘찬 느낌을 주는 반면 강원도 민요는 메나리조를 사용하여 슬프게 이어지며 탄식하거나 애원하는 인상을 준다.

24 정답 ②

설화는 민중뿐만 아니라 양반이나 지식인 등도 즐길 기회가 많아 문헌으로 정착되기 쉬운 편이다.

25 정답 ④

손진태는 인류학파에 속하는 사람으로, 설화는 이미 사라진 원시문화가 남긴 흔적이라고 보는 입장이다. 반면 분트, 프로이트, 황패강은 정신분석학파로 설화가 심리적인 현상에서 이루어진다고 본다.

26 정답 ①

전설은 화자와 청자 모두 진실로 믿으려는 마음으로 구연된다. 따라서 허구성은 전설의 특징이라 볼 수 없다.

27 정답 ②

영웅신화의 주인공은 대개 고귀한 혈통을 지니고 태어나는 것으로 설정된다.

28 정답 ③

연쇄적 형식은 반복되는 사건들이 서로 인과관계 없이 이어지는 것으로 중간의 사건을 빼도 사건 진행에 큰 지장이 없다. 「콩쥐팥쥐」는 단선적 형식을 보여주는 것에 해당한다.

29 정답 ④

「장자못 전설」은 인색한 부자가 시주승에게 쌀 대신 쇠똥을 시주했다가 벌을 받아 못 속에 잠기게 되었다는 내용의 설화이다. 이 설화에는 알에서 태어난다는 난생 모티프가 담겨 있지 않다.

30 정답 ③

탐색 모티프의 원조자는 대개 초인적 존재로 등장한다.

31 정답 ④

「서재야회록」은 붓, 먹, 종이, 벼루의 문방사우를 의인화한 소설이다.

32 정답 ③

「전우치전」은 독립적인 여러 개의 삽화를 연결하여 만든 소설이라는 점에서 사건 중심의 다른 소설들과는 구조가 다르다.

33 정답 ①

몽자류 소설과 몽유소설 둘 다 시가 많이 들어 있다.

34 정답 ③

더늠은 창자의 온갖 재주가 발휘되어 문학과 음악이 조화의 극치를 이루는 부분으로 이를 통해 판소리는 부분의 극대화가 이루어진다.

35 정답 ④

판소리 사설의 경우 독자는 창자에 의해 걸러진 삶의 모습을 보게 된다. 이로써 사건 현장의 생생함과 강렬함이 부족하다는 것은 단점이 되나

보다 거시적이고 광범위한 시각으로 삶의 전체적인 모습을 볼 수 있다. 반면 희곡 장르는 사건 현장의 경험이 생생하고 강렬하지만 독자가 사건의 진상을 스스로 파악해야 한다는 단점을 갖는다.

36 정답 ④

「춘향전」의 이면적 주제와 표면적 주제에 대한 설명이 뒤바뀌었다.

37 정답 ②

진양조는 가장 느린 장단으로, 사설의 극적 전개가 느슨하고 서정적인 대목에서 흔히 사용된다.

38 정답 ①

제석신이 탄생하여 신이 되기까지의 과정을 서술한 서사무가이다.

39 정답 ③

최치원의 『계원필경』은 고대의 작품집이고 나머지는 모두 고려시대 작품집이다.

40 정답 ①

「국순전」은 술을 의인화한 것으로 술의 부정적인 면을 드러낸 반면 예시된 다른 작품들은 모두 대상의 긍정적인 면을 부각시키고 있다. 「정시자전」은 지팡이, 「죽부인전」은 대나무, 「국선생전」은 술을 의인화한 작품이다.

여기서 멈출 거예요? 근처가 바로 눈앞에 있어요.
마지막 한 걸음까지 SD에듀가 함께할게요!

독학학위제 2단계 전공기초과정인정시험 답안지(객관식)

컴퓨터용 사인펜만 사용

★ 수험생은 수험번호와 응시과목 코드번호를 표기(마킹)한 후 일치여부를 반드시 확인할 것.

전공분야

성명

과목코드	응시과목		
① ① ① ① ①	1 ① ② ③ ④	21 ① ② ③ ④
② ② ② ② ②	2 ① ② ③ ④	22 ① ② ③ ④
③ ③ ③ ③ ③	3 ① ② ③ ④	23 ① ② ③ ④
④ ④ ④ ④ ④	4 ① ② ③ ④	24 ① ② ③ ④
⑤ ⑤ ⑤ ⑤ ⑤	5 ① ② ③ ④	25 ① ② ③ ④
⑥ ⑥ ⑥ ⑥ ⑥	6 ① ② ③ ④	26 ① ② ③ ④
⑦ ⑦ ⑦ ⑦ ⑦	7 ① ② ③ ④	27 ① ② ③ ④
⑧ ⑧ ⑧ ⑧ ⑧	8 ① ② ③ ④	28 ① ② ③ ④
⑨ ⑨ ⑨ ⑨ ⑨	9 ① ② ③ ④	29 ① ② ③ ④
⓪ ⓪ ⓪ ⓪ ⓪	10 ① ② ③ ④	30 ① ② ③ ④
교시코드	11 ① ② ③ ④	31 ① ② ③ ④
①	12 ① ② ③ ④	32 ① ② ③ ④
②	13 ① ② ③ ④	33 ① ② ③ ④
③	14 ① ② ③ ④	34 ① ② ③ ④
④	15 ① ② ③ ④	35 ① ② ③ ④
	16 ① ② ③ ④	36 ① ② ③ ④
	17 ① ② ③ ④	37 ① ② ③ ④
	18 ① ② ③ ④	38 ① ② ③ ④
	19 ① ② ③ ④	39 ① ② ③ ④
	20 ① ② ③ ④	40 ① ② ③ ④

답안지 작성시 유의사항

1. 답안지는 반드시 컴퓨터용 사인펜을 사용하여 다음 [보기]와 같이 표기할 것.
   [보기] 잘된 표기: ● 잘못된 표기: ⊙ ⊗ ◑ ◐ ○
2. 수험번호 (1)에는 아라비아 숫자로 쓰고, (2)에는 "●"와 같이 표기할 것.
3. 과목코드는 뒷면 "과목코드번호"를 보고 해당과목의 코드번호를 찾아 표기하고,
   응시과목란에는 응시과목명을 한글로 기재할 것.
4. 교시코드는 문제지 전면 의 교시를 해당란에 "●"와 같이 표기할 것.
5. 한번 표기한 답은 긁거나 수정액 및 스티커 등 어떠한 방법으로도 고쳐서는
   아니되고, 고친 문항은 "0"점 처리함.

[이 답안지는 마킹연습용 모의답안지입니다.]

컴퓨터용 사인펜 사용

전공분야

성명

	수 험 번 호				
(1)	2				
(2)	① ● ③ ④				

2		수 험 번 호			
①	—	① ①	—	① ① ①	—	① ① ① ①
②		② ②		② ② ②		② ② ② ②
③		③ ③		③ ③ ③		③ ③ ③ ③
④		④ ④		④ ④ ④		④ ④ ④ ④
		⑤ ⑤		⑤ ⑤ ⑤		⑤ ⑤ ⑤ ⑤
		⑥ ⑥		⑥ ⑥ ⑥		⑥ ⑥ ⑥ ⑥
		⑦ ⑦		⑦ ⑦ ⑦		⑦ ⑦ ⑦ ⑦
		⑧ ⑧		⑧ ⑧ ⑧		⑧ ⑧ ⑧ ⑧
		⑨ ⑨		⑨ ⑨ ⑨		⑨ ⑨ ⑨ ⑨
		⓪ ⓪		⓪ ⓪ ⓪		⓪ ⓪ ⓪ ⓪

※ 감독관 확인란

(인)

관 리 번 호

(약번)

(응시자수)

절취선

과목코드	응시과목		
① ① ① ① ①	1 ① ② ③ ④	21 ① ② ③ ④
② ② ② ② ②	2 ① ② ③ ④	22 ① ② ③ ④
③ ③ ③ ③ ③	3 ① ② ③ ④	23 ① ② ③ ④
④ ④ ④ ④ ④	4 ① ② ③ ④	24 ① ② ③ ④
⑤ ⑤ ⑤ ⑤ ⑤	5 ① ② ③ ④	25 ① ② ③ ④
⑥ ⑥ ⑥ ⑥ ⑥	6 ① ② ③ ④	26 ① ② ③ ④
⑦ ⑦ ⑦ ⑦ ⑦	7 ① ② ③ ④	27 ① ② ③ ④
⑧ ⑧ ⑧ ⑧ ⑧	8 ① ② ③ ④	28 ① ② ③ ④
⑨ ⑨ ⑨ ⑨ ⑨	9 ① ② ③ ④	29 ① ② ③ ④
⓪ ⓪ ⓪ ⓪ ⓪	10 ① ② ③ ④	30 ① ② ③ ④
교시코드	11 ① ② ③ ④	31 ① ② ③ ④
①	12 ① ② ③ ④	32 ① ② ③ ④
②	13 ① ② ③ ④	33 ① ② ③ ④
③	14 ① ② ③ ④	34 ① ② ③ ④
④	15 ① ② ③ ④	35 ① ② ③ ④
	16 ① ② ③ ④	36 ① ② ③ ④
	17 ① ② ③ ④	37 ① ② ③ ④
	18 ① ② ③ ④	38 ① ② ③ ④
	19 ① ② ③ ④	39 ① ② ③ ④
	20 ① ② ③ ④	40 ① ② ③ ④

독학학위제 2단계 전공기초과정인정시험 답안지(객관식)

전공분야

성명

수	험	번	호					

(1) ② ● ③ ④

(2) ① ② ③ ④ ⑤ ⑥ ⑦ ⑧ ⑨ ⑩

과목코드				응시과목

응시과목

1	① ② ③ ④
2	① ② ③ ④
3	① ② ③ ④
4	① ② ③ ④
5	① ② ③ ④
6	① ② ③ ④
7	① ② ③ ④
8	① ② ③ ④
9	① ② ③ ④
10	① ② ③ ④
11	① ② ③ ④
12	① ② ③ ④
13	① ② ③ ④
14	① ② ③ ④
15	① ② ③ ④
16	① ② ③ ④
17	① ② ③ ④
18	① ② ③ ④
19	① ② ③ ④
20	① ② ③ ④
21	① ② ③ ④
22	① ② ③ ④
23	① ② ③ ④
24	① ② ③ ④
25	① ② ③ ④
26	① ② ③ ④
27	① ② ③ ④
28	① ② ③ ④
29	① ② ③ ④
30	① ② ③ ④
31	① ② ③ ④
32	① ② ③ ④
33	① ② ③ ④
34	① ② ③ ④
35	① ② ③ ④
36	① ② ③ ④
37	① ② ③ ④
38	① ② ③ ④
39	① ② ③ ④
40	① ② ③ ④

과목코드
① ② ③ ④ ⑤ ⑥ ⑦ ⑧ ⑨ ⑩

교시코드
① ② ③ ④

답안지 작성시 유의사항

1. 답안지는 반드시 컴퓨터용 사인펜을 사용하여 다음 [보기]와 같이 표기할 것.
   [보기] 잘 된 표기: ●
   잘못된 표기: ⊘ ⊗ ⊙ ⊖ ○ ●

2. 수험번호 (1)에는 아라비아 숫자로 쓰고, (2)에는 "●"와 같이 표기할 것.

3. 과목코드는 뒷면 "과목코드번호"를 보고 해당과목의 코드번호를 찾아 표기하고,
   응시과목란에는 응시과목명을 한글로 기재할 것.

4. 교시코드는 문제지 전면 의 교시를 해당란에 "●"와 같이 표기할 것.

5. 한번 표기한 답은 긁거나 수정액 및 스티커 등 어떠한 방법으로도 고쳐서는
   아니되고, 고친 문항은 "0"점 처리함.

※ 감독관 확인란
인

	관	리	용	호
(응시자수)				
(연번)				

절취선

참고문헌

1. 조동일, 『한국문학통사』 1~5권, 지식산업사, 2003.

2. 장덕순 외 3인, 『구비문학개설』, 일조각, 2006.

3. 안병국, 『설화문학론』, 학고방, 2012.

4. 김탁환, 『한국고전소설의 세계』, 돌베개, 2005.

5. 강등학 등, 『한국 구비문학의 이해』, 월인, 2000.

6. 김태곤 등, 『한국구비문학개론』, 민속원, 2003.

7. 김광순 등, 『국문학개론』, 새문사, 2008.

8. 정재호, 『한국시조문학론』, 태학사, 1999.

9. 최운식, 『한국 서사의 전통과 설화문학』, 민속원, 2002.

10. 한국구비문학대계, https://gubi.aks.ac.kr/web/

여기서 멈출 거예요? 끝이 바로 눈앞에 있어요.
마지막 한 걸음까지 SD에듀가 함께할게요!

좋은 책을 만드는 길
독자님과 함께하겠습니다.

도서나 동영상에 궁금한 점, 아쉬운 점, 만족스러운 점이
있으시다면 어떤 의견이라도 말씀해 주세요.
SD에듀는 독자님의 의견을 모아 더 좋은 책으로 보답하겠습니다.

www.sdedu.co.kr

SD에듀 독학사 국어국문학과 2단계 국문학개론

초 판 발 행	2023년 02월 10일 (인쇄 2022년 11월 03일)
발 행 인	박영일
책 임 편 집	이해욱
편 저	한수정
편 집 진 행	송영진 · 김다련
표지디자인	박종우
편집디자인	차성미 · 윤준호
발 행 처	(주)시대고시기획
출 판 등 록	제10-1521호
주 소	서울시 마포구 큰우물로 75 [도화동 538 성지 B/D] 9F
전 화	1600-3600
팩 스	02-701-8823
홈 페 이 지	www.sdedu.co.kr
I S B N	979-11-383-3424-2 (13810)
정 가	24,000원
